집단감성의
계보

| 동아시아 집단감성과 문화정치 |

집단감성의 계보

최기숙

소영현

김명희

서동진

하경심

후샤오전

이주해

김지수

이하나

박진우

앨피

차례

[
1부
집단감성의 문화사적 계보
]

이 책은 연세대학교 국학연구원 HK사업단에서 펴내는 '사회인문학' 연구 저서의 하나로, 그 28번째 책이다. 본 연구원은 새로운 사회의 변화가 요구하는 새로운 인문학을 '사회인문학'이라는 이름으로 정하고, 이를 정립하기 위해 한국연구재단의 '인문한국(HK)사업'을 수행하고 있다. 지금까지 흔히 행하던 인문학과 사회과학의 학제간 연구가 아니라, 인문학의 사회성 회복을 통해 통합학문으로서의 인문학을 지향하며 새로운 사회 변화 속에서 창의적으로 되살리려는 것이다.

이런 활동의 일환으로 본 사업단 아래에 '문화팀'을 운영하고 있다. 문화팀에서는 '감성' 연구를 기반으로 집단감성의 역사적 계보와 제도화, 정치화 과정에 대한 연구를 수행하고 있다. 감성 연구를 매개로 인문과학과 사회과학을 통섭하면서, 한국학으로 재구성하는 작업의 일환이기도 하다. 그동안 문화팀에서는 감성 연구를 심화하고 확장하여, 학술서로《감성사회: 감성은 어떻게 문화 동력이 되었나》(글항아리, 2014)와 대중교양서로는《감정의 인문학 – 감정의

프리즘: 열정과 분노, 슬픔과 공포, 위안과 기대, 평온과 광기》(봄아필, 2013)를 출간한 바 있다.

이 책《집단감성의 계보: 동아시아 집단감성과 문화정치》는 문화팀의 세 번째 연구 저서로 '집단감성'을 다루었다. 집단감성의 역사적 형성과 영향을 일종의 계보학적 관점으로 재구성하면서, 동시에 한국을 중심으로 '동아시아'라는 지역적 관점을 접목시킨 점이 이 책의 특장점이다. 감성을 중심으로 한 문화팀의 연구가 한층 진전되어 새로운 영역을 구축하기를 기대해 본다.

이 작업은 최기숙 교수를 중심으로, 오래전부터 감성 연구에 참여하였던 국내외 연구자와 협력적 공동연구를 행한 결과이다. 동아시아문학, 사회과학, 미디어 분야의 연구자와 협력을 강화하여 감성연구의 지평을 심화하려고 노력하였다. 이 책은 연구에 참여했던 사람들의 노력으로 가능하였다. 최 교수를 비롯한 참여 연구자들에게 감사드린다. 아울러 출판에 애써 주신 앨피출판사와 박재익 연구보조원에게도 감사를 전한다.

이 연구서를 바탕으로 더 많은 감성 연구를 한국학 차원에서 정립하고, 나아가 본 사업단이 지향하는 사회인문학의 정립에 큰 기여가 있기를 바란다.

2017년 10월
연세대학교 국학연구원장 겸 인문한국사업단장
김도형

그림자 읽기, '비-문자 감성 연구'를 위한
학적 실험과 연대

이 책은 문자화되지 않은 감성이 어떻게 역사와 현실에서 실질적인 힘을 발휘하며 인간과 사회의 정체성과 삶, 상호작용에 영향을 미쳐왔는가에 대해 탐구한 저간의 모색이자 결실이다. 감성 연구의 출발은 신자유주의를 정면으로 통과하고 있는 현대 한국사회와 세계화 시대에 인문성의 역할과 회복을 재성찰하려는 실존적인 문제의식에서 시작되었다.

　현대사회는 민주주의가 작동하는 평등 사회이며, 헌법에 의해 인권을 보장 받고 세계와의 자유로운 교섭과 이동이 가능한 선택과 권리가 보장된 것으로 명문화되었지만, 실제 삶의 현장에서 체감하는 것은 불편하고 부당한 모순, 강고한 위계 사회의 억압, 젠더와 인종, 학력과 지위, 신분에 대한 각종 차별 등 많은 문제들이 무매개적으로 행사되는 난폭하고 위험한 현실을 살고 있다는 불안과 위기감이다. 그 과정에서 개인과 사회가 몸으로 겪는 상처와 트라우마는 자취 없이 투명하게 현대인의 몸에 무늬처럼 새겨져 일상화된다. 현대성의 상처는 정상 작동되는 사회를 비추는 일종의 내상이며,

사회라는 몸체와 떼어 낼 수 없는 본체로서의 그림자다. 외상으로 부각되지 않기에 없는 것으로 간주되거나 종종 외면당하며, 내상이기에 어떻게 드러내 놓고 알려 해결해야 할지 알지 못한다.

이러한 상태는 아감벤이 《유아기와 역사》(조효원 옮김, 새물결, 2010)에서 언급한 어린아이의 의사소통과 닮았다. 아기의 의사 표현은 음성화vocalized되지만 기호화되지 않으며, 언어가 아직 부여되지 않은 상태이기에 그 내용을 전달할 수도 해결할 수도 없다. 언어적 소통이 불가능한 아이는 온 몸을 흔들어 결국 울음을 터뜨린다. 그것은 전신적이어서 듣는 자가 반응하지 않을 수 없다. 울음은 입과 목의 움직임이 아니라 전생애적이고도 전신적인 신호다. 그렇기에 그것은 절실하며, 바로 그 이유로 아기의 울음을 외면하는 것은 차마 할 수 없는, 비인간적 행위로 간주된다. 그 울음이 바로 비-문자, 감성 기호다(감성 기호를 통한 의사소통은 '삶으로 태어나는' 일종의 '탄생의 경험'이기도 하다).

어른이 되었다고 해서 아이의 울음 상태를 경험하지 않는 것은 아니다. 자기 앞에 닥친 일이 무엇인지 모르지만, 체감하고 반응하며 온 몸으로 그 상태를 껴안고 살아가고 있다. 이것은 개인적 체험일 뿐만 아니라 사회적 체험이기도 하다. 한 사회에서 발생하는 모든 일을 당장에 알아차리고 기호화하는 것은 불가능하다. 너무 많은 말들이 시시각각 쏟아지는 글로벌, 정보화, 인터넷 사회를 살아가지만, 정작 들어야 할 말들은 주파수가 너무 낮아서 귀 기울여지지 않을뿐더러, 반드시 해야 할 말들은 안에서 들끓고 있을 뿐, 좀처럼 밖으로 음성화되지 않는다. 음성화되는 순간, 자신의 상처, 목소리, 주장이 전달되는 것이 아니라 존재 자체의 압박, 생존 기회 자체를 박탈당할 수 있다는 불안 때문이다.

사람은 많지만 듣는 귀를 만나기란 쉽지 않다고 체감하고 있다. 듣는 것은 관계 맺기이며 책임을 수반하기 때문이다. 말하지 못한 무언가가 가까운 어딘가에 서성거린다는 것을 알고 있지만, 일부러 아는 체하지는 않는다. 관심을 보이는 순간, 정체불명의 그림자가 자신을 숙주 삼아 붙들 것 같은 공포감 때문이다. 그러나 투명하게 외면당한 그림자들은 소멸하지도 증발하지도 않는다. 그것은 유령처럼 배회하며 기호에 도달하지 못한 부정형의 소리로 중얼거리고 있다.

더듬더듬 혼자서 중얼거리는 타인에게, 그것도 그림자처럼 바닥에서 너울지는 존재에까지 신경 쓸 여지가 없는 것은 각자의 삶이 너무 바쁘고 힘겹기 때문이다. 소통과잉 시대일수록 소통불능에 시달리는 역설의 시대를 살아가고 있다. 듣는 귀를 찾지 못한 말들, 바로 그렇기 때문에 언어의 외피를 적절히 찾지 못한 의미들은 몸 안에 여전히 머금어져 있다.

개인과 사회가 '머금은' 말들은 감성적 움직임으로 실존하지만, 말해지지 않았거나 말해질 수 없는 것들이다. 그것은 기호화되지 않았기에 스스로에게조차 이해되지 않았거나 명료하게 정리되지 않은 점액질의 고민과 갈등이며, 부유하는 사유이자 느낌이다.

개인과 사회, 역사를 깊숙이 이해하려면 드러난 것을 다시 설명하는 것만으로는 부족하다. 어떤 의미에서는 문자화된 것만으로 대상을 이해하는 것은 주체가 전시한 것을 대리 전달하는 반복적 재현에 불과하다. 신문에 적힌 기사만 보고 현실을 이해하는 것과 유사하다. 쓰기의 관점을 이해하고 이면을 읽어 내려는 탐구, 행간에 담긴 비의를 읽으려는 비평적 독해만으로는 부족하다. 여기서 한 걸음 더 나아가 문자화되지 않은 전체로서의 삶 자체에 관심을 가질 필요가 있다. 드러난 것을 통해 말하는 것은 찍은 사진을 다시 복제하는 행위만큼의 결여태이며(거듭된 복제 행위는 텍스트를 원본보다 더 희미한 것으로 만들며, 이는 곧 존재의 약화이자 악화이며 결여태이다), 복제 행위로 인해 실사로부터 멀어지는 것만큼 본질에서부터 멀어져 있다.

'미디어는 메시지'(마샬 맥루한)이기 때문에 드러난 미디어를 비평하는 것도 중요하지만, 미디어가 담지 않은 현실을 찾아 더 넓게 외연을 그려 내고 깊이를 측정하려는 모색도 수반되어야 한다. 감성 연구는 문자 연구의 부정이 아니라, 그것을 포함한 더 큰 그림의 외연을 그리려는 모색으로부터 출발하고 있다. 그것은 단지 역사와 사회, 개인의 의미를 풍성하게 하기 위해서가 아니라, 시대와 역사-장치가 외면한, 애초에 울음이었지만 아무도 돌아보지 않아 그림자가 되어 버린 의미를 재생부활시켜, 상생과 공생의 문화문법을 제안하려는, 연구자로서의 일종의 사회적·역사적 의무라고 판단하기 때문이다.

• • •

이러한 문제의식에 대한 공감대를 기반으로 이 책의 1부에서는 한국에서 계몽적 지식인이 출현하기 시작한 근대 초기로부터 식민지 시기, 5 · 18, 최근 세월호 참사의 경험에 이르기까지, 특정한 역사적 · 사회적 계기에 대해 한국의 집단감성이 어떻게 작동하며 이어졌는가에 대한 계보학적 탐구를 시도했다.

최기숙의 글은 한국에서 근대 초기가 문명과 계몽을 매개로 미디어와 지식인, 제도가 의기투합하면서 시대적 문화자본을 교체한 시기라는 점에 주목했다. 그 과정에서 가장 큰 역할을 했던 근대 계몽의 도구 중 하나가 신문인데, 특히 논설란은 계몽적 지식인이 문명과 근대, 계몽을 설득하고 전파하는 유력한 도구로 활용되었다. 이때 '당위로서의 계몽론'을 담은 논설란의 세계는 '잡보란'에 서술된 실재로서의 현실과 배리되는 면을 내포하고 있었다.

논자는 일본인이 주관한 《한성신보》(1895~1904)를 분석 텍스트로 삼아, 잡보란에 서술된 조선의 문화가 '사건화'되는 수사학적 방식에 주목했다. 신문에서 무지한 조선, 미개한 조선 여성을 일종의 '사건'으로 탄생시키는 감성정치의 작동 문법을 탐구한 것이다. 이때 무시와 모욕의 감정이 계몽 주체가 계몽되지 않은 대상을 바라보는 비대칭적인 시선으로 작동하는 문화정치를 수행하고 있음에 주목했다. 논자는 이러한 '지식 – 계몽'의 담론과 문자화 방식이 여전히 한국 현대의 지성계에 면면히 이어져 지식의 권력화를 초래하고 자연화했다고 판단한다. 비판적 지식인이 목소리를 내도록 허용되는 문화 제도와 관습이 역설적으로, 스스로를 성찰해야 하는 지식인으로서의 사회적 책임에 면책권을 부여하는 모순을 초래했다는 것이다. 논자는 비판의 화살이 대상을 향하기 전에 스스로에게 먼저 겨냥하도록 훈련하는 성찰적 지식인이 재정립되어야 한다고 제안한다.

소영현의 글은 1920~30년대의 식민지 시기에 친밀성에 기반한 여성범죄 기사를 분석하고, 범죄를 통해서 비로소 미디어에 존재감을 확보하게 된 여성의 역사적·사회적 모순과 젠더적 위치를 점검했다. 이러한 연구의 단서가 된 것은 김동인과 나도향의 소설 속 여주인공의 행로다. 이 여성들은 욕망의 주체가 되는 순간, 죽음에 이르거나 범죄자가 되었다. 매혹적인 여자는 팜므파탈로 표적화되었으며, 자기 선택적 삶을 지향한 여성들은 파멸했다. 논자는 1920~30년대의 조선일보와 동아일보에 실린 각종 여성범죄 사건 기사를 분석함으로써, 이러한 소설적 현실이 당시 신문에 게재된 각종 여성범죄 서사와 유비적 상관관계를 맺고 있음을 해명했다.

논자는 본부 살해, 독살, 소부 등의 위협적이고 불온한 어휘를 동반한 여성 기사가 본부와 가장에게 해를 가하는 위험한 존재로서 여성을 기사화함으로써, 노동하는 여성, 삶의 주체로서의 여성의 존재감은 오히려 삭제되었음에 주목했다. 여성범죄를 합법화하는 사법제도와 과학적 도구는 이에 대한 대중적 공감대를 견인하는 근대적 감성 문법의 장치가 되었다는 것이다. 드러난 기사가 주목한 것은 여성의 위험한, 분에 넘치는 욕망이지만, 문면에 그림자처럼 가라앉은 것은 끝나지 않는 여성노동에 대한 사회적 인정 구조였던 것이다.

김명희의 글은 역사로서의 5 · 18이 피해자들의 집합기억으로 구성되어야 한다는 관점에서 강풀의 만화 〈26년〉을 사회학적으로 분석했다. 최근에 개봉된 영화 〈택시운전사〉(2017. 감독:장훈)가 5 · 18을 배경으로 '겁에 질린 영웅'(광주행 택시운전사 김사복. 배우 송강호)의 양심적 행로를 그려내어, 상처받은 시민권 회복의 열망에 부응했던 것에 미루어 본다면, 강풀의 만화는 이보다 10여 년 전에 픽션의 형식으로 '문화적 처벌'을 시도한 일종의 역사적 대화에 속한다.

연구자는 이 문제를 '사회적 침몰'로서의 '세월호 참사'와 연결지으면서, 인권침해의 가해자이면서도 이를 부인하는 국가, 이를 알면서도 부인하는 대중 심리에 대한 이중적 접근을 시도했다. 이때 연구자가 택한 '부인의 감정생태계'라는 개념은 특정 사건을 둘러싸고 발생한 행위자들의 감정 경험과 반응, 연대의 흐름을 시공간적 맥락 속에서 역동적으로 포착하기 위한 것이다. 연구자는 피해자-방어자의 동맹을 제안하면서, 이것이 자연발생적으로 생겨나는 것이 아니라, 무관심에서 공통의 경험으로 이행하는 의식적인 연대를 통해 구성되는 것임을 강조했다.

서동진의 글은 최근 미디어에서 진정성을 매개로 한 자기 전략을 일종의 감성팔이로 간주하는 시선 자체를 비판적으로 조명했다. 논자는 감정, 감성, 정동이라는 용어 투쟁으로 변용된 학적 토론 아래에 그림자 진 빈정거림, 모멸감 등을 경험적 실재에 주목하여, 이를 윤리적이고 정치적으로 재사유할 것을 제안했다. 특히 최근 세월호 참사를 둘러싼 논의에서 감성이 비평적 서사로 전유되는 과정에서 학술적으로 소비되는 현상을 감성 담론의 임계점을 보여 준 문제적 현상으로 진단했다. 감정이나 정동이 표상, 언어, 이데올로기라는 장치와 맞물려 작동하는 정치적 주체화의 메커니즘이라는 것이다. 이를 통해 감수성이란 본능적이고 자생적 감정이 아니라 연마되고 구성된 감정이며, 헤겔의 정치철학에서 거론된 인륜성과 연결된 것임을 지적하고, 담론 소비의 상품화 전략으로 전락한 감성 담론의 순기능을 회복하고자 했다.

　이상의 논의에서는 집단감성의 추이를 통해 한국사를 재성찰하고 감성적으로 전유하는 방식을 통해, 무시와 모욕, 범죄와 공포, 부끄러움과 죄책감, 좌절과 모멸감 등으로 이어지는 한국 근현대사의 집단감성이 모종의 부정적 지층을 형성하며 유동하고 있음을 논증했다. 부정적 감성으로 점철된 한국 문화사에 대한 이해는 일정 정도의 인식적 피로도를 반영한다. 그러나 이러한 모순을 성찰적으로 인식함으로써만이 반성적 주체를 견인해 내어 사회, 역사의 건강성을 회복할 수 있으며, 이를 통해 사회와 역사의 현재적 동력으로서 상생적 힘을 복원할 수 있다는 희망의 가능성을 제출하고 있다.

· · ·

2장에서는 집단감성이 작동되는 문화정치의 방식을 한국과 중국의 사례를 중심으로 살펴봄으로써, 동아시아 집단감성의 정치화·제도화 과정의 실제를 규명하고자 했다. 이를 위해 중국 송대로부터 현대까지, 15세기 조선으로부터 광화문 촛불시위의 현대까지, 실제의 사회 현상이나 문화적 경험을 사례로 들어, 감성이 역사적 시공간 속에서 실제로 작동하는 방식을 분석했다. 하경심, 후샤오전, 이주해의 글은 중국사를 대상으로, 김지수, 이하나, 박진우의 글은 한국을 대상으로 삼았다.

하경심의 글은 중국 원대 산곡이라는 노래 양식을 통해 입신양명의 이념 바깥에서 공연예술의 길을 걸어간 작가들의 감성과 인생관, 심리가 공감대를 형성하면서 일정한 예술적 연대를 이어 온 과정에 주목했다.

중국 내부에 민족적 차별이 존재하던 원대는 특권층의 세습과 추천에 의해 관로 진입이 결정되어 출사의 기회가 제한되는 한계를 갖고 있었다. 이러한 시대적 분위기 속에서 산곡의 작가들은 다양한 방식을 동원해 시대를 비판하거나 때로는 거부하고, 관조하거나 풍자하면서 고유한 예술 세계를 형성해 갔다. 그리고 이는 동시대 주변인과 공감대를 형성하면서 시대적 감성과 문화를 주도했다. 시대와 타협하지 않은 작가의 선택은 그들의 생각과 감정에 공감하는 관객에게 위안을 주었고, 역사적으로는 시대적 한계를 단지 비탄의 정서로 노래하거나 울분에 찬 저항으로 표현한 것이 아니라, 승화된 감각으로 비탄의 정서를 사유하게 하는 행운을 안겼다는 것이다. 이 글의 장점은 연구자가 주변부 지식인과 예술가의 조건이나 반응, 태도를 획일화하지 않음으로써, 제도 바깥에 펼쳐진 삶의 다양성을 재구성하고, 예술적 표현과 감상자의 역동적 반응을 구체적으로 조명했다는 점이다.

후샤오전의 글은 중국 명대에 귀주 지방의 여성 지방관이던 사향과 명 태조의 고사를 둘러싼 후세의 기록을 중심으로, 고사의 변천 속에서 복식과 음식이 어떻게 중앙과 지방을 교섭하는 정치적 교환 기호로 자리매김 되었으며, 후대에 이르러 상업성을 매개로 서정적 전통 기호로 변용되었는지를 탐구했다.

여성 지방관의 공물이었던 메밀 쿠키는 소품에 불과했지만, 공물로 채택되는 정치적 맥락에서 친밀성이라는 감성 기호가 작동함으로써 유연한 정치적 효과를 창출했다. 몸이 잘려도 다시 붙어 생존하는 취사의 이미지에 착안해, 소수민족으로서 끝내 한족과 동화하지 않고 자기 정체성을 지킨 지역민의 정치적 생명력이 어떻게 문화 기호로 정착해 갔는지를 해명한 것이다. 논자는 이러한 취사의 이미지가 역사적 흐름에 따라 치유와 복원력을 지닌 모성의 이미지로 재탄생하는 문화사적 과정을 고찰했다. 이를 위해 논자는 명청대 문인의 시와 서사에서부터, 우리에게 노벨문학상 작가로 알려진 모옌莫言의 소설에 이르기까지, 중국문학사를 관통해 자료를 섭렵했다. 이 글은 중국의 정치사와 일상사, 문학사를 가로지르는 방식으로 전통의 현대적 변용과 계승의 문제를 다루고 있다.

이주해의 글은 남성 문인 중심의 중국 고전문학사의 전개 속에서 역설적으로 아버지 이미지가 부재했던 현상에 착목하여, 자식을 낳아 얼굴을 대면하고, 이름을 짓고 몸을 씻어 주며 기르고 가르치는 과정에서 형성되는 아버지의 정체성이란 무엇인지, 그것은 기존에 남성에게 부여되었던 정치가, 학자, 문인, 사상가라는 정체성과 어떻게 다른지에 대해 접근하고 있다. 아버지라는 정체성은 일상생활의 장에서 신체적이고 경험적이며 대화적인 관계를 통해 비로소 구성되고 인지되었으며, 자식을 양육하고 가르치는 과정을 통해 한 남성이 아버지로서 성장할 수 있었다는 것이다. 논자는 이를 문인이 일상의 현장에서 직접 자식을 기르고 관계를 맺으며 느끼고 사유한 경험과 감각의 구성물인 다양한 양식의 글쓰기를 통해 해명했다.

이를 통해 아버지가 아이에게 기대한 것은 총명이 아니라 공경이라는 관계적 태도이며, 자식을 기르는 과정에서 경험한 관심과 사랑, 기쁨과 불안의 정서가 아버지를 감성 주체로 거듭나게 하는 정서적 요소가 되었다고 분석했다. 이러한 접근은 문학사에서 장르적 접근이나 형식미의 탐구, 주제 분석을 통해서는 도달할 수 없는 문학 연구의 새로운 발견이자 확장에 해당한다.

김지수, 이하나, 박진우의 글은 15세기 조선의 형사소송 사건, 1970년대 텔레비전 드라마에 대한 비판과 검열, 최근의 촛불시위에 이르기까지, 한국사의 특정 시기에 행해진 감성정치의 권력과, 제도화 양상을 구체적으로 분석함으로써, 감성이 어떻게 시대와 역사, 사회를 성찰할 수 있는 매개가 될 수 있는지를 실증적으로 논증하고, 그것이 함의하는 보편적 이론화 가능성을 타진하고 있다.

김지수의 글은 조선시대 성종조에 신자치의 아내가 여종 도리의 머리카락을 자르고 구타한 뒤 뜨겁게 달군 쇠로 얼굴과 가슴, 음부를 지지고 산골짜기에 버린 형사 사건에 대한 추적으로부터 출발한다. 이 사건은 남편과 여종의 관계를 질투한 아내의 폭행 사건인데, 조정에서는 신자치의 직위를 강등시키고 강제이혼을 명하는 한편,

도리와 그 가족을 노비 신분에서 풀어 주는 것으로 피해자에 대한 보상책을 마련했다.

이 글에서는 유교적 가부장제가 지배하고 혼인 가족 중심으로 유지되었던 조선시대에 칠거지악이라는 명분으로 여성의 행위와 감정을 통제하는 과정에서 불거진 각종 가내 폭력 사건의 실재를 다루고 있다. 특히 질투가 곧 폭력으로 행사되는 맥락으로서 가족제도와 유교 이념, 이를 강고화하는 법 제도가 상호작용하고 있음을 비판적으로 조명했다. 논자는 질투란 젠더적 감정으로 인식되었으며, 조선의 법전은 여성의 질투를 직접 통제하고, 부부 간 위계를 강화하는 역할을 했음을 논증했다. 이를 위해 조선시대의 역사 기록과 법전의 실제를 대비하고, 그 가운데 감정을 매개로 사건화된 여성·가족·신분 문제를 총체적으로 분석함으로써, 궁극적으로는 감정이 다루어지는 역사적 방식, 법적 해석이 제도와 이념, 일상의 균열 지점에서 충돌하며 긴장 관계를 맺어 온 탄력적인 양상을 조명했다.

이하나의 글은 1970년대 유신 체제에서 미디어 정치를 통해 권위주의 체제를 강화하는 과정의 실제를 방송윤리규정과 텔레비전 연예오락 프로그램, 텔레비전 드라마에 대한 문화엘리트의 비판을 통해 분석했다. 저속성, 퇴폐성, 감상성은 텔레비전 시청률을 좌우하는 흥행의 요소였지만, 동시에 저속과 저질 담론의 비판을 받는 표적의 대상이기도 했다. 비판의 내용을 구성하는 수사는 선정성과 불건전성, 센티멘털리즘이었으며, 권력과 엘리트는 통속성에 대한 대중의 감정이입이 국가가 제시한 공공적 목적에 부합하는 국민 정서에 저해되는 요소라고 비판함으로써 억압과 규제를 정당화하는 윤리 기준으로 삼았다는 것이다.

그 과정에서 시청자로 압축·호명되는 대중은 엘리트 문화를 생산하고 향유하는 집단과 수직적 위계를 형성하면서, 대중문화 소비자는 문화비평가와 문화생산자보다 하위에 위치한 존재로 위계화되었다고 분석했다. 국가와 문화엘리트를 동시적 합의에서 감성규율이 전면화되는 계기가 마련되었다고 간주한 것은 미디어의 문화정치가 대중을 제어하고 통제하는 방식으로 움직였던 1970년대였기에 가능한 해석이다. 이 연구는 향후 미디어의 변화와 대중의 변모에 따른 규율과 통제 방식이 일종의 게임처럼 변화하고 진화하는 역사적 흐름의 초기 상태를 점검하고 성찰하는 유용한 사례가 될 수 있다.

박진우의 글은 2016년 촛불시위를 둘러싼 대중의 집단감성의 구조를 해명하고, 여기에 작동하는 문화정치학의 실제를 분석했다. 연구자는 이를 한국에서 발생한 지역적 현상으로서가 아니라 세계화 시대에 글로벌 전역에서 '정치적인 것'이 작동하는 보편화된 사례의 하나로서 접근한다. 핵심 키워드는 시민성, 저항권, 포퓰리즘, 그리고 정치적인 것에 대한 근본적 비판이다. 촛불시위를 국부적인 것, 또는 특정 시기의 정치 부패에 대한 잠정태로서 접근한 것이 아니라 붕괴된 헌정 질서의 전면적 재건으로 간주하면서, 대의민주주의와 포퓰리즘, 좌익적 대중주의에 대한 전면적 재성찰을 요구한 실천 행위로 바라본 것이다.

이 글에 따르면 촛불시위는 한국사의 사건인 동시에, 21세기 글로벌 사회가 갈망하는 변화에 대한 세계사적 경험이다. 촛불시위는 브렉시트와 테러리즘, 점령운동Occupy movement과 분리된 사건이 아니라, 그 잠재적 연속선상에서 논의하고 성찰해야 할 새로운 정치적 주체의 탄생에 대한 신호탄이며, '몫이 없는 자'들이 집단화된 목소리를 통해 현현하는 새로운 데모스의 형상이다.

· · ·

이상에서 살펴본 바와 같이, 이 책은 집단감성의 계보를 한국과 동아시아 차원에서, 전근대로부터 현대에 이르기까지 폭넓게 다루고 있다. 촘촘하게 시공간적 틈새를 메우는 것을 추구하지 않는 것은 감성 연구의 본질이 일정한 틀을 빈틈없이 메우는 건축학적 사고에 있지 않다는 것을 보여 주는 의식적 모색의 결과다. 이 연구에는 애초부터 강요된 틀이 없었다. 공유하는 방법론도 없었다. 공유된 것은 오직 문제의식뿐이다. 연구의 방법으로서의 비문자 감성에 주목해야 한다는 공감대에 힘입어, 각자 3~7년에 걸쳐 개별적이고 협력적인 연구와 토론을 전개했다. 실제의 글쓰기가 시작된 것은 3년 전부터다.

이 책은 특정한 이론적 틀에 의존해 생각과 감성의 의미 자장을 정박시키고 조율하기보다는 원자료에 해당하는 역사와 사회의 현실이라는 텍스트를 매개로, 거기에 기록되지 않는 비-문자 감성 기호를 풍부하게 읽어 냄으로써, 역사와 사회의 외연과 심층을 확대해 보려는 의도를 실천하는 학적 실험과 도전의 결실이다. 이론 공부를 충실히 해 온 연구자들은 각자의 전공 영역을 기반으로 인접 영역의 연구와 방법론적 탐구를 넘나들며, 학적 실험을 풍부하게 개진해 보자는 취지를 공유했다. 연구와 글쓰기 과정에서 참조하고 영감을 얻은 선행 연구가 자연스럽게 공유되었지만, 그조차 자율적이고 선택적인 학적 설계로서 각자에게 위임되었다.

모두가 공유했던 부분은 구술적인 것, 숨겨진 것, 은닉되거나 억압되었으나 배면에 흘러넘친 흔적에 주목함으로써, 문자로 기록된 것을 역사와 현실, 사회 그 자체로 환치시키는 모순을 극복해 보자는 관점이다. 외국의 이론과 사례를 참조하되, 한국의 역사적 경험과 문화 현상을 중심에 두고자 했다. '한국어로 학문하기'라는 명제는 최우선적 전제였다. 이러한 경험을 바탕으로 한국과 지리적으로 근접해서 역사적인 교섭과 접목이 용이한 동아시아로 연구 영역과 관심을 확대했다. 이를 통해 궁극적으로는 한국과 아시아에서의 감성 연구의 이론화 가능성을 타진하고자 했다.

이를 위해 각 연구자가 채택할 수 있는 방법론적 도구를 충분히 활용하는 학적 실험을 수행했다. 이에 대해 공동 연구자가 모여 논의하면서 문제의식과 공감대를 확대해 갔다.

이러한 학적 논의와 성찰의 장을 제공한 것은 국학연구원 HK사업단과 사업단 내부의 문화팀(2단계의 감성팀은 3단계에 문화팀으로 명칭 변경함)이다. 이 책에 수록된 모든 글은 국학연구원과 HK사업단에서 발표하고 토론을 거쳐 문제의식을 공유하고 방법론에 대해 심층적인 토의를 거쳤다. 연구자마다 한국학 · 국문학 · 중국문학 · 사회학·문화학·신문방송학·역사학 등 전공 분야가 다르고, 활동 지역도 한국·대만·중국·미국 등 다양하지만, 각자의 분야에서 감성을 매개로 연구를 수행하고, 학제간 토론을 통해 문제의식과 방법론, 사회적 제언을 공유할 수 있었던 것은 HK사업이라는 연구의 장치에 힘입은 바 크다(1단계로부터 9년간 연구 동력을 유지하는 데 무엇보다 큰 힘이 되어 준 것은 국학연구원과 사업단을 이끌어 주신 김도형, 도현철, 백영서 단장님과 인문한국 사업이라는 학적 실험과 실천을 온몸으로 통과하며 연구에 매진한 동료 연구자들이다. 오랜 시간 동안 연구와 교육에 힘쓰고 글을 쓰는 과정을 지켜보면서, 인내와 숙고에 대해 배우며 존경의 감수성을 익힐 수 있던 데에 감사드린다. 감성팀과 문화팀으로는 소영현, 이하나 연구교수와 김왕배, 서동진 일반연구원이 함께 했으며, 후샤오젠, 김지수 교수님과는 감성 연구의 초기부터 학적 교류와 공감대를 형성하며 동아시아에서의 감성 연구, 미국에서 진행된 감성 연구의 지평 확장에 관해 논의해 왔다. 하경심, 이주해 선생님과 중국 고전문학과 문화, 예술에 대해 감성을 매개로 재인식하는 학적 경험을 공유한 것은 한국학의 분야와 시각을 동아시아적 맥락에서 성찰하는 계기가 되었다. 감성과 사회인문학을 매개로 사회과학과 인문과학의 연결성에 대해 함께 논의한 김왕배, 서동진, 박진우, 김명희 선생님께 감사드리며, 아쉽게도 김왕배 교수님의 개인 사정으로 이 책에 같이 글을 묶을 수 없었음을 밝힌다. 감성 연구를 매개로 실천적 차원에서 경계 넘기의 학적 실험을 함께 한 동료 소영현 선생님과 팀원 분들께 감사드리며, 연구팀과의 대화를 통해 공감 동력과 성찰력을 체감했음을 밝힌다.).

연구의 초기에는 학제간 연구에 대한 감성적 진입 장벽이 확고했는데, 연구를 지속하는 동안 장벽이 주는 압박보다는 학제간 특성을 오가는 탄력성에 힘입어 연구의 활력이 배가되는 경험도 하게 되었다. 학제간 연구라는 방법론과 학문 영역 간 교섭과 대화는 사회적으로나 담론적으로는 이미 상식이 되었지만, 제도적으로는 배타성과 억압성의 무게로부터 자유롭지 못하다는 것도 연구 진행 과정에서 실감한 바다. 그로부터 야기되는 무게를 감당하는 노하우라는 것은 별다른 게 없지만, 그것이 갖는 장점과 가능성을 확인하는 것이 그 무게를 기꺼이 감당할 힘도 동시에 길러 준다는 것을 실감한 것은 학제간 연구 수행의 과정에서 얻은 또 다른 소득이다.

학제간 연구란 이미 완성된 방법론을 조합하여 적용하는 것이 결코 아니며, 문제 해결 과정에 적절한 방법론을 설계하기 위해 다양한 학문 분야의 성과와 이론을 참조하고, 각 연구가 출현하게 된 배경과 맥락에 대한 이해에 접근하는 과정을 통해 수행하는 사유 실험이자 학적 디자인이다. 이에 대한 발견의 즐거움, 거기서 직면하게 된 연구의 위치성에 대한 확인이 연구자들로 하여금 가려진 자료를 다시 찾고, 문자화되지 않은 의미 기호와 경험 자체를 재조명하게 하는 탐구의 동력이 되었다. 학문이란 글쓰기에서 완성되는 것이 아니라, 그를 통해 자기 자신과 삶을 변화시키고 사회를 바꾸는 실천적 힘을 발휘하는 데서 비로소 출발한다는 것도 연구의 과정에서 새롭게 체감했다. 학문은 거대한 성을 쌓기 위해 작은 돌을 올리는 건축학적 작업일 수 있지만, 동시에 새 길을 찾고 내서 시공간을 확장하는 작업이기도 하다. 걸어온 만큼 길이 줄어드는 게 아니라, 무한 가능성을 알리며 증식되고 있었다.

이 세상에 존재하는 모든 것들은 그림자를 드리우고 있다. 그림자가 있기에 비로소 명실상부한 존재로 자리매김 된다. 투명하게 너울거리는 그림자 읽기란 보잘것없는 행위가 아니라 그 자체로 존재 증명에 필수적이다. 그것은 현존하는 외피이자 내면이다. 역사적 흐름 속에서 이미 지나간 과거는 모두 검은 그림자처럼 시간의 지층에서 펄럭이고 있다. 그림자조차 드리우지 않는 사회는 위험하지만(표백, 박탈), 그림자를 가려 덮거나 무시하고, 처음부터 존재하지 않는 것처럼 간주하는 문화도 불온하다.

　이 연구는 바로 이러한 문제의식으로, 역사 · 사회 · 주체와 그 사이의 상호작용을 통해 무한증식되며 확장되는 그림자 – 관계의 세계를 비–문자 감성 기호로 읽어 냄으로써, 무시와 경멸, 은닉과 박탈, 배제와 혐오, 죄책감과 부끄러움, 공포와 모멸감, 좌절과 달관, 공감과 배제의 집단감성이 도저한 역사적 흐름을 이끌고 한국과 동아시아, 세계화 시대를 넘실거리고 있음을 확인했다. 또한 이를 통제하고 조율하는 감성정치의 작동 방식과 세계화 시대에 공감대가 형성되고 확산되는 문화적 장치에 대한 성찰적 접근을 시도했다.

　흐름에서 중요한 것은 방향이다. 방향을 이끄는 것은 하나하나의 물결을 이루는 집단의 감성, 이성적 설득과 감성적 공감대가 응집된 거대한 체계로서의 몸체–세계다. 그것은 대화와 성찰을 통해 매 순간 질적 의사 결정을 타진하며 방향성을 결정한다. 그림자는 부수적 존재가 아니라, 그 자체로 본체의 일부이며, 실존의 조건이다. 그것을 움직이는 저간의 사회적 힘을 집단감성이라는 명제를 통해 이해하고 한국과 동아시아의 계보와 동력 장치를 해명하고자 한 것이 지금까지의 감성 연구가 도달한 지점이다.

이 팀에서의 다음 학술 기획은 이러한 감성 연구의 지평을 한국학을 기반으로 재구성하여 실제의 교육 현장에서 활용하는 방안을 제안하는 것이다. 연구와 사회적 실천을 연계하는 가장 유효한 방식은 교육이라고 판단하기 때문이다. 후속 작업에 대해서도 독자들과 의미 있게 공유하고 대화할 수 있기를 바란다.

국학연구원 HK사업단 문화팀을 대신하여

최기숙

집단감성의
문화사적 계보

| 무시와 혐오 |

계몽의 이면, 무시와 혐오의 감성정치

_ 최기숙

* 이 글은《한국고전여성문학연구》31(한국고전여성문학회, 2015)에 게재된 원고를 수정하여 재수록한 것이다.

계몽이라는 정의正義와 '무시'의 정치성
: '무지'는 무시되어도 좋은가

한국사에서 근대 초기는 계몽 담론이 활성화되는 과정에서 지식을 둘러싼 문화권력이 재편되는 분기점이다. 계몽 담론을 형성하는 주된 키워드는 서구, 과학, 이성, 위생, 학교, 신문, 교과서, 인쇄된 책 등이다. 지식 생산과 유통의 차원에서 보자면, 이는 전통적인 성리학, 유교, 성현, 경전, 사서, 필사본과 결부된 세계와는 완전히 구분된다. 교육의 내용과 경로도 상이하며, 학습자가 '계몽된' 이후의 진로 선택도 이전과는 전혀 다른 방식으로 이루어진다. 그에 대한 사회적 의미 부여도 판이하다.

근대 초기에 계몽과 결부된 단어는 교육과 문명이다. 그 매개는 신문과 잡지, 교과서 등 활자로 인쇄되어 대중적 보급이 가능해진 활자 매체다. 계몽은 스스로를 명명하고 선언하며, '계몽되지 않은 사람/지역/집단/문화/국가'를 생성해 낸다. 계몽은 '무지'라는 타자를 명명하는 방식으로 자신의 위치를 확보해 내며, 둘 사이의 위계적 관계를 확고히 만든다. 계몽은 명명하고 가르치는 자이지 성찰하며 반성하는 자가 아니다. 그는 '미리 알고 있는 자'라는 자기 위치를 내세우지 않고, 단지 '무지한 자'를 가르쳐야 하고, 스스로 가르칠 수 있으며, 가르친다는 언설적 방식으로 자신의 위치와 행위를 정당화한다. 그것은 애초부터 반성을 면제받은 자리이며, 자기성찰이 충분하게 수행되지 않는 맥락 속에서 생성되었다.

이 글은 근대 초기에 형성된 계몽 담론의 사회적 힘과 작동 방식, 위계화 과정이 현대 한국 사회에서도 여전히 굳건한 영향력을 고수하고 있다는 점에 착안했다. 이에 따라 한국 사회에서 '무지'에 대한 '지식'의 위계화 과정, 지식과 권력의 문화적 형성과 용인의 구조가 형성되는 근대 초기를 대상으로 그것을 현실화하는 데 중요한 역할을 담당했던 신문 매체의 언설 구조를 살펴봄으로써, 계몽 주체의 문화적 특권화가 어떻게 '무지한' 사람·지역·국가에 대한 '무시의 감정'을 정당화하는지를 성찰하려는 데 목적을 둔다. 이를 위해 계몽의 특권과 무지에 대한 무시라는 상관 쌍을 용인하게 하는 언술의 정치학과 감성 통제의 방식을 해명하는 데 주안점을 둔다.

사전적으로 '지식 수준이 낮거나 의식이 덜 깬 사람들을 깨우쳐준다'는 의미를 지닌 계몽이란 단어에는 지식인과 비지식인(무지한 자), 주체와 대상의 명확한 구분이 전제되어 있다. 모든 계몽 담론은 먼저 깨달은 자가 앎에 아직 도달하지 않은 자를 계도啓導한다는 시혜적이고 공공적인 태도를 함축한다. 그러나 반대로 그 이면에는 지식인이 알거나 소유한 지식과 정보를 특권화하는 의식이 작용하고 있으며, 계몽 주체의 사회적 위치를 '도달해야 할 목표 지점'으로 상정함으로써('자기'의 목표화), 지식을 중심으로 사회를 위계화하는 권력적 관점이 매개된 경우가 많다.

이를 지식(인)의 권력화 과정이라고 할 때, 대개 이는 '계몽'이라는 이념이나 '교육'이라는 목적(또는 직업적 허용)을 통해 무매개적으로 용인되는 편이다. 이는 목표로서의 계몽과 내용으로서의 지식이 학적 토론과 논쟁의 대상이 되었던 데에 비해, '태도로서의 지식(인)'의 문제에 대한 관찰과 논의가 소홀했기 때문이다. 근대로부터 지금에 이르기까지의 각종 계몽 담론에서는 계몽을 사회와 개인, 지역과 국가, 또는 세대와 계층이 도달해야 할 이념으로 설정하고 있으며, 이를 당위적 목표로 전제하거나 주장하는 형식으로 공론화한다.

그러나 미셸 푸코가 지적한 바와 같이, 근대의 학교라는 공간에서 형성된 교수자-학습자의 관계는 감옥에서 간수-죄수, 병원의 의사-환자와 유사한 '권력적 위계'를 형성하게 된다.[1] 이러한 위계적 관계에서 '계몽 주체'로서의 지식인은 스스로에 대한 성찰을 누락한 채, 오직 '비판 주체'이자 '교육 주체'로서의 사회적 역할에 집중하는 경향이 있다.

이러한 계몽의 위치 설정은 계몽 주체가 '교육자'와 '시혜자'라는 공공적이고 정의적인 개념과 연계됨으로써, 스스로를 성찰할 기회를 누락시키거나, 스스로에 대한 사회적 비판/성찰의 기회를 배제하는 역할을 했다. 이러한 모순은 첫째, 계몽의 언설을 전달하는 계몽 주체가 지식인이라는 집단으로 한정된 데서 비롯된다. 둘째, 계몽의 논리를 전달하는 매체의 독점성과 연관된다. 이는 '매체 권력',

---

1   이에 관해서는 미셸 푸코, 《감시와 처벌》(오생근 옮김, 나남, 2003)을 참조.

나아가 '학문 권력' 또는 '학벌 권력'이라는 계몽의 제도와 기구, 상
징 자본과의 연계성을 통해 더욱 강화되었다. 셋째, 여기에 근대 초
기의 지식인 집단이 근대 교육을 매개로 한 성인 남성 중심으로 형
성됨으로써 계몽의 권한이 남성에게 집중되었고, 그 결과 젠더적
불균형성이 발생하였다. 이는 계몽 대상으로서의 여성과 계몽 주체
로서의 남성을 구분하는 젠더적 위계화로 이어졌다.

이 글에서는 바로 이러한 계몽의 언설 구조와 문화적 설득의 원
리가 근대 초기로부터 형성되어 '역사화'되면서 지식인의 문화적
특권을 강화하고 확산시켜 '자연화'[2]되는 현상에 주목한다.[3] 이는
근대 계몽의 언설이 갖는 문화적이고 역사적인 함의가 특정 시기에
한정된 '근대성modernity'의 문제가 아니라, 지금까지도 사회적 힘을
발휘하는 '현재성contemporaneity'의 문제로 이어진다는 판단에 기인한
다. 이는 다음과 같은 맥락성을 제기한다.

첫째, 지식-계몽에 부여된 특권화된 사회적 의미가 근대 이후

---

2 '자연화'는 롤랑 바르트의 용어로, 사회적 · 역사적으로 형성된 것을 원래부터 그러
한 자연으로 인식하게 되는 인식론적 착종 현상을 의미한다(《신화론》, 정현 옮김,
현대미학사, 1995)를 참조.

3 '교육'을 둘러싼 지식인의 특권(권위주의)에 대한 성찰은 '모든 사람은 동등한 지적
능력을 갖고 있다'는 전제로 '보편적 가르침'을 실천한 자코토의 사례를 탐구한 자
크 랑시에르의 저서, 《무지한 스승》(양창렬 옮김, 궁리, 2008)을 참조. 랑시에르는
교육의 본질이 교사의 지적 능력에 기댄, 지식의 전달 행위가 아니라 원래부터 학생
자신에게 있었던 지적 능력의 해방이라는 점에 주목했다. 이에 대한 안내서로는 주
형일, 《랑시에르의 〈무지한 스승〉 읽기》(세창미디어, 2012)가 있다. 교육을 둘러싼
계몽의 특권적 지위에 대한 성찰은 선비의 수양에 대한 전통 사례를 통해서도 가능
하다. 이러한 성찰적 사유는 지식과 권력의 관계에 대한 역사 · 문화적 역설의 문제
로 이어진다.

한 세기 이상 지속되면서, 지식 – 권력의 문제점이 축적되었고, 각종 폐해를 양산했다(폐해에 대한 인식이나 지적이 지식 – 계몽의 성과나 긍정적 효과를 전면 부정하는 것은 결코 아니다). '비판적 지식인'이라는 개념을 통해, 이러한 모순은 더욱 강화되었다.

둘째, '비판적 지식인'은 비판의 대상에서 '자기'를 배제함으로써, 교육 대상인 '무지한 자'를 '비판의 대상'과 등치시키는 인식론적 과정을 초래했다. 이는 역설적으로 비판하는 자에게 비판의 여지가 없는 자라는 '비판의 예외자'의 위치를 제공함으로써, 지식 – 권력의 특권화를 강화했다. 반대로, 계몽을 정당화하는 태도와 시선에 의해 계몽 대상은 '무지한 자(세대·집단·지역·국가)'로 간주되고, 미개, 야만 등의 의미와 매개됨으로써, 무시와 혐오의 대상으로 위치 지어졌다.

셋째, 그 과정에서 여성은 여전히 남성 중심적인 '지식 – 권력'의 관계쌍에 편입하거나 강화하는 형식으로 논의되었다. 이는 지식 담론이나 계몽 담론의 언설 구조를 내용 중심으로 살펴볼 때는 파악하기 어려운 부분이다. 왜냐하면 문서화된 자료에 대한 분석은 '누락된 것' 또는 '없는 것'에 대한 이해 자체를 원천적으로 배제하기 때문이다, 이는 젠더적 관점을 매개한 수사적 차원과 감성 차원의 조명을 통해 분석이 가능한 부분이다.

넷째, 근대 계몽을 둘러싼 지식 – 권력의 모순적 순환이 역사화되는 과정에서 자본이 권력과 결탁하면서 모순은 배가되었고 공고해졌다(필자는 오늘날의 학맥, 학벌주의, 스펙사회는 이러한 성찰이 배제된 '지식 – 권력'의 역사화 과정이라고 보고 있다). 이러한 모순을 극복하기 위해서는 계몽 담론의 구조 분석, 지식인에 대한 비판, 그리고 지식인 스스로의 성찰, 즉 '비판적 재귀'[4]의 활동을 통해, 지식인의 역할과 사회적 위치를 해체하려는 모색이 필요하다.

다섯째, 이를 실천하기 위해서는 계몽 담론을 구성하는 '내용'으로서의 '지식'이 아니라, 이것을 전달하는 '관점'과 '언술 구조' 및 이를 구체적으로 작동시키는 '감성 구조'에 대한 분석이 수행되어야 한다. 특히 감성 구조는 계몽의 매체가 계몽의 도구로 활용한 요소임에도 불구하고, 지금까지 주목된 바 없다. 이는 그간 근대 계몽을 둘러싼 연구가 계몽의 주체, 내용, 효과, 방향에 초점이 맞추어졌기 때문이다. 즉, 근대 계몽의 담론은 계몽의 '내용'에 주목했을 뿐, 계몽을 주장하거나 실천하는 '태도'와 '시선', 신체적 반응을 포함한 '정동의 기호'에 대해서는 소홀했다. 바로 이러한 차원에서 감성 구조는 계몽의 언설을 작동시키는 매개 요소로서 새롭게 주목하여 분석할 필요가 있다.

이 글은 이러한 문제의식을 바탕으로, 근대 초기 신문인《한성신보》를 중심으로 조선인과 조선 문화가 어떻게 계몽되어야 할 '대상'으로 위치 지어지는지, 그것을 구체적으로 수행하는 언설 구조와 방식은 무엇인지에 주목한다.[5] 특히《한성신보》에 주목한 이유

---

4 '비판적 재귀'는 비판의 화살을 비판의 주체가 스스로를 향해 되물을 때 가능하며, 이는 성찰적 지식인의 의무다. 이에 관해서는 최기숙, 〈혜환(惠寰) · 무명자(無名子) · 항해(沆瀣)의 비평적 글쓰기를 통해 본 '인(人) – 문(文)'의 경계와 글쓰기의 형이상학〉(《동방학지》155호, 연세대 국학연구원, 2011)을 참조.

5 《한성신보》자료의 일부는 강현조 선생님의 도움을 받았다. 이 신문은 최근에 연세대학교 학술정보원+연세대학교 근대한국학연구소에서《한성신보 (1895~1905)》1 ~4권(소명출판, 2014)으로 영인되었다.

는 이 신문이 조선의 식민화의 도구로 발행된 것으로 알려진 바, 동시대에 조선인이 간행한 《독립신문》, 《황성신문》, 《제국신문》에 비해 계몽 주체와 대상이 뚜렷이 구분되고, 기사 선택과 서술 방식의 '편향성'이 분명히 드러나 있어, '지식 – 권력'을 '언론 – 권력' 및 '식민 – 통치'의 문제와 연관하여 해명할 수 있는 적절한 매체적 특성을 지닌다고 판단했기 때문이다.

또한 근대 초기에 형성된 계몽의 특권적 지위가 현대로 이어지는 과정에서, 역사적 · 환경적으로는 '식민지'라는 조건에서 해방되었지만, 계몽의 특권이 교육으로 전이되는 과정에서 지식인과 지식장의 권력화를 둘러싼 문제적 양상이 조건을 달리하여 잔존한다는 문제의식을 성찰적으로 사유하기 위해서이기도 하다.

《한성신보》는 사설과 논설, 관보 초록, 잡보, 광고 등의 란을 통해 신문의 지면을 구성했다. 여기에는 조선을 계몽한다거나 근대화한다는 선언이 부재한 가운데, 그것을 '당위적 전제로 삼아' 조선과 조선문화에 대한 문제의식을 담은 사설을 실었고, 잡보란에는 일상에서 발생한 사건을 게재했다. 잡보 기사는 조선의 일상적 사건 기사를 서사 형식으로 기술했는데, 이는 자연스럽게 조선을 '문제적'으로 구성하고 전달하며 확산하는 효과를 발휘하게 되었다.[6] 그중에서도

---

6 《한성신보》의 잡보 기사를 통해 형성되고 전파된 '문제적 조선'의 이미지에 대해서는 최기숙, 〈'사건화'된 일상과 '활자화'된 근대: 근대 초기 결혼과 여성의 몸, 섹슈얼리티 -《한성신보》(1895~1905) '잡보란'이 조명한 근대〉《한국고전여성문학연구》 29집, 한국고전여성문학회, 2014)를 참조. 그 밖에 《한성신보》에 관한 선행 연구는 이 논문의 233~234면을 참조.

개인의 성생활과 부부 불화에 관한 기사의 양적 비중이 높으며, 일상생활과 풍속, 관료와 정치인의 문제, 폭행과 강도 등이 중심을 이루었다. '서사적 일화' 형식으로 서술한 사건에는 주변인과 기자의 논평이 첨부되었으며, 감정 수사가 동원되었다. 이는 기사에 대한 독자의 감정을 환기하고 촉발시키며 확산하는 효과를 발휘했다.

이 글에서는《한성신보》잡보란에 제기된 '문제적 사건'이 어떻게 감정 수사와 연결되어 조선에 대한 부정적 이미지를 구성하는지에 주목한다. 특히《한성신보》라는 언론 매체가 조선인과 조선을 '계몽'의 대상으로 정당화하기 위해 어떠한 비판의 논리를 구상하고 이를 구체화했는지에 주안점을 둔다. 필요한 논증을 위해, 부분적으로는 동시대 신문인《황성신문》과《제국신문》,《대한매일신보》와의 비교를 수행한다. 그 과정에서 조선의 풍속과 문화를 비판적으로 독해한다는 명분으로 조선인과 조선 문화에 대한 무시와 혐오의 시선을 형성하고 확산해 나간 감성정치의 실체를 해명한다.

나아가 기사 내부에 관철된 '비판적 시선'과 '부정적 감정'에 대한 편향성이 조선으로 한정되지 않고 중국(당시의 '청국')을 폄훼하는 논리와 상동적 구조를 지닌 점에 주목한다. 이에 대한 분석을 통해,《한성신보》가 동아시아에서 일본을 근대 계몽의 주체로 위치 짓고, 한국과 중국을 '무지 · 문란 · 타락 · 부패'한 비판의 대상이자 계몽의 대상으로 설정하는 감성정치의 동아시아적 발신의 매개가 되었음을 규명한다. 이는 무시와 혐오의 감성이 복제 가능하고 확산적으로 전이될 수 있는 문화적 매개임을 논증하는 계기가 될 것이다. 여기에 관여한 젠더적 불균형성과 여성적 시선의 존재/간여 양상을 분석함으로써, 근대 초기에 형성되고 강화된 계몽을 둘러싼 행위와 담론의 모순과 역설을 성찰적으로 사유하는 계기를 마련해 보고자 한다.

〈잡보〉란의 사건과 정동의 기술: '혐오'의 정치학

《한성신보》의 〈잡보〉란은 조선의 일상에 관련된 사건이 중심을 이룬다는 특징이 있다. 이는 동시대에 국한문체 중심으로 표기된 《황성신문》과 국문체 중심의 《제국신문》의 잡보란이 일상사보다는 정책과 정부, 기관, 관리, 단체, 학교(교육) 관련 기사가 중심을 이룬 것과 대조적이다. 두 신문의 잡보란이 사건 중심의 단형 기사로 구성된 것과 달리 《한성신보》의 잡보란은 서사 형식의 중형 기사를 취한다는 차이를 보였다.

이러한 《한성신보》 잡보란의 특징은 해당 기사를 통해 조선의 일상을 '사건화'하고, 독자로 하여금 '문제적 조선'이라는 하나의 상을 제안하는 효과를 발생시켰다. 기사 서술 방식으로서 '서사성'을 강조함으로써, 기사의 내용에 대해 '알아야 할 지식' 또는 '정보성'에 대한 관심을 유발하기보다는 서사 전개가 독자에게 호소하는 호기심과 흥미성을 자극하는 효과를 초래했다. 여기에는 개인의 사생활에 대한 호기심, 진행 과정상의 선정성이 매개되었다.[7]

---

7 《만세보》는 1906년 6월 29일부터 〈各紙의 論〉이라는 란을 통해 동시대 신문인 《皇

《한성신보》는 조선의 일상생활과 사생활에서부터 관료와 정치인들의 부패와 무능, 타락한 행동과 제도를 기사화함으로써, 조선에 대한 부정적 인식을 견인하는 언론정치의 관점을 확산했다. 이 신문의 독자는 잡보 기사를 섭렵하는 과정에서 타락 · 부패 · 야만 · 문란과 연계된 조선의 이미지를 수용하게 될 뿐만 아니라, 이에 대한 '혐오'의 시선을 반복적으로 경험하게 되었다.[8] 물론 여기에는 '미담' 기사도 게재되었지만, 이는 부정적인 정서를 환기하는 기사에 비하면 양적으로 협소하고 미미하다. 이제 〈잡보〉란의 '기사 쓰

城新聞》,《大東新聞》,《漢城新報(필자 주: '漢城新聞'으로 표기되기도 함)》,《大韓每日申報》 등의 주요 논의를 비교한 바 있다. 일일이 거론하지는 않는다.

8 이러한 《한성신보》의 태도는 일본이 한국에게 도움이 되는 처신을 하는 듯하면서 매사를 억지로 행한다는 비판을 제기한 《대한매일신보》의 논조와는 분명히 구분되는 것이다.: '무릇 일본이 한국을 유지하게 한다 칭하고 매사에 항거하여 원하지 않는 바를 억지로 행하는 일을 볼진대, 기왕 영국서 애급(이집트)이라 하는 나라에 대하여 하던 일과 흡사하게 생각하고 인증하려 하는 듯한지라.'(〈논설: 영국과 일본에 비교할 일이라.〉 1904. 9. 14). 그 외에도 《대한매일신보》에 실린 논설 〈한국에 대한 일본 정책〉(1904. 11. 2)에서는 일본 《마이니치신문(日本 每日新聞)》에 실린 논설에서 다룬 일본의 대한국정책에 대한 의견을 '공보'로 간주하여 실은 뒤에, 일본이 한국과 맺은 조약 내용과 실상 행하는 일이 다르다는 점을 비판했다. 이는 《한성신보》에서는 찾아볼 수 없던 태도다.
문화 연구가인 스튜어트 홀에 따르면 뉴스 가치의 구조는 뉴스 생산에서 중립적이고 기능적으로 작용하는 수준인 것처럼 보이지만, 스토리와 사건, 사람들을 '자연스럽게' 연결시키고, 익명의 사건에 사회 세계에서의 특성, 지위, 위치를 덧붙임으로써, 비인격적인 역사적 세력의 배후에서 '드라마', '인간적 관심사'를 찾아내게 된다. 이데올로기적으로 이는 결코 중립적일 수 없다(임영호 편역, 《스튜어트 홀의 문화이론》, 한나래, 1996, 324~325면). 홀에 따르면 미디어 담론이 현실 자체를 투명하게 반영한다고 보는 것은 자연주의적 환상이며, 오히려 현실이 미디어 담론의 의미작용의 효과이자 결과라고 볼 수 있다(박선용, 〈스튜어트 홀의 문화연구: 이데올로기와 재현의 정치〉,《경제와 사회》45호, 비판사회학회, 2000, 158면, 각주 4)를 참조).

기'의 방식과 수사학에 대한 분석을 통해,[9] 《한성신보》가 수행하는 언론정치의 양상과 정치성의 효과가 무엇인지 살펴보기로 한다.

요약 · 야만: 미신과 무지의 일상/풍속

《한성신보》에는 무당과 판수, 맹인 점쟁이가 고민을 의뢰하러 찾아온 이의 판단을 교란시키거나 사태를 허탄하게 조작한 사건 기사를 실었다. 이들은 민심을 어지럽히고 불안을 자극하는 '문제적 사건'

---

9 근대 매체에 나타난 '글쓰기'에 대한 연구가 주로 '논설'이나 '서사'에 집중된 반면, 일상사에 관한 취재 기사인 '잡보 기사'를 '글쓰기'나 수사학의 관점에서 연구한 것은 거의 찾아볼 수 없다. 이는 근대 신문이나 매체에 대한 연구가 주로 지식인 중심의 계몽 담론이 집중된 논설이나, 소설, 또는 이에 상응하는 독자의 기서寄書나 문예란 중심의 현상모집 원고 분석에 집중된 연구 동향과 무관하지 않다. 근대 매체에 나타난 논설적 글쓰기, 또는 서사적 글쓰기에 관해서는 김영민(〈근대전환기 〈논설적 서사〉 연구〉,《동방학지》 94집, 연세대학교 국학연구원, 1996), 한기형(〈신소설 형성의 양식적 기반: '단편서사물'과 신소설의 관계를 중심으로〉,《민족문학사연구》 14집, 민족문학사연구소, 1999) 등의 연구가 선도적이다. 여성(독자)의 글쓰기 또는 근대적 글쓰기의 젠더적 시각에 대해서는 이경하(〈《제국신문》 여성독자투고에 나타난 근대 계몽 담론〉,《한국고전여성문학연구》 8집, 한국고전여성문학회, 2003), 김복순(〈근대 초기 모성담론의 형성과 젠더화 전략〉,《한국고전여성문학연구》 14집, 한국고전여성문학회, 2007), 홍인숙(〈근대 계몽기 지식, 여성, 글쓰기의 관계〉,《여성문학연구》 24호, 한국여성문학학회, 2010) 등의 연구가 대표적이다. 최근에 출간된 《제국신문과 근대》(근대 초기매체연구회, 현실문화, 2015)의 1장에서 젠더적 관점에서 근대 신문을 조명했다. 이후에 이와 관련된 연구 성과가 상당히 축적되어 있는바, 이들은 근대 매체를 둘러싼 글쓰기에 대한 연구를 선도했다고 평가할 수 있다. 최근에 《제국신문》을 대상으로 논설, 잡보, 외보, 관보, 광고, 소설 등 신문의 모든 지면을 대상으로 '계몽'을 대하는 시점이 하나의 신문, 또는 당일 신문의 여러 지면에 상이하게 공존하는 양상에 대해 논의한 연구 결과가 제출된 바 있다 (최기숙,〈'계몽의 역설'과 '서사적 근대'의 다층성:『제국신문』(1898. 8. 10.~1909. 2. 28) '논설 · 소설 · 잡보 · 광고' 란과 '(고)소설'을 경유하여〉,《고소설연구》 42, 한국고소설학회, 2016).

의 원인 제공자로 서술되었다. 각 기사는 이들이 경무청에 체포(예정)되는 것으로 마무리되었다.

① 진령군이란 자는 어떤 사람인고. 들은즉 그것은 한 명의 늙은 무당이라. (중략) 이는 그것이 제 요괴로운 위엄을 믿고 일찍이 궐내에 출입하여 영험하다고 거짓으로 의탁하고 허탄함을 부추겨 근본 없는 말로 궐내를 현혹시켜 관 안의 이로움과 해로움에 영향을 미치니, 일시에 조관들이 거기 다 뇌물을 주어 큰 허물을 면하려고 하지 않는 자가 없는지라. 그 음란한 신으로 세상을 해롭게 한 죄가 실상 적지 않다고 하더라. 작년 유월 궁중에서는 그 간사함을 깨닫고 조정에서는 장차 잡아 죽일 의논을 하였더니

_ 〈요사스런 무당은 진령군이라(妖巫에 眞靈君이라)〉 《한성신보》 1895. 9. 9. 2면[10]

② 부모의 장례를 치르고 산소에 묻은 뒤에 일동이 염병을 앓아 사람이 많이 상하자, 무녀에게 문복을 하니, 그대의 부모의 산소를 동네에 마련한 까닭이라고 하면서, 다른 곳에 이장하라고 권했다. (생략)   _ 〈요망한 말로 도덕을 어지럽히다(妖言亂道)〉 1897. 1. 10. 2면

①의 진령군은 서울의 무녀와 맹인을 수하에 둔 60세 전후의 여

---

10 인용은 각주 5)의 영인본을 참조하여 필자가 현대 국어 문법과 맞춤법에 맞게 고쳐 적었다. 인용문으로 실은 경우, 제목도 번역하여 적었고, 한문으로 된 제목은 괄호 안에 병기했다. 영인본에서의 오쇄로 판단되는 단어도 현대어로 고쳐 적었다. 본문의 괄호 안에 제목을 적을 때는 원문대로 표기했다.

그림 1: 〈한성신보〉 1895. 9. 9. 잡보 기사. 예문 ①

자 무당이다. 진령군은 수시로 궐내에 출입하여 영향력을 행사하다
가 궐내를 현혹시키고 '왕실에 재앙을 끼쳐 국가를 어지럽게 하는
자'로 지목되어 체포령을 받았다. '허탄함'의 구체적인 내용은 제시
되지 않았으나 살인죄를 거론할 정도('조정에서는 장차 잡아 죽일 의논
을')의 중죄로 논의되었다. ②의 무녀는 부모님을 산소에 모신 뒤에
가족이 염병에 걸렸다며 점을 치러 온 이에게 '개장', 즉 이장을 제
안했다가 촌민 사이에 갈등과 불화를 야기하게 되었다.

　이 사례는 당시 무당이 인민의 일상은 물론 신분이 높은 궐내의
관리에게까지 영향력을 행사했음을 보여 준다. 무당에 대한 의존도
는 술맛의 변화에 대한 문의(〈舞祝酒甘〉 1897. 1. 12. 2면), 부리는 아
이의 혼사, 청상과부의 신수점(〈命之窮〉 1896. 11. 20. 2면; 〈大哥妙計〉,
1896. 11. 26. 2면), 질병(〈風聞失實〉 1897. 1. 10. 2면; 〈妖言亂道〉 1897. 1.
10. 2면)에 이르기까지 다양하다.

　여기서 무당이 표적이 된 이유는 근거 없이 허탄한 처방을 내려
주거나, 의도적으로 타인을 속여 목적을 달성하고자 거짓 점괘를 행

사했기 때문이다. 때로는 점복을 통해 재물을 탈취하기도 했다(《妖巫拿引》1896. 10. 28. 1면). 인민들은 무녀에게 '예언'이나 '처방' 등의 현실적인 문제 해결을 기대했다. 그러나 무녀는 사사로운 목적으로 가짜 점괘를 주거나 '운명/점괘'를 조작하는 속임수를 썼던 것이다.

이 기사들은 점복을 행하는 인민 자체나 일상의 문제를 풍속의 차원에서 비판하기보다는 비판의 표적을 무당, 판수, 점쟁이라는 구체적 개인으로 한정했다. 사건과 당사자를 서술하는 과정에서는 괴이, 간사, 야만, 요얼, 요악, 혹惑 등의 부정적인 정동 수사를 활용했다.[11] 이들에게 점복을 의뢰한 인민은 '교화' 또는 '비판'의 대상이 아니라 행위의 피해자로 위치 지어졌다.[12]

이러한 기사들은 미신을 추종하는 인민의 무지를 폭로하고 있다. 이는 결과적으로는 조선의 문화와 풍속 전반을 비판하는 '제유적 기능'을 수행했다.[13] 이들을 체포하면 요악한 행위를 금지시킬

---

11 《한성신보》에서 무녀, 무당, 판수 등에 대한 기사에 감정 수사가 동원되었다면, 이와 대도적으로 《대한매일신보》의 유사 기사는 사실 중심의 정보 제공이 중심을 이룬다. 예컨대, 《대한매일신보》의 잡보기사 'ㅇ롱금잡술'(1904.8.23. 2면)을 보면 감정적 반응이나 서사적 흥미성보다 사실 정보의 기술이 중심이 되었음을 알 수 있다. 그 외에 《대한매일신보》 1904.9.7.2면 잡보란의 〈요무피착〉 등.
한편, 《만세보》에도 무녀와 관련된 기사가 잡보란에 실렸는데, 〈妖誣劫匪〉(1906. 7. 4. 3면)이라는 표제에서 보는 바와 같이, 무당을 지칭하는 어휘에 '妖'라는 수식어를 결합해 사용했다.

12 박애경은 《제국신문》을 대상으로 무녀와 첩, 기생 등이 '야만의 표상'으로 서술된 양상을 해명한 바 있다(〈야만의 표상으로서의 여성 소수자들: 《제국신문》에 나타난 첩, 무녀, 기생 담론을 중심으로〉, 《여성문학연구》 19집, 2008, 3장을 참조).

13 '부분'을 들어 '전체'를 표상하는 '제유적 수사'는 필자가 주목하는바, 근대화의 언설 구조가 보이는 착종적 측면인 '근대 계몽의 역설'을 보여 주는 대표적 방식이다. 이에 대해서는 최기숙, 'How "the Old" became the "Backward": The

수 있다고 상정되었으므로, 미신과 무당에 대해 공권력을 행사하고 개입하는 것은 인민의 문화에 대한 관의 통제와 관리를 정당화하는 논리로 이어졌다. 궁극적으로 이는 감시와 검열, 통제를 정당화하고 경찰국가를 옹호하게 하는 맥락적 바탕으로 작용했다.

음특 · 문란: 음란한 성관계/성생활

《한성신보》 잡보란은 가정을 단위로 삼거나 개인이 중심이 된 성생활을 '문제적 차원'에서 서술한 기사의 비중이 높다. 혼외 성관계(〈姦夫被辱〉 1896. 11. 10. 2면)는 물론, 기혼 남녀의 화간, 간부 살해(〈姦夫被殺〉 1896. 11. 14. 1면), 아내의 치정 도주에 대한 피해 보상(〈勿爲蕩子妻〉 1896. 11. 14. 2면), 가족을 버린 여성에 대한 비난(〈失節蔑倫〉1896. 11. 28. 2면) 등에 이르기까지 내용의 범주와 사건의 종류가 다양하다. 《한성신보》 잡보란에 실린 조선의 가족, 부부, 성, 사생활 기사를 섭렵하다 보면, 조선의 가정은 윤리와 법도를 넘어선 '음특'하고 '문란'한 사회라는 인식을 하게 된다.[14]

본처가 간부와 음행을 하여 출산한 사건을 다룬 잡보 기사 〈정 많은 남자(多情男子)〉(1903. 8. 13. 3면)는 남편이 애첩을 두도록 원인을 제공한 본처가 '투기가 무쌍'하다고 서술하면서, 본처로 인해 남편

Confusion and Paradox of Modernity written in Jekuk-Sinmun' (AKSE in Bochum 2015, Ruhr-University Bochum, 2015.7.13.)의 발표문 제 2~3장을 참조.

14　이에 관해서는 최기숙(2014)의 논문을 참조. 이 절에서는 선행 연구에서 다루지 않은 기사 분석에 한정하며, '감성 수사'에 주목한다.

이 애첩과 생이별하게 한 사연을 기술했다. 기자는 이 일로 남편이 마음이 상해 '미친 병(성광)'에 걸렸다고 서술하고, '차마 가련하다고 하더라'는 주변인의 반응을 실었다. 이에 따르면 문제의 원인은 간부와 음행을 하면서도 남편의 첩을 투기하는 '평생의 악처'에게 있다. '음특', '음란'을 표적화한 경우가 여성으로 한정된 것이다.

《한성신보》 잡보란을 일람하다 보면, 조선의 가정생활이 문란해진 것은 무절제한 성욕과 부부 간의 윤리 부재, 가정 규범의 쇠퇴 때문이라고 판단하게 된다. 이와 더불어 여전히 존속되는 축첩제, 돈을 목적으로 접근하는 기생 등, '유혹하는 이(대상, 기관, 제도)'가 문제라는 인식을 하게 된다. 이러한 잡보란의 흐름은 결과적으로 조선인의 성적 타락과 윤리의 부패를 '성적 문란', 특히 '여성의 음행'으로 전유하는 효과를 발휘했다.

〈탕자, 길에서 걸식하다(蕩子窮途)〉(1896. 11. 28. 2면)라는 잡보 기사는 미모의 기생 옥홍에게 유혹당한 갑이 결국 가산을 탕패하게 된 사연을 실었다. 그는 '한 눈은 멀고 한 다리는 절면서 찢어진 옷을 입고 떨어진 관을 쓰고 지금 개성부에서 걸식'하게 된 사연의 주인공으로 기사에 등장했다. 사건의 경위나 사실 정보를 간략히 전달화기보다는 기생에 대한 정보와 외모 묘사, 기생에게 매혹된 남자의 심리 등을 서술함으로써 서사적 흥미성을 강조했다. 이는 당시《한성신보》가 성생활과 관련된 기사를 선정적이고 통속적인 가십으로 구성하고, '유혹하는 여성'을 '음특하고 문란한 여성', 나아가 위험인물로 표적화하는 전형적인 방식이다. 이 신문은 유사한 기사를 반복적으로 배치함으로써, 성적으로 문란한 조선이라는 이미지를 구성했다. 호기심과 비판, 선정성과 정보성이라는 양가성을 담보하는 해당 기사들은 조선에 대한 《한성신보》의 이중적 태도를 암시한다.

　③ ⓐ 근래에 소문을 들으니 혹은 창기회사를 설시한다는 말도 있고, 혹은 가무희대(歌舞戱臺)를 창설한다는 말도 있고, 혹은 삼패도가를 만든다는 말도 있으니, 전하는 풍설만 들었고 자세한 절차는 보지 못하였은즉, 경솔히 의논하기도 어렵거니와 ⓑ 대개 의사를 미루어 볼진대, 가무희대라 하는 것은 필연 가무를 잘 하는 미인을 뽑아서 가무를 능숙하게 공연해서 보는 사람의 눈을 반갑게 하여 (중략) ⓒ 좌우간에 여악(女樂)을 숭상하려 하는 일은 예의지방이 변하여 정위지방[15]이 될 장본이라 하노라. 어찌하여 그러한고. ⓓ 가령 큰 손님을 대접하는 때라도 여악이 없어서는 책망이 없을 것이요, 여악이 있으면 비록 재주가 넉넉하여서 당장에 기쁨은 되더라도 나중에 칭찬할 일은 될 것이 없고, 만일 재주가 부족할진대 당장에도 우슴거리라. 추후에 의논이 어떠하리오. 일로써 생각하면 가무희대도 없는 것이 있는 것보다 나을 것이요, ⓔ 가령, 매음하는 일로 의논할진대, 저희끼리 스스로 매음하는 것도 천한 풍속이요 악한 행실이라. 하물며 회사이라. 도가[16]라 명색을 정하고 인생을 견제하여 악습과 추행

15　'정위鄭衛'란 춘추春秋 때 두 나라의 이름으로, 두 나라의 음악이 음란했기 때문에 음란하여 인심을 어지럽히는 것을 정위의 노래라고 한다.(필자 주)
16　'도가都家'는 시전市廛의 사무회의 및 공사 처리를 위한 사무소 또는 전계廛契의 공동 창고다.(필자 주)

을 가르치면 어찌 아름다운 풍화라고 하리요. ⓕ 지금 문명세계에서
도 이 같은 풍속이 혹 있는 나라가 많되, 문명한 나라일 중에는 그른
것이지 좋은 것이라 말할 수 없는지라. 그 좋은 것을 미쳐 다 본받지
못하였거늘 하필 그른 것을 먼저 본받으랴 하리오. 태서 사람이 근래
에 노복 부리는 법을 폐하여 인생을 견제하지 아니하려 하여, 지금은
노복으로 견제하는 법이 없으니 이는 고금에 아름다운 법이라. 소
위 회사와 도가는 물건을 가져 장사하는데 일음이라. 이제 인명을 가
지고 물건과 같이 알아서 장사할 차로 회사와 도가란 명칭을 이르니
어찌 통곡하고 탄식할 일이 아니리요. 소문을 들으니 기생과 삼패 중
에도 지각 있는 사람은 요즘 길이 탄식하고 가만히 눈물 흘리는 자
가 많다고 하니, 그 정경을 생각하면 과연 한심하고 가련하다고 하더
라.
_⟨창기주식회사설(娼妓會社說)⟩ 1902. 8. 24. 3면

　기생에 관한 ⟪한성신보⟫ 잡보란의 기사는 부정적 시선을 배면에
둔 채 흥미성에 대한 관심을 드러냈다.[17] 이후에 ⟪한성신보⟫는 관심
의 초점을 기생에 대한 호기심과 흥미로부터 제도적 관리의 차원으
로 이동한 것처럼 보인다. 기생의 사회적 관리, 또는 제도적 처우에
관한 변화의 방향을 둘러싸고, 향후 '창기회사', '가무희대', '삼패도
가'가 생긴다는 '풍설'을 소개한 기사(③)가 그 예다. 여기서는 기생
의 제도화를 둘러싼 '풍설'을 서술한 데 이어서(ⓐ), 각 풍설의 가능

17　'창기서방들이 요리집을 배설하니 갈보와 음식을 구경할 만하더라'는 기사(⟨妖魔
　　有窟⟩ 1896. 9. 22. 1)와 같이, 기사와 광고의 경계가 모호한 것이 그 예다.

성을 상세히 서술했다(ⓑ), 아울러 각 제도에 대한 비판적 견해를 서술했으며(ⓒ,ⓓ), 기생을 제도화하려 시도를 기생 자신의 목소리로 비판했다(ⓔ). 이 기사는 기생제도를 비판하는 서술이 상당 부분을 차지하지만(ⓒ,ⓓ,ⓔ), 그 과정에서 기생을 제도화하려는 방향에 대한 정보를 제공함으로써, 일정 부분 선정성과 흥미성의 욕구를 충족시켰다. 이 기사의 구성 방식은《한성신보》잡보란을 기획하는 심층적 의도가 축약된 것으로도 볼 수 있다.

《한성신보》에 실린 성생활과 관련된 기사는 음특하고 문란한 조선 사회에 대한 일정한 이미지를 구성했으며, '기생'을 문제의 진원으로 설정했다. 이는 사회문제를 젠더 문제로 치환시키는 전형적인 '표적화targeting'의 방식이다. 여기에는 '천하다', '통곡', '눈물', '한심', '탄식', '가련' 등의 감정적 반응을 서술함으로써, 은밀한 사생활을 폭로하는 선정성과 타락한 조선을 동정하고 조롱하는 무시의 감성 장치를 매개했다. 또한 기사 대상인 조선(사람과 문화)과 언론(기자, 신문, 일본) 사이에 '위계화된' 시선을 관철시켰다.

흉악·강포: 증오와 폭행, '돈(빚)'과 사기/강도

《한성신보》잡보란에 실린 기사 중에서 폭행과 사기에 관련된 기사의 상당수는 '주색酒色'이 관여되었다. 이때 주목할 만한 것은 병정, 의병, 순검 등이 폭행의 당사자로 등장한다는 점, 사회변동으로 인한 이들의 지위 변동 및 사회에 대한 불만을 드러냈다는 점이다.

④ 예로부터 병정 기르기를 교만한 마음이 자라게 하여 병정의 복색을 하고 마을로 나서면 주정을 하든가 사람을 치든가 겁박하고 노략하든가 백 가지로 폐를 저질러도 누가 어쩌지 못하였다. 지금 순검을 설시한 뒤로는 병정이 예전처럼 작폐하는 자가 있으면 잡아다가 그 영문으로 압송하는 법이 있기 때문에, 병정들이 순검을 미워하는 바라. (생략)

_〈순검과 병정에 대한 시비라(巡檢과 兵丁에 시비라 [承前])〉 1895. 10. 5. 1면 잡보

⑤ 비도들이 크게 꾸짖어 왈, "이놈이 의병을 괄시하니, 의리는 모르는 놈이라."라고 즉시 잡아내어 결박하고 삼문 밖으로 끌어내서 당장에 때려죽이거늘, 그 아들이 그때 고을에 있다가 그 부친을 따라 나가서 맞어 죽는 것을 보고, 그 시체 위에 엎드려서 통곡하다가 혼절하였다. 적당들이 말하기를, "저것을 살려두면 후환이 있으리라." 라고, 또 즉시 타살했다. 고을을 잘 다스리던 수령의 부자가 죄 없이 일시에 죽으니, 보던 사람들이 모두 안타까워하지 않는 자가 없고, 서로 불쌍히 여겨 말하기를, "의병의 일도 하늘이 반드시 알고 계시리라."고 하더라.　　_〈홍종헌씨 부자가 해를 당했다더라(洪鍾憲氏父子遇害라)〉 1896. 6. 10. 2면

④는 평복을 한 병정이 다른 병정을 구타한 사건인데, 순검이 개입하면서 모욕, 비방, 구타 등 연쇄적 폭행이 발생했다. 기자는 사건 발생의 원인으로 병정의 권한(서술 표면상으로는 '월권')을 순검이 통제한 데 대한 '미움'을 거론했다. 병정을 '작폐를 일으키는 자'로, 순검을 '정의를 바로잡는 자'로 서술한 것은 백성의 이익을 위하는 순

검의 행위와 권한을 전제했기 때문이다. '순검만 해를 받으니 어찌 애닯지 아니하리오'라는 서술은 사건에 대한 평가를 감정적 반응으로 대체한 것이다.

⑤는 의병소의 명을 사칭한 비도들이 관가에 돌입하여 돈을 요구한 사건이다. 비도들은 '의병을 괄시하니 의리는 모르는 놈이라.' 하고 즉시 잡아내어 결박할 정도로 행위 정당성을 주장했다.

두 사건의 폭행의 배면에는 순검에게 권한을 빼앗긴 병정(세력)의 박탈감과 '증오'의 감정, 의병이라고 주장한 비도들이 사회로부터 '괄시'당한 데 대한 '반발심'이 드리워져 있다. 당시의 신문에는 '의병'을 '비도'로 칭하거나 사칭한 사례들이 종종 발견되는데, 의병의 자기 정체성과 사회로부터의 평가가 균열되는 데서 오는 갈등과 반목이 있었음을 알 수 있다. 위의 기사에 등장하는 의병의 실체는 알 수 없으나, 사건의 배면에는 당시 사회 변화에 따른 지위 변동, 인정 구조에 대한 부적응과 반감이 작용했음을 알 수 있다.

④, ⑤는 모두 사회 변화에 따른 박탈감에 대한 반발이 폭행의 동기로 작용한 점이 일치한다. ⑤의 의병이 '금전 탈취'를 목표로 한 반면, ④에서는 별다른 목적 없이 사회적 박탈감과 증오심만으로도 폭행이 야기되었음을 보여 준다. 《한성신보》는 이를 '흉악'하고 '강포'한 폭행 기사, 사기 사건으로 기술하고, 주변인의 감정적 반응을 기재하는 방식으로 사건에 대한 여론의 방향을 조율하고 사회적 분위기를 이끌어 내고자 했다.[18]

---

18 《한성신보》뿐만 아니라《제국신문》,《황성신문》등을 보면 당시 '의병'에 대한 기사

폭행 사건이 증오심과 반발심이라는 감정에 기반한 것과 달리, 사기 사건에는 '돈'이 매개되어 있었다. 일본 병정을 사칭하고 과부 집에 의탁하며 세간, 가장즙물을 팔거나 전당 잡힌 부산 동래의 박 모에 관한 기사(〈假稱日人이란 朴某라〉1895. 11. 21. 1면)는 사기에 관 한 개인의 행각을 다룬 것이지만, 일본인을 사칭한 조선인의 범행 이라는 사건 개요는 '수치스러운 조선인'의 이미지를 전달하게 된 다.[19] 이때 과부가 박모를 경무청에 정소하기로 한 경위는 '위기의 조선인'을 구출하는 '경무청'의 이미지를 구성했다.

이와 같은 사기와 폭행 기사에는 '죽어라', '죽이겠다', '죽일 놈' 등의 욕설과 비방의 수사가 동원되었으며 '흉악', '분하다', '무례', '공갈', '교만', '겁략', '작폐', '애달프다', '불쌍하다', '야료', '능욕', '해괴', '천치', '강도' 등의 부정적 감정의 언술이 동원되었다. 해당 기사를 통해 조선 사회는 '상호 무시'와 '능욕'이 행해지는 '증오의 사회'로 조명될 수 있는 담론적 맥락이 구성되었으며, 돈과 이권을 매개로 한 '남성'의 문제로 다루어졌다.

<hr />

서술 방식에 일정한 '추이'가 발견되며, 신문에 따라 '의병'에 대한 시각도 차이가 있 음을 알 수 있다. 이는 별도의 논의가 필요하다고 판단하므로, 상론하지 않는다.

19 《만세보》에 실린 잡보 기사 〈假稱日人〉(1906. 7. 14. 3면)에서도 한 취객이 일본 옷 을 입고 일어를 쓰며 청인의 대문을 두드리는 것을 순검이 목격하고 이름을 묻는 바람에 한인韓人임이 발각된다. 청인은 순검에게 체포를 요구했는데, 기자는 '傍 觀人이 言(말)호되 淸人도 日人은 畏劫혼더라'고 적었다.

억울 · 분통: 부패 · 무능 · 타락의 정치/관료

《한성신보》 잡보란에는 부패하고 타락한 정치적 관행이나 무능한 관료의 행태를 서술한 일화 형식의 기사가 실렸다. 여기에는 정치권과 관료가 부패하고 타락한 내용을 상세히 서술했으며, 이에 대응하는 인민의 무력감과 부정한 방식을 강조했다. 또한 인민의 억울하고 분통한 감정을 서술했다. 《한성신보》는 인민의 감정적 호소를 전달함으로써, 조선 관료와 조선 정치에 대한 부정적 공감대를 유도했다.

⑥ 군수가 노하여 장차 잡으려 하거늘, 중들이 무서워하여 80여 명이 다 도망쳐 달아나니, 절에 중이 하나도 없어서 염불하는 소리가 끊어지니 불당이 적적한지라. 원산(元山) 병참부(兵站部) 일본 육군 중위 하야시 효노스케(林豹之助)씨[20]가 각처에 유람하다가 유점사에 이르니 절 안이 적적하고 관속이 절을 지키고 있었다. 임중위가 그 연고를 물어 이러이러한 사실을 안 즉, 이때 중들은 다 산중으로 도망하였다고 이르더라. 이 말은 원산에 있는 친구 편지에 자세히 적힌 것과 과연 같았다. 고성군수는 포함함이 고약하더라. _〈금강산 승려가 **군수의 포악함을 괴로워함이라(金剛山僧侶가 郡守暴徵ㅎ믈 苦ㅎ미라)〉 1895. 9. 11. 1면 잡보**

⑦ 그 백성들이 유세가에 수천냥을 뇌물로 바치고 일간에 탕척하

---

20 원문에는 한자만 적혀 있다. 일본어 독음은 필자가 달았다.

라는 비지가 나온다고 하니, 그 진위는 자세히 모르겠으나, 시냇물 때문에 귀퉁이가 깎여 세금을 덜 내야 하는 땅이라면서[21] 국세를 탈세하는 데에 먼저 돈을 쓰니 어찌 통탄치 아니하리오. 손님의 말을 들으니 우리 마음에는 지금 신정식 하는 처음에 전주가 불과 이백 리라. 왕의 교화가 미치는 바에 어찌 이런 일이 있으리오. 필시 이때 부득한 자가 이런 말을 해서 신문지에 오르게 하였더라.

_〈全州客語〉 1896. 10. 14. 2면 잡보

⑥은 고성군수가 절의 이권(농토)을 차지하기 위해 중들을 포박하고 세금을 늑징勒徵한 사실을 근처를 유람하던 일본인(병참부[兵站部] 日本 陸軍 中尉 林豹之助氏)이 제보한 기사다. ⑦은 백성의 사정을 자세히 모르고 원칙만 고수하는 관찰사와 뇌물을 받고 문제를 해결하는 세력가 등 조선 사회의 타락과 무능, 나태함을 고발한 기사다.

당시 관료에 관한 기사는《한성신보》만이 아니라《제국신문》이나《황성신문》에도 실렸다.

⑧ 어제 진신 오륙십 명이 평시서에 모여 정치상 일로 강론하려다가 조칙이 내려지니, 가하지 않다고 하여 헤어졌다더라.

_〈제국신문〉 1898. 11. 7. 4면

---

21 원문은 '성천포락한 땅으로'로 되어 있다. '성천포락成川浦落'이란 논이나 밭 따위가 냇물에 스쳐 떨어져 나갔다는 뜻으로, 땅이 깎여 나갔으니 세금을 덜 내야 한다고 주장했다는 의미다.

⑨ 雜報 ⊙(政府所議) 외부대신 박제순씨가 전에 정부에서 공의하여 말하기를, "방금 민회를 정지한 것은 민회에 소속된 인민들의 소원대로 실시하는 것 밖에는 다른 도리가 없다."고 하는데, 민영기 씨가 말하기를, "나도 또한 세 명의 신하 중에 참여하였으니, 이로 인해 물러나겠노라." 외부대신이 또 말하기를, "경사를 면관하라."고 하니 경사가 화나고 성낸 기색이 있거늘, 그 외숙 한규설 씨가 책망하여 말하기를, "면관시키는 것은 오히려 헐하니 모름지기 즉시 나가라." 하여 삼가 부지런히 공을 받들라고 하였다더라.

_《황성신문》 1898. 12. 15. 3면 잡보

위와 같이 잡보란에 관리와 치정자에 관한 기사가 실린 것은 일반적이다. 말하자면 이는 당시의 공공연한 사회문제였다. 이에 대해 《황성신문》과 《제국신문》은 정부나 협회 등의 공식 일정에 대한 정보를 공유하려는 차원을 중시했고, 관리의 선정을 치하하는 기사를 포함시켰다면(〈天賦之性〉 《황성신문》 1898. 12. 15.), 《한성신보》는 타락한 관리나 부패하고 무능한 제도에 대한 부정성을 서술하는데 집중했음이 확인된다. 문제적 사건을 다룰 경우에도, 《황성신문》과 《제국신문》에서 사건의 경위나 정황 정보의 사실성 전달에 집중했다면, 《한성신보》에서는 이를 '일화'로 구성하고, 감정 수사를 동원하여 서사성을 강화하는 서술 방식을 택했음을 알 수 있다.

《황성신문》이나 《제국신문》이 사건에 대한 법적 처벌과 행정 조치에 대한 기대를 보임으로써, 문제를 발견하고 해결하는 조선(대한) 정부의 행정관리 능력에 대한 신뢰, 또는 이를 시정할 지식인에 대한 기대를 전제했다면,《한성신보》에서는 피해자인 인민의 억울한 감정을 토로하는 것으로 마무리함으로써, 비판적이고 부정적 정황을 '일상의 현장'으로 보고하는 것에 초점을 맞추었다. 이에 덧붙여 부패하고 타락한 관리 때문에 겪은 억울한 감정을 강조함으로써, 조선의 일상에 대한 감정적 이해, 그것의 부정적 조율에 초점이 맞추어졌다. 이는 신문 독자의 감성에 호소하는 결과를 초래하게 되었고, 궁극적으로 독자층에 부정적 조선에 대한 인상을 각인했다.

'혐오'를 구성하는 '부정적 감성'의 연쇄/순환과 '조롱/동정'의 감성정치

《한성신보》의 잡보 기사는 전체적으로 조선을 심각한 문제적 장소, 불안과 공포의 현장, 타락과 부패의 현실로 전유하는 매체적 역할을 했다. 각각의 기사에서 동원된 '감정'과 '정동'의 수사는 해당 매체가 사건 기사를 '객관적으로 전달'하기보다는 의미와 가치를 담은 논평적 사건으로 재구성하려는 언술적 모색을 했음을 보여 준다.

《한성신보》잡보란의 기사를 통해 조선은 '문제적 사회'의 이미지를 구성했으며, 사건을 현장에서 목도하거나 전해들은 사람들의 탄식과 조롱을 유발했다. 논평하는 기자는 문제적 사건이 발생한 조선과 일정한 거리를 두면서, 이를 평가하는 위치를 스스로에게 부여했다. 그럴 수 있는 근거와 자격은 신문이라는 언론 권력을 매개로 자연히 확보된 것으로 상정되었다.

⑩ ◎ 객이 친구에게 물었다. "근일에 심해지는 의혹이 있어. 내가 집이 가난해 생활비가 없어서 토지 문서를 잡히고 빚을 얻으려고 돈 있는 이에게 가서 재삼 간청하기를 비루하고 고달픈 말들로 하였는데, 좋지 않은 낯빛이 있는 듯하며 '근일 재정이 매우 좋지 않을 뿐 아니라 부동산 문서에 가옥을 빼면 누가 전당 잡히겠는가?' 하고 끝내 빌려 주려하지 않거늘, 또 다른 곳에 가서 묻되 역시 빌려주려 하지 않으니, 빌려 주려 하지 않을 뿐만 아니라 다른 이의 애걸하는 뜻을 괴롭게 여기는 듯하였지. 다행히 다른 곳에서 돈은 구했는데, 근일 광고에 형제나 숙질 간에 부랑배들이 논밭 증서를 위조하여 빚을 얻으려 하니 내외국인은 속지 말라고 공시한 자가 한둘이 아닌즉 그 위조한 부동산 문서를 내외국인이 어찌 전당 잡는 이치가 있으리오마는, 전당 잡지 않는다면 공시한 자가 필시 광고하지 않을 것이어늘 갖가지로 광고한 것은 혹시 전당 잡은 사람이 있어서 그러한 것인가. 이것이 내가 의아해 하는 바로다." (이하 생략)

_ 論說 〈떠도는 광고에 대해 한번 탄식하다(浮浪廣告可發一嘆)〉, 《황성신문》 1901. 5. 31. 2면

《한성신보》는 조선의 문화와 풍속에 대한 '이성적 전달', 또는 '공식적 말 걸기'를 하지 않았다. 이를 《황선신문》과 비교해 보면, 여기서는 '타락한', 또는 '부패한' 사건을 다룰 경우 이를 〈논설〉란에서 다루어 이성적 논쟁과 토론, 비판과 사고의 대상으로 '공론화'하는 경향을 보였음이 확인된다. 조선의 풍속을 관찰하되 분명한 비판의 논지와 쟁점을 구성하면서 비판하는 것을 최우선의 사항으로 고려

한 것이다.[22]

이와 달리《한성신보》는 잡보란의 선정적 기사를 통해 조선의 문화 자체를 가십으로 다루었고, 문제적 사건으로 서술하는 방식으로 조선에 대한 부정적 이미지를 전달하려는 일관된 태도를 보였다. 이는 기사 구성에 감정 요소를 매개하는 방식으로 패턴화되었다. 즉, 기사 서술에 감정 수사를 동원하고 사건에 대한 주변인의 감정적 반응을 실어 기사를 마무리하는 방식이다. 이는 조선 내부의 사건을 일종의 '비난거리', '구경거리'로 인식하게 함으로써, 조선의 일상 문화 자체를 저급한 것으로 수용하게 하는 독자층의 수용 태도를 조율했다. 이는 다음과 같은 몇 가지 방식으로 패턴화되었다.

첫째, 사건 기사의 마무리에 조선을 조롱하는 비하적 발언을 첨부함으로써, 조선의 일상문화를 조롱하는 시선을 전하는 방식이다.

⑪ 어젯밤에 삼청동 양뿐 우물 위에서 한 남자와 한 여자가 있어서 서로 더불어 통정하다가 지나가는 사람들이 그 무분별한 형상을 보고 그 놀라움을 이기지 못하여 이에 소리지르고 쫓아가니, 남녀 두 사람이 각각 도주하니, 이 같은 부류가 어찌 금수와 다르리요. 가히 우습고 우습더라.　　_〈뽕밭에서 나를 기다리시오(期我桑中)〉 1896. 9. 10. 2면

22　물론《황성신문》의 논설에서도 논지의 앞뒤가 맞지 않거나 제시한 논거가 부적절한 경우도 있다. 그러나 필자가 검토한 한에서, 사태나 문제, 논점에 대해 '논리적', '이성적'으로 접근하려는 기본적 태도 자체가 배제된 경우는 없었다.

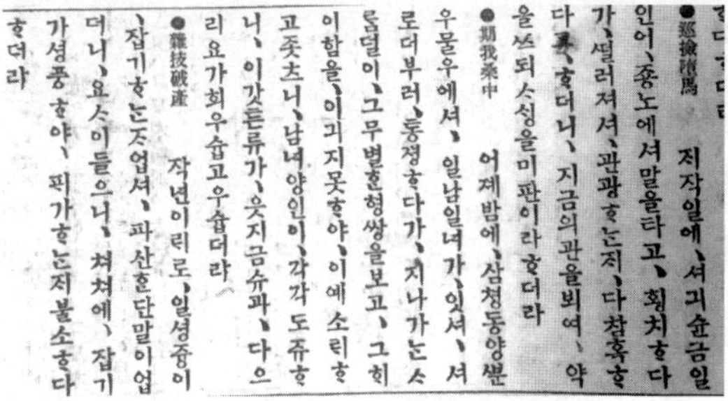

●巡撿隋馬 지작일에、셔긔슌금일
인어、죵노에셔말을타고、횡치ᄒᆞ다
가、쩔러져셔、관광ᄒᆞ눈지、다챨혹ᄒᆞ
다ᄒᆞ、ᄒᆞ더니、지금의관을뵈여、약
을쓰되ᄉᆞ싱을미판이라ᄒᆞ더라
●期我桑中 어제밤에、삼쳥동양반
우물우에셔、일남일녀가、잇셔、셔
로더부러、동졍ᄒᆞ다가、지나가눈ᄉᆞ
ᄅᆞᆷ덜이、그무별ᄒᆞᆫ형쌍을보고、그히
이함을、이긔지못ᄒᆞ야、이예소리ᄒᆞ
고좃ᄎᆞ니、남녀양인이、각각도쥬ᄒᆞ
니、이갓튼류가、웃지금슈과、다으
리요가히우습고우습더라
●雜技破產 작년이리로、일셩죵이
、잡기ᄒᆞ눈ᄌᆞ업셔、파산ᄒᆞᆫ단말이업
더니、요ᄉᆞ이들으니、쳐쳐에、잡기
가셩풍ᄒᆞ야、피가ᄒᆞ눈지불소ᄒᆞ다
ᄒᆞ더라

그림 2: 〈한성신보〉 1896.9.10. 잡보 기사. 예문 ⑪

위의 예는 성적으로 문란한 행각을 적고 이를 '금수'에 비유하여 '가희 우습고 우습더라'고 조롱했다. 관직을 사칭한 조선인에 대해서는 '세상의 큰 조롱거리'라고 명명했다. 문제적 사건에 대해 부정적 감정 수사를 동원함으로써, 사건을 희화화한 것이다. 또한 비록 문제적이긴 하지만 조선인을 '금수'에 견주는 '비하적 발언'을 제출했으며, 조선에는 이토록 '우스운 사람'이 많다는 발상을 일반화하도록 유도했다.

둘째, 문제적 사건을 기술한 기사에 수치와 동정의 수사를 제시하여, 조선에 대한 부정적 인식을 도출하는 방식이다. 예컨대 〈불량한 남편(夫也不良)〉(1896. 9. 18. 2면)은 부산의 손씨가 노름으로 가산을 탕진하고 처의 패물을 팔려다가 처가 저항하자 구타한 사건이다. 처는 처지를 비관하여 투신자살했다. 이에 대해 기자는 '슬푸다 대장부가 되어서 스스로 다스리지 못하고 밥상머리 아녀자와, 더불어 이렇듯 구구이 쟁투하니 어찌 가히 부끄럽지 아니하리요.'라고 논평했다. 이 기사에서 '부끄러워하는' 이는 존재하지 않는다. 여기서 '수치심'은 '부정'과 '비난', '혐오'의 감정과 치환될 수 있는 것으로 거론되었다.

신동이라 불리며 학업을 겸비한 서진사가 가난 때문에 투신자살한 사건을 다룬 〈가난한 선비, 강에 투신하다(寒士投河)〉(1896. 9. 16. 1면)에서 기자는 '슬프다. 가난한 선비의 경황이 이렇듯 하도다. 천하에 재주를 품고 학업을 힘쓰던 사람을 위하여 소리를 같이 하여 한 번 통곡할 일이로다.'라고 논평했다. 이는 가난을 비관해 자살한 선비를 통곡하며 동정한 것이지만, 그 이면에서는 인재를 죽음으로 내모는 '문제적 조선'에 대한 인식이 전제되어 있었다.

이처럼 《한성신보》 잡보 기사는 문제적 상황에 대한 동정의 감정을 서술했지만, 그 이면에는 타락하고 모순된, 비정하고 문란한 조선의 일상과 문화에 대한 비판적 감성을 환기함으로써 혐오의 감정을 유발하는 경우가 많았다.

셋째, 내용적으로는 조선의 미담을 서술했으나, 부정적 해석과 논평을 병기하여, 결과적으로 조선을 부정적으로 인식하게 하는 방식이다. 예컨대, 〈횡성의 신동이라(橫城神童이라)〉(1896. 6. 10. 1면 잡보)는 자식이 신동이라 불리자 부모가 '두려워서' 아들을 데리고 숨은 사연이다. 이 기사는 미담 소개의 형식을 취했지만 마무리에서는 실력 있는 자를 투기하는 분위기를 언급함으로써, 조선을 부정적·비판적으로 위치 짓는 언술 구조를 취했다.

넷째, 문제를 해결한 조선인에 관한 미담을 소개하더라도 기사의 결말에 '해결자-조선인'의 덕행에 대한 감탄과 격려, 인정을 서술하는 대신, 문제적 인물을 다시 거론함으로써 조선의 부정성을 재확인하도록 기사를 구성하는 방식이다. 예컨대, 〈길에서 황금을 줍고 주인을 기다리다(途拾黃金以待主人)〉(1896. 6. 8. 2면)는 금을 분실한 이에게 사례도 받지 않고 찾아준 미담 기사다. 여기에서는 '각 지방의 비도와 촌리의 도적들이 이춘경 씨의 소문을 들으면 어찌 부끄럽지 아니하리요. 혹 듣는 자는 반드시 깨닫고 흥기할 듯하도다.'라고 마무리하여, 촌리의 문제적 '도적들'을 다시 부각시켰다. 이러한 서술 방식은 '문제적 조선'의 풍속을 다시 환기시키는 기사 구성 방식에 해당한다.

요컨대, 잡보 기사의 언술 구조가 보이는 비판과 비난, 부정의 감정 수사는 다른 기사와 맞물려 독서의 연쇄 – 순환의 구조를 유도함으로써, 조선에 대한 부정적 인식을 총괄적하는 역할을 하도록 작용했다.

계몽 · 무시 · 혐오의 상관적 대응과 동아시아의 감성적 위계화

《한성신보》의 잡보란에 서술된 '문제적 조선'의 이미지를 구성하는 내용과 요소는 조선이라는 지역 내부로 한정되어 있지 않다. 이 신문에는 조선에 관한 기사가 절대적 비중을 차지하지만, 중국과 일본을 포함한, 이른바 '동아시아'에 관한 기사도 종종 실렸다. 여기에 재외 조선인과 중국인, 일본인의 기사를 포함한다면, 《한성신보》의 관심사는 조선을 넘어서 동아시아로까지 확대되어 있다고 볼 여지가 있다.

그런데《한성신보》가 각종 부정적 어휘와 감정 수사를 동원해 '문제적 조선'을 구성하는 맥락과 유사하게 당시의 중국인 '청국'을 폄훼하는 시선으로 서술한 기사를 게재하고 있어 주목된다. 간헐적으로 게재된 일본인에 대한 선망과 찬탄의 기사와 더불어 동아시아에 대한 취재 내용과 게재 방식을 비교해 본다면, 당시에 동아시아 삼국에 '계몽'을 둘러싼 문화적 위계가 형성되었다고 볼 수 있다. 조선과 중국의 부정성을 드러내는 기사를 게재하고, 일본에 대한 감탄과 선망의 시선을 노출시킨 기사 배치의 대비 전략은 미개하고 야만적인 '반-근대' 또는 '비-근대'의 조선과 청에 대한 무시와 혐오의 감정을 정당화하는 감성정치의 매개로 작용했다.

중국인·중국문화에 대한 혐오/비하와 '한-중'의 등치적 폄훼

《한성신보》잡보란에 기재된 중국은 또 다른 맥락에서 '혐오'의 대상으로 거론되었다. 중국은 일본과 서양과는 구분되는 문명의 후진국가로 서술되었으며, 조선과 마찬가지로 미신이 횡행하는 '야만풍속'의 나라로 소개되었다.《한성신보》의 중국은 '조선'과 마찬가지로 '문제적 사건화'의 시선으로부터 자유롭지 못했다. 현재 남아 있는《한성신보》에서 청국에 대한 부정적 기사를 추려보면 다음과 같다.

첫째, 패륜 기사와 불량·박행·악독한 사건 기사를 통해 인성에 문제가 있고 부도덕한 나라라는 이미지를 구성한 경우다. 〈홍안의 기박한 운명(紅顔薄命)〉(1896. 8. 23. 1면)은 부모가 상자에 넣어 버린 박명한 처녀의 기사이며, 〈박정한 남아(兒男薄倖)이라〉(1896. 8. 23. 2면)는 돈 많은 과부와 통정한 뒤, 가속을 과부의 집 근처로 데려와 돈을 요구하고 과부를 질욕한 기사다.[23] 기사의 마무리는 '박명한 처녀'를 동정하고,' '세상사람'의 입을 빌려 '잔인하고 흉악한', '불량 박행'한 청국 남녀를 비판했지만, 사실상은 청국의 비정 · 박행 · 불량한 행실을 표적화하는 효과를 견인했다.

둘째, 중국의 성문화를 쾌락지향적이고 문란한 것으로 조명함으로써, 가장 내밀한 개인성과 사생활의 차원인 성을 부정적으로 공론화한 경우다.

〈혀를 베이고 참혹하게 죽다(割舌慘斃)〉(1896. 10. 14. 2면)는 '마음이 악독하고 또 사나운 중에 음탕하기가 비할 데 없'는 여인이 성적 쾌락을 추구하는데 방해가 된다는 이유로 딸을 구타하고 혀를 벤 사건이다. 성욕이 도덕성을 압도한 사례에 해당한다. 기자는 이 여인을 호랑이만도 못한 잔인하고 흉악한 계집으로 평가했다. 이 논평을 통해 중국에는 쾌락이 도덕을 압도하는 패륜의 나라라는 이미지가 부여되었다. 〈아내를 핍박해 창기로 삼다(逼妻爲娼)〉(1896. 12. 28. 1면)는 상하이 남자가 주색에 빠져 아내를 기생으로 만들려 했

---

23 이외에도 시부모를 박대하던 며느리가 복통으로 사망하자, 사람들이 상쾌하다고 평한 기사(〈逆婦産蚓〉 1896. 8. 27. 2면)는 청국을 패륜적이고 인성이 파괴된 인민의 나라로 부각시키는 효과를 초래했다.

고, 머리를 잘라 장모의 분노를 샀다는 내용이다. 쾌락에 빠져 부끄러운 지경에 빠진 남편, 사위에 대한 분노를 풀지 못하는 장모의 감정 자체를 기사화했다.[24]

셋째, 중국의 일상과 풍속을 미신, 미개, 야만의 시선으로 조명한 사건 기사다. 여기에는 중국인의 동물적 습성, 환상이 남아 있는 풍속에 대한 부정적 시선이 매개되었다. 〈북경의 호열자라(北京의 虎列剌라)〉(1895. 9. 9. 2면)는 북경신보사의 친구가 보내 준 '희보'를 통해 북경에 괴질이 유행하여 병세가 창궐한다는 사실과, 시민들이 예방법을 몰라 글자를 붙이고 중을 불러 기도문을 읽고 기도하게 하며 폭죽을 터뜨리는 대응을 적고, 이를 '미신'의 차원에서 비판한 기사다. 일본인과 서양인은 괴질을 앓는 이가 없다고 함으로써, 미신에 빠진 중국인과 일본/서양인을 대조했다. 기사에서 중국인과 중국문화를 겨냥한 '어리석다', '가소롭다'는 감정의 언어는 중국에 대한 비하의 시선을 투영했다.

그 밖에 여우를 죽인 관리가 여우에게 복수당한 기사(〈邪狐作祟〉 1896. 9. 2. 2면), 낙엽 진 나무에 갑자기 꽃이 만발한 기이한 사건(〈桃花秋放〉 1896. 9. 8. 2면), 술 마시는 나비(仙蝶)에 관한 기사(〈仙蝶飮酒〉 1896. 8. 23. 2면)를 게재하여, 청국이란 여전히 여우의 빌미(狐祟)에 시

---

24 해삼위(러시아 블라디보스톡)에서 생장한 '계집'이 남편이 일본에 간 사이에 '음욕이 두발흐야' '잠통'한 기사(〈醜穢之行〉 1896. 9. 30. 2면)도 문란한 여성의 성적 쾌락을 기사화한 경우이다. '술'과 '색'에 대한 비판은 '음란성'을 표적화하는 방식이었음을 알 수 있으며, 조선인과 중국인 외에 러시아인도 이러한 '비난'의 언술 구조에 포섭되었음을 알 수 있다. 그 밖에 유혹하는 청국 기생에 대한 기사에서도 '얼이셔근 즈'가 많다는 논평을 덧붙였다(〈花叢蟊賊〉(1896. 9. 18. 1면).

달리며, '이상한 징조'가 발생하는 미신과 환상의 나라라는 이미지를 전달했다.

그런데,《한성신보》가 중국 기사를 통해 중국인이나 중국문화에 대한 부정적 이미지를 구성하는 방식은 앞서 살펴본 조선의 일상을 '사건화'함으로써 '문제적 조선'을 추상해 내는 방식과 일치한다. '중국=야만/미개', '일본=개화/문명'의 이분법적 구도를 상정한 기사를 통해 한국 풍속/문화를 경시하고 일본을 우월하게 여기는 논리 구조가 동일하게 투영된 것이다. 이는 '비하'와 '조롱', '혐오'의 감정을 통한 문화정치가《한성신보》내부에서 패턴화된 형태로 작동하는 일종의 '시스템'이라는 것을 시사한다.

〈가계실 蹤〉(1896. 12. 14. 2면)은 청국 상인과 조선 부녀가 동거했는데(법적 혼인 여부는 알 수 없다), '청인'의 '추완'함을 이유로 '계집'이 도주하여 조석으로 호읍하며 찾아다닌다는 내용이다. 여기서는 달아난 여자와 우는 남자의 대비를 통해 매정한 여자와 불쌍한 남자를 대비시켰다. '보는 자'들이 보낸 동정의 시선은 곧 비하의 다른 표현이다.

그런데《한성신보》에서 한국과 중국을 문제적으로 바라보고, 조롱과 동정의 시선을 통해 혐오와 비하를 드러내는 것과 유사한 관점이《제국신문》에서도 발견된다.

⑫ 청인은 당초의 은의와 인애를 모르게 만든 인종인 듯하나, 실상인 즉 애초에 잔악하고 참혹한 법과 풍속 중에서 수천 년을 내려오며 사람의 당할 수 없는 고초를 겪는 고로, 그런 가운데에 마음이 다

져져서 인정이 적어짐에, 악한 일이 곧 이 중에서 생겨남일러라. 그 중에 자결하는 풍속이 흔하여 남에게 모욕을 당할진대 칼을 그 원수와 다투어 사생을 결단할 생각을 할 대신에, 그 칼날을 자기 목으로 돌려대어 심지어 어떤 청인이라도 자결하는 것을 곧 자기 원수에게 설욕하는 뜻으로 알아, 심지어 여인까지도 이 생각이 다 같이 있는데

_《제국신문》〈론설: 인의 풍속인정 련속(四)〉 1902. 9. 9.

《제국신문》에 총 6회에 걸쳐 논설란에 게재된 〈청국의 풍속과 인정〉에서 청국의 풍속과 인정에 관심 갖는 이유로 제안한 것은 '청국 사정인즉 곧 대한과 같다'는 판단 때문이다. '청국'이라는 외국, 또는 인접국에 대한 순수한 관심이기 이전에, 대한의 풍속과 인정을 '비판적'으로 바라보고 참조하기 위한 것이다. 이는 서양 학자 '리로이 플로이'씨가 외국을 유람하고 '동양을 깨우는 론'을 서술한 '확론'으로서 제안되었다(《제국신문》〈논설〉 1902. 9. 5). 바로 이 때문에 해당 논설은 문명개화에 관한 신뢰할 만한 '지식'으로 간주되었고, 여기에 서술된 조선과 중국에 대한 판단 또한 신뢰할 만한 지식으로서의 힘을 발휘하게 되었다. 이 논설에서 청국의 속과 인정을 비판한 항목과 논리는 다음과 같다.

첫째, '완고한 성질'(1902. 9. 5.)이다. 세계 각국이 변혁, 흥왕, 진보, 퇴축하고 있으나 청국은 이천 여년을 의연히 한 모양으로 있다고 서술하여 진보가 부재한 청국의 정부와 사회를 동시에 비판했다.

둘째, '속이는 것이 청인의 재주'(1902. 9. 6.)임을 지적하고 '외면 치례'를 비판했다. 물건을 훔친 아이가 제 물건을 찾은 것처럼 말하

는 것, 영국 사신 마카니씨가 한문을 모르는 줄 알고 조롱한 것, '벼슬 매매하는 회사' 등이 예시로 거론되었다.

셋째, '백성이 도탄에 들되 변란이 나지 아니함'(1902. 9. 8.)을 비판했다. 해마다 홍수, 괴질, 흉년 등 환란이 발생하여 인명을 상해하지만, 이를 극복하거나 고칠 생각을 하지 않을뿐더러 정부에서는 다만 '천재'라고 방치한다고 했다.

넷째, '죽는 것을 관계없이 여김'과 '자결하는 풍속'(1902. 9. 9.)을 거론했다.

다섯째, 효를 실천하기 위해 제사지내는 풍속이 '차차 본래 뜻을 잊어버리고 헛된 절차만 숭상'하는 풍속이 된 것, '부인의 학정' 즉 심규에 갇혀 기쁜 세월을 보지 못하는 여성 문화, '노름하는 것', '아편 먹는 행습'(1902. 9. 16) 등을 비판했다.

여섯째, '귀신을 믿음'(1902. 9. 19.)이다. 이는 미신을 믿는 풍속으로 비판되었다.

이들은 모두 서양 학자 플로이씨의 시선으로 기술된 청국의 사정에 대한 비판이다. 《제국신문》은 이것을 '조선'에 그대로 적용할 수 있다고 판단했다.[25] 여기에는 이중의 모순이 개입되는데, 서양의 시선으로 본 중국문화를 '완고'와 '미개'로 바라보고 폄훼하는 것, 중

---

25 청국에 대해 비판만 제시한 것은 아니다. '좋은 성질'로서 '참고 견디는 성품이요, 상고에 합당한 자격이요, 부지런하고 검소하며 남을 반대하는 성품과 부모와 노인을 높이는 풍습이라. 이 몇 가지 좋은 성질이 있는 고로'와 같이 긍정적인 면도 거론했다. 이는 조선에 대해서도 문제적 사건과 더불어 '미담 기사'를 게재한 것과 흡사하다. 그러나 한국과 중국에 관련된 기사는 미담 기사에 비해 비판 기사의 비중이 압도적으로 높다.

국과 한국을 동일시하는 시선이 그것이다.

《제국신문》의 해당 기사는 《한성신보》가 보였던 '조선과 청국(한국과 중국)'에 대한 폄훼의 시선과 일치한다. 그러나 폄훼의 시선을 전달하는 방식이나 폄훼의 내용을 구성하는 방식에는 차이가 있다. 먼저,《제국신문》이 현실의 관찰을 강조한 학자의 보고서로서 청국(실질적으로는 조선을 포함)을 비판하고, '논설'이라는 정론의 형식으로 이에 접근했다면,《한성신보》는 논설이 아닌 잡보 기사의 형식으로 청국 신문을 전재하거나 조선인이 경험한 부정적인 청국 문화를 소개하는 형식으로 청국에 대한 부정적 반응을 이끌어 냈다.[26] 비판의 도구로서 《제국신문》이 학자, 지식, 서양의 관점을 동원하고 객관적 언어를 활용했다면,《한성신보》는 일상과 경험, 감정의 언어를 동원했다는 차이를 보였다. 시기적으로는 《한성신보》의 해당 기사가 앞선다.《한성신보》가 일종의 문화 통치의 도구로서 조선과 청국에 대한 감정적 비하와 혐오의 논리 구조를 확정하고, 이것이 확산되었을 가능성도 배제할 수 없다.

《제국신문》과 《한성신보》는 서양, 또는 일본의 입장에서 조선과

---

26 《제국신문》〈논설: 청국 배상금〉(1902. 12. 3.)에도 논설문 말미의 기자 논평 형식으로 '이상하도다. 대한과 청국은 신통히 같도다. 나라를 망하라 하고 탐학 협잡을 한결같이 행하며 세상 사람들은 모르는 줄로 알고 나라의 멸망을 스스로 초래하니, 저 죄인들은 천만 번 죽어도 아깝지 않은지라.'와 같이 '대한과 청국은 같다'는 시선이 발견된다.
한편,《황성신문》에도 〈鴉片論〉(1898.89.22)이라는 논설을 통해 아편을 하는 청국의 문화를 비판하거나, 청국 상인의 비리와 신뢰 부재에 대해 비판한 잡보(〈淸商非理〉1898,11.1.3면.; 〈淸商無信〉1898. 12. 1. 2면)가 게재된 바 있다. 상세한 비교는 이 연구의 범주를 상회하므로 다루지 않는다.

중국을 동일시했다. 이러한 논리는 역으로 서양과 일본을 동일시하는 효과를 야기했다. 말하자면 조선과 중국을 동일시하는 시선의 일치를 통해 서양과 일본이 등위적으로 자리매김되었다.[27] 청국과 조선을 동일시하고, 여기에 포함되지 않는 일본의 '특화된 위치'를 전제한 기사는 언론 매체를 통해 '자연스럽게' 동아시아 삼국의 위계화를 결정짓는 매개로 작용했다.

근대성의 기준, 미담으로 전유된 일본: 감탄과 선망의 감성정치

《한성신보》에 일본과 관련된 잡보 기사들은 대부분 긍정적인 가치 판단과 감정 수사가 개입된다는 공통점을 갖는다. 일본과 관련된 잡보 기사는 대체로 일본인의 미담 기사, 일본(인)에 대한 조선인의 선망과 긍정적 평가를 드러낸 것이라는 두 가지 방식으로 나뉜다.

　⑬ 이 아래 적은 한 편의 글은 일본에 가 있는 조선 여편네 아무개가 그 친구 아무 부인에게 부친 편지라. 서울에서 총총히 떠내려 온 지 십 여일 사이에 이 몸이 벌써 하늘 끝 같은 만 리 되는 듯한 일본 땅에 와 있사온즉, 눈에 보이는 것과 귀에 들리는 것이 모두 다 이상이상 기이기이 하오나, 돌이켜 고향을 생각하온즉 하늘이 아득하옵

27　조선 관련 기사가 부정적으로 일관된 것이 아니라, 미담 기사를 포함하는 바와 같이 청국 관련 기사의 현황도 유사하다(예컨대, 자선[〈丁沽雜誌〉 1896. 8. 25.]과 열녀[〈烈女結項致死〉 1896. 8. 27. 2면] 기사 등). 그러나 조선의 경우처럼, 청국에 대한 미담 기사의 양적 비중은 현저히 적다.

고 (…) 인천도 와서 구경하온즉, 그 굉장하고 즐비하온 법이 놀랍삽고 인천서부터 화륜선이라는 배를 타온즉 배가 굉장하옵기가 고루거각 같사와 문호며 방실이 찬찬하고 기묘하오며 (중략) 사람의 집인즉 모두 높은 누며 큰 집인즉 우뚝하며 홀연하고 도로에 광활함이 대개 종로와 같사오며 그 평탄하옵기는 숫돌 같사와 우리나라에서는 보지 못하던 바요, 남녀가 내왕하는 것과 물화와 의복, 거주하는 것은 짠 것 같으며, 넘칠 듯 하옵고 여관집들이 굉장하고 정결하옵기는 언어의 붓끝으로 능히 형용치 못하겠사오며 _1895. 9. 9. 2면 잡보

위 글은 일본을 방문한 '조선 여편네'의 경험적 시선으로 기술된 '기서'로, 신문사에 투고한 '편지' 형식 그대로 소개되었다. 여성 필자는 '남 눈의 지목되옴을 폐하고자' 인천부터 일본 복식으로 갖추어 입었다고 고백하고, '이상이상 기이기이', '놀랍삽고', '굉장', '찬란', '기묘', '겹겹' 등의 감정 수사를 활용하여 일본을 직접 목도한 경험을 기술했다. 일본의 '신호(고베)'에 도착한 이 여성은 정비가 잘 되고 풍요로운 거리의 이미지를 서술하고, '여관집들에 굉장하고 정결하옵기는 언어의 붓 끝으로 능히 형용치 못하겠사오며'라는 감탄의 심경을 표현했다. 이는 조선인이 경험을 통해 직접 겪은 감정 체험의 현장성·직접성을 강조함으로써, 조선인에 대한 감정적 동화를 유도하는 효과를 발휘하게 된다.

그런데 이 기사는 일본의 풍경에 대한 찬탄에 그치지 않고, 다음 호에 연재된 글을 통해 일본에 대한 선망을 드러내고 조선의 풍습을 '고루한 것'으로 평가하는 관점을 드러냈다.

⑭ 또 이곳으로 하여금 더욱 놀랄 일은 남녀 간에 서로 상종하는 예법이온대, 집도 같지 아니 하옵고 방도 다르지 아니하였사오며, 대화하고 담소하기를 환연히 하여 부끄러워하는 것도 없사온데, 그 사이에 오히려 예법이 있사와 난잡하지 아니하옵고, 화기가 애연하여 진실로 가히 부러워할 만하오며, 또 놀랍고 이상하온 것은 여인도 남자와 같이 웃옷을 입지 아니하고 집에 내려가 내왕을 임의로 하고 비녀와 치마가 끊임없이 왕래하여 길에 가득하오며 (중략) 이는 조선에서 여자를 가두는 행습이 참 고루하온 줄 알겠습니다. 조선 여자는 무슨 죄악이 있사와 이런 액을 면치 못하옵나이까. (생략)

_〈조선 여편네 아무개가 그 친구 아모 부인에게 부친 편지라〉 1895. 9. 11. 2면

⑭에서 필자는 일본의 '남녀 간에 사로 상종하는 예법'이 '난잡하지 아니하옵고, 화기가 애연하여 진실로 가히 부러워할 만'다는 선망의 심경을 서술했다. 또한 여성이 자유롭게 옷을 입고 외출하는 문화에 감탄하면서, '여자를 가두는' 고루한 행습에 대한 불만을 토로했다. 일본에 대한 감탄이 조선에 대한 비하와 비판으로 이어지는 흐름은 《한성신문》의 의도를 축약적으로 보여주는 것이기도 하다.

20여 년간 '병신 된 남편과 병신 된 서녀'를 잘 돌보며 희생한 일본 여인의 사연을 기사화한 사례도 있다(〈節婦受賞〉 1896. 9. 30. 2면). 대개 절부와 열녀 기사는 조선의 미담으로 소개되었는데, 이 기사는 조선의 전통과 정서에 부합하는 일본 여인의 미담에 해당한다.

이와 더불어, 《한성신보》는 청국이 조선에 대해 피해를 끼친 나라

로, 일본을 시혜국이자 동반자로 표현한 기사를 실었다. 일본에 호의적이고 중국에 적대적인 평양 사람의 반응을 기사하기도 했는데〈關西影〉1896. 11. 10. 1면 잡보), 여기서는 조선인 스스로 반청과 친일 감정을 토로하게 함으로써, 《한성신보》라는 언론의 시각을 배면화했다. 이는 감성 요소를 활용한 언론의 문화정치에 해당한다.

한편, 일본 병정을 사칭한 조선인(부산 사는 박모)이 과부의 집에 들어가 일본인 행세를 하며 가장즙물을 팔고 전당을 잡히는 등, '야료하며 무수히 능욕'한 기사(〈假稱日人이란 朴某라〉1895. 11. 21. 1면)에서는 일본을 사칭한 범죄 행위를 통해 일본을 '선망의 대상'으로 겨냥하는 시선을 전달했다. 여기서 일본(인)이라는 추상 명사는 범죄자 조선인에 의해 명예를 훼손당한 피해자로 위치 지어졌다.

그 밖에도 《한성신보》는 재외 조선인, 중국인, 일본인을 시찰한 기사를 실었다. 2회에 걸쳐 연재된 〈동부 시베리아(東部西比利亞)〉(1903. 3. 15.; 3. 18)에서는 조선인이 조선의 풍속과 말을 고치지 않고 아라사말을 공부하여 귀화하거나 기독교로 개종한 현황, 화전을 하다가 삼림까지 태운 정황 등을 서술했다. 청국 사람들은 상업과 은행업에 근면히 종사하여 부를 축적하고 해삼위에 청인의 거리를 조성한 것, 고향에 두고 온 처첩에게 돌아가지 못하고 백골이 되어 돌아온 사례 등을 기술했다. 일본 사람들은 연해변에 거주하며 정탐에 종사하거나 이발, 사진사, 천역으로 생애를 삼으면서, 중학교 졸업생일지라도 천역을 마다하지 않고 국가민의 직책과 국가의 유익함을 위해 힘쓰고 있음을 서술했다.

〈동부 시베리아 속편(東部西比利亞. 續前)〉(1903. 3. 18. 3면)에서는 러

시아에 거주하는 한중일 인민의 생계가 관찰되었는데, 조선의 경우 '조선인 중에 해삼위에 있는 이들은 그 형용이 이상하여 성교도도 아니요, 백성도 아니요, 다만 천역에 종사하여 간신히 호구하고 지내더라'는 발언을 통해, 재외 조선인의 정체성이 모호하다는 점, 천역을 담당하며 경제적 곤경에 처했다는 점을 거론했다. 이는 전회에 산과 불에 불을 놓아 삼림을 태우는 조선인에 대한 언급과 더불어 조선의 풍속을 위험하고 이상한 것으로 바라보게 하는 시선을 전달하는 효과를 발휘하게 된다. 일본 여성에 대해 '여자들도 가 있는 자가 많으니 혹은 빨래질도 하며 혹은 매음도 하며 혹은 두 가지를 겸하여 생업을 삼는 자도 많더라'고 서술함으로써, 세탁업이나 매음으로 생계를 유지하는 정황을 보고한 것을 보면, 사실 관찰이 중심을 이룬다는 인상을 주지만, 일본인에 대해서는 '국민의 직책을 잃지 않고 국가에 유익함을 힘쓴다'고 평가함으로써, '국민'으로서의 자격을 부여하는 서술의 불균형성을 보였다.

이상의 사례는 《한성신보》가 한중일에 대한 비교의 시선을 가지고 '관찰'과 '판단'을 하려는 움직임이 있었음을 보여 준다는 점에서 주목을 요한다. 여기서 조선 문화에 대해서는 '기이함'을, 중국에 대해서는 '동정'의 시선을 제시하고, 일본의 경우에는 국민으로서의 직책과 국가의 유익함을 위해 천역도 마다않는 '근면'과 '성실'의 태도를 강조한 것은 한중일을 위계적으로 인식하고 전파하려는 태도가 문화를 바라보는 시선을 통해 구성되었음을 시사하고 있다.[28]

---

28 《대한매일신보》에는 일본인의 범죄 행위를 다룬 잡보 기사도 실려 있다. 예컨대

여론과 집단감정, 논평하는 '익명/집단'과 기자(들)

《한성신보》의 잡보란에는 기사와 외보 외에 '편지' 등 '기서'가 실리는 등 일상사의 다기한 면모가 '사건화'되어 실렸다. 그런데 잡보란에 게재된 각종 기사들은 취재 여부와 전언(소문)에 근거한 것, 다른 신문에서 가져온 내용에 대한 구분이 명확치 않다. 기자의 이름이 밝혀져 있지 않을뿐더러, '외보'를 제외한다면('외보'의 경우도 반드시 출처가 밝혀진 것은 아니다.) 기사의 출처에 대한 뚜렷한 근거가 불분명하다. 이는 《한성신보》만의 고유한 특성은 아니고, 당시 신문이 일상 기사, 이른바 '잡보'를 싣는 일반적인 성향과 맥락을 같이하는 현상이다.

   ⑮ 풍설에 김명제씨가 황상께 아뢰기를 윤치호와 최정덕이가 무슨 못된 일을 주선한다고 무 일본 공관에 가서 보호하여 달라고 하였다고 하니, 김명제는 윤 · 최 양인이 무슨 못된 일을 하는 증거를 보았는지 믿을 수 없는 말이더라.   _《제국신문》 잡보 4면. 1898. 11. 16.

   ⑯ ◎ (잡기보호) 일전에 황전 근처에 어떤 양반들이 순검을 문밖

1904.8.31. 1면 잡보란의 〈일인의 행악〉에서는 일본인이 닭과 계란을 늑탈하여 인민과 다툼이 일자, 그날 밤에 일인 십여 명이 칼을 들고 찾아와 구타한 사건을 기술했다. 여기에는 '그 일인들의 행악은 다시 비할 곳이 없다더라.'는 조선인 중심의 논평이 첨부되었다. 《만세보》에도 일인이 조선인을 겁간한 기사가 잡보란에 실리는 등(〈日人겁姦〉 1906.7.6.3면), 일본인에 대한 부정적 기사도 게재된다.

에 자못 지키고 잡기를 하더라니, 아마 경무청 장정에 잡기 보호하는 순검도 있고 잡기 경찰하는 순검도 있나보다고들 하더라.

_《황성신문》 잡보 3면: 1989. 9. 13.

《한성신보》뿐만 아니라 《황성신문》과 《제국신문》, 《대한매일신보》의 잡보 기사에서도 '더라'체를 사용했다. 문장 형식상 '더라'체는 발화의 원천 대상이 기자가 아닌 타인에게 위임하는 형태를 취하며, 사건의 원 발생 시점은 기사 수록 시점보다 앞선 과거형으로 상정된다. 이때 기사의 신뢰도는 기자 개인이 아니라 신문사 자체로 위임된다.[29]

이러한 기사 서술 방식이 《한성신보》만의 고유한 특징은 아니다. 그러나 《한성신보》는 기사의 마무리에 기자의 논평이나 주변의 반응을 싣되 사건에 대한 주변인의 감정적 대응에 주목했다. 이는 《황성신문》과 《제국신문》에도 발견되지만, 《한성신보》의 경우 그 빈도나 비중이 월등히 우세하다.[30]

---

29 일관되게도 위의 네 신문 모두 잡보란에 기자 이름이 표기되지 않았다. 기사의 신뢰도 및 내용상의 책임 소재는 기자 개인이 아니라 신문사 자체로 위임되어 있다.

30 '사람이 말하되, 그 지어미는 평소에 시부모를 박대하기를 이잡품이 있다 하니(필자 주: '이잡품이 있다 하니'의 '뜻은 미상), 원근의 사람들이 듣고 상쾌하다고 하지 않는 이가 없더라. 천하에 이러한 역부가 종종 있으나, 대저 장래에 보복하는 이치를 살피지 못하면 또 어찌 요행히 면하리오.'(〈逆婦産蚓〉《한성신보》 1896. 8. 27. 2면)와 같이 사건 기사의 말미에 주변인의 반응과 기자의 논평을 붙이는 형식은 청국 신문(소주신문)에도 발견되는 사항이다. 청국 《소주신문》에는 이와 같은 논평이 없었는데, 《한성신보》의 기자가 기사를 전재하면서 논평을 덧붙였을 가능성도 완전히 배제할 수는 없다.

⑰ 방관하는 자가 칭찬해 마지 않았다더라.

_〈이 여인은 맹탕 노류장화가 아니다(不是水性場花)〉³¹ 1896. 10. 14. 2면

⑱ 사람들이 그 부녀의 특별한 행동은 칭찬하지 않는 이가 없었고, 이승룡의 형과 자식은 무도하다고 말하는 이가 많이 있더라.

_〈여인의 특별한 행동(女人特行)〉 1896. 8. 19. 2면 잡보

⑲ 어제 오후 남부 성명방 노변에서 어떤 사람이 기골이 준수하고 녹록지 아니한 자가 늙지도 아니하고 젊지도 아니한 여편네를 무수히 능욕하거늘, 그 근처에서 관광하는 자가 괴이하게 여겨 그 연고를 물은데 (중략) 듣는 자가 역시 분히 여겨 그 사람의 의관을 찢고 때리니, 이 사람이 한 마디도 못하고 돌아갔다더라.

_《한성신보》〈네게 나온 것(出乎爾者)〉 1896. 9. 18. 1면

기사의 마무리에 사건의 목격자, 방관자의 반응을 실은 사례가 빈번할뿐더러(예컨대, ⑰), 여론의 평가 자체가 기자의 취재 대상이 되기도 한다(⑱). 그리고 사건의 목격자와 주변인은 단지 사후적으로 논평을 하는데 한정된 것이 아니라, 때로는 사건 자체에 개입하

---

31 해당 기사의 내용은 원주에 사는 한명린이 상경했다가 우연히 창녀를 만나 동거했
    는데, 한씨가 병이 들자 여자가 약을 지어주고 간호를 열심히 했으며, 한씨가 친상
    을 당하자 가마 둘을 세 내어 각자 타고 내려간 데 대해 주변인이 칭찬을 마지않
    았다는 내용이다. 제목을 직역하면, '이것은 물 같은 성질의 버들개지가 아니다.'인
    데, '場'을 '墻'의 오자로 보고 내용에 맞추어 추측해 보았다.

여 사건의 진행 방향을 주도했다(⑲).

⑲에서는 노변에서 '여편네를 무수히 능욕'하는 '어떤 사람'에 대해 '관광하는 자'가 연고를 묻고 외상 주쵀를 갚지 않은 사람이 도리여 여인을 능욕한다는 사실을 알게 되자, '분히 여겨' 상대를 구타한 사건이다. 외상값을 갚지 않고 능욕을 당하던 남자는 사태에 굴복하고 귀가한 것으로 마무리되었다. 여기서 '관광자'는 단지 사건을 관찰하거나 방관하고 사후적으로 논평하는 입장이 아니라 '도덕적 판단의 주체'로서 행동하고 있음을 알 수 있다.

여기서 사건을 목도하고 논평하며 전달하는 주체는 '방관하는 자', 또는 '이웃 사람'으로 표기되어 '익명화'되거나 '동리 사람들', '보는 사람들', '이웃 사람들', '모든 사람'과 같이 집단화되었다. 이는 기자가 대중, 또는 집단의 의견을 단순히 취재한 것이 아니라 차용하거나 구성했을 가능성도 포함하고 있다. 그리고 이러한 논평자(개입/집단)에는 젠더 구분이 개입되어 있지 않았다.[32]

언술의 표면에 직접적으로 드러난 평가의 기준과 내용이 아니더라도, 신문이 어떤 내용을 '사건'으로 구성하고자 '선택했는가' 하는 판단 자체가 언론으로서의 역할과 관점을 대변하는 것이기도 하다. 이러한 '사건 선택'은 표면적인 논평에 비해 간접화되었고 배면화되었다는 점에서 '보이지 않는 렌즈'로서의 역할을 하게 된다. 이때,

---

32 이는 역으로 '여성'이 '감정적 존재'로 집단화되었다는 젠더적 판단에 대한 반증이 될 수 있을 것이다. 그러나, '이웃', '동리 사람들'이라는 단어에 '여성'이 포함되지 않았다는 해석 또한 가능하다.

기자 스스로 '논평의 권리'를 부여하거나 '주변인의 반응'을 인용하는 방식으로 사건에 대한 입장을 정형했다는 점은 언론의 권력화가 '전제된' 행위라는 점에서 주목할 필요가 있다. '주변인의 반응'을 서술하는 방식으로 기자의 입장을 대리적으로 전달하거나, 나아가 신문사 자체(또는 언론 권력)가 조선의 일상을 바라보는 관점을 드러낸 것은 권력을 배면화하는 '언론정치'를 수행한 근대 초기의 양상을 보여 주는 것이기 때문이다.

지식 권력과 계몽의 특권에 대한 성찰
: 태도 · 시선 · 입장

《한성신보》는 조선의 계몽 담론을 소개하거나 그 내용을 강조하는 대신, '계몽되지 않은 조선'의 일상을 '사건화'했다. 여기에 '계몽'이라는 캐치프레이즈는 없었다. 오직 서사성을 강화한 사건 서술을 통해 '문제적' 조선을 비판의 대상으로 위치 지었다.

　이러한 현황은 대안이 없는 비판은 혐오의 정서를 환기하고 무시로 이어진다는 것을 보여 주고 있다. 《한성신보》는 문제적 사건을 취재함으로써 역설적으로 조선의 현장을 '문제화'하는, 언론에 의한 문화정치를 수행했다. 물론 이 신문은 미담 기사를 포함하고 있었지만, 문제적 조선이라는 이미지를 역전시킬 수 있는 힘의 크기를 발휘할 정도의 비중은 아니었다. 문제적 조선의 이미지를 구성함으로써 《한성신보》가 수행한 문화정치의 요소는 타락하고 문란한, 요약하고 부패한 조선이 '수정되어야 한다'는 독자의 반응을 유도하는 데 있었다. 그리고 이에 대한 인정과 호응은 신문을 읽는 외부의 독자보다 앞서, 바로 신문 지면 내부에 기술된 사건 '현장' 속의 목격자, 구경꾼, 관광자, 동네 주민 등 조선인의 육성으로 전달되었다.

이러한 기사 구성의 방식은 또 다른 차원에서 계몽의 역설과 착종을 보여 준다. 첫째, 기사에 대한 해석권과 독자의 알 권리가 독자 자신의 음성을 통해서가 아니라, 신문 내부에서 형성되고 제출되었다. 둘째, 독자의 반응은 독자 자신의 자발적이고 참여적인 판단을 통해 구성되기에 앞서, 신문에 배치된 기사의 내부에서부터 형성되어 독자에게 전해졌다. 말하자면 신문 자체가 독자의 반응 또한 형성하고 유도하는 역할을 동시에 수행했다.

이는 독자의 반응이 사실상 독자의 자발적 · 주체적 · 참여적 반응이 아니라 유도된 것, 정향된 것이라는 점에서 언론에 대한 반응이 아니라 언론 통제의 결과라는 인과성(또는 시간성)의 착종이 발생했음을 보여 주었다. 또한 취재된 사건을 통해 구성된 조선은 '문제적 이미지'로 한정되거나 편향됨으로써, 조선(인)은 계몽되어야 할 대상이라는 자연스러운 판단을 도출하도록 유도되었다.

이는 역설적으로 근대 초기의 신문이 언론에 대한 시민의, 신문에 대한 독자의 자율적 권리를 상정한 것이 아니라, 처음부터 '조율된' 방식으로 생성했다는 언론정치의 수행적 특성을 시사한다. 여기에 '전언'을 취재하는 익명(무명) 기자의 존재를 상정함으로써, 민심에 근거한 언론의 이미지를 '근거가 부재한 형식'으로 생성하게 되는 부수적 모순을 떠안게 되었다.《한성신보》는 이러한 근대 언론의 초기 양상을 보여 주는 사례로서, 특히 문제적 조선의 이미지를 일상과 개인, 사생활의 미시적 영역으로까지 침투하여 재구성함으로써, '지식'과 '계몽'으로 무장한 '식민 통치'의 정당화를 자연스럽게 도출해 내는 언론의 정치를 발휘했다.

이 글에서는 '문제적 조선'을 취재하는 방식으로 조선인과 조선 문화에 대한 무시와 혐오의 감성정치를 자연스럽게 이끌어 낸《한성신보》의 매체 전략과 기사 구성 방식, 서술 방식에 개입된 감정 수사에 대한 분석을 통해, 계몽을 중심으로 한 문화적 특권화, 위계화된 권력이 형성되는 근대 초기 사회와 언론의 매커니즘을 분석했다. 이를 통해 궁극적으로는 지식인의 역사사회적인 권력적 특권화, 문화적 위계화와 그에 수반된 '비-지성', '반-계몽' 집단과 개인에 대한 무시와 혐오의 감성정치가 자연화되는 역사적 맥락을 해명하고자 했다.

■ 참고문헌 ▬▬▬▬▬▬▬▬▬▬▬▬▬▬▬▬▬▬▬▬▬▬

1차 자료

《대한매일신보》
《만세보》
《제국신문》
《황성신문》
한국언론진흥재단 사이트 (http://gonews.kinds.or.kr)
《한성신보 (1895~1905)》1~4권, 연세대학교 학술정보원+연세대학교 근대한국
　　학연구소 편, 소명출판, 2014.

2차 자료

1. 국내 논문

김복순, 〈근대 초기 모성담론의 형성과 젠더화 전략〉,《한국고전여성문학연구》
　　14집, 한국고전여성문학회, 2007, 5~51쪽.
김영민, 〈근대전환기 〈논설적 서사〉 연구〉,《동방학지》94집, 연세대학교 국학연
　　구원, 1996, 169~203쪽.
박선용, 〈스튜어트 홀의 문화연구: 이데올로기와 재현의 정치〉,《경제와 사회》45
　　호, 비판사회학회, 2000, 149~171쪽.
박애경, 〈야만의 표상으로서의 여성 소수자들:《제국신문》에 나타난 첩, 무녀, 기
　　생 담론을 중심으로〉,《여성문학연구》19집, 2008, 103~138쪽.
이경하, 《《제국신문》여성독자투고에 나타난 근대 계몽 담론〉,《한국고전여성문
　　학연구》8집, 한국고전여성문학회, 2003, 67~98쪽.
이형대, 〈풍속 개량 담론을 통해 본 근대 계몽가사의 욕망과 문명의 시선:《대한

매일신보》를 중심으로〉,《고전과 해석》1집, 고전문학한문학연구학회, 2006,
7~33쪽.

최기숙, 〈혜환(惠寰) · 무명자(無名子) · 항해(沆瀣)의 비평적 글쓰기를 통해 본
'인(人) - 문(文)'의 경계와 글쓰기의 형이상학〉,《동방학지》155호, 연세대
국학연구원, 2011, 177~219쪽.

____, 〈'사건화' 된 일상과 '활자화' 된 근대: 근대 초기 결혼과 여성의 몸, 섹슈얼
리티 - 《한성신보》(1895~1905) '잡보란'이 조명한 근대〉,《한국고전여성문
학연구》29집, 한국고전여성문학회, 2014, 231~285쪽.

____, 〈고소설의 감성 문법과 감정 기호: 〈소현성록〉의 감정 수사를 중심으로〉,
《고소설연구》39집, 한국고소설학회, 2015, 103~139쪽.

____, 〈'계몽의 역설'과 '서사적 근대'의 다층성: 『제국신문』(1898. 8. 10.~1909.
2. 28) '논설 · 소설 · 잡보 · 광고'란과 '(고)소설'을 경유하여〉,《고소설연구》
42, 한국고소설학회, 2016, 279~331쪽.

한기형, 〈신소설 형성의 양식적 기반: '단편서사물'과 신소설의 관계를 중심으로〉,
《민족문학사연구》14집, 민족문학사연구소, 1999, 132~172쪽.

홍인숙, 〈근대 계몽기 지식, 여성, 글쓰기의 관계〉,《여성문학연구》24호, 한국여
성문학학회, 2010, 57~86쪽.

2. 국내 저서

임영호 편역,《스튜어트 홀의 문화이론》, 한나래, 1996, 1~367쪽.

주형일,《랑시에르의 〈무지한 스승〉 읽기》, 세창미디어, 2012, 1~246쪽.

홍인숙, 〈근대 계몽기 女性談論 硏究〉, 이화여대 박사논문, 2006, 1~192쪽.

Barthes, Roland,《신화론》, 정현 옮김, 현대미학사, 1995, 1~246쪽.

Foucault, Michael,《감시와 처벌》, 오생근 옮김, 나남, 2003, 1~464쪽.

Ranciere, Jacoues,《무지한 스승》, 양창렬 옮김, 궁리, 2008, 1~287쪽.

Ray Chow,《디아스포라의 지식인》, 장수현 · 김우영 옮김, 이산, 2005, 1~304쪽.

| 공포와 범죄 |

식민지기 친밀성 폭력과 여성범죄

_ 소영현

*　이 글은《동방학지》제175권(연세대학교 국학연구원, 2016)에 게재된 원고를 수정
　하여 재수록한 것이다.

이리하여 간부와 공모하여 남편을 독살한 십오 세의 독부가 생겨났다.

— 백신애, 〈少毒婦〉

친밀성 폭력의 문학적 재현에 대한 재고

김동인의 소설 〈감자〉(1925)에서 엄격한 가율이 남아 있던 농가의 딸 '복녀'는 열아홉 나이에 자신보다 스무 살 위인 동네 홀아비에게 80원에 팔려 혼인을 한 후 전락을 거듭하는 삶을 살게 된다. 천성이 극도로 게을러 물려받았던 밭을 지키지 못한 남편과 함께 살면서 점차 소작도 어려운 상황에서 막벌이 생활로 떠밀려야 했으며 행랑 살이도 여의치 않아 급기야 빈민굴 생활을 하게 된다. 그때까지의 그녀의 도덕관과 인생관을 송두리째 바꿔 놓은 것은 솔밭 송충이잡 이 인부로 공공근로를 나갔다가 '일 안하고 공전을 많이 받는 인부' 의 존재를 알게 되면서부터다. 이후로 그녀는 빈민굴 근처 중국인 채소밭에서 감자와 배추를 도둑질하고, 그 도둑질을 몸으로 무마해 가며 살다가 급기야 매춘을 생활의 방편으로 삼게 된다. '일 안하고 공전 받는 인부'가 된 일이 있은 후 스스로 "처음으로 한 개 사람이 된 것 같은 자신까지 얻"게 된 그녀는 욕망하는 주체가 된 여성의 당연한 최후처럼 허무하고도 비참한 최후를 맞는다.

　매매혼이 아니라 스스로 남편을 선택한 여자의 삶도 빈궁한 현실

1　김동인,《김동인전집 1》, 조선일보사, 1988, 350쪽.

이라는 제약 속에서 특별히 다른 가능성을 보여 주지는 않았다. 나도향의 소설 〈물레방아〉(1926)에서 2년 전 남편의 죽이겠다는 위협에도 굴하지 않고 간부와 사랑의 도피 끝에 마을 부잣집의 방 한 칸을 얻어들어 그 땅을 부쳐 먹으며 근근이 살던 '방원의 계집'—함께 사랑의 도피를 했던 남자(이방원)와 마을 부자이자 세력가(신치규)와 달리 아내도 아닌 '계집'으로 불리는 "한창 정열에 타는 가슴으로 가장 행복스러울" 스물두 살 나이의 그녀는 이름이 없다. 반면 그녀의 얼굴에 대한 묘사는 "새침한 얼굴이 파르족족하고 길다란 눈썹과 검푸른 두 눈 가장자리에 예쁜 입, 뽀로통한 뺨이며 콧날이 오똑한데다가 후리후리한 키에 떡 벌어진 엉덩이가 아무리 보더라도 무섭게 이지적理智的인 동시에 또는 창부형娼婦型으로 생긴 것"[2]으로 꽤 상세하다—은 후사를 부탁하고 호강을 약속하면서 치근덕대던 신치규의 제안(/유혹)에 못이기는 척 넘어간다.

　막실살이 이방원의 입장에서는 모시던 상전이 자신의 계집을 빼앗은 상황이지만, 소설은 '계집'의 변심이 그녀 자신의 선택에 의한 것임을 강조한다. 자신의 모든 것을 걸고 사랑의 도피를 위해 고향까지 등졌으며 심지어 상전에게 상해를 입히고 옥살이까지 한 남자(이방원)의 처지에 대한 서술자의 태도는 미묘하게 동정적인데, 그의 '계집'에 대한 애정이 실상은 가정폭력의 전형적 모습 —"발길이 엉덩이를 두어 번 지르니까 계집은 그대로 거꾸러졌다가 다시 일어났다. 풀어헤뜨린 머리가 치렁치렁 끌리고 씰룩한 눈에는 독기가

2　나도향(주종연 외 엮음), 《나도향전집 상》, 집문당, 1988, 234쪽.

섞이었다./ 〈왜 사람은 치니? 이놈! 죽여라 죽여, 어디 죽여 보아라, 이놈 나 죽고 너 죽자!〉/ 하고 달려드는 계집을 후려쳐서 거꾸러뜨리고서,/ 〈이년이 죽으려고 기를 쓰나!〉/ 방원이가 계집을 치는 것은 그것이 주먹을 가지고 하는 일종의 농담이다. 그는 주먹이나 발길이 계집의 몸에 닿을 때 거기에 얻어맞는 계집의 살이 아픈 것보다 더 찌르르하게 가슴 복판을 찌르는 아픔을 방원은 깨닫는 것이다. 홧김에 계집을 치는 것이 실상은 자기의 마음을 자기의 이빨로 물어뜯는 것이나 다름이 없는 것이다. … 계집을 치고 화풀이를 하고 난 뒤에 다시 가슴을 에는 듯한 후회와 더 뜨거운 포옹으로 위로를 받을 그때에는 두 사람 아니라 방원에게는 그만큼 힘 있고 뜨거운 믿음이 또다시 없는 까닭이다"(**나도향, 238쪽**) ─ 인 점은, "구차하고 천한 생활"(**나도향, 247쪽**)을 거부한 그녀의 선택이 사랑 대신 돈을 선택한 속물적 행위만은 아니었음을 신중하게 짚어 보게 한다. 그녀는 (그것이 무엇이듯) "나 하고 싶은 것"(**나도향, 247쪽**)이라고 하는 자신의 욕망에 충실했으며 그것의 실현을 위해 거듭되는 살해 위협에도 굴하지 않았다. 결국 그녀는 남자의 칼에 찔려 죽고 만다.

소설 속 그녀들을 두고 말하자면, 가정에 속한 여성의 욕망은 흘러넘쳐도 모자라도 곤란하다. 욕망하는 주체가 되는 순간 그녀들은 대개 죽음이나 그에 가까운 징벌을 피할 수 없다. 부부 사이의 불균형한 성적 욕망은 성적 폭력을 야기하며 심지어 그녀들을 범죄자로 만들기도 한다. 1920~30년대 소설에서 일 하던 중에 정신을 잃고 쓰러질 정도의 과도한 노동에 시달려야 했던 나이 어린 색시少婦의 삶은 함부로 부리고 때릴 수 있는 팔려 온 하녀의 삶과 그리 다르지 않았지만,[3] 소설에서 그들이 범죄자가 된 것은 무엇보다 '아내 노 릇'으로 포장된 성적 폭력을 견딜 수 없어서였다.

"시집온 지 한 달 남짓한, 금년에 열다섯 살밖에 안 된 순이는 잠 이 어릿어릿한 가운데도 숨길이 갑갑해짐을 느꼈다./ 큰 바위로 나 리눌리는 듯이 가슴이 답답하다. 바위나 같으면 싸늘한 맛이나 있 으련마는, 순이의 비둘기 같은 연약한 가슴에 얹힌 것은 마치 장마 지는 여름날과 같이 눅눅하고 축축하고 무더운 데다가 천근의 무게 를 더한 것 같다. 그는 복날의 개와 같이 헐떡이었다. 그러자 허리 와 엉치가 뼈개내는 듯, 쪼개내는 듯, 갈기갈기 찢는 것 같이, 산산 이 바수는 것같이 욱신거리고 쓰라리고 쑤시고 아파서 견딜 수 없 었다. 쇠막대 같은 것이 오장육부를 한편으로 치우치며 가슴까지 치받쳐 올라 콱콱 뻗지를 때엔, 순이는 입을 딱딱 벌리며 몸을 위로 추스른다……. 이렇듯 아프니 적이나 하면 잠이 깨이련만 왼 종일 물이기, 절구질하기, 물방아찧기, 논에 나간 일꾼들에게 밥나르기에 더할 수 없이 지쳤던 그는 잠을 깨랴 깰 수가 없었다"[4]로 시작되는 현진건의 소설 〈불〉(1925)에서 열다섯 살 소부少婦인 순이가 시집온

---

3 한 구술 생애사 연구에 따르면, 빈농 촌부의 하루일과는 "물 긷고, 방아 찧고, 빨래하 고, 밤에는 설거지하고 나면 보리방아 쩌서 말리고, 길쌈하고, 저녁 먹고 밤새 삼 삶고, 면 잣고, 보리방아 찧는 노동"의 연속이었으며, 집안일 외에도 마을 내 부잣집에 일을 나가거나 밭일을 해야 했고 경우에 따라 남편이 머슴을 살고 있는 집으로 식모살이를 가야 했다. 짚어둘 점은 시집의 생활수준이 여성의 노동량을 크게 좌우하지는 않았으 며 '부잣집 며느리' 역시 고된 노동에 시달리기는 마찬가지였다는 사실이다. 윤택림, 〈 한국 근현대사 속의 농촌 여성의 삶과 역사 이해〉, 《사회와역사》 59, 2001, 219쪽.

4 현진건, 《현진건문학전집 1》, 국학자료원, 2004, 145쪽.

지 한 달 남짓 만에 남편의 방에 불을 내게 되는 것은 '가슴을 짓누르고, 온몸을 바스라트리는 듯한 쇠몽둥이'로 매일 밤 시달리는 고통을 더 이상 견딜 수 없어서였다. '아내 노릇'에 대한 요청의 이름으로 이루어진 성폭력은 그녀에게 매일 밤 반복되는 죽음의 위협이자 공포 자체였던 것이다.

백신애의 소설 〈소독부〉(1938)에서 시집에 온 지 1년 된 열다섯 소부가 동네 총각 갑술이 생각을 하게 되는 것도 시집오던 날부터 시달렸던 '무섭고 괴로운 아내 노릇' 때문이었다. 시집간 그녀를 못 잊고 "나는 네가 다른 사람에게 시집갈 줄 몰랐다. 나는 죽겠다"고 고백하며 눈물짓고 한숨 쉬며 그녀 주변을 맴돌던 갑술은 결국 술에 약을 타 먹여 그녀의 남편을 죽이고 마는데, 남편 아닌 남자가 주변을 서성거렸고 여자의 남편이 살해된 사건 앞에서 누가 진짜 범인인가는 따질 필요도 없는 문제였다.

샘터 주변에서 시작된 소문—"아이고, 무서워라. 암창굿기도 하지."/ "글쎄 말이지, 열다섯 살 밖에 안 먹은 계집년이 사내를 죽이다니!"/ "아니, 갑술이 놈하고 언제부터 붙었던고…. 서방질을 하다니…. 고런 죽일 년이 어데 있소."/ "아이고 무섭고 독한 년."/ "연놈이 의논하고 죽인 게지, 어린년이 어쩌면…."/ 동네는 물 끓듯 소란한 가운데 색시는 갑술이와 함께 꽁꽁 묶여 순사 두 사람에게 끌려 그 멋들어진 향나무 서 있는 샘터를 왼편으로 끼고 돌아 주재소로 갔다.[5] — 에서 어느새 그녀는 "간부와 공모하여 남편을 독살한 십

5 백신애(이중기 엮음), 《백신애선집》, 현대문학, 2009, 280~281쪽.

오 세의 독부."(백신애, 281쪽)가 되어 있었다.

1920~30년대에 걸쳐 농민의 다수가 땅을 잃고 빈곤의 나락으로 떨어지던 식민지기 조선의 궁핍한 현실, 돈의 위력이 강화되는 현실 속에서 점차 타락해 가는 존재들에 대한 비판과 철저하게 희생되던 존재들에 대한 연민을 복합적으로 담아낸 이 소설들은 식민지기 빈궁한 농촌을 살았던 다수 여성들의 삶에 대한 보고로도 부족함이 없다. 빈농층에서 미혼 여성은 춘궁기에 혹은 부채 때문에 가부장에 의해 푼돈에 팔리는 경우가 많았다.[6] 환금성 가치로 다루어졌기 때문에 나이 어린 기혼 여성의 삶은 하녀나 팔려간 노예의 삶과 그리 다르지 않았다. 식민지기 빈궁한 농촌의 여성들이 처한 이러한 사정은 어린 촌부의 삶이 환기하는 것이 조선 농촌의 참혹함 이상의 것이었음을 포착하게 한다.

소설들은 빈궁함 혹은 전근대적 면모의 효과로서 식민지기 조선 농가가 매매혼, 가정 폭력, 부부 강간, 부부 살인, 영아 살인, 방화와 같은 폭력과 범죄가 상시적으로 이루어지는 공간이었음을 보여 준다. 소설들은(〈불〉이나 〈소독부〉에서 확인되듯) 빈궁한 농촌의 어린 촌부들이 육체적으로 특히 성적으로 감당해야 하는 '아내 노릇'으로 죽음의 공포를 느낀다는 것을, 그 공포를 해소하려는 절박한 시도가 다양한 형태의 여성범죄를 발생시킨다는 것을 보여 준다. 소설들은 친밀성에 기반한 관계에서 발생하는 폭력이나 범죄에 대해 피

---

6 문소정, 〈일제하 농촌 가족에 관한 연구: 1920, 30년대 소작 빈농층을 중심으로〉, 《사회와역사》 12, 2008, 109~110쪽.

해/가해 구도를 명확히 가르기 쉽지 않으며 그렇기 때문에 가시권에서 명백한 가해자가 비가시권에서 극심한 피해자일 수 있음을 표본적 사례로서 제시해 준다.

이러한 사례들은 소설의 의도와 무관하게, 우선, 여성범죄가 당시 문학으로 대표되는 문화적 산물에서 가부장제에 의한 규율 대상인 욕망과 사적 조절로 통제되지 않는 잉여적 욕망의 표출로서 다루어졌음을 말해 준다. 여성의 욕망은 공동체 바깥으로 내쳐지거나 혹은 영원히 배제되는(죽음) 공적 규제의 대상이었음도 확인할 수 있다. 그런데 여성의 욕망에 대한 규율은 여성 혹은 가정 내부의 문제이기만 한 것인가.

여성범죄론이 근대적 사회통치술의 일환으로 활용되는 과정을 염두에 두면서 소설을 재독하자면 여성범죄가 친밀성 관계를 기반으로 발생되었음을 확인하기는 어렵지 않다. 그럼에도 대개 이 시기 소설에서 친밀성 범죄는 성적인 층위로 환원되어 다루어진다. 소설 전면에서 여성은 성적 욕망과의 관련성 속에서 다루어지고, 소설이 환기하는 친밀성 폭력은 자연화된 배경처럼 후면에 배치된다. 이러한 장면에 대한 고려로까지 시야를 넓히기 쉽지 않으며, 그간 이에 대한 충분한 논의가 이루어졌다고 보기도 어렵다. 여성범죄와 그 재현을 통해 친밀성 범죄가 여성의 생리학적 특징과 여성의 범주 안에서만 다루어지는 관점에 대한 재고가 요청된다.

앞서 다른 자리에서 식민지기 남편 살해범에 관한 연구를 검토하면서 남편 살해의 문제를 여성과 범죄를 둘러싸고 당시 만들어지던 담론적 지형 속에서 재검토한 바 있다.[7] 이 글에서는 근대적 사회통치술로 활용된 여성범죄론과 근대적 지식이 만들어 낸 여성에 대한 인식틀이 전지구적 지식장의 흐름 속에서 일상과 문화 차원으로 폭넓게 유포되는 장면, 즉 여성에 대한 특화되고 편향된 시각이 어떻게 여성을 가시화하거나 비가시화했는가를 짚어 보고자 한다. 이 글의 관심인 남편 살해로 구현된 여성범죄와 친밀성 관련 범죄를 여성 개인 혹은 부부 사이의 섹슈얼리티 문제로 환원해 버릴 수 없는 이유가 여기에 있다.

---

7 여성범죄 관련 연구는 류승현, 〈구한말-일제하 여성조혼의 실태와 조혼폐지 사회운동〉,《성신사학》 16, 1998; 이종민, 〈전통·여성·범죄: 식민지 권력에 의한 여성범죄 분석의 문제〉,《한국 사회학회 사회학대회 논문집》, 2000; 류승현, 〈일제하 조혼으로 인한 여성 범죄〉,《여성: 역사와 현재》, 국학자료원, 2001; 김경일, 〈일제하 조혼 문제에 대한 연구〉,《한국학논집》 41, 2006; 장용경, 〈식민지기 본부 살해사건과 여성주체〉,《역사와문화》 13, 2007; 최애순, 〈식민지조선의 여성 범죄와 한국 팜므파탈의 탄생: 방인근의《마도의 향불》을 중심으로〉,《정신문화연구》 32(2), 2009; 전미경, 〈식민지기 본부 살해本夫殺害 사건과 아내의 정상성: '탈육교' 과정을 중심으로〉,《아시아여성연구》 49(1), 2010; 홍양희, 〈식민지 조선의 "본부 살해本夫殺害" 사건과 재현의 정치학〉,《사학연구》 102, 2011; 홍양희, 〈식민지시기 '의학' '지식'과 조선의 '전통'〉,《의사학》 44, 2013 ; Park, Jin-Kyung, "Husband Murder as the "Sickness" of Korea: Carceral Gynecology, Race, and Tradition in Colonial Korea, 1926-1932," *Journal of Women's History* 25, 2013; 최재목·김정곤, 〈구도 다케키(工藤武城)의 '의학'과 '황도유교'에 관한 고찰〉,《의사학》 51, 2015; 소영현, 〈야만적 정열, 범죄의 과학: 식민지기 조선 특유의 (여성) 범죄라는 인종주의〉,《한국학연구》 41, 2016 등 참조.

여성범죄의 형성과 함의: 친밀성 범죄와 여성의 비/가시화

호명 기제로서의 여성범죄

문학적 재현물을 통해 확인했듯, 피해자가 여성인 친밀성 범죄는 식민지기 전반에 걸쳐 일상적이고 문화적으로 행해졌다. 그럼에도 아니 그렇기에 당대의 문화적 담론 지형 속에서 범죄로 다루어지지 않았다. 오히려 정반대로 여성이 범죄(가해)자가 된 경우에 사회적 주목을 끌었다. 친밀성에 기반한 범죄는 대개 여성 관련 범죄 기사로 다루어졌다. 특히 여성 관련 범죄 기사는 본부살해, 독부, 독살, 소부 등의 용어를 빈번하게 사용했다. 《매일신보》 1916년 11월 29일자 기사는 호열자균이 사용된 남편 살해 사건을 '범죄 수단으로 자못 교묘한 처음 듣는 일'로 기록한다.[8] 살해 방법의 특이성이 관심사였음에서 알 수 있듯, 남편 살해범 자체가 관심을 끌었던 것은 아니다. 《조선일보》나 《동아일보》에서도 1920년대 초반부터 남편을 살해한 여성에 대한 기사가 꾸준히 등장했는데, 기사에서는 '본부살해'보다는 주로 '독부'나 '소부', '독살'이 표제어로 사용되었다. 1930년 전후를 거치면서 《매일신보》, 《동아일보》, 《조선일보》, 《조선중앙일보》에서 본부살해 관련 기사의 증가 경향이 뚜렷해졌고 점차 본부살해범이 나이 어린 색시(少婦)인 경우가 많아졌다.[9]

---

8 〈虎列刺菌으로 本夫殺害〉, 《매일신보》 1916년 11월 29일자.

9 본부살해범 가운데 소부가 '실제로' 다수였는가를 검증하는 일과는 별개로 이러한 변

어떤 표제어를 선택하든—남편 살해 자체나 방법의 잔혹함을 '에로그로'적으로 강조하거나 여성 범죄자의 외모에 대한 관심을 적극적으로 표명하는 경우에도—본부살해 사건 관련 기사는 대개 남편을 살해한 여성 범죄자를 섹슈얼리티 관련 스캔들로 다뤘다는 점에서 공통적이다. 그렇다고 기사의 내용 자체가 선정성을 지향했던 것은 아니다. 오히려 기사는 범죄 관련 공판 기록 전달에 충실한 편이었다. 담당 재판관과 검사의 이름이나 가해자와 피해자의 주소지가 번지까지 정확하게 표기되고, '왜 죽였는가, 어떻게 죽였는가'도 비교적 소상히 기술되었다. 조사와 재판을 둘러싼 최소한의 정보 제공에서 사건의 전모, 살인이 벌어진 시공간, 살해 도구, 살인 방법

화는 '나이 어린' 여성 범죄자에 대한 사회적 관심의 증가 일면으로서 이해된다. 〈本夫를 絞殺한 毒婦〉, 《동아일보》 1922년 2월 21일자; 〈三十年 虐待로 本夫殺害〉, 《동아일보》 1922년 7월 8일자; 〈本夫를 殺害한 毒婦〉, 《동아일보》 1922년 9월 16일자; 〈毒婦의 控訴 死刑을 不服하고〉, 《조선일보》 1923년 10월 14일자; 〈惡毒한 少婦 간부와 공모하여 본부를 죽이다가〉, 《조선일보》 1923년 11월 11일자; 〈本夫를 毒殺코자 한 少婦〉, 《조선일보》 1924년 5월 16일자; 〈本夫毒殺美人 死刑不服〉, 《동아일보》 1924년 7월 17일자; 〈本夫毒殺事件〉, 《동아일보》 1924년 10월 3일자; 〈犯行後三年 稀世의 毒婦!〉, 《동아일보》 1924년 10월 28일자; 〈總角과 共謀하고 本夫斫殺한 毒婦〉, 《동아일보》 1924년 12월 10일자; 〈男便을 縊殺한 毒婦〉, 《동아일보》 1925년 1월 23일자; 〈本夫毒殺未遂 일 년 만에 발각〉, 《조선일보》 1925년 5월 12일자; 〈꽃가튼十九歲少婦 男便을 毒殺未遂〉, 《조선일보》 1931년 3월 17일자; 〈十七歲少婦가 男便毒殺企圖〉, 《조선일보》 1935년 4월 11일자; 〈十六七歲少婦가 男便毒殺企圖〉, 《조선일보》 1935년 6월 5일자; 〈十七歲少婦가 男便毒殺未遂〉, 《조선일보》 1935년 7월 2일자; 〈十五歲少婦가 男便毒殺企圖〉, 《조선일보》 1935년 12월 28일자; 〈就寢中의 本夫 입에 양잿물을 들부어 毒殺未遂한 平原少婦의 斷罪〉, 《조선일보》 1936년 11월 27일자; 〈十七歲少婦가 男便毒殺企圖〉, 《조선일보》 1937년 3월 28일자; 〈愚昧한 少婦에게 同情의 判決〉, 《조선일보》 1937년 7월 16일자; 〈男便毒殺하랴든 十七歲少婦가 법정에〉, 《조선일보》 1938년 3월 12일자; 〈男便殺害圖謀한 少婦〉, 《조선일보》 1938년 6월 4일자; 〈本夫殺害未遂 少婦昨日送局〉, 《조선일보》 1938년 8월 26일자.

에 대한 상세한 소개에 이르기까지 소개 범위에는 차이가 있었지만, 관련 기사들을 무작위 추출 방식으로 검토해 보더라도 쉽게 확인할 수 있듯 기사 내용은 담당 검사의 사건 조서에 바탕을 둔 공판과 판결 내용 소개를 크게 벗어나지 않았다.

평남 맹산군 옥천면 북창리孟山郡玉泉面北創里에 원적을 두고 중국 간도 연길현 사도구 양목정자 삼포촌間島延吉縣四道溝 楊木亭子三浦村에 거주하던 리뎡옥李貞玉(21)이라는 여자는 열여섯살때부터 심병록沈秉祿(34)이라는 사람에게 출가하여 전기 주소에서 이래 동거하던 중 남편이 수년전부터 이역에서 병을 얻어 오래동안 신고하고 있음으로 자기의 성욕을 만족시킬 수가 없는 것을 유감으로 생각하고 작년 음력삼월 중에 그 부근에 거주하든 고덕문高德文(48)이라는 독신자의 집에 가서 뎡교하기를 간청하여 비로소 관계를 맺은 후 이래 불의를 계속 하여오다가 남편에게 사실이 탄로되어 크게 책망을 당하고는 남편을 죽여 없앤 후 간부와 동거할 결심을 한 후…[10]

강원도 철원군 철원면 관천리鐵原郡鐵原面官田里에 사는 조성녀趙姓女(20)는 남편을 살해 미수하였다는 혐의로 철원지청에 심판사가 취조한 결과에 증거 불충분으로 면소免訴가 되었는바 소관 청원지청 검사는 이 사건을 경성복심법원京城覆審法院 검사국으로 항고하였음

---

10 〈姦夫 敎唆하야 本夫를 打殺한 毒婦〉,《동아일보》1926년 4월 30일자.

으로 복심검사국에서는 다시 취조에 착수하였다더라[11]

　경기도 리천군 청계면 방석리利川郡 淸溪面 放石里 이백오십칠번지
김삼남金三南(25)의 안해 강소환姜小煥(16)은 작년 십이월 이십구일
에 전기 김삼남에게 시집을 갔는데 그는 시집가기 전에 동군 설성면
신초리同郡 雪星面 新草里 간산진簡山鎭(18)이와 불의의 정을 통하여
오며 같이 살자고 하던 터이라 남편 싫은 생각이 나서 지난 일월이
십구일 오후 한시 경에 전기 김삼남을 살해하고자 떡국에 양잿물을
타서 먹이고자 하였으나 김삼남은 조금 먹다가 맛이 이상한 까닭에
먹지 아니하여 다행히 목숨을 건진 사실이 있었든바 지난 십오일에
그 사실이 발각되어 소관 리천서에 검거되어 방금 취조를 받는 중이
라더라[12]

　평남 평원군 순안면 군상리平南平原君順安面郡上里 이십사번지의 림
원식林元植(24)의 처 리복태李福太(16)는 자기의 남편인 전기 림씨가
싫어서 백방으로 생각하다 못하여 죽이는 것이 제일 좋은 수단으로
알고[13]

　강원도江原道 인제군麟蹄郡 남면南面 김부리金富里 306(三〇六) 남

11　〈本夫殺害事件을 豫審判事가 免訴〉, 《매일신보》 1927년 1월 17일자.
12　〈十六歲 少婦의 男便殺害未遂〉, 《동아일보》 1927년 3월 17일자.
13　〈大膽한 二八少婦 本夫毒殺未遂〉, 《조선일보》 1927년 4월 9일자.

간난(南干蘭, 30)과 남옥출(南玉出, 45)의 두 남녀는 얼마 전에 경성지방법원京城地方法院에서 살인죄殺人罪로 두 사람이 모두 사형死刑의 판결을 받고 경성복심법원京城覆審法院에 공소 중이던바…[14]

【新義州】부내 마전동戰田洞 二九四번지 김두하金斗河(31)란 여자가 지난 5五월 20二十일 오전 3三시경 그의 남편 박세화朴世和를 허리띠로 목을 졸라매고 도끼로 머리를 때려 즉사시킨 사건은 저간 신의주서에서 엄중 취조 중 지난 9九일 일건 서류와 함께 신의주지방법원 검사국에 송치하였는데…[15]

【咸興】… 그들은 함남 덕원군 풍화면 내백리咸南 德元郡 豊下面 內百里에 거주하던 김형조金亨祚(33)와 김복남金福男(20)이라 한다.

김형조는 소화 6六년 봄부터 자기 사는 마을에 잇는 김복남이를 알게 되어 수차 정을 통하여 오던 중에 김복남의 남편 최성실崔成實(42)을 살해하고 그가 소유하고 있는 토지 4四일경과 그 밖의 저금한 금액 기타 상품을 강탈고자 계획하여 오다가…[16]

(이상 밑줄: 인용자)

담당 검사의 사건 조서에 바탕을 둔 기사라는 점에서 사건의 전

---

14 〈麟蹄郡의 本夫殺害犯 이년을 구형〉,《매일신보》1929년 5월 27일자.
15 〈죽인다는 말에 몬저 죽엿소〉,《매일신보》1931년 6월 11일자.
16 〈本夫殺害한 奸夫婦에 死刑과 無期求刑〉,《조선중앙일보》1935년 1월 30일자.

모가 공정하게 소개되고 있었다고 하기는 어렵다. 그럼에도 기억해 둘 점은 남편을 살해한 여성들이 아이러니하게도 사건 조서에 의한 정보 공개로 자신의 이름을 찾게 된다는 사실이다. 살인범이 되면서 자신의 이름을 찾게 되는 이 역설적 상황은 기사가 보여 주는 또 다른 중요한 특징인 그녀들이 사는 지역과의 관련 속에서 좀 더 유의미해진다.

인용문을 통해서도 파악할 수 있듯, 남편을 살해한 여성들은 앞선 소설들에도 등장한 빈농 촌부들이다. 어린 나이에 팔리듯 혼인을 한 후 과도한 노동에 시달리며 새로운 노동력을 재생산한 여성들, 인간이라기보다 아내라는 직무에 복무하며 노동하는 기계로 살았던 비가시의 그녀들이 본부살해범인 채로 자신의 이름을 찾았다.

식민지기 조선 인구의 85퍼센트 이상이 주로 농업에 종사했음을 고려하자면, 촌부야말로 조선 여성의 대다수였다고 해야 할 터인데, 근대적 교육을 받은 '신여성'과의 대비 속에서 구습을 체현한 '비가시적 존재'인 이 여성들은, 말하자면 구습을 체현함으로써 이름 없는 비가시의 존재가 되거나 공동체에서 배척될 존재(간통녀, 살인범)가 되면서 가시화되는 역설의 비극을 살아야 했다.[17]

---

17 '여성범죄를 통한 여성의 비가시성의 가시화' 메커니즘 분석 관련해서는 Joanne Belknap, 윤옥경 외 옮김, 《여성 범죄론: 젠더, 범죄의 형사사법》, Cengage Learning, 2009, 112~162쪽 참조.

악독한 희생자라는 역설

기사가 반복적으로 강조했던 남편 살해 사건의 원인 가운데 주목할 것은 남편을 살해한 여성들이 '불의의 정을 통한' 존재들로 다루어진 점이다. 본부살해 관련 기사에서 범죄자는 대개 '젊은 남자와 불의의 단꿈을 꾸어오던' 여자들로, 결혼 전부터 정부와 관계를 맺고 밀회를 해 왔으며, 남편과의 동거를 원치 않았고 '정부와 살고 싶은' 열망으로 남편을 살해하려 했다.[18] 친밀성 범죄에는 시집의 재산을 노리고 남편을 살해하거나 전남편이나 전처의 소생을 살해하는 경우도 없지 않으며 남편을 포함한 시집 식구의 오랜 기간 학대로 남

---

18 〈本夫殺害未遂〉,《동아일보》1921년 5월 4일자; 〈총각과 共謀하고 本夫斫殺한 毒婦〉,《동아일보》1924년 12월 10일자; 〈本夫毒殺未遂女 대구에서 칠년징역구형〉,《조선일보》1925년 4월 25일자; 〈姦夫 敎唆하야 本夫를 打殺한 毒婦〉,《동아일보》1926년 4월 30일자; 〈出世三年에 改嫁五次〉,《동아일보》1927년 2월 27일자; 〈늙은 男便이 실혀 絞殺 投井한 毒婦〉,《조선일보》1927년 4월 24일자; 〈本夫를 斫殺〉,《동아일보》1927년 5월 3일자; 〈자는 입에 毒을 너허 本夫殺害타 發覺〉,《매일신보》1928년 7월 29일자; 〈四角關係의 痴情劇〉,《매일신보》1928년 8월 20일자; 〈稀世의 毒婦 本夫를 絞殺〉,《조선일보》1928년 10월 17일자; 〈本夫殺害未遂犯〉,《매일신보》1929년 3월 2일자; 〈白痴를 利用한 本夫殺害未遂犯 이십칠일 공판 개뎡〉,《매일신보》1929년 5월 27일자; 〈本夫殺害犯에 極刑을 求刑〉,《매일신보》1930년 10월 24일자; 〈本夫殺害犯人一一審에서 死刑〉,《동아일보》1932년 2월 29일자; 〈本夫殺害한 姦夫婦 送局〉,《동아일보》1932년 6월 2일자; 〈痴情 本夫殺害〉,《매일신보》1932년 7월 3일자; 〈本夫殺害한 金明淑 死刑求刑에 痛哭〉,《조선중앙일보》1934년 11월 30일자; 〈本夫殺害한 姦夫 死刑不服코 上告 廿四日高等法院에〉,《조선중앙일보》1935년 5월 2일자; 〈勿警! 十七歲少婦 醉中男便을 絞殺〉,《조선일보》1935년 5월 8일자; 〈本夫殺害한 姦婦 覆審에서도 死刑求刑〉,《조선중앙일보》1935년 6월 26일자; 〈本夫殺害한 姦夫婦上告 死刑判決을 不服코〉,《매일신보》1936년 12월 3일자.

편을 살해하거나 반대로 자살한 경우도 적지 않다.[19]

그러나 실제 범죄의 통계가 아니라 살인미수까지 포함해서 남편 살해 사건을 다룬 기사에 주목해 보면, 그녀 혹은 그들은 대개 남편에게는 "나이도 많고 인물도 맘에 맞지 아니하여 항상 불만을 품고 지내"[20]고, "비밀히 정을 통하여 오든 중" 남편 때문에 "자기네들이 서로 같이 재미있게 살지 못함을 깊이 원망하"[21]며, 정인과 "백년을 같이 살자고 굳게 약속"[22]을 하고, "둘이서 한번 재미있는 가정을 만들어 보자"[23]는 열망에 사로잡힌 존재들로, 남편을 살해하려던 시도가 실패하면 간부와 함께 공동체를 등지는,[24] "사랑할 수 없는 처

---

19 〈三十年虐待로 本夫殺害〉,《동아일보》 1922년 7월 8일자; 〈男便虐待로 自殺未遂〉, 《조선일보》 1925년 1월 30일자; 〈虐待로 自殺 십칠세 소부가〉,《조선일보》 1925년 1월 30일자; 〈十五歲少婦 自殺未遂〉,《조선일보》 1925년 2월 5일자; 〈싹귀로 本夫斫殺〉,《동아일보》 1925년 2월 7일자; 〈情慾과 財産만 貪內 嬰兒를 虐殺한 毒婦〉,《동아일보》 1925년 8월 9일자; 〈生活難과 家庭不和로 幼兒를 投井慘殺〉,《동아일보》 1925년 9월 5일자; 〈私生兒를 낫는 족족 죽인 稀代의 毒婦〉,《동아일보》 1925년 9월 5일자; 〈本妻子 毒殺한 毒婦는 懲役五年〉《조선일보》 1928년 2월 17일자; 〈少婦의 嫉妬로 前妻兒 殺害〉,《동아일보》 1933년 1월 22일자; 〈改嫁한 少婦 實子를 殺害?〉, 《동아일보》 1933년 7월 21일자; 〈사랑없는 男便에 怨恨 少婦가 親子毒殺〉,《동아일보》 1934년 1월 24일자; 〈마음없는 結婚悲觀 少婦飮毒自殺〉,《동아일보》 1934년 4월 18일자; 〈本夫殺害한 奸夫婦에 死刑과 無期求刑〉,《조선중앙일보》 1935년 1월 30일자; 〈十七歲少婦가 男便毒殺企圖〉,《조선일보》 1935년 5월 12일자.

20 〈本夫를 毒殺未遂 남편의 나희 만흔 것이 실혀〉,《조선일보》 1925년 5월 30일자.

21 〈本夫毒殺未遂犯 오년 징역 바든 간부간부 공소〉,《조선일보》 1925년 4월 21일자.

22 〈姦夫와 共謀하고 本夫殺害한 毒婦〉,《조선중앙일보》 1936년 5월 18일자.

23 〈愛慾의 不滿으로 일어난 醒血慘劇〉,《조선중앙일보》 1935년 7월 13일자.

24 〈本夫를 毒殺未遂 사실이 발각되고 마니까 간부와 가티 도망하얏다〉,《조선일보》 1925년 9월 8일자.

지임에 불구하고 사랑하는 사이가'[25] 된 존재들이자 일생을 뜻 맞지 않는 남편을 섬기며 사느니 이후의 편안한 삶을 위해 징역을 살겠다는[26] 선택을 불사하는 존재들이라는 점에서 특징적이다. 기사로 보면, 여성범죄는 여성의 욕망의 문제로, 그저 무섭거나 싫다는 이유만으로 남편을 살해한 게 아니라는 것이다.

【고창】고창군 고창면 읍내리高敞郡高敞面邑內里 박이차朴二次(28)는 신병으로 약 2二개월동안 신고 중에 원기가 극히 쇠약되었음을 기회로 하여 지난 4四일 오전10十시경에 처 김쌍동金雙東(18)은 인두에 불을 달궈가지고 병석에 누워있는 남편을 살해殺害하려고 무한히 승강이를 하다가 사람 살리라는 고함소리에 이웃사람이 달려가서 겨우 구원하고 전기 쌍녀는 경찰에 잡히었다 그런데 전기 쌍녀는 12十六세 먹는 해부터 동리 박복기朴卜基라는 청년과 남몰래 정을 통해 오던 결과 당금 3,4三四삭의 포태胞胎까지 되었는데 거년 12十二월 19十九일에 전기와 같은 고창 읍내 박이차와 결혼식을 하고 이튿날 시가인 고창으로 와서 시집살이를 하고 있는데 항시 남편의 따뜻한 사랑을 거절하여 짝사랑 격으로 지내오던 중 전기와 같이 집에 다른 사람 빈 틈을 타서 남편을 숯불 화로에 인두에 불을 달궈가지고 입을 벌리라고 함으로 박이차는 대경실색하야 최후의 힘을 다해 고함을 질러 겨우 죽기를 모면하였는데 고창경찰서에서 취조를 마치고

25 〈本夫殺害한 姦夫婦 死刑〉,《동아일보》1932년 12월 31일자.
26 〈將來 나 잘 살랴고 不合한 男便殺害〉,《동아일보》1928년 10월 21일자.

정읍井邑 검사국으로 송치할 터이라 한다[27]

【新義州】10十年이나 연장되는 남편에게 꿀 같은 사랑을 받아오던 이팔二八 청춘의 소부가 남편의 참다운 사랑에도 권태를 느끼었든지 동리의 남자와 남편의 눈을 속여가며 금년 봄부터 관계를 맺어오다가 남편에게 들키자 남편의 감시는 심하여지므로 정부와의 만날 기회가 적어짐에 반하여 정부와 만나고 싶은 마음 정열에 타오르는 마음을 금치 못하여 같이 자던 본부를 낫으로 찔러 죽인 의주군 옥상면 북사동義州郡玉尙面北社洞 장치복張致福(29)의 처 김옥녀金玉女(18)에 대한 판결 언도는 지난 15(十五)일 신의주 지방 법원에서 곡전谷田 검사 입회 아래 국지菊地 재판장으로부터 사형 구형한 것을 감형하여 무기징역을 언도하였다고 한다[28]

【平壤】최근 성천군에는 18十八세의 소부가 본부를 살해하려다 미연의 발각으로 소활경찰서에 검거되어 목하 엄중한 취조를 받는 중이다 성천군 구룡면 용연리成川郡九龍面龍淵里 32三二번지 송홍걸宋弘杰(17)의 처 김탄실金彈實(18)은 지난 9九월 15十五일 자기의 본가本家인 동군 숭인면 삼인리同郡崇仁面三仁里 28二八번지에를 간 후 동리 30三○번지 김모金某(23)와 간통을 하는 동시 장래를 같이하자고 굳은 맹세를 한 후 즉시 전기 시가로 돌아와서 본부本夫를 살해할 목적

27 〈病中의 弱點을 타서 本夫殺害타가 未遂〉,《동아일보》1932년 2월 16일자.
28 〈監視를 免하고저 同寢中本夫殺害〉,《매일신보》1934년 8월 18일자.

으로 지난 10+일 자기의 남편이 먹을 밥에다 다량의 잿물을 혼입하였던바 밥을 먹으려든 남편은 악취가 심하여 먹지 못하고 즉시 친부에게 말하여 결국 목적을 달치 못하고 발각되어 전기와 같이 소활서에 체포되어 무서운 살인미수殺人未遂 죄로 엄중한 취조를 받는 중이라고 한다[29]

【鎭南浦】보기 싫은 남편을 죽여버리고 사랑하는 사람과 살아보려고 하다가 뜻을 이루지 못하고 살인미수죄로 유치장 신세를 지고 있는 방년 십구세의 미인이 있다 주인공은 진남포 모 정미소 선미여공 박제도朴濟道(19)로 작년 시월 부모의 강제결혼을 부인하지 못하고 부내역 량기리 리봉수李鳳壽(33)에게 출가는 하였으나 마음에 없는 남편이라 날이 갈수록 염증이 생기어 자기 본집을 달아나기를 수십 차나 하였다 그러나 부모들조차 동정할 여지가 없이 속히 시집으로 가라고 책망할 뿐이었다 그리하여 박제도는 남편을 죽여 버릴 작정으로 지난 십륙일 남편이 먹을 밥에다가 다량의 양잿물을 섞어 먹이려는 것이 발각되어 방금 진남포 경찰서에서 엄중한 취조를 받고 있는데 일체를 함구하고 말하지 않음으로 취조에도 매우 곤란을 보고 있다고 한다[30]

남편을 살해한(/하고자 한) 촌부들의 간통을 어떻게 이해해야 하

---

29 〈十六歲 少婦가 本夫殺害 未遂〉,《매일신보》1934년 10월 14일자.
30 〈十九歲少婦 男便毒殺未遂〉,《조선일보》1935년 3월 20일자.

는가. 간통과 불륜은 대개 여성들의 행위를 지칭하는 용어로 사용되지만, 사실상 행위를 지칭하는 것 이상의 의미를 갖는다. 앞서 지적했듯 대개 촌부의 결혼은 강제혼이나 매매혼이었던 탓에 조선의 농촌에서 혼인에 개인의 선택 여부가 개입되기 어려웠다. 남편을 살해하고자 한 여성들은 정인과 정을 통하면서 혹은 혼인 상대와는 다른 정인과 장래를 함께 하기 위해 범죄자가 되었다(/되고자 했다). 그 여성들이 촌부였다는 점은 그들 사이의 연령이나 출신지 차이보다 중요하게 다루어져야 하는데, 이른바 신여성(모던걸)의 경우도 그러했듯, 당대에 혼인 상대 이외의 남자와 정을 통한 여성이 공동체 내의 일원으로 남을 수 있는 가능성은 거의 없었기 때문이다. 식민지기 조선에서 남성과 달리 여성의 간통은 사회적 삶 자체를 포기하는 행위였다.

대개 간부와 정을 통한 후 그와 부부로 살고자 남편을 살해했으나, ("불의의 쾌락"[31]으로 명명되지만) '사랑'이라 불러도 손색이 없을 내면을 발견하고 자신의 욕망의 주인이 된 촌부 여성들은 '무식한 구여성'인 아내를 버리고 근대교육의 수혜자와 사랑을 나누며 스위트홈을 열망했던 남성들이나 자신의 욕망을 자각한 '신여성'들과 얼마나 어떻게 달랐을까. 자신의 욕망을 발견한 촌부들은 왜 '남편을 살해한 독부'로 호명되어야 했을까.[32] 자신들에게 허용된 삶의 경계

---

31 〈本夫毒殺未收 간부와 공모하고〉, 《조선일보》 1925년 2월 14일자.
32 사실 이 질문은 '구여성/신여성'이라는 구분법의 허구성과 남성적 시각에 의한 그 편의적 배치성에 관한 비판적 환기와도 연동된다.

를 위반한 이들을 그저 조혼으로 대표되는 강제결혼의 피해자로 호명하는 것은 적절한가.[33]

　동서양을 막론하고 여성에게 투표권을 통한 법적 지위가 주어진 것은 그리 오래된 일이 아니다. 여성의 법적 지위는 대개 가부장 혹은 공동체를 통해 관리되었음을 말해 주는 것인데, 이러한 사정은 범죄에 연루되었다 해도 재판에 회부되어 형무소에 갇히는 여성 범죄자 다수가 가족이나 공동체의 보호를 받지 못하는 여성일 수밖에 없었음을 시사한다.[34] 여성 범죄자를 둘러싼 이러한 비가시적 맥락을 고려하기 위해서는 본부살해범이 빈농의 촌부였음에 좀 더 주의를 기울이고 사회 변화의 소용돌이를 가로지르는 본부살해 사건의 면모를 보다 다층적으로 파악할 필요가 있다.

33　물론 다음과 같은 해석의 가능성이 배제되지는 않는다. '남성 정인을 둔 채 혼인을 한 상황이 불러온 사태라고 해야 할 본부살해 사건들을 근대의 박래품인 자유연애 사상이 섹슈얼리티의 발견이라는 형태로 조선 전체로 유포되는 과정에서 생겨난 비극적 사태로 보아야 하지 않을까. 동시에 정반대로, 가정과 사회의 구조적 재편을 야기할 수 있는 근대적 인식이 도시에서 농촌으로 공간적으로 확산되면서 불가피하게 야기된 (사회의) 불안의 젠더적 표출이라고 해야 하지 않을까. 촌부의 품행에 대한 비난의 시선을 담고 있는 본부살해 관련 기사들은 여성범죄의 이름으로 촌부를 호명하면서 섹슈얼리티를 사회적으로 조절하려는 은밀한 시도로 담고 있는 동시에, 이미 발견되어 더 이상 숨겨지지 않고 완전히 통제/조절되지도 않는 여성 섹슈얼리티의 일면을 누설하고 있었다. 개별적으로 악독한 존재이자 사회적으로 구습의 희생자인 본부살해범의 중층적 위상이 의도치 않게 노출된 분열적 지점이라고 해야 할 터다.'

34　Nicole Castan, 〈여성 범죄자들〉, Natalie Davis · Arlette Farge 편, 조형준 옮김, 《여성의 역사 3 하》, 새물결, 1999, 683~685쪽.

여성범죄의 위치성: 사법 제도와 성과학 사이

본부살해의 빈도와는 별개로, 본부살해에 대한 사회적 관심이 증폭된 것은 1920년대 중반부터다. 1924년 5월 9일 함경도 명천군 산골에서 발생한 본부살해 사건이 그 계기가 되었다. 1920년대 조선 사회를 떠들썩하게 한 '독살미인 김정필' 사건은 남편에게 독약을 먹여 죽인 촌부에 관한 재판으로 알려져 있다.

　　방년 스물이라는 꽃 같은 미인이 자기 남편을 독살하고 재판소에서 사형선고死刑宣告를 받은 사건이 작일에 경성복심법원으로 넘어왔는데 그는 함경북도 명천군 하가면 지명동咸北 明川郡 下加面 池明洞 류백삼십팔번지 김정필金貞弼(20)이라는 여자이다 그는 금년 사월에 지명동에 사는 김호철金浩哲(17)에게로 시집을 갔는데 원래 품행이 단정치 못하여 시집 오기 전에 자기와 열두촌 되는 그 동리 김옥산金玉山이와 수삼차 정을 통한 일까지 있던 바 항상 자기 남편 김호철이가 얼굴이 곱지 못하고 또 무식하며 성질이 우둔한 것을 크게 비관하여 일종의 번민을 느끼어오던 중 자연 생각이 이 남편을 없이 하고 다른 이상적 남편과 살아보려고 주야로 생각하였는데 근년 오월 구일에 우연히 동리 청년들의 이야기하는 소리 중에 〈랏도링〉이라는 쥐 잡는 약은 사람의 생명까지 빼앗는 독약이라는 이야기를 귀결에 듣고 무서운 생각을 품고 그 이튿날에 동리 사람을 시켜 그 약을 사다가 주먹밥과 엿飴에다가 그 〈랏도링〉을 섞어놓고 이십삼일에 그 남편을 정답게 불러가지고 하는 말이 〈그대가 항상 앓고 있는 위병

胃病과 임병淋病을 고치려면 이 약을 먹어라 이 약은 나의 오촌이 먹고 신효하게 나은 것이니 안심하고 먹어도 좋은 것이라〉하여 주먹밥을 먹이었는데 그것을 먹은 남편은 구역을 하여 토하매 다시 엿飴을 먹으라 하여 그 엿까지 먹이어 드디어 금년 오월 이십칠일에 사망케 하였다 이 사실로 김정필이는 지난 달 이십육일에 청진淸津지방법원에서 이십세의 청춘으로 사형선고를 받고 경성복심법원에 그같이 공소한 것이라더라[35]

　본부살해 사건의 전형적 내러티브를 보여 주는 이 기사는 얼핏 함경남도 두메산골의 촌부가 혼인 이전부터 정인을 두고 있었고 신병을 앓았던 어린 남편을 독으로 죽인 사건으로 간명한 정리가 가능해 보였다. 그런데 자백으로 1심에서 사형을 구형받은(6월 26일) 김정필이 구형에 불복하여 항소를 하면서 사건의 전모를 둘러싼 전혀 다른 진술과 증거들이 확보되기 시작하고 재판 과정에서 김정필이 범행 전부를 부인하면서 재판의 향배가 미궁에 빠지게 된다.

　'독을 사용해 남편을 살해한' 사건 자체가 사회적 관심을 불러 모았거니와, 무엇보다 이 사건이 사회의 대대적 관심을 불러일으킨 것은 익히 알려져 있듯 피고 김정필의 아름다운 외모 때문이었다. 재판 결과 김정필은 무기징역형을 선고받고 서대문형무소에 수감되었는데, 이후 《동아일보》〈보고십흔사진〉 코너에서 독자의 신청

35　〈本夫毒殺美人 死刑不服〉,《동아일보》1924년 7월 17일자.

그림 1: 〈보고십흔 사진〉, 《동아일보》 1925년 10월 23일자.

으로 이광수와 함께 법정 사진이 소개되고[36] 심지어 가출옥으로 고향으로 돌아가게 된 소식이 기사화될 정도로,[37] 김정필의 재판에 대한 세간의 관심은 지대했다.

항소심이 있던 8월 15일은 말할 것도 없고 판결 언도가 예정되었던 8월 22일에도 경성복심법원에는 방청객이 밀려들었다. 특히 판결이 언도되던 날에는 오전부터 밀려드는 방청객으로 재판소가 큰 혼잡을 이루면서 다 수용하지 못한 방청객이 돌아갈 지경에 이르기도 했다. 판결은 후일로 연기되어야 했고 이후 무보수 변호를 맡은 이인이 변호인이 되어서야 공판 재개가 신청될 수 있었다.

김정필을 동정하는 투서와 남편의 동네 사람들이 서명을 한 진정서가 재판장으로 보내졌고 진정서가 김정필의 시부모의 운동으로 이루어졌다는 투서까지 이어지면서 재판에 대한 대중의 관심은 더욱 증폭되어 공판이 재개된 10월 10일에는 방청권 발행 없이 방청이 가능한 재판으로 진행되었는데 법원의 질서 유지 경관이 예닐곱 명 출동하기까지 해야 했다. 종로재판소 일대에는 2,000여 명의 군

---

36 〈보고십흔 사진〉, 《동아일보》 1925년 10월 23일자.

37 〈數奇한 "獄中佳人" 金貞弼 假出獄 歸鄕〉, 《조선일보》 1935년 4월 21일자.

중이 법정을 다섯 겹 여섯 겹으로 둘러싸는 대혼잡을 빚었고 선고
공판이 있은 후에도 판결에 이의를 제기하는 방청인의 투서가 이어
졌다.[38]

　이후 이 사건은 남편을 살해한 '미인'에 대한 사회의 관심으로 종
종 다루어지지만, 이 사건의 복잡성은 그것과는 좀 다른 맥락인 조
선에서 여성 범죄(자)에 대한 법적 처리 문제와 결부되어 있었다. 사
법 시스템 자체가 갖는 미비한 지점들의 문제도 컸지만, 제국의 재
판관과 식민지 촌부 피고인 사이에 놓인 제도적/위계적 간극이 무
엇보다 문제였다. 제국 출신 판사와 검사가 제국의 언어로 진행하
는 재판 자체에 이미 제국/식민의 위계가 깊이 각인되어 있었고, 빈
농 촌부와 남편으로 대변되는 공동체 사이의 거리도 좁혀지기는 쉽
지 않았다. 공동체로부터 배제된 여성이 이른바 '공정한' 재판을 경
험할 가능성도 높지 않았다. 실제로 방청객의 투서를 통해 통역관
의 통역이 원활히 이루어지지 않았고 그에 따라 피고의 진술이 재
판장에게 충분히 전달될 수 없었으며, 증인과 증거가 피고에 불리

---

38 〈法廷에 立한 絶世美人〉,《동아일보》1924년 8월 16일자; 〈死刑바든 絶世美人〉,
　《동아일보》1924년 8월 22일자; 〈死刑美人의 言渡는 延期〉,《조선일보》1924년 8
　월 23일자; 〈死刑바든 美人의 公判 再開를 申請〉,《조선일보》1924년 8월 26일자;
　〈毒殺美人事件 公判再開를 申請〉,《동아일보》1924년 8월 26일자; 〈公判을 再開할
　死刑美人〉,《동아일보》1924년 9월 8일자; 〈本夫毒殺事件〉,《동아일보》1924년 10
　월 3일자; 〈本夫毒殺事件에 投書繼至〉,《동아일보》1924년 10월 4일자; 〈殺夫美人
　公判방텽권은업시〉,《조선일보》1924년 10월 7일자; 〈警戒가 嚴重할 듯〉,《조선일
　보》1924년 10월 10일자; 〈法廷에서毆打怒號〉,《조선일보》1924년 10월 11일자;
　〈問題의 殺夫美人 金貞弼은 無期懲役〉,《조선일보》1924년 10월 23일자; 〈獄中花
　金貞弼〉,《조선일보》1924년 10월 28일자.

한 시부모 측의 것으로 한정된 점 등이 지적되었다. 조선인 변호사가 무료 변론에 나서서 공판 재개 신청을 하게 된 것도 이러한 사정과 무관하지 않았다.[39]

투서 가운데 공판이 재개되는 데 결정적 역할을 한 것도 있었다. 원문이 일문이며 필자의 서명은 없었는데, 사형수에 대한 엄숙한 관찰 내용을 기록한다는 그 투서(편지)는, 증인의 진술이 시부모 쪽에 치우쳐 있으며 쥐 잡는 약을 구입한 경로나 이유에 대한 피고인의 진술이 모순되고, 약에 중독되어 죽기 전에 남편이 남겼다는 사건 관련 진술이 시부모 쪽과 피고인 쪽에서 엇갈린다는 사실을 지적하면서 재조사가 필요한 의문점들을 거론했다. 주목할 것은 투서가 재판의 불공공성을 지적하면서 거론한 근거였다. 경찰서 신문순사가 위협적으로 가한 말 "부인하면 부인할수록 죄罪를 당當한다"는 말에 대한 오해로 그녀가 자백을 한 것은 아닌가 추측했고, 그녀가 했다는 자백과 이후 범행에 대한 부인의 원인과 그에 대한 판단의 근거로서 생리학적 관찰 기록을 덧붙였다. 재판 진행 절차의 문제점을 지적한 동시에 과학자(의학자/생리학자/정신병리학자/심리학자)의 시선으로 피고인을 관찰하고 피고인의 신체적/정신적 면모에서 범죄자 여부를 판정하려 했음이 흥미롭다.[40]

"◇ 피녀彼女의 성격性格: 안색顏色이 청백淸白하며 기부肌膚가 연박軟博하고 협골頰骨이 돌출突出한 것을 보아 의심疑心없이 신경질神經

---

39 〈毒殺美人事件 公判再開를 申請〉,《동아일보》1924년 8월 26일자.
40 〈公判을 再開할 死刑美人〉,《동아일보》1924년 9월 8일자.

質이다 신경질神經質에는 공상空想이 따르고 공상空想은 허영심虛榮心을 도발挑發하는 것이 상례常例인즉 피녀彼女도 역시亦是 때때로 허영심虛榮心의 발작發作에 고통苦痛으로 지냈을 것은 어김없을 것이다 그러나 안구眼球가 크고도 우울憂鬱에 가리워있음은 확실確實히 과단果斷과 용감勇敢이 결핍缺乏하여 사사事事에 준순주저逡巡躊躇하는 성격性格임을 여실如實히 표현表現함이오 방청자傍聽子는 십수년래十數年來 장기간長期間 신경질神經質의 경험자經驗者로 더욱 그 피부皮膚가 투명유광透明有光함은 수도囚徒는 대개 색백色白하나 이는 직접直接 감광感光이 되지 않는 음실생활陰室生活에 시든 '조위凋萎' 병적病的 백색白色으로 광채光彩는 무無함 변별辨別에 장長하고 침착성沈着性이 풍부豊富한 증거證據이니"[41]라는 식의 기술이 보여 주듯, 안색, 음

41 이후로도 생리학적 관찰의 기술이 길게 이어진다. "彼의 供述에 "만일 내 男便이 슬헛스면 離婚을 해달랫슬게 아니겟소 그런데 왜 −"라는 말이 이에 對한 適切한 證明이라고 생각한다
◇ 彼女의 聲音: 普通사람보다도 더욱 分明하다 이는 곳 내 "이제 도마우헤ㅅ고기가 되엿지만 무슨 罪가 잇어 무서워떨랴"하는 듯십다. 그러나 終聲에 促音이 만흔 것은 듯는 사람으로 하야곰 그 悲鳴歎願을 感치아니할 수 업게 한다
◇ 彼女의 體貌: 수척하엿다 그러나 體貌와 禮儀에는 一點의 틀림(錯亂)이 업다 오래ㅅ동안 訊問에 쪼들리고 恐怖에 싸여 있는 彼의 몸에 一點의 錯亂이 업는 그 體貌는 곳 "罪 엄는 나에게는 法律은 神聖하다"하야 一縷의 命脈一條의 活路 等 모든 것을 法律에 맛기어 平坦한 心理를 가진 것가치 보인다/ 이것을 바라본 나는 "二十歲 두메人 女子로서 저와 가치 法廷 禮法에 熟練하도록 그러케도 罪名에 끄을려다녔나!" 하야 한갓 嗚咽하엿슬 뿐이다 彼女는 발서 極度로 神經作用으로부터 解放되엿을 것이다 即 苦悶의 絶頂을 넘어 스사로 慰勞하며 스사로 鎭定하고 잇는가십다 (달리 말하면 自暴自棄ㅣ죽든지 살든지ㅣ) / 神經病은 흔이 天性의 神經質에 무ㅅ처(宿) 잇다가 外界의 激烈한 刺戟이나 또는 身體成長上으로부터오는 影響을 바더 發作하나니 筆者의 經驗은 아래와갓다 (中略−−記者)/ 生理學上 女子는 男子 보다 成熟期가 依例 一二年이 速하기는 하지만 世情의 接觸으로 말하면 都鄙의 關係가 著大한지라 나의 經驗과 對照하야 거의 大差가 업슬 줄로 생각한

성, 체모 등에서 관찰되는 신경병적인 면모로 볼 때 그녀가 청진지 방법원에서 했다는 자백은 정신착각에 의한 것이기 쉬우며 나이 어린 촌부에게는 재판을 받는 상황 자체가 낯선 것이고 심리적으로 위축되기 십상이므로 심리적으로 불안한 채로 경찰 조서에 승인했을 가능성이 지적되었다. 생리학적 분석에 입각할 때 김정필이 범인인가의 여부는 재고가 요청된다는 제언이었다.

투서가 담고 있는 내용은 한편으로 친밀성에 기반한 관계에서 발생한 폭력이나 범죄의 사법적 처리에 제국/식민, 도시/농촌, 남편/아내로 반복되는 차별적 위계 논리가 작동하고 있었음을 환기한다. 조선 후기 형사법을 살펴보아도 부인이 남편을 살해한 경우에는 간부와 모의에 의한 것이었고 대개 참형이나 능치처사로 처벌되었으나, 남편이 처를 살해한 경우에는 여러 정황을 따져 정상이 참작되어 감형되었다.[42] 남편과 부인의 살인죄에 대한 형벌 집행은 유교 원리에 따른 차이가 있었다. 이러한 사정은 여성범죄가 젠더적 차이와 깊은 상관성을 가지고 있으며, 친밀성에 기반한 범죄의 경우

다. 卽 彼女도 최근 이삼년간은 中繼期 虛榮, 架空妄想, 不眠症, 苦悶, 衰弱에 속하엿슬 것이다 그러나 激甚한 刺戟에는 尤極激烈히 發作하엿슬 것이 無違하니 그럴 때는 豆腐가 異常히도 확근거리고 血脈은 활(弦)을 당기(彈)는 가십히 뛰놀며 견딜수 업시 압흔 중에 天地는 蓄音機의 "레코드" 板이 돌 듯이 매암을 돌며 精神에 錯覺이 생긴다"〈公判을 再開할 死刑美人〉,《동아일보》1924년 9월 8일자.

42 물론 조선시대 형사법상 법규화의 기본 특징은 상하, 존비, 귀천, 준별로 철저한 유교적 위계 관계에 의거했다. 부처 간의 형법 적용은 처첩 간에도 동일하게 적용되었다. 백옥경, 〈조선시대의 여성폭력과 법: 경상도 지역의 〈檢案〉을 중심으로〉,《한국고전여성문학연구》19, 2009, 99~105쪽; 유승희, 〈조선후기 형사법상의 젠더 gender 인식과 여성 범죄의 실태〉,《조선시대사학보》53, 2010, 260쪽.

에 범죄자의 신분 위계와 함께 젠더 차이가 사법적 절차에 영향을 미쳤음을 역설하며, 무엇보다 친밀성에 기반한 범죄 가운데 특정한 사례인 남편을 살해한 여성 범죄(자)가 왜 사회적 관심사가 되었는가에 대한 좀 더 거시적 시야의 고찰이 필요함을 말해 준다.

다른 한편, 투서의 내용에서는 독살 미인의 면모에 대한 관심에 가려 나이 어린 촌부 피고인에 대한 재판의 공정성 문제와 여성범죄를 여성의 생리학적 특질과 연결시키는 관점이 뚜렷하게 부각되지 않았다. 하지만 투서의 내용은 이러한 관점의 등장이 당시 지식인을 중심으로 폭넓게 수용되던 성과학 담론의 유포와 무관하지 않았고—가령, 김정필의 공판 재개 관련 기사가 실린 《동아일보》1924년 9월 8일자 하단에 실린 책 광고(《조선언문朝鮮諺文으로 쓴 여자女子의 고문顧問》: 그림 2)에서 확인할 수 있

그림 2:《동아일보》1924년 9월 8일자

듯 임신과 출산뿐 아니라 산부인과 관련 각종 정신적, 육체적 질병에 대한 치료법을 담고 있는 동경에서 발간된 대중 의학서가 언문으로 번역 소개되고 있었다— 이후 여성의 일탈(/범죄)에 대한 인식의 형성과 고착에 광범위한 영향을 미쳤음을 살피게 한다.

1920년대 초중반부터 "성性의 문제問題는 인생문제人生問題"[43]라는 관점

43   유상목,〈早婚과 性的關係〉,《동아일보》1922년 12월 24일자.

아래 성과학 개념이 '성욕학'이라는 번역어로 소개되고 일상을 지배하던 섹슈얼리티 정치가 과학의 이론을 빌려 설명되기 시작했는데, 성과학은 생물학, 심리학, 의학에 기반한 남녀의 성차를 집중적으로 고찰했다. 서구에서 19세기 내내 영향력을 행사했던 인체측정학Anthropometrics이나 20세기 초 호르몬이라는 개념과 함께 새롭게 등장한 성 내분비학Sex Endocrinology이 과학적 지표를 통해 성차를 확정하고 성차에 따른 우열을 과학적 권위로 정당화했듯, 사실상 성과학은 성차의 생물학적 결정론에 기반해서 성에 대한 남성의 욕망과 이해를 과학 언어로 정당화하고자 했다. 성담론은 당대의 윤리학을 생물학(심리학, 의학)의 논리로 재구축함으로써, 유교적 규범을 대신해서 남녀 간 차이와 위계 관계를 정당화하는 담론으로 기능했던 것이다.[44]

본부살해범에 관한 한, 여성과 범죄를 둘러싸고 식민지기에 만들어지던 담론적 지형에 대한 고려 없이 여성범죄가 가시화되는 장면에서 은폐되거나 재구축된 여성의 면모들에 대한 면밀한 검토는 어렵다고 해야 한다. 바로 여기에 여성범죄의 이름으로 무식하고 잔혹하며 생식하는 몸을 가진 존재로 분류된 그 여성들을 구하는 데 그치지 않고 본부살해의 이름으로 여성을 호명한 논의들이 여성을 둘러싼 가시/비가시의 면모를 어떻게 재편했으며 그것이 식민지기

44 하정옥, 〈남녀의 생물학적 차이, 그 역사와 함의〉, 오조영란·홍성욱 엮음, 《남성의 과학을 넘어서》, 창작과비평사, 1999, 21~48쪽; 이명선, 〈식민지 근대의 '성과학' 담론과 여성의 성sexuality〉, 《여성건강》 2(2), 2001 참조.

라는 시공간 속에서 어떤 효과를 발휘했는가를 고찰해야 하는 이유
가 놓여 있는 것이다.

여성노동의 배제와 문학/문화 연구를 위한 제언

어떻게 여성의 가시화는 여성의 비가시화로 귀결하는가. 친밀성 범
죄 발생의 복합적 면모가 부부 관계 내부로 환원되지 않는 성적 욕
망의 층위로 돌려지고 친밀성 범죄가 여성범죄의 이름으로 가시화
되고 있었던 점에서, 본부살해로 구현된 여성범죄는 여성을 과학적
으로 설명하려는 경향이 식민지 조선의 규율화와 통치 논리와 만나
면서 부각된 사회문제였다고 해야 한다.[45]

　이 메커니즘의 작동 속에서 비가시의 영역에 놓여 있던 여성들이
(여성 범죄자로 명명되면서) 역설적으로 여성의 자리를 얻게 된다. 하
지만 엄밀히 따지자면 여기서 여성에 대한 논의가 이루어졌다고 말
하기는 어렵다. 본부살해론을 통해 '어떤' 여성 혹은 여성의 '어떤'
영역이 가시화된다면 그것은 남편과의 관계 속에 놓인 직무 혹은
기능으로서의 여성과 그 영역일 것이다. 이는 임신과 출산을 위한
몸, 자궁을 가진 몸으로서의 여성이 가시화되는 것임을 의미한다.
본부살해론의 담론적 수행성은 조혼의 폐해나 이혼의 제도적 미비

45　이러한 문제의식은 정준영의 인종과학 관련 연구인 〈피의 인종주의와 식민지의학:
　　경성제대 법의학교실의 혈액형인류학〉(《의사학》 39, 2012.)에서 힌트를 얻었다.

함에 대한 비판이 아니라 생식을 위한 몸으로서의 여성 이외 모든 영역을 철저하게 비가시의 영역으로 밀어 넣는 기능에서 획득되고 있었던 셈이다.

본부살해론을 통해 해체되고 재구축된 여성의 가시/비가시의 면모와 그것을 추동한 식민지기 인식의 일면을 확인하고 나면 구습의 희생물이자 무식한 생식하는 몸으로서의 조선 촌부에 대한 어떤 새로운 규정이 가능한가.[46] 조선에서 발생한 여성범죄 아니 본부살해로 호명된 여성의 존재론은 어떻게 복원 혹은 재구축될 수 있는가. 이 질문에 응답하는 과정은 식민지기 여성범죄를 포함한 조선 여성에 대한 인식이나 담론 검토로만 축소될 수 없는 보다 거시적인 차원의 인식 전환을 요청한다. 물론 인식 전환의 가능성을 더듬는 일이 간단하지 않은 것만은 분명하다. 따지자면 친밀성을 나누는 관계에서 행해지는 폭력과 그 극단적 형태인 범죄는 전지구적 시대를 맞이한 오늘날에도 충분히 가시화되지 않고 있다. 여성을 비롯한 소수자와 약자에게 가해지는 것임에도 가해/피해 구조에 내장된 젠더적 위계 관계에 대한 예민한 감각이 널리 보편화되었다고 말하기도 어렵다.[47]

식민지기 본부살해 사건 관련한 기사와 서사에서 남편을 살해한 가해자로서의 독부와 조혼의 폐해를 구현한 사회구조적 피해자로

---

46 이 질문은 비가시 영역에 갇혀 있거나 배제된 존재들을 어떻게 복원할 것인가라는 질문과도 맞물려 있다.

47 Rebecca Solnit, 김명남 옮김, 《남자들은 자꾸 나를 가르치려 든다》, 창비, 2015.

서의 소부라는 명명, 즉 대상화된 존재로서의 촌부 범죄자의 다른 일면을 파악하기는 꽤 어렵다. 그러나 어쩌면 본부살해범의 복합적 면모를 파악하기 어려운 사정은 사료의 한계라기보다 그것을 가능하게 할 관점의 미비와 연관된 문제일 수 있다. 앞서 시도해 보았듯 빈농의 생활난과 그것의 하중이 어린 아내/며느리에게로 전가되는 중층적 착취의 면모를 보여 주는 식민지기 소설을 통해 조선 빈농이 친밀성에 기반한 수다한 폭력과 범죄—매매혼, 가정 폭력, 부부 강간, 부부 살인, 영아 살인, 방화—의 편재적 공간이었음을 확인할 수 있는 것은 '다른 관점'의 도입을 통해서다.

  기사를 통해 누설된 비가시의 영역이 자신의 섹슈얼리티(/욕망)를 발견한 촌부의 면모였다면, 여기서 철저하게 누락된 것은 여성노동의 측면이었다. 앞서 검토했듯 식민지기 서사물은 여성범죄론으로 구현된 여성 관련 인식틀의 사회적 유포에 깊이 관여하고 기여한 바 있다. 사실상 친밀성 범죄의 장면을 보여 주는 많은 서사물들은 각종 인쇄 매체의 기사 내용을 거의 그대로 차용하고 있기도 하다. 이런 점에서 보자면, 앞서 요청한 인식 전환적 성찰이 불러올 연쇄반응의 의미는 결코 작다고 할 수 없다. 인식 전환적 성찰 속에서 식민지기 특히 1920~30년대 조선 농촌을 살았던 여성의 서사화가 당대의 빈궁한 현실과 그녀들의 참혹한 삶의 현장을 보고하고 있음에도 제국/식민, 도시/농촌, 부/부로 인종적, 젠더적 위계를 반복하면서 강화하고 있었음을 환기할 수 있기 때문이다. 그 과정에서 전근대/근대를 관통하던 여성을 임신하고 출산하는 생식적 몸으로 재구축하고 있었음을, 이 논의들이 여성범죄에 대한 해법으로서 정당화되고 있었음을 되새길 필요가 있다.

그럼에도 부인할 수 없는 사실은 그 누락된 면모를 조금이나마 더듬어 볼 수 있는 것도 당대 서사물을 통해서라는 점이다. 논문의 서두에서 검토한 소설 속 여성 인물들을 통해 확인할 수 있듯, 소설들에서 노동력으로서의 여성의 의미는 노골적으로 전면화되어 오히려 풍광처럼 자연화된 채 기술되곤 하지만, 들여다보자면 그녀들을 무엇보다 고통스럽게 한 것은 끝나지 않을 것 같은 노동이었다. 가정 안팎으로 요청되던 촌부의 노동력은 식민지기 빈궁한 농촌의 생계와 생활을 가능하게 할 절대적 요소였으나 촌부가 본부살해범으로 호명되는 과정에서 철저하게 배제되어 그 의미와 가치가 은폐되고 지워졌다. 여기서 확인할 수 있듯 인식 전환적 성찰의 일환으로서 전환적 인식 프레임에 입각한 식민지기 소설 '다시 읽기' 작업은 절실하다. 지금껏 빈농 촌부의 노동을 부차적이고 주변적인 것으로 인식하게 된 계기에 대한 접근은 전환적 성찰인 '다른 독해'를 통해 시작될 수 있을 것이기 때문이다.

■ 참고문헌

1차 자료

《매일신보》,《동아일보》,《조선일보》,《조선중앙일보》
김동인,《김동인전집 1》, 조선일보사, 1988.
백신애, 이중기 엮음,《백신애선집》, 현대문학, 2009.
주종연 외 엮음,《나도향전집 상》, 집문당, 1988.
현진건,《현진건문학전집 1》, 국학자료원, 2004.

2차 자료

1. 국내 논문

김경일, 〈일제하 조혼 문제에 대한 연구〉,《한국학논집》41, 2006.
김명숙, 〈일제시대 여성 출분出奔 연구〉,《한국학논총》7, 2012.
류승현, 〈구한말~일제하 여성 조혼의 실태와 조혼폐지사회운동〉,《성신사학》16, 1998.
류승현, 〈일제하 조혼으로 인한 여성 범죄〉,《여성: 역사와 현재》, 국학자료원, 2001.
문소정, 〈일제하 농촌 가족에 관한 연구: 1920, 30년대 소작 빈농층을 중심으로〉, 《사회와역사》12, 2008.
박순영, 〈일제 식민주의와 조선인의 몸에 대한 "인류학적" 시선〉,《비교문화연구》12(2), 2006.
백옥경, 〈조선시대의 여성폭력과 법: 경상도 지역의 〈檢案〉을 중심으로〉,《한국고전여성문학연구》19, 2009.
소영현, 〈야만적 정열, 범죄의 과학: 식민지기 조선 특유의 (여성) 범죄라는 인종주의〉,《한국학연구》 41, 2016.

소현숙, 〈강요된 '자유이혼', 식민지 시기 이혼문제와 '구여성'〉,《사학연구》 104, 2011.

소현숙, 〈수절과 재가 사이에서〉,《한국사연구》 164, 2014.

유숙란, 〈일제시대 농촌의 빈곤과 농촌 여성의 出稼〉,《아시아여성연구》, 43(1), 2004.

유승희, 〈조선후기 형사법상의 젠더gender 인식과 여성 범죄의 실태〉,《조선시대 사학보》 53, 2010.

윤택림, 〈한국 근대사 속의 농촌 여성의 삶과 역사 이해〉,《사회와역사》 59, 2001.

이명선, 〈식민지 근대의 '성과학' 담론과 여성의 성sexuality〉,《여성건강》 2(2), 2001.

이종민, 〈가벼운 범죄·무거운 처벌 – 1910년대의 즉결처분 대상을 중심으로〉, 《사회와역사》 107, 2015.

이종민, 〈위험한 희생양: 식민지 여성 범죄를 읽는 관점의 문제〉,《성심사학》 6, 2000.

이종민, 〈전통·여성·범죄: 식민지 권력에 의한 여성 범죄 분석의 문제〉,《한국 사회학회 사회학대회 논문집》, 2000.

장용경, 〈식민지기 본부 살해사건과 여성주체〉,《역사와문화》 13, 2007.

전미경, 〈식민지기 본부 살해本夫殺害 사건과 아내의 정상성: '탈유교' 과정을 중 심으로〉,《아시아여성연구》 49(1), 2010.

정준영, 〈피의 인종주의와 식민지의학: 경성제대 법의학교실의 혈액형인류학〉, 《의사학》 39, 2012.

정지영, 〈근대 일부일처제의 법제화와 '첩'의 문제〉,《여성과역사》 19, 2008.

조남민, 〈여성 신체어의 출현과 의식의 변화〉,《사회언어학》 20(2), 2012.

차민정, 〈1920~1930년대 '변태'적 섹슈얼리티에 대한 담론 연구〉, 이화여자대학 교 대학원석사학위논문, 2009.

최재목·김정곤, 〈구도 다케키(工藤武城)의 '의학'과 '황도유교'에 관한 고찰〉, 《의사학》 51, 2015.

홍양희, 〈식민지 조선의 "본부 살해本夫殺害" 사건과 재현의 정치학〉,《사학연구》, 102, 2011.

홍양희, 〈식민지시기 '의학' '지식'과 조선의 '전통'〉,《의사학》44, 2013.

2. 국내 저서

김혜경,《식민지하 근대가족의 형성과 젠더》, 창비, 2006.

신동일,《우생학과 형사정책》, 한국형사정책연구원, 2007.

오조영란 · 홍성욱 편,《남성의 과학을 넘어서》, 창비, 1999.

전봉관,《경성고민상담소》, 민음사, 2014.

George Mosse, 서강여성성문학연구회 옮김,《내셔널리즘과 섹슈얼리티》, 소명출판, 2004.

Joan Scott, 공임순 외 옮김,《페미니즘 위대한 역설》, 앨피, 2006.

Joanne Belknap, 윤옥경 외 옮김,《여성 범죄론: 젠더, 범죄의 형사사법》, Cengage Learning, 2009.

Miriam Silverberg, 강진석 외 옮김,《에로틱 그로테스크 넌센스: 근대 일본의 대중문화》, 현실문화, 2014.

Natalie Davis · Arlette Farge 편, 조형준 옮김,《여성의 역사 3 하》, 새물결, 1999.

3. 해외 논문

Park, Jin-Kyung, "Husband Murder as the "Sickness" of Korea: Carceral Gynecology, Race, and Tradition in Colonial Korea, 1926-1932," *Journal of Women's History* 25(3), 2013.

| 부끄러움과 트라우마 |

한국 이행기 정의의 감정동학과 공공기억

_ 김명희

* 이 글은《기억과 전망》제34권(민주화운동기념사업회, 2016)에 게재된 원고를 수정
하여 재수록한 것이다.

세월호 그 이후, 〈26년〉 다시 읽기

5·18은 한국현대사에서 가장 외상적인 사건 중 하나로 기억된다. 5·18의 직접적인 피해자는 시민들이었고, 그들의 가족들이었다. 따라서 역사로서의 5·18은 이들의 집합기억으로 구성되어야 하며, 언론 또한 5·18을 재구성하는 데 있어 이들의 목소리에 집중해야 옳을 것이다. 그러나 2000년대 이후 5·18의 역사적 진실이 부인주의denialism에 의해 도전받고 있는 가운데 여전히 공적 담론에 피해자들의 목소리는 반영되지 않고 있다.[1] 더욱이 최근 논란이 되고 있는 '전두환 회고록'과 일베 등의 5·18 민주화운동 폄훼 발언은 한국 사회에서 유럽의 홀로코스트 부인과 같은 과거 청산에 대한 부인denial 문화가 형성되어 있음을 일러 준다. 이러한 상황은 과거 청산 작업이 단순히 사건과 가해 행위에 대한 처벌적 차원을 넘어 국가폭력이 가능한 사회구조에 대한 통찰과 개혁으로 이어져야 함을 시사하고 있다.[2]

---

1   실제로 2000년부터 2013년까지 5월 한 달 동안 보도된 5·18 관련 뉴스는 KBS 52 건, MBC 58건, SBS 59건이었는데, 이 중 5·18피해자들과 그들의 삶에 초점을 맞춘 보도는 KBS 3건, MBC 2건, SBS 3건 총 8건으로 전체 뉴스의 4.7퍼센트에 불과했다. 주재원, 〈매체 서사로서의 역사와 집합기억의 재현〉,《한국언론정보학보》71, 2015, 9~32쪽.

2   과거 청산 부인은 과거 청산이 이루어지고 나서 특정한 역사적 계기가 형성되었을 때 일어난다. 예컨대 2004년 초 노무현 대통령 탄핵, 2004년 7월 의문사위에 대한 색깔 논쟁, 2004년 17대 국회 구성 이후 지속된 4대 개혁입법으로 인하여 진보 - 보수 대립이 본격화되면서 부인 담론 형성의 조건이 마련되었다. 2007년 대선 정국에서는 영화 〈화려한 휴가〉 개봉 당시 한나라당 예비후보였던 이명박의 '광주 사태' 발언으로 5·18 민주화운동 과거 청산에 대한 부인이 거세게 제기되었다. 김보경,

〈26년〉은 이러한 배경 속에서 탄생했다. 〈26년〉은 2006년 4~10월 다음daum에서 연재된 웹툰으로,[3] 교과서에 몇 줄로 적혀 마무리된 과거의 사건이 아니라 사람들의 관계와 감정의 영역에서 재생산되는 '끝나지 않은 5·18'의 역동을 풍부하게 그려 내고 있다. 역사적 사실에 상상력을 가미한 팩션faction 만화로 〈26년〉은 5·18 당시 계엄군이었던 김갑세라는 인물과 그의 아들, 그리고 도청에 끝까지 남아 있었던 시민군의 자식들이 1980년 5월 그날로부터 26년이 지난 이후, 법이 응징하지 못한 학살의 '전범' 전두환('그 사람')을 사적으로 처벌하고 단죄한다는 내용을 바탕으로 하고 있다. 인터넷 만화의 새 지평을 연 '웹툰 1세대 작가'인 강풀은 영화 〈26년〉의 개봉을 앞둔 한 인터뷰에서 처벌 없는 용서와 화해를 강요하는 흐름에 "문화적 처벌"을 내리고 싶었다는 의도를 밝힌 바 있다. 이 글은 웹툰 〈26년〉을 중심으로 한국 이행기 정의transitional justice[4] 과정의 심층에 자리한 관계적 행위자들의 감정동학을 탐색하고자 한다.

이러한 문제의식이 성립하게 된 배경을 두 지점에서 이야기할 수

"누가 역사를 부인하는가: 5·18 과거 청산 부인의 논리와 양상", 김동춘·김명희 외,《트라우마로 읽는 대한민국》, 역사비평사, 2014, 352쪽.

3 〈26년〉은 전두환 전 대통령의 "수중에 29만 원뿐"이라는 말에서 만화를 구상해 2006년 4월부터 연재되었고 2008년부터 영화화가 추진되어 우여곡절 끝에 2012년 개봉되었다.

4 이행기 정의는 과거 청산 국면에서 작동하는 정의justice를 지칭하는 개념으로 "정치 변화 과정의 일부로서 과거의 정치적 폭력을 다루기 위한 노력"으로 포괄적으로 정의될 수 있다. Leebaw, Bronwyn, *Judging State Sponsored Violence*, Cambridge: Imagining Political Change, 2011. 나라마다 처한 상황이 달라 이행기 정의의 실현 정도는 다를 수 있지만, 이행기 정의를 실현하려는 노력은 세계사적 흐름이다.

있다. 첫째, 2014년 세월호 참사 이후 급속도로 진행되었던 전사회적인 부인denial과 망각 국면으로의 퇴행을 목도하면서 절감한 '사회의 위기', 혹은 '사회의 침몰'에 대한 문제의식 때문이다. 이 국면은 부인의 정치사회학을 제기한 코언의 원제 'States of Denial'에 들어 있는 '부인하는 국가'라는 뜻과 '부인하는 상태'라는 이중의 의미를 떠올리게 한다. 즉, ① 인권침해의 가해자이면서도 그런 행위를 부인하는 국가(와 가해자들)와 ② 인권침해와 인간의 사회적 고통을 알고 있으면서도 그 사실을 부인하는 일반 대중의 경향이라는 이중의 의미가 담겨 있는 것이다.[5] 이 점에서 참사 이후 진행된 정부, 친위세력, 매체들의 '희생자 다시 때리기'와 부인 행동이 '참사 후 국가범죄'이자 '국가·사회범죄'의 특징을 보인다는 통찰력 있는 견해는 시사하는 바가 크다.[6] 말하자면 세월호 참사가 우연히 일어난 문명 속의 참사가 아니라 구조적인 사건이라는 것을 알고, 세월호 유가족들이 보상금에 눈이 멀어 세월호 특별법을 요구하는 것이 아니라는 것을 알면서도, 그것을 모르는 것처럼 행동했던 많은 사람들의 행위를 도대체 어떻게 이해하고 설명해야 할까?

이 글은 그 질문에 5·18 부인denial의 감정생태계에 대한 성찰을 통해 우회적으로 답변해 보기 위한 시도다. 여기서 '감정생태계'란 개인주의적 감정이론의 한계를 넘어, 특정 사건이 자리한 시공간적

---

5   스탠리 코언, 《잔인한 국가 외면하는 대중: 왜 국가와 사회는 인권침해를 부인하는가》, 조효제 옮김, 창비, 2009, 29쪽.

6   이재승, 〈세월호 참사와 피해자의 인권〉, 《민주법학》 제60호, 2016, 29쪽.

맥락 속에서 상호 의존하는 관계적 행위자들의 감정의 자장과 그 역동성을 포착하기 위한 분석적 범주다.[7] 문화적 기억의 한 형태로 서 〈26년〉은 국가폭력의 재생산 국면에 관여하고 있는 관계적 행위 자들의 감정 매트릭스에 대한 성찰의 기회를 열어 준다. 통상 장기 화된 국가폭력은 이를 암묵적으로 지지하거나 방관하는 보통 사람 들—아렌트가 말한 '우리 안의 아이히만들'—의 행위 없이는 재생산 되지 않는다. 이 행위의 구조를 관계적으로 사고한다는 것은, 역사 적 사건을 둘러싼 '나'와 '그'가 우연적이고 개별적인 행위자가 아니 라 사건의 재생산에 의식·무의식적으로 관여하고 있는 구조적 행 위자agency임을 깨닫게 하고 '연루'의 구조를 성찰할 하나의 가능성 을 제공한다. 특히 이 글에서는 4·16 세월호 참사 이후 중요한 행 위자 범주로 부상한 목격자·방관자, 유족, 가해자(대리자)의 행위동 학과 그 상호작용에 주목할 것이다.[8]

둘째, 이 글이 굳이 '웹툰' 〈26년〉을 매개하는 이유는 현재 우리가 목도하고 있는 '사회의 위기'가 역사교과서 국정화 방침이나 동아시

---

7 이는 전남대 감성인문학연구단이 최근 제안한 '공감장' 개념과 호환될 수 있을 것이 다. 공감장은 공감의 발생적 조건이자, 상이한 공감들이 마주치고 투쟁하는 관계의 망을 지시한다. 이 개념은 모든 감성이 사회적이고 역사적이라는 전제에서 출발한 다. 이로부터 공통의 역사적 기억에 기초한 공감 현상들이 갖는 정치성과 문화성의 메커니즘을 분석하고자 한다. 전남대학교 감성인문학연구단, 《공감장이란 무엇인 가: 감성인문학 서론》, 길, 2017.

8 후술하겠지만 목격자·방관자의 존재가 이 글의 맥락에서 더욱 중요한 의미를 갖는 까닭은 국가의 인권침해는 이들의 침묵과 무관심 없이는 은폐될 수 없기 때문이다. 김종엽·김명희·이영진·김종곤·최원·김도민·정용택·김환희·강성현·김왕배 ·김서경·정정훈·이재승·박명림, 《세월호 이후의 사회과학》, 그린비, 2016, 17쪽.

아 역사수정주의와 함께 가시화된 '역사의 위기'와 분리될 수 없다는 문제의식 때문이다. 이러한 상황은 역사 커뮤니케이션 방법론에 대한 깊은 성찰과 전향적 모색을 요청하고 있다고 보인다. 이 점에서 역사 커뮤니케이션의 다양한 경로를 제안하는 테사 모리스-스즈키의 논의를 참고할 만하다.

그에 따르면, 역사수정주의는 과거의 이해를 '수정'할 뿐 아니라 특정한 사건에 대한 기억을 공공의 의식 속에서 말살하고자 하는 '말살의 역사학'에 다름 아니다. 여기서 역사서술 방법론의 문제가 뜨거운 쟁점이 되는 바, 서술이 어떻게 다른가에 따라 현재 우리가 과거의 잘못된 유산을 대하는 책임의식도 달라지고 책임을 지는 방식의 의미도 달라지기 때문이다. 특히 그는 "교과서를 둘러싼 논의가 모조리 교과서에 집중되어 있"는 아이러니를 예리하게 지적한다. 공식적인 학교 역사 교육의 내용을 주로 문제 삼기 때문에 공식적인 학교 역사 교육이 역사 인식을 결정하는 것 같은 인상을 주지만, 잘 들여다보면 우리는 그 어느 때보다도 다양한 미디어를 통해 역사를 배우고 있다. 그중에서도 영화, 다큐멘터리, 드라마, 시디롬, 만화, 인터넷 등 기존의 서술 형식을 따르지 않는 대중문화는 공공의 기억public memory이라는 깊은 우물에서 과거를 이해할 소재를 길어 올림으로써 커다란 파급력을 가질 수 있다.[9]

이로부터 공공기억의 매체로서 웹툰이 가진 잠재력을 새롭게 조

---

9 테사 모리스-스즈키(Tessa Morris Suzuki), 《우리 안의 과거》, 김경원 옮김, 휴머니스트, 2006, 27~35쪽.

명할 수 있다. 공공기억의 아이디어는 멀리는 20세기 초 프랑스 사회학자 모리스 알박스M. Halbwachs의 연구에서 유래되었다. 그는 모든 기억은 본질적으로 사회적이라는 전제를 수립했다. 이에 따르면 개인, 가족 및 사회 집단들이 시공간에서 서로 만나고 공유하는 사건들에 대해 공통 관점을 합의할 때 공공기억이 나온다.[10] 웹툰 또한 뉴미디어의 한 형태로, 역사적 사건에 대한 미디어의 개입(재현)과 매개 과정은 어떤 형태로든 커뮤니케이션의 흔적을 남긴다. 즉 "타인들이 겪는 고통의 매개 과정이 수용자들의 새로운 공적 행위를 유발시키는 중요한 계기로 기능"할 수 있다는 점에서,[11] 웹툰 또한 공공기억의 틈새 매체로 고려될 수 있는 것이다.

예컨대 〈26년〉은 웹툰이라는 독특한 장르와 형식을 통해 과거의 사건을 둘러싼 현재의 타자와 해후하는 통로를 제공한다. 첫째, 그 형식에 있어 만화는 사진이나 영화에서 구체화되는 리얼리즘 규범에 얽매이지 않기 때문에 다른 수단으로는 파악하기 어려운 과거의

---

10 최근 사회적 기억 연구는 집합기억collective memory과 공공기억public memory의 용법을 구분한다. 집합기억collective memory은 개인들이 동일한 사건을 각자 기억할 때 발생한다. 집합기억은 "서로 개인적으로는 알지 못하지만 동일한 사건을 기억하는 이들의 거대한 수렴"에 가깝다고 할 수 있다. Edward. S. Casey. "Public Memory in Place and Time." in K. P. Pillps, Browe, Stephen, & Biesecker, Barbara, eds. *Rhetoric, Culture, and Social Critique: Framing Public Memory*. Alabama: University of Alabama Press. 2004. pp. 23-24. 이와 달리 공공기억public memory은 사람들이 대중의 다른 구성원들과의 관계에서 그리고 그 관계를 통해 기억할 때 형성된다. Goodall, Jane and Christopher Lee, eds. 2014. *Trauma and Public Memory*. New York: Palgrave Macmillan. pp. 4-6.

11 박진우, 〈재난과 미디어 매개, 그리고 공감의 문화정치〉, 《인지과학》 제26권 1호, 2015, 97쪽.

이미지도 얼마든지 시각화할 수 있다는 장점이 있다. 만화의 경우 말과 이미지의 결합 관계는 사진보다 훨씬 심오하다. 텍스트는 이 미지와 일체가 되어 말의 의미뿐 아니라 물리적인 외형을 통해서도 효과를 낳는다는 점에서 새로운 언어의 위상을 갖는다.

둘째, 만화라는 매체는 가볍게 읽는 만큼 독자층이 넓으며, 눈에 보 이는 과거를 잊을 수 없는 이미지로 상상하고 재편성하여 새로운 독 자에게 이야기를 전달하는 청중의 확장력을 지닌다. 여기에 만화라 는 장르가 다른 웹-콘텐츠가 가진 장점과 결합할 때, 상대적으로 짧 고 쉽게 재생 가능한 웹툰의 특성상 '무한 확산'의 장점까지 지닌다.[12]

셋째, 웹툰 일반이 매개하는 역사 커뮤니케이션의 가능성에 더하 여, 〈26년〉이라는 웹툰이 가진 장점을 미리 언급해 둘 필요가 있다. 몇 논자들이 지적하듯, 강풀의 작품은 탄탄한 스토리텔링의 힘뿐 아 니라 웹툰 특유의 스크롤 독법을 최대한 활용하는 특징을 보인다. 특히 장편 서사 웹툰으로서 〈26년〉은 사건을 경험한 행위 주체들의 감정 서사와 동학을 어떤 점에선 영화보다 더 역동적인 기법으로 전 달한다.[13] 무엇보다 그의 작품이 채택한 '다중적인 화자의 관점'은 1

---

12 역사서술의 다양한 방법론에 대해선 모리스-스즈키(2006)를, "웹툰에 나타난 세 대의 감성 구조"에 대한 김수환, 〈웹툰에 나타난 세대의 감성 구조: 잉여에서 병맛 까지〉, 《탈경계 인문학》, 제9집, 2011, 101~123쪽을 참고하라.

13 웹툰은 출판만화처럼 네모난 칸과 홈통으로 이루어진 형태가 아니다. 웹툰의 특이 한 감상방식을 들여다보면, 칸이란 개념 없이 스크롤바의 이동에 맞추어 그림도 아래에서 위로 흘러가는 형국이니 그것은 마치 영화처럼 동영상을 보는 듯한 환영 을 만들어 낸다. 강현구, 〈강풀 장편만화 스토리텔링의 경쟁력〉, 《인문컨텐츠》, 제 10호, 2007, 240쪽.

인칭 화법을 넘어 동일한 사건을 둘러싸고 서로 긴밀히 연결되어 있는 행위자들의 감정동학을 이해할 수 있는 가능성을 열어 놓는다.

이하에서는 〈26년〉이 자리한 역사사회적 조건을 한국 이행기 정의의 딜레마라는 관점에서 살펴보기로 하자.

한국 이행기 정의의 딜레마 : 5·18 부인denial의 감정생태계

과거 압제하 정치적 폭력과의 대면이라는 과제 앞에서, 한국 이행기 정의 요구는 그간 진상 규명을 위한 사회운동으로서, 그리고 민주화운동의 일부로서 전개되어 온 '5월 운동'의 본격화로 나타났다. 5월 운동은 1980년대 후반에 진행된 광주민중항쟁에 대한 '증언'을 통해 한국에서 사회적 기억 연구를 배태시키고 발전시키는 '온상'이 되었고, 그간 누적되어 온 분단 현대사의 묵은 과제들을 전면화하는 물꼬를 텄다.[14] 5월 운동의 성과는 '광주 5원칙'으로 구체화되었지만, 제도화 과정에서 5·18의 이행기 정의는 딜레마를 드러내며 일단락되었다. '광주 5원칙'은 세계적 수준에서 보면 가해자 처벌이 명시되어 있는 등 강도 높은 과거 청산을 요구하는 것으로 평가될 수 있으나, 진상 규명과 책임자 처벌이라는 과제를 달성하기

---

14 탈/식민, 탈/냉전(분단) 그리고 탈/독재의 세 가지 중첩된 시공간대와 동형성을 갖는 한국의 사회적 기억 연구의 궤적에 대해서는 정근식, 〈한국에서의 사회적 기억 연구의 궤적: 다중적 이행과 지구사적 맥락에서〉,《민주주의와 인권》13(2), 2013, 347~394쪽.

에는 한계가 명확한 것이었다.[15]

5·18 이행기 정의 모델이 지닌 한계는 그간 '트라우마'의 문법 속에서 재조명되어 왔다. 5·18 참가자들의 정신건강에 대한 연구는 이들의 정신적 고통 및 이를 뒷받침해 주는 환경이 심각한 수준이며, 그 결과 약 30여 년이 지난 시점까지도 트라우마가 만성화된 상태로 존재하고 있음을 밝히고 있다. 실제 5·18 참가자들의 높은 자살률과 유족들의 자살 문제는 2012년 광주트라우마센터의 창립 배경이 되기도 했다. 이를 배경으로 5·18 시민군 기동타격대의 생애사를 '사회적 트라우마티즘'의 프레임으로 분석한 강은숙은 이들의 트라우마가 처벌 없는 과거 청산 및 보상 과정과 연관이 있다는 점을 드러내 보여 준다. 나아가 김보경은 5·18 민주화운동에 대한 조직적 부인의 전략을 개념화였고, 이러한 부인이 민주화운동에서 발생한 외상 생존자들의 후유증을 악화시킨다는 점을 설명하였다. 진실의 은폐로 진정한 애도가 방해받고, 진상 규명이 되지 않은 외상을 경험한 사람들의 주요 정서 중에 분노와 한이 심각한 점은 필연이다.[16] 이들 연구는 이행기 정의의 사회적 맥락이 개인의 고통에

---

15 박현주, 〈한국 이행기 정의의 딜레마: 세 가지 사례의 의문사 진상 규명 과정을 중심으로〉, 2015, 성공회대학교 석사학위논문. '5월 문제 해결을 위한 5원칙'은 ① 진상 규명 ② 책임자 처벌 ③ 명예 회복 ④ 배상 ⑤ 기념사업으로 최종 확정되었지만, 이 중 광주 학살 사건에 대한 핵심 진상들은 규명되지 않은 채 우회되었고, 일부 인사들의 처벌조차 사면을 전제로 한 처벌과 맞바뀌졌다. 그리고 원상회복rehabilitation의 차원에서 이루어진 '배상'이 아니라 '보상'이라는 형태의 금전 살포도 이루어졌다. 강성현, 〈과거사와 세월호 참사 진상 규명을 둘러싼 쟁점과 평가〉, 《역사비평》 109, 2014, 62~67쪽.

16 국외 연구에서 크메르루주Khmer Rouge 통치 하에 심각한 외상을 경험한 캄보디

영향을 미친다는 점을 뒷받침한다.[17]

　그러나 그 성과에도 불구하고 이들 논의는 5·18 부인denial의 가해주체와 피해자의 관계에 논의의 초점을 맞추고 있어, 부인의 문화 속에 편입된 보다 중범위적이고 다층적인 행위자 범주에는 관심을 기울이지 못했다. 최근 새롭게 제기된 또 하나의 중요한 문제는 2004년 무렵부터 외상후스트레스 장애Post-Traumatic Stress Disorder · PTSD가 인간의 고통을 가리키는 국제 공통어이자 사회적 통념의 일부로 부상하면서, 살아남은 자들 또는 목격자의 생존자 증후군은 통상 의학적 프레임을 통해서만 인지되고 공론화되는 특징을 보인다는 점이다. 이 진단 기준에서는 외상 사건 자체가 무엇이었는지에 대한 생존자들의 의미와 해석보다는 공포감이나 두려움, 또는 무력감을 느꼈는지와 같은 주관적 반응이 진단의 전제 조건이다.

　그러나 의학적 진단명이 취하고 있는 증상중심주의와 방법론적 개인주의로는 생존자가 다른 재난 희생자, 혹은 전체 공동체 구성원과의 관계에서 겪을 수 있는 죄책감, 부끄러움, 자기비하와 같은

아 생존자 중 진상 규명이 되었다고 느끼는 사람들은 PTSD 발생 비율이 낮은 것으로 보고되었다. 최현정, 〈'PTSD 시대'의 고통 인식과 대응: 외상 회복의 대안 패러다임 모색〉, 《인지과학》 26(2), 2015, 187쪽.

17　오수성·신현균·조용범, 〈5·18 피해자들의 만성 외상후 스트레스와 정신건강〉, 《한국심리학회지》 25(2), 2006, 59~75쪽; 최정기, 〈과거 청산에서의 기억 전쟁과 이행기 정의의 난점들: 광주민주화운동 관련 보상과 피해자의 트라우마를 중심으로〉, 《지역사회연구》 14(2), 2006, 3~22쪽; 강은숙, 〈5·18 시민군 기동타격대원의 생애사를 통해 본 사회적 트라우마티즘 형성 과정〉, 《기억과 전망》 26, 2012, 269~308쪽; 김보경, 《누가 역사를 부인하는가》, 2014.

상호주관적인 감정 경험이 의미 있게 고려되지 않는다.[18] 바로 그렇기 때문에 외상적 기억을 개인적이고 의학적인 문제로 다루어 왔던 역사는 역설적으로 피해자를 수동적으로 대상화하고, 다층적 행위자들의 공적 책임을 묘연하게 하는 심각한 정치적 결과를 초래했다. 라쉬C. Lasch의 말을 빌리자면, "인과응보의 정의正義가 치료적 정의正義로 옮아감에 따라, 도덕의 지나친 단순화에 대한 저항에서 비롯되었던 것이 바로 도덕적 책임감을 파괴하는 결과를 가져"온 것이다.[19] 이것이 이 글이 이들의 고통에 대한 감정이론적 접근을 끌어오는 이유다.

유사한 맥락에서 5·18이 남긴 사회적 고통을 회복적 정의restorative justice 패러다임에 입각해 포착하고자 하는 시도 또한 일정한 한계를 갖고 있다. 회복적 정의는 가해자의 처벌을 목표로 하는 기존의 응보적 정의retributive justice에 대비되는 패러다임이다. 여기에서 피해자, 가해자, 공동체는 정의 회복의 주체로서 처벌이 아닌, 어떤 피해가 발생했는지, 피해자의 욕구는 무엇인지, 회복을 위해 어떤 책임을 져야 하는지에 초점을 둔다. 간단히 말해 회복적 사법은 피해자와 가해자 간의 관계 회복, 당사자들과 공동체의 관계 회복을 강조한다.[20]

---

18 김명희, 〈세월호 이후의 치유: 제프리 알렉산더의 외상 과정 논의를 중심으로〉, 《문화와 사회》 19권, 2015, 19쪽.

19 크리스토퍼 라쉬(Christopher Lasch), 《나르시시즘의 문화》, 최경도 옮김, 문학과지성사, 1989, 269~270쪽.

20 통상 남아공 진실화해위원회나 르완다의 가차차 법정Gacaca court은 국가폭력을

그러나 이러한 회복적 정의 관념은 정치적 개혁, 재발 방지의 보증, 체제의 이행, 피해자들의 권리 신장을 제대로 반영할 수 없으며, 대규모 인권침해의 배후에 자리한 책임의 문제에 적용되기에는 한계가 있기에 '로컬리즘의 한계'라는 비판에 직면하게 된다. 실제 〈26년〉에서 5·18 경험자들이 '그 사람'에게 복수하려고 하는 것은 국가권력이 학살을 명령한 사람과 관계자들을 제대로 처벌하지 않았기 때문이다. 용서의 가능성은 복수(처벌)의 가능성을 전제로 한다. 복수의 현실적 수단이 피해자에게 전적으로 결여된다면 용서할 기회조차 사라진다. 5·18 피해자들은 국가범죄로 인해 귀중한 가치(배우자·부모·자아)를 상실했으며, 나아가 국가가 범죄자의 처벌 과정을 독점하고 피해자는 배제됨으로서 반사적으로 피해자는 구제와 회복의 기회마저 박탈당했다. 즉, 〈26년〉에서 5·18 피해자들은 가해자들의 처벌 과정에서 자신들이 배제되었기 때문이 아니라 국가가 근본적으로 처벌권을 행사하지 않았기 때문에—불처벌 impunity에—분노하는 것이다. 간단히 말해서, 국가폭력의 피해자가 복수할 수도 없는 상황, 그리고 응보적 정의를 실현해야 할 국가 공권력이 정치적 폭력의 가해자들을 처벌하지 않는 상황에서, 가해자들을 용서하겠다는 피해자들의 태도나 의향은 무망하다.[21]

겪은 사회에서 회복적 정의의 전례로 제시된다. 자세한 논의는 이재승, 〈화해의 문법: 시민정치가 희망이다〉, 김동춘 · 김명희 · 강은숙 · 최현정 · 이재승 · 정진주 · 김원석 · 김재민 · 곽사진 · 김보경, 《트라우마로 읽는 대한민국》, 2014, 169~170쪽; 이영재, 〈이행기 정의의 본질과 형태에 관한 연구〉, 《민주주의와 인권》, 12(1), 2012를 참고하라.

21 이재승, 〈화해의 문법: 시민정치가 희망이다〉, 174~176쪽.

그런데 회복적 정의 모델과 응보적 정의 모델은 모두 피해자-가해자라는 이분법적 범주에만 관심을 기울임으로써, 피해자-가해자의 상호 재생산에 관여하는 다층적 행위자의 범주를 간과한다는 점에서 일치점을 보인다. 바로 이 점이 5·18 부인 구조에 대한 '생태적 접근'을 제안하는 이유다.

많은 외상 연구의 성과가 일러 주듯, 외상에는 필연적으로 가해자-피해자-방관자의 구도가 존재하며 따라서 도덕적·정치적 주제를 내포하고 있다. 코언은 프로이트의 부인denial 개념을 바탕으로 국가와 사회가 인권침해에 눈감는 현상을 설명하였다. 그는 '제3자'나 '관찰자'라는 표현 대신에, '방관자'라는 표현을 쓴다. 방관자는 부인의 문화에 속한 개인 모두이다. 부인이란 외상의 결과에 대해 집단적으로 눈감고 공포의 실체를 일상적인 것으로 간주하도록 만들기에, 방관자는 외상을 발생시키는 일부분이며 결국 '공모자'가 된다. 현대사회 개인들은 정보의 홍수 속에서 타인의 고통에 주목하지 못하는 동시대적 부인contemporary denial을 형성한다. 모른 척하거나, 믿지 않거나, 침묵하거나, 폭력에 순종하거나 이를 당연시하는 등의 부인 행위를 통해 '알지만know', '시인acknowledge'하지는 않는다.[22]

이 지점에서 최근 학교폭력에 대한 고찰과 대응이 가해자-피해자 관계에만 주목하던 관행을 벗어나 제3항, 방관자의 존재를 적극

---

22 스탠리 코언(Stanley Cohen), 《잔인한 국가, 외면하는 대중》, 조효제 옮김, 창비, 2009, 66~69쪽; 최현정, 〈PTSD 시대'의 고통 인식과 대응: 외상 회복의 대안 패러다임 모색〉, 164쪽.

적으로 고려하는 생태적 접근으로의 전환을 보이고 있다는 점은 주목을 요한다. 예컨대 가해자 - 피해자 이분법의 개인주의적 접근 속에서 가해 - 피해는 일종의 순환 관계를 형성하게 된다. 그러나 가해 - 피해 관계가 재생산되는 사회적 환경을 고려한다면, 목격자가 경험한 죄책과 부끄러움은 사건의 진실을 알리고 사회화하는 실천적 동력이 될 도덕 감정이 될 수 있고, 사건의 부인과 회피의 국면에서 국가폭력의 재생산에 일조하는 방관자의 감정 경험으로 남을 수 있다. 가해자 - 피해자의 이분법에 기초한 개인주의적 접근의 한계를 넘어 가해자 - 피해자 - 방관자 관계를 사유할 수 있는 생태적 접근의 핵심적 아이디어를 그림으로 나타내면 〈그림 1〉과 같다.[23]

그림 1: 개인적 접근과 생태적 접근

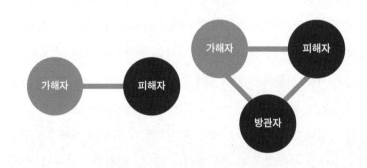

---

23 문재현,《학교폭력 멈춰!》, 살림터, 2012, 16 · 20쪽.

감정에 대한 사회관계적 접근

그러나 주의해야 할 것은 《전쟁과 인간》(2000)에서 노다의 통찰이 일러주듯, 인간이 가질 수 있는 '보편' 감정으로서 죄의식과 부끄러움은 해당 사회의 문화와 도덕규범이라는 '상대적인 시공간'의 제약을 받는다는 점이다. 구체적인 시공간의 맥락 속에 자리한 관계적 행위자들의 감정동학에 대한 사례 연구case study가 의미를 갖는 까닭이다.

이행기 정의 과정의 감정생태계에 대한 탐구는 윌리엄스가 말한 '감정구조' 논의에서 타당한 이론적 자원을 발견할 수 있다. 윌리엄스에 따르면 '감정'이라는 말은 '세계관'이나 '이데올로기'와 같은 보다 정형화된 개념들과 구분된다. 이때의 감정은 생각과 대비되는 감정이 아니라 '느껴진 생각'이고 '생각된 느낌'으로며, 현재적인 것에 대한 실천적 의식이다.[24] 이러한 정의가 감정과 인지 사이의 이

---

24 감정은 논자와 맥락에 따라 emotion, affect, feeling, passion, sentiment 등 다양한 용례를 갖지만, 이 글에서 감정은 인지와의 상대적인 층위 관계 속에서 어떤 대상과 관계 맺는 행위자(들)의 실천적 정향이 지닌 정서적 차원을 지칭하는 포괄적 의미로 사용한다. 통상 감정과 인지는 둘 중 하나만이 행동을 틀 지우는 것처럼 대치되지만, 인지는 감정과 묶여 있고, 바로 그러한 이유 때문에 사람들에게 의미 있거나 강력한 힘을 발휘한다. 오래 지속된 기분과 정서적 유대는 사람들로 하여금 특정한 믿음과 이해에 대해 더욱 민감해지게 한다. 따라서 감정과 인지를 제로섬의 용어로 바라보기보다는, 그 상호작용과 결합을 보기 위해 애쓸 필요가 있다. 제프 굿윈 · 제임스 제스퍼 · 프란체스카 폴레타(Jeff Goodwin, James M. Jasper, & Francesca Polletta) 엮음, 《열정적 정치》, 박형신 · 이진희 옮김, 한울아카데미, 2012. 뒤르케임에 대한 메스트로비치의 해석을 빌려 말하면, "1급 사회적 삶이 감정적이라면 2급 사회적 삶은 인지적이다". 스테판 G. 메스트로비치(Stjepan G. Meštrović), 《탈감정사회》, 박형신 옮김, 한울아카데미, 2014, 202쪽.

항대립을 해소하고 감정의 실천적 성격을 분명히 한다면, 감정구조 개념은 감정을 개인 차원에 국한하여 서로 고립된 것으로 이해하는 것이 아니라 '서로 맞물려 있으면서 긴장 관계에 있는가 하면 동시에 또한 특수한 내적 관계를 맺는 하나의 세트'로서 요소들의 관계와 역동dynamics으로 이해할 수 있는 관점을 제공한다. 감정구조는 '한 시대의 문화'이자 곧 '경험의 구조'라고도 말할 수 있는데, 윌리엄스는 감정구조를 정치경제와 그에 상응하는 마음의 얼개라고 정의 내리면서 한 사회의 변화는 감정구조가 변화할 때 비로소 성취되는 것이라고 말한다. 즉, 정치적 자유나 경제적 자유와 같은 외면적 발전 못지않게 국민 내면의 의식 구조가 바뀔 때 진정한 혁명이 성취된다는 뜻이다. 바로 이러한 맥락에서 그는 서구 근대화의 역사는 기나긴 혁명의 시간이 필요했다고 설명한다.[25]

이를 참고하여, 특정한 역사적 사건을 둘러싼 관계적 행위자들의 정감적 결합과 역동적인 상호작용의 양상을 감정생태계라는 개념으로 포착할 수 있다. 한편 윌리엄스의 '감정구조'는 뒤르케임의 '집합

25 이렇게 볼 때 한국의 여러 '비합리적인' 정치문화는 21세기에 적합한 감정구조가 아직 한국 사회에 정착되지 못했다는 반증이며, 따라서 한국정치의 미래는 새로운 감정구조, 즉 새로운 정치권력과 경제구조에 적응할 수 있는 시민성을 찾아내는 데 있다고 말할 수 있다. 홍성민, 〈감정 구조와 대중정치학〉, 《정치사상연구》 21(1), 2015, 9~34쪽. 윌리엄스에 따르면 기나긴 혁명은 "인간과 제도를 변형시키는 진정한 혁명이다. 그것은 수백만 명이 활동함으로써 지속적으로 확장되고 심화되는 혁명이며, 공공연한 반동이나 관습적인 형식과 사상의 압력에 의해 지속적으로, 다양하게 저지되는 혁명이다." 자세한 논의는 레이먼드 윌리엄스(Raymond Williams), 《기나긴 혁명》, 성은애 옮김, 문학동네, 2007, 12~13쪽; 레이먼드 윌리엄스, 《문학과 문화이론》, 박만준 옮김, 경문사, 2003, 190~131쪽 참조.

의식(감정)' 개념과 유사한 문제의식을 공유한다. 연대를 사회학적 탐구의 중심 의제로 상정했던 뒤르케임 사회학에서 '감정'은 외삽적 外揷 · extrapolation인 요소에 머물지 않는다. 근대사회로의 이행 과정 은 집합의식conscience collective의 변동 과정으로 설명된다.

집합의식은 "동일한 사회의 평균적 구성원들에게 공통적 믿음과 감정의 총체"이자 "사회의 정신적 유형으로서 그 나름대로의 고유 한 특징과 생존 조건 및 발전 양식을 가지고 있다." 행위 주체들이 경험하는 감정 또한 이를 둘러싼 사회적 조건과 사건의 경과 속에 서 역사적으로 형성된 것이다. 즉, "감정이 그것을 낳은 원인들로부 터 유래하는 것은 부인할 수 없는 사실이다. 그러나 그것들은 동시 에 그 원인의 유지에 기여한다."²⁶ 따라서 실천에서 이성의 역할은 동시대인들이 자신들의 욕구, 감정을 잘 이해하도록 돕는 것이다. 이러한 방법론적 관점에서 감정생태계에 대한 성찰은 한국 이행기 정의의 재생산 국면에 대한 심층적인 이해를 열어 줌으로써, '비합 리적 정서를 합리적인 정서로 변형하는' 비인지적인 형태의 설명적 비판의 가능성을 제공한다.

---

26 에밀 뒤르케임(Émile Durkheim), 《사회분업론》, 민문홍 옮김, 아카넷, 2012, 128 · 153쪽. 즉, 뒤르케임에게 감정은 과학적 탐구로 설명되어야 할 피설명항으로 설정된다. 이러한 관점은 "감정은 과학적 연구의 주제가 되지만 과학적 진실의 기준일 수는 없다"는 언술에서 잘 드러난다. Émile Durkheim, 1982, *The Rules of Sociological Method*, tr. by W. D. Halls, NY: The Free Press, p.74. 뒤르케임의 감정 이론은 김명희, 《통합적 인간과학의 가능성》, 한울아카데미, 2017, 427~432쪽을 참고하라.

〈26년〉의 감정생태계와 감정동학

이상의 이해를 바탕으로 〈26년〉에 재현된 감정동학과 그 함의를 읽어내 보자. 앞서 말했듯, 〈26년〉의 구성은 5·18 부인denial의 생태계에 연루된 다층적 행위자의 감정동학을 웹툰이라는 매체가 갖는 특성을 활용해 적절하게 드러내 보여 주고 있다.

5·18 유족 2세대와 세대 간 트라우마 동학

〈26년〉은 주인공들로 하여금 5·18 학살자를 단호하게 처단하지 못한 국가를 대신하여 응보적 정의를 실현하는 주체로 나서게 되는 과정을 기본 플롯으로 설정하고 있다. 그런데 흥미롭게도 응보적 정의의 시도는 과거 계엄군이었던 김갑세와 유족 2세대의 만남으로 시작된다. 5·18 당시 계엄군으로 시민군을 죽인 죄책감에 시달려온 대기업 회장 김갑세는 아들처럼 키워 온 사설 경호업체 실장 김주안과 조직폭력배 곽진배, 국가대표 사격 선수 심미진, 경찰 권정혁, 흉상 조각가 이치영을 불러 모은다. 서로 연관성이 없을 것 같은 이들은 5·18로 가족을 잃고 처참한 26년을 보내왔다. 시민군이었던 곽진배의 아버지가 사살된 후 진배의 어머니는 민방위훈련 때마다 정신착란을 일으킨다. 입대한 진배의 군복을 보고는 칼을 휘둘러 얼굴에 상처를 남긴다. 진압군의 총에 맞아 죽은 아내 때문에 괴로워하던 심미진의 아버지는 '그 사람'의 집에서 화염병을 던지다 분신한다. 이들은 5·18이라는 사건이 남긴 역사적 트라우마

historical trauma를 가족이라는 친밀한 영역intimate sphere에서 세대를 넘어 소통하는 '피해자들'이다.

동시에 이들은 법이 심판하지 못한 당시 최고책임자 '그 사람'을 암살하기 위해 힘을 모으는 '사건에 대한 권리'의 주체로 설정된다. 이것이 그간 일방향으로 표상되어 온 국가폭력 '피해자'로서의 유족이라는 공적 담론에 균열을 일으키는 〈26년〉의 새로운 지점이다. 기존의 5·18 상징계가 은폐했던 것은, 역사적으로 유족들이 단지 피해자인 것만이 아니라 능동적으로 사건의 과정에 개입하는 문제 해결의 주체이자 역동적인 '행위자'이기도 했다는 점이다.[27] 이 점을 뒷받침하는 사건에 대한 권리라는 개념은 오히려 피해자가 사건해결의 전 과정(사건에 대한 정명, 진실 규명, 재판 과정, 피해 회복, 후속 조치)에 주체로서 참여하여 사태에 대하여 입장을 표명하고, 해법을 제안하고 그 이행을 감시하고 비판하는 공적인 지위를 의미한다. 즉, 사건에 대한 권리는 피해자가 보유한 개별적인 권리들의 일부나 집합이 아니라 민주 사회에서 국민주권에 버금하는 사유로서 국가폭력과 대형 참사에서 피해자의 주권을 의미하며, 피해자가 직면하는 각 상황에서 피해자를 주체화하기 위한 전략적 개념이다.[28]

---

27 이에 대한 상세한 실증 연구는 김화숙, 〈여성의 사회적저항 경험에 관한 여성주의적 접근〉, 《여성학논집》 16, 1999; 노영숙, 〈오월어머니집 형성에 관한 연구〉, 전남대학교 석사학위논문, 2015를 참고하라.

28 근대국가는 범죄자의 인권도 중시해야 한다는 계몽주의적 사상을 수용한 까닭에 피해자들의 영향력을 더욱 위축시켰다. 형사법의 합리화 과정이 범죄 피해자들에게는 오히려 무력감과 소외감을 조장하게 된 것이다. 그러나 오늘날 국제 인권법에서 범죄 피해자의 지위강화는 새로운 경향으로 자리 잡고 있다. 자세한 논의는

　〈26년〉의 또 하나의 새로운 점은, 국가범죄의 수행자였던 기성세
대의 죄책감이 유족 2세대들의 트라우마 동학과 조우함으로써 새
롭게 생성되는 화해와 용서의 가능성이다. 그러나 이 과정이 처음

이재승, 〈세월호 참사와 피해자의 권리〉, 159쪽 참조.

부터 순조로웠던 것은 아니다. 자신의 부친을 직접 살상한 가해자 김갑세를 곽진배가 '용서'하게 되는 과정은 김갑세의 진정 어린 반성과 참회를 전제로 하고, 그 또한 동일한 '구조적 폭력'의 피해자였음을 관계 속에서 인지하게 되는 지난한 과정을 거친다. 이 때 김갑세의 죄책감과 유족 2세대의 복수심을 매개하는 감정은 '그 사람'으로 상징되는 구조적 폭력이 근절되지 않은 부당한 현실에 대한 '분노'와 그 안에 맹아적으로 잠재된 '정의'의 공통 감각이다.

분노는 세상 속에서 가질 수 있는 타당한 유형의 감정이다. 아리스토텔레스 또한 《니코마코스 윤리학》에서 온화의 덕을 갖춘 사람은 마땅한 때, 마땅한 상대에게, 마땅한 시간 동안 분노한다고 상정한다. 따라서 분노를 표출한 경우에 질문해야 할 것은 분노를 촉발한 사실이 정확했으며 그 속에 담긴 가치가 균형을 이루었는가이다. 즉, 분노와 복수의 감정이 해악을 가한 자를 겨냥한다면 그것은 정의로운 것이며, 복수극은 정의 담론의 실마리가 된다.[29] 〈26년〉의 복수 플롯은 응보적 정의 없이 강요되는 가해자-피해자의 회복적 정의의 불가능성을 정면으로 고발함으로써 한국 이행기 정의의 딜레마에 대한 재·해결을 시도한다.

---

29 마사 너스바움(Martha Nussbaum), 《혐오와 수치심》, 조계원 옮김, 민음사, 2015, 36쪽; 이재승, 〈화해의 문법: 시민정치가 희망이다〉, 173쪽.

가해자의 두 경로: 죄책과 부끄러움, 작용과 반작용

그러나 반성하는 가해자 김갑세와 피해자인 유족 2세대의 동맹과 연대를 새로운 출발점으로 삼은 응보적 정의의 실현은, 다른 여러 힘의 개입에 따라 번번이 좌절의 과정을 겪는다. 대표적으로 〈26년〉의 두 유형의 계엄군 사례는 뚜렷한 대비 속에서 응보적 정의를 촉진하거나 때로는 저해하는 작용과 반작용의 벡터vector로 등장한다. 이 힘을 드러내는 작중인물이 김갑세, 그리고 함께 5·18 시민군 진압에 투입되었던 마상열이다. 〈26년〉은 양자가 살상 행위의 결과 경험한 유사한 형태의 죄책감이, 전혀 다른 경로로 발전하게 되는 과정을 뚜렷한 대비 속에서 드러내 보여 준다.

먼저 김갑세는 자신이 한 행위에 대해 죄의식을 느끼며 '부끄러워하는 자'다. 그는 지난 일을 후회하고 반성하며 진짜 가해자를 찾아 처벌을 계획하고 피해자들과 새로운 관계 맺기를 능동적으로 시도하며 참회와 사죄의 길을 걷는다. 그는 자신의 가해 행위를 '부인'하지 않고 '시인'하는 것으로부터 출발한다.

> "괴로웠네 … 차라리 … 어쩔 수 없이 내가 그랬더라면….'

> "부끄러웠소 … 죽어 버리고 싶을 정도로 … 죽어서 당당한 자와 살아서 부끄러운 자 … 그때까지의 모든 것을 바로잡고 싶었소."

부끄러움은 "모든 것을 바로잡고"자 하는 반성과 사죄의 동력이 되고, 이를 통해 김갑세는 그가 용서받고자 했던 희생자의 자녀들로부터 '사건에 대한 권리'의 주체로서 동등하게 인정받는다.[30]

30 작품 말미에서 유족 2세대인 흉상 조각가 이치영이 말하듯 "당신은 … 아니었어요…. 당신도 … 피해자였어요…. 당신은 내게 죄를 지었지만 … 나는 당신을 … 용서합니다"라는 인정과 용서는 가해자-피해자로 맺고 있던 불균등한 권력관계를 새로운 연대 관계로 전환하는 결정적인 모멘트가 된다.

반대로 26년의 시간을 훌쩍 뛰어넘어 전 대통령의 경호실장으로 재등장하는 마상열은 '부끄러워하지 않는 가해자'다(오른쪽 그림). 마상열은 5·18 직후 ─당시 계엄군으로서 아이 엄마를 사살한─ 자신의 행동에 대해 김갑세가 그러했듯 죄책감을 경험하고 자살까지 시도한 바 있다. 하지만 그는 자신의 행위가 "명령대로 했을 뿐"인 올바른 행동이었다고 '합리화'[31]하는 경로를 선택한다. '그 사람'의 권위에 대한 충성을 곧 '국가'에 대한 충성과 동일시하고, 자신이 살상한 희생자가 곧 "폭도"이고 "간첩"이라고 스스로를 정당화함으로써 국가의 이데올로기를 내면화하는 경로를 걷는다.

두 가해자의 경로를 어떻게 설명해야 할까? 홀로코스트 이후의 사회학을 주창하는 바우만을 끌어오자면,[32] 마상열의 감정 역동은 대리인 상태agentic state로 일정 정도 설명된다. 행위자의 동의에 의해 책임이 상관의 명령권으로 이전되면 행위자는 대리인 상태에 놓이게 된다. 대리인 상태에서 행위자는 상급 권위에 의해 규정되고 감독된 상황에 완전히 조율되어 있다. 상황에 대한 이런 규정엔 행위자를 권위의 대리인으로 묘사하는 것이 포함된다. 예컨대 "이분이 잘못된 것이라면, 나의 모든 과거가 잘못된 것이기에, 이분은 보호받아야 한다"라는 마상열의 내러티브가 보여 주듯, 더 큰 권위로 책임을 회피·이전함으로써 가해 행위에 대한 자신의 법적·도덕적 책

---

31 합리화는 당혹스러운 행동을 설명할 논리적 이유와 발견을 수반하는 정당화의 한 형태다.

32 지그문트 바우만(Zygmunt Bauman), 《현대성과 홀로코스트》, 정일준 옮김, 새물결, 2013, 272~275쪽.

임을 부인denial하는 것이다.

주목할 점은 피해자와의 관계에서 대리인 상태를 강화하는 메커니즘으로 추상적 범주화를 통한 '얼굴 지우기effacing face'가 개입한다는 것이다. 얼굴 지우기는 사회적 거리를 강화함으로써 '얼굴'로 마주할 수 있게 만들 수 있는 존재의 부류에서 피해자를 내쫓는다. 이 공간에서 개인적 상호작용의 영역은 증발되기에, 추상적 범주로서의 '타자'는 내가 아는 '타자'와 전혀 소통하지 않게 된다. 단적으로 마상열이 그러했듯, 희생자를 "폭도"와 "간첩"으로 정신적으로 '분리 segregation'시키는 것이다. 적으로 공표된 자들은 오직 기술적이고 도구적 가치라는 관점에서만 평가되고 선별적으로 분류되기에 일상적인 만남에서 제거된다. 바우만은 이러한 메커니즘을 '범주적 살인'이라고 말한다. 이러한 물리적·심리적 거리의 효력은 가해 행위의 집단성과 관료적 분업에 의해 더욱 강화된다. 관료조직은 목적의 지시에 대한 권위를 통해 그러한 경향의 결과를 통제할 수 있으며, 행위자가 집행자로, 대상들이 피해자로 바뀌는 것을 훨씬 더 쉽게 만든다.[33]

이 메커니즘을 드러내 보여 주는 또 하나의 사례가 〈26년〉의 최형사라는 작중인물이다. 공안 경찰 최성태는 악명 높기로 소문난 고문 기술자였다. 아무런 의심 없이 대공분실로 밀려드는 빨갱이들을 고문하고, 그것이 옳은 일이며 국가에 대해 헌신하는 길이라고 믿는다. 이후 문익환 목사와의 만남을 통해 국가가 자신에게 시키

---

33 여기에는 의학적 범주에 의한 희생자화도 포함될 수 있다. 예컨대 종전 후 많은 정신과의사들에게 명성과 부를 안겨 주었던 '생존자의 죄책감'이라는 진단명이 한 예이다. 점차 시간이 지남에 따라 원래의 진단에서 너무나 확실히 드러났던 '죄책감'의 측면은 '생존 콤플렉스'라는 진단명에 의해 점차 지워지고, 자기 보존을 위한 자기 보존에 대한 인정만 남게 되었다. 지그문트 바우만,《현대성과 홀로코스트》, 265 · 356~385쪽.

는 일이 옳은 일인지 의심하며 정치사상범을 잡는 업무 외에는 '일체 관여하지 않는 것'으로 그 역할을 제한하지만, 그의 회의는 '직업 윤리'에 대한 충성을 넘어서지 못한다. 문 목사와의 만남을 통해 시작된 "나 같은 사람은 어떻게 사는 것이 올바르게 사는 것인지"에 대한 성찰적 질문은 "나는 경찰"이며 "이것이 내가 제대로 사는 길"이라는 합리화에 봉쇄됨으로써 '그 사람'을 단죄하려는 시도를 방해하는, 방관자이자 공모자의 역할을 동시에 수행한다.

이 역할 수행에 반작용하는 힘으로 등장하는 인물이 5·18 유족 2세대이자 경찰직에 몸담고 있던 권정혁의 사례이다. 그 또한 최 형사와 마찬가지로 직업윤리와 가족윤리 사이에서 갈등하지만, 최 형사와 달리, "나는 왜 경찰이 되려고 했는지"를 질문하는 것으로 나아간다. 이를 통해 자신의 양심에 반하는 경찰직을 포기하고 복수극에 능동적으로 참여하는 행위자로 변모한다.

바우만의 논의는 밀그램의 '권위에 대한 복종 실험'에 상당 부분 기대고 있다. 밀그램의 실험에서 그는 피해자와 가해 집행자 사이에 자리한 '인간관계라는 함수'를 건져 낸다. 밀그램의 연구 결과에서 가장 충격적인 것은 기꺼이 잔인한 짓을 저지를 가능성과 희생자의 친근성이 반비례 관계에 있다는 점이다. 물리적으로 더 가까이 있고 지속적으로 협력이 가능한 집행자들 간에는 상호 의무감과 연대감이 형성된다. 역으로 피해자로부터 물리적·심리적 거리가 멀어질수록 실험 참가자들은 잔인해지기 쉽다. 바우만이 밀그램의 실험에서 건져낸 중요한 통찰은, 모든 도덕적 행위의 기초 요소인 책임성이 타자와의 근접성proximity으로부터 발생한다는 점이다.

도덕적 충동이 무화되는 것은 물리적·정신적 고립을 통해 근접성이 손상될 때이며, 이를 통해 도덕성은 침묵한다. 수천 명의 사람이 살인자가 될 수 있도록, 또 수백만 명의 사람들이 항의하지 않는 방관자가 될 수 있도록 한 것은 그러한 사회적 분리 과정에 기반한 것이었다.[34]

그런데 이 논의는 마상열의 동조 행위를 일정정도 설명하지만, 이와 상이한 경로를 걸은 김갑세의 행위를 충분히 설명하지는 못한다. 다만 그는 악의 사회적 장치가 행위자의 자율성을 완전히 봉쇄하는 것은 아니며, 역사적으로 대리인 상태의 역할 수행을 거부했던 드문 선례도 반드시 존재했다 말할 뿐이다.

평소에는 법에 고분고분하고 겸손하며 반항적이지 않고 모험적이지도 않은 보통 사람 중 어떤 사람들은 권력자에게 맞서 결과는 잊은 채 양심을 우선에 둔다. 이는 전지전능하고 사악한 권력에 도전하고 극형을 감수하면서 홀로코스트의 피해자들을 구하고자 했던, 흩어져서 단독으로 행동했던 드문 사람들과 아주 흡사하다. 맞서 싸울 기회가 부재한 상태에서 잠자고 있던 그들의 도덕적 양심은 사회적으로 생산되어야만 했던 비도덕(성)과는 달리 진정으로 그들 자신의 개인적 속성이었다.[35]

34 　지그문트 바우만, 《현대성과 홀로코스트》, 262~264·307쪽.
35 　지그문트 바우만, 《현대성과 홀로코스트》, 281~282쪽.

하지만 동일한 역사적 사건과 역할 수행을 경험하고도 상이한 길을 걸었던 김갑세와 마상열의 경로가 단지 역사적 우연과 개인의 선택에 의존할 뿐이라면, 가해자 – 피해자의 이분법적 순환 구조를 온전히 뚫고 나올 길을 찾기란 쉽지 않다. 이 지점에서 밀그램으로 다시 돌아감으로써, 피해자와 기꺼이 동맹하기를 결단했던 가해자의 대리인, 김갑세의 전향적인 행위동학을 이해할 단서를 더 촘촘하게 찾아볼 수 있다.

희생자의 고통을 좀 더 분명하게 이해한다면, 희생자에 대한 존재감을 갖는다면, 즉 희생자를 보고 듣고 느낄 수 있다면 피험자는 복종하지 않을지도 모른다.[36]

밀그램의 복종 실험은 이 실험장에서 작동하는 복잡한 함수관계를 섬세하게 고려함으로써, 이 실험장에서 벗어날 실마리 또한 풍부하게 제공하고 있다. 첫 번째는 '공감' 단서다. 희생자의 고통과 관련된 시각적 단서들은 피험자의 공감 반응을 불러일으키고, 그리하여 피험자는 희생자의 경험을 좀 더 완전히 이해하게 된다. 공감 반응은 그 자체로 불편하기 때문에, 피험자는 정서적 흥분을 야기하는 이러한 상황을 종결하고자 하는 욕구를 갖는다. 둘째, 부인의 메커니즘이 희생자에 대한 '인지' 영역과 함수관계에 있다는 점이다.

---

36 스탠리 밀그램(Stanley Milgram), 《권위에 대한 복종》, 정태연 옮김, 에코리브르, 2009, 65쪽.

예컨대 근접성 상황에선 희생자가 바로 앞에 보이기 때문에 부정이라는 메커니즘은 일어나지 않는다. 셋째, '서로 공유한 영역'이다. 희생자가 자신의 행동을 예의 주시할 때 피험자는 수치심이나 죄의식을 느끼고, 이것이 공격 행동을 감소시키는 데 기여할 수 있다. 넷째, '행위에 관한 경험의 통일성'이다. 고통을 야기한 행위와 그 희생자를 좀 더 가까이 있도록 하는 접촉-근접성 조건에서는 경험의 통일성이 확보된다. 다섯째, 이러한 공간적 조건에서 희생자의 격렬한 저항과 항의는 피험자의 전기 충격을 약화시킨다. 간단히 말해 희생자와 친밀감이 형성될 물리적·정서적·인지적 거리가 가까울수록 복종 행동이 감소할 가능성은 높아지고, 나아가 복종 행동에 저항할 희생자-피험자 동맹의 가능성도 열린다는 것이다.

피험자와 좀 더 가까이 있을 때, 희생자는 그와 동맹을 맺어 실험자에게 맞서기가 더 쉬워진다. 피험자는 더 이상 혼자서 실험자를 직면하지 않아도 된다. 협력해서 실험자에게 저항하기를 갈망하는 동맹군이 피험자와 가까이 있게 된다. 따라서 몇몇 실험 조건에서 공간적 상태의 변화는 잠정적으로 동맹 관계를 변화시킨다.[37]

실제 〈26년〉 도입부, "너는 부끄럽지 않은가, 부끄럽지 않은가 말이다"라는 시민군 희생자(곽진배의 아버지)와 나눈 짧고도 강렬한 대면적interpersonal 대화는 김갑세의 생애사적 반성을 추동하는 양심의 중심부에 자리한다. 마찬가지로 작품 말미에서 마상열 또한 자신이 저지른 행위의 결과로서 심미진의 삶과 생생하게 대면하면서, 진심

---

37 스탠리 밀그램, 《권위에 대한 복종》, 65~73쪽.

어린 속죄를 하는 전향적 경로를 보여 준다.[38] 이러한 방식으로 〈26년〉은 그 전반에 걸쳐 5·18이라는 역사적 사건이 남긴 고통의 무게와 깊이에 대한 관계적 행위자들의 공감의 자장이 동심원적으로 확대되는 전개 구조를 펼쳐 낸다.

목격자 - 방관자 - 방어자의 감정동학

마지막으로 검토할 것은 목격자에서 방관자로, 그리고 지지자(방어자)로 전화한 깡패 두목 안수호의 사례다. 많은 폭력 연구가 일러주듯 방관자들은 폭력의 진행 과정에 영향을 미친다. 폭력 행위자들에게 침묵은 동의로 간주되기 때문이다. 즉 방관자의 침묵은 말없는 승인이나 마찬가지이기에, 침묵하는 다수는 폭력이 활개 칠 수 있는 영역을 확보한다.[39] 따라서 사회운동의 성패는 가해 - 피해 관계의 재생산에 개입하는 제3항, 이 방관자들의 공감을 어떻게 이끌어내는가에 달려 있다. 방관자가 피해자의, 그리고 저항하는 행위자의 지지자(방어자)로 개입할 때, 피해자 - 가해자의 불균등한 권력관계는 변화하게 된다. 5·18의 목격자이자 오랜 시간 방관자였던, 아울러 추후 곽진배의 복수를 돕는 방어자(지지자)로 변화한 깡패 두

---

38 물론 이 같은 전향적 행위에는 동일한 폭력의 동일한 폭력의 가해자(대리자)였던 김갑세가 보여 준 다른 삶(사죄와 용서)의 가능성이 개입한다.

39 구경꾼들이 말없이 주변에서 지켜보고 있는 한, 폭력 행위자는 아무런 방해도 받지 않고 자신이 원하는 바를 마음껏 할 수 있다. 볼프강 조프스키(Wolfgang Sofsky), 《폭력사회: 폭력은 인간과 사회를 어떻게 움직이는가》, 이한우 옮김, 푸른숲, 2010, 164~165쪽.

목 안수호의 사례는 〈26년〉 전반의 응보적 정의의 시도 과정에서
비교적 후반부에 등장하는 함수다.

  "주먹질에 자신이 있었던" 안수호가 1980년 당시 도청 항전에 참

여를 호소하는 목소리를 외면하며 체험했던 공포, 또 아무것도 할 수 없었다는 무력감은 그 이후, "단 한 번도 금남로를 대낮에" 걷지 못할 정도의 극심한 회피의 감정으로 이어진다. 그러나 엄밀히 말한다면 그는 국면적 방관자였을지 몰라도 생애사적 방관자는 아니다. 비록 도청에 남지는 않았지만, 그 또한 '그 사건'을 목격하고 삶을 연명해야 했던 폭력 현장의 목격자이자 5·18의 생존자이며, 죄책감과 부끄러움에 시달렸던 피해자라고 볼 수 있다. 폭력을 경험한 사람들은 자기의 기본 구성에 손상을 입게 되고 이로 인해 고통스러워한다. 과거에 제아무리 용감하고 자원이 풍부했던 사람일지라도 일정한 생존자 증후군을 겪게 되는 것이다. 이때 생존자들이 자신의 행동을 되돌아보고 비판하게 되면서 나타나는 죄책감과 부끄러움은 보편적으로 나타나는 외상 사건의 후유증이다. 특히 죄책감은 생존자가 다른 사람의 고통이나 죽음을 목격했을 때 특히 더 심하다고 알려져 있다.[40] 이러한 유형의 죄책감은 "나는 살아 있다. 고로 죄가 있다. … 친구가, 지인이, 모르는 누군가가 내 대신 죽었기 때문에 여기 있다"라는 아포리아의 공식을 갖게 된다.[41]

이러한 형태의 죄책감은 잘못을 바로잡고, 용서하며, 공격성의 한계를 수용하는 태도와 관련되어 있으므로 창조적일 수 있는 잠재력

---

40 방관자가 가장 일반적으로 보이는 반응에는 뿌리 깊은 '목격자 죄책감'이 있다. 이것은 '생존자 죄책감'과 유사하다. 주디스 허먼(Judith Herman), 《트라우마: 가정폭력에서 정치적 테러까지》, 최현정 옮김, 플래닛, 2007, 245쪽.

41 조르조 아감벤(Giorgio Agamben), 《아우슈비츠의 남은 자들》, 정문영 옮김, 새물결, 2012, 134쪽.

을 지닌다. 반면 죄책감과 유사하지만 부끄러움은 스스로 안에 내면화된 타인들의 태도, 즉 자신이 중요하다고 생각하는 사람의 사랑 및 존중의 상실을 두려워하는, 내면 안의 자동장치의 작동을 경유한다.[42] 안수호의 죄책감은 타자의 생명에 연루된 것이며, 동시에 그의 부끄러움은 겁쟁이였던 자신을 향한 것으로 분리될 수 없는 동전의 양면처럼 '그 사건'의 유산으로 함께 공존해 왔다. 그리고 오랜 시간 묻어 두었던 죄책의 감정이 부끄러움의 감정으로 전향되는 모멘트는 그와 친밀한 거리에 있는 곽진배의 결단, 즉 피해자의 주체화에 의해 촉발된다. 동시에 방관자에서 방어자(지지자)로의 그의 위치 전환은 그 사건에 책임 있는 주체로서의 위치를 복권하면서, 응보적 정의의 실현 가능성을 촉진하는 결정적인 힘으로 전화한다. 안수호의 사례가 드러내는 목격자 – 방관자 – 방어자(지지자)의 역동적인 스펙트럼을 거칠게 그려 보면 〈그림 2〉와 같다.

이제까지 살펴본 세 유형적 사례—피해자 – 가해자(대리자) 동맹, 가해자(대리자)의 반성과 사죄, 목격자 – 피해자(동시에 저항자) 동맹—에서 '부끄러움'이 사건의 국면을 변화시키는 핵심적인 감정기제로 부상한다는 점은 주목을 요한다. 이 점은 궁극적으로 실재적 함의를 갖는다. 5·18의 집단적 정서 체험을 둘러싼 많은 연구가 일러주듯, 살아남은 자의 부끄러움은 5·18이라는 역사적 경험이 촉발한 도덕의식의 표현이며, 한국 민주화 과정을 추동한 원동력이기

---

42   마사 너스바움, 《혐오와 수치심》, 민음사, 2015, 381쪽: 엘리아스, 노르베르트 Norbert Elias, 《문명화 과정 II》, 박미애 옮김, 한길사, 1999, 383쪽 참고.

〈그림 2〉 생태적 접근 2: 목격자 - 방관자 - 방어자 스펙트럼

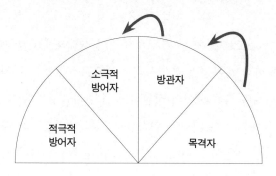

도 했다.[43] 〈26년〉의 작중인물에게 부끄러움이 그 사건이 남긴 생애사적 과제를 끊임없이 질문하게 하는 실천적 동력이 되었듯, 부끄러움은 과거 정치적 폭력이 남긴 유산을 극복해 가는 역사적 반성의 동력이자 다른 삶의 방식을 기획하게 하는 성찰적 범주라 할 수 있다.[44]

43 은우근, 〈부끄러움 또는 질문하는 역사의식: 5월민중항쟁과 광주 · 전남 가톨릭교회〉, 《신학전망》 제179호, 2012, 191~240쪽.

44 복잡다기한 현대사회를 규정하고 구조화하는 범주로서 부끄러움에 대한 사회철학적 성찰로는 정명중, 〈부끄러움의 성찰성을 위한 시론〉, 《감성연구》 제12권, 2016을 참고하라. 바우만 또한 가공할 만한 역사적 경험의 도덕적 의미를 회복하는 실천적 동력으로서 부끄러움의 지위에 주목한다. 《현대성과 홀로코스트》, 339쪽.

다른 삶을 상상하기: 역사 커뮤니케이션의 가능성

이러한 방식으로 〈26년〉은 5·18 부인의 생태계에 대한 풍부하고 정치한 문화적 재현을 통해 역사적 사건으로 고통받는 타자와 연루된 관계적 행위자들 사이의 성찰적 공감의 가능성을 보여 준다. 물론 〈26년〉은 텍스트 바깥에 위치한 현실의 행위자들의 세계에 대한 사실적인 재현이 아니며 다분히 제한적이다. 그러나 사회적 삶에 대한 모든 재현이 실재의 사회적 구성 과정에 개입하듯, 〈26년〉은 사건사 중심의 기존 역사 서술이 다루지 못한 '사람들의 세계'에 대한 성찰의 가능성을 열어 준다. 조직적이고 체계적인 정치적 폭력의 재생산 국면에서 필연적으로 발생하는 책임성의 회색 지대gray zone[45]의 작동 방식에 대한 통찰을, 시공간을 가로질러 서로 다른 역사적 사건을 교통하고 있는 감정구조에 대한 징후적 독해의 가능성을, 이를 통해 피해자–가해자의 틀로 쉽사리 포착될 수 없었던, 때로는 공모하고 때로는 저항하는 행위자들과 새로운 대면과 대화의 공간을 창출한다는 것이다.

이상의 논의가 한국 이행기 정의 과정에 시사하는 바는 다음이다.

첫째, 〈26년〉은 5·18 책임자 처벌의 과제가 결국 현실 정치로는

---

45 회색 지대는 모든 사회에 존재하면서 범죄 체제의 매개체 역할을 할 수 있는 '평범하고 모호한 사람들'로 채워진 피해자와 가해자 사이의 공간을 말한다. 프리모 레비(Primo Levi), 《가라앉은 자와 구조된 자》, 이소영 옮김, 돌베개, 2014.

해결되지 않고 2세대 자녀들의 응보적 정의를 통해 재·해결의 국면을 찾을 수밖에 없는 현실의 딜레마로부터 출발했다. 동시에 〈26년〉은 응보적 정의의 참된 실현이 정치적 폭력에 연루된 사회구조적 행위자들이 자신의 위치와 고통을 야기한 원인에 대한 구조적 성찰에 입각한 관계 맺기를 통해서만 비로소 가능하다는 점을 아울러 일러준다. 이는 응보적 정의와 회복적 정의의 과제가 상호 모순되는 것이라기보다, 서로 연동되어 있는 중첩된 과제임을 말해 준다. 본디 정의justice 개념이 해당 국면의 정치적 역관계와 정의에 대한 사회적 인식을 반영하여 구성되는 것이라면, 부인의 문화에 깊숙이 편입된 한국 이행기 정의 과정에서 〈26년〉이 역설하는 피해자-사회 중심의 진실 규명과 정의 수립의 경로와 가능성은 더욱 중요한 의미를 갖는다.[46]

이 가능성을 공동체 기반의 이행기 정의 모델로 잠정적으로 개념화하여 〈그림 3〉으로 재구성해 볼 수 있다.[47]

이와 같은 구상에서 피해자-방어자 동맹을 연결하는 핵심적인 감정 기제는 분노와 정의, 부끄러움과 공감을 매개로 한 연대일 것이다. 그러나 이때 '공감'은 정서적인 동시에 인지적인cognitive 것이며, 관계적인 동시에 설명적인 차원을 갖는다는 점이 강조될 필요

---

46 피해자-사회 중심의 진실 규명과 정의 수립에 대한 제안으로는 강성현, 〈과거사와 세월호 참사 진상 규명을 둘러싼 쟁점과 평가〉를 참고하라.

47 이 그림은 학교폭력 문제에 대한 생태적 접근으로의 전환을 제안하는 문재현의 틀을 재구성한 것이다. 문재현, 《학교폭력 멈춰!》, 살림터, 2012, 23쪽. 문재현의 '보살핌의 원'과 달리 이 모델에서 피해자와 방어자는 가해자의 폭력을 고립시키는 동맹 관계로 '연결'되어 있다.

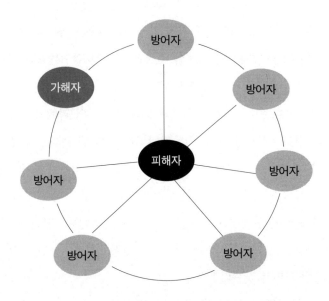

〈그림 3〉 생태적 접근 3: 공동체 기반의 이행기 정의 모델

가해자-피해자-방어자 틀

가 있다. 관계적·정서적인 공감과 인지적·설명적 공감이 발현되는 과정은 곧 승화[48]의 과정이다. 즉, 분노와 부끄러움의 감정이 사회적 연대와 정의 회복을 향한 더 큰 공동체의 집합적 노력 속에 통

---

48 프로이트에 따르면, 승화는 자기방어 기전의 한 형태로 대리 대상이 더욱 높은 문화목표로 나타날 때의 치환이다. 지그문트 프로이트(Sigmund Freud), 《정신분석 입문》, 손정수 옮김, 배제서관, 1997.

합될 때 승화의 감수성은 발현된다. 이렇게 볼 때 정치적 폭력의 잔재들을 청산하는 가장 유력한 경로는 공동체의 감각, 즉 정의의 공동체의 발현인 사회성sociality과 연대성solidarity을 회복하는 것이다. 사회가 자부심을 가질 수 있는 것은 가장 거대하거나 가장 부유해서가 아니라 가장 정의롭고 가장 잘 조직화되어 있어서이며, 가장 좋은 도덕적 구성을 갖고 있어서이다.[49]

둘째, 그러나 이러한 연대는 자연발생적으로 생겨나는 것이 아니라, 자신의 말을 갖지 못한 사람들의 목소리를 도덕적 무관심의 영역에서 드러남appearance의 공간으로 이동시키는 재현의 과정을, "사람들이 저마다 생각해 왔던 문제를 '공통의 문제'로 정의해 가는 담론 과정, 동일한 경험을 '공통의 경험'으로 해석해 가는 담론적 과정"을 매개로 한다.[50] 즉 무관심이 단지 물리적 거리의 문제가 아니라 인지적이고 도덕적인 함수관계의 문제라 할 때, 그 '관계'에 대한 성찰을 매개하는 공공기억의 방법론적 함의가 더욱 중요한 의미를 갖는다. 공공기억의 한 형태로서 웹툰 〈26년〉은 5·18 부인denial 구조에 상호 연루되어 있는 관계적 행위자들에 대한 이해를 확장함으로써, '끝나지 않은 5·18'에 대한 성찰적 공감의 가능성을 열어 준다. 열린 구조로 끝을 맺은 그 결말 또한 이행기 정의가 종결되지

---

49 자세한 논의는 뒤르케임,《직업윤리와 시민도덕》, 권기돈 옮김, 새물결, 1998, 142쪽 참조. 이것이 곧 뒤르케임이 도덕적 아노미와 지적 아노미의 뗄 수 없는 연관을 지적하며 '유기적 연대'와 '사회성'의 회복을 그토록 논변했던 맥락이기도 하다.

50 사이토 준이치,《민주적 공공성: 하버마스와 아렌트를 넘어서》, 윤대석·류수연·윤미란 옮김, 이음, 2009, 38쪽.

않는 과정임을, 공감의 윤리가 궁극적으로 고통 받고 있는 타자(들)
와의 지속적인 대면을 통해 수행되는 변증법적 과정일 수밖에 없다
는 역설을 드러내 준다.

이러한 맥락에서 처음부터 과거에 대한 지식이 역사적 사실에
대한 인지적 이해를 넘어선다는 점을, 역사 자체가 해석적인 차원
과 함께 정서적인 차원을 갖는다는 점을 인정할 필요가 있다. 그것
은 감정과 행동을 형성하며, 세상에서 행동하는 체험으로 만들어진
다.[51] 아울러 역사적 지식은 시대와 함께 변화할 뿐 아니라, 그것을
창출하고 전달하는 미디어의 변화에 의해서도 영향을 받는다. 사회
는 미디어를 통해 폭력을 보급하고 부인denial의 문화를 확대·재생
산하지만, 거꾸로 미디어는 사적 기억들 사이에 자리한 폭력의 파
편들의 연결 고리를 찾아내고, 공적 기억으로 변환시키는 역사적
반성의 매개가 될 수도 있는 것이다.

공공기억의 매체로서 〈26년〉의 대중적 성공은 단지 역사적 사실
에 대한 인지적 지식을 넘어 사건과 사람, 그 관계를 둘러싼 진실을
공동체에 전달하고 재현하는 '매개자', 즉 수행 집단carrier group의 교
량적 역할과 재현의 정치가 역사 커뮤니케이션의 새로운 과제로 제
기되고 있음을 시사하고 있다. 바꾸어 말한다면, 역사 서술과 재현
이 이루어지는 사회적 영역, 즉 역사적 지식이 경합하고 소통하는

---

51 그러하기에 과거에 대한 지식이 감정이나 아이덴티티와 어떻게 연관되어 있는지
를 인식하며, 그러한 정서의 원인이나 거기에 포함된 함의에 대해 깊이 고찰하는
일이 중요한 것이다. 테사 모리스-스즈키,《우리 안의 과거》, 41~43·325쪽 참고.

이행적 차원transitive dimension[52]에 대한 발본적 성찰이 요청되는 시점이다.

속에 표현된 대상을 지시하는 이행적 차원transitive dimension을 동시에 갖는다. 이 개념은 역사적 지식이 존재론적 차원과 인식론적 차원을 아우른다는 점을, 나아가 역사 서술을 둘러싼 사회적 활동, 즉 역사적 지식의 이행적(변형가능한) 차원이 현존하는 역사 과정에 변증법적으로 개입한다는 점을 환기시키는 효과를 갖는다. 예컨대 최근 대학과 학계 중심의 전문적 학술 연구의 상대 개념으로 제안된 '공공역사'의 아이디어도 그 사례가 될 수 있다. 이동기, 〈공공역사: 개념, 역사, 전망〉, 《독일연구》 31, 2016, 119~142쪽. 지식의 자동적·이행적 차원의 구분에 대해서는 로이 바스카(Roy Bhaskar), 《비판적 실재론과 해방의 사회과학》, 이기홍 옮김, 후마니타스, 2007, 57~61쪽을 참고하라.

■ 참고문헌

1차 자료

강풀, 《26년》, 다음 만화속세상(http://webtoon.daum.net/webtoon/view/
　　kangfull26), 2006. (2016.03.16. 접속)

2차 자료

1. 국내 논문

강은숙, 〈5·18시민군기동타격대원의 생애사를 통해 본 사회적 트라우마티즘 형
　　성 과정〉, 《기억과 전망》 통권 26호, 2012, 269~308쪽.

강성현, 〈과거사와 세월호 참사 진상 규명을 둘러싼 쟁점과 평가〉, 《역사비평》 통
　　권 109호, 2014, 62~93쪽.

강현구, 〈강풀 장편만화 스토리텔링의 경쟁력〉, 《인문콘텐츠》 제10호, 2007,
　　235~261쪽.

김명희, 〈세월호 이후의 치유: 제프리 알렉산더의 외상 과정 논의를 중심으로〉
　　《문화와 사회》 제19권, 2015, 11~53쪽.

김수환, 〈웹툰에 나타난 세대의 감성 구조: 잉여에서 병맛까지〉 《탈경계 인문학》
　　제9집, 2011, 101~123쪽.

김화숙, 〈여성의 사회적 저항 경험에 관한 여성주의적 접근〉 《여성학논집》 제16
　　호, 1999, 320~322쪽.

김홍중, 〈사회적인 것의 합정성(合情性)을 찾아서: 사회 이론의 감정적 전환〉,
　　《사회와 이론》 제23집, 2013, 7~48쪽.

박진우, 〈재난과 미디어 매개, 그리고 공감의 문화정치〉, 《인지과학》 제26권 1호,
　　2015, 97~123쪽.

오수성 · 신현균 · 조용범, 〈5 · 18 피해자들의 만성외상후 스트레스와 정신건강〉,
《한국심리학회지》 제25권 제2호, 2006, 59~75쪽.

은우근, 〈부끄러움 또는 질문하는 역사의식: 5월민중항쟁과 광주 · 전남 가톨릭
교회〉, 《신학전망》 제179호, 2012, 191~240쪽.

이동기, 〈공공역사: 개념, 역사, 전망〉, 《독일연구》 제31호, 2016, 119~142쪽.

이영재, 〈이행기 정의의 본질과 형태에 관한 연구〉, 《민주주의와 인권》 제12권 1
호, 2012, 121~151쪽.

이재승, 〈세월호 참사와 피해자의 인권〉, 《민주법학》 제60호, 2016, 145~179쪽.

정근식, 〈한국에서의 사회적 기억 연구의 궤적: 다중적 이행과 지구사적 맥락에
서〉, 《민주주의와 인권》 제13권 제2호, 2013, 347~394쪽.

____, 〈청산과 복원으로서 5월운동〉, 광주시 5 · 18사료편찬위원회, 《5 · 18 민중
항쟁사》. 2001, 653~679쪽.

정명중, 〈부끄러움의 성찰성을 위한 시론〉, 《감성연구》 제12권, 2016, 5~30쪽.

주재원, 〈매체 서사로서의 역사와 집합기억의 재현〉, 《한국언론정보학보》 통권
71호, 2015, 9~32쪽.

최유빈, 〈'26년' 그린 이유? 5 · 18에 '문화적 처벌'을 내리고 싶었다〉, 한겨레신문
2012/11/04.

최을영, 〈강풀: 금기를 정조준할 수 있는 대중만화가〉, 《인물과사상》 통권 176호,
2012, 55~72쪽.

최정기, 〈과거 청산에서의 기억 전쟁과 이행기 정의의 난점들: 광주민주화운동
관련 보상과 피해자의 트라우마를 중심으로〉, 《지역사회연구》 제14권 2호,
2006, 3~22쪽.

최현정, 〈'PTSD 시대'의 고통 인식과 대응: 외상 회복의 대안 패러다임 모색〉,
《인지과학》 제26권 2호, 2015, 167~207쪽.

홍성민, 〈감정 구조와 대중정치학〉, 《정치사상연구》 제21집 1호, 2015, 9~34쪽.

2. 국내 저서

굿윈, 제프 · 제스퍼, 제임스 · 폴레타, 프란체스카(Jeff Goodwin, James M. Jasper,
Francesca Polletta) 엮음, 《열정적 정치(Passionate Politics)》, 박형신 · 이진희

옮김, 한울아카데미, 2012.

김동춘 · 김명희 · 강은숙 · 최현정 · 이재승 · 정진주 · 김원석 · 김재민 · 곽사
　진 · 김보경,《트라우마로 읽는 대한민국》, 역사비평사, 2014.

김명희,《통합적 인간과학의 가능성》, 한울아카데미, 2017.

김종엽 · 김명희 · 이영진 · 김종곤 · 최원 · 김도민 · 정용택 · 김환희 · 강성현 ·
　김왕배 · 김서경 · 정정훈 · 이재승 · 박명림,《세월호 이후의 사회과학》, 그린
　비, 2016.

너스바움, 마사(Martha Nussbaum),《혐오와 수치심》, 조계원 옮김, 민음사, 2015.

노다 마사아키(野田正彰),《전쟁과 인간》, 서혜영 옮김, 길, 2000.

노영숙,〈오월어머니집 형성에 관한 연구〉, 전남대학교 석사학위논문, 2015.

뒤르케임, 에밀(Émile Durkheim),《사회분업론》, 민문홍 옮김, 아카넷, 2012.

＿＿,《직업윤리와 시민도덕》, 권기돈 옮김, 새물결, 1998.

라쉬, 크리스토퍼(Christopher Lasch),《나르시시즘의 문화》, 최경도 옮김, 문학과
　지성사, 1989.

레비, 프리모(Primo Levi),《가라앉은 자와 구조된 자》, 이소영 옮김, 돌베개,
　2014.

문재현,《학교폭력 멈춰!》, 살림터, 2012.

메스트로비치, 스테판 G.(Stjepan G. Meštrović),《탈감정사회》, 박형신 옮김, 한
　울아카데미, 2014.

모리스 – 스즈키, 테사(Tessa Morris Suzuki),《우리 안의 과거》, 김경원 옮김, 휴머
　니스트, 2006.

밀그램, 스탠리(Stanley Milgram),《권위에 대한 복종》, 정태연 옮김, 에코리브르,
　2009.

바우만, 지그문트(Zygmunt Bauman),《현대성과 홀로코스트》, 정일준 옮김, 새물
　결, 2013.

바스카, 로이(Roy Bhaskar),《비판적 실재론과 해방의 사회과학》, 이기홍 옮김, 후
　마니타스, 2007.

박현주,〈한국 이행기 정의의 딜레마: 세 가지 사례의 의문사 진상 규명 과정을
　중심으로〉, 성공회대학교 석사학위논문, 2015.

사이토 준이치(齋藤純一), 《민주적 공공성: 하버마스와 아렌트를 넘어서》, 윤대석 · 류수연 · 윤미란 옮김, 이음. 2009.

아감벤, 조르조(Giorgio Agamben), 《아우슈비츠의 남은 자들》, 정문영 옮김, 새물결, 2012.

엘리아스, 노르베르트(Norbert Elias), 《문명화 과정 II》, 박미애 옮김, 한길사, 1999.

윌리엄스, 레이먼드(Raymond Williams), 《기나긴 혁명》, 성은애 옮김, 문학동네, 2007.

____, 《문학과 문화이론》, 박만준 옮김, 경문사, 2003.

이재승, 〈화해의 문법: 시민정치가 희망이다〉, 김동춘 · 김명희 · 강은숙 · 최현정 · 이재승 · 정진주 · 김원석 · 김재민 · 곽사진 · 김보경, 《트라우마로 읽는 대한민국》, 2014, 165~190쪽.

전남대학교 감성인문학연구단, 《공감장이란 무엇인가: 감성인문학 서론》, 길, 2017.

조프스키, 볼프강(Wolfgang Sofsky), 《폭력사회: 폭력은 인간과 사회를 어떻게 움직이는가》, 이한우 옮김, 푸른숲, 2010.

코언, 스탠리(Stanley Cohen), 《잔인한 국가 외면하는 대중: 왜 국가와 사회는 인권침해를 부인하는가》, 조효제 옮김, 창비, 2009.

프로이트, 지그문트(Sigmund Freud), 《정신분석입문》, 손정수 옮김, 배제서관, 1997.

허먼, 주디스(Judith Herman), 《트라우마: 가정폭력에서 정치적 테러까지》, 최현정 옮김, 플래닛, 2007.

3. 국외 논문

Casey, Edward. S. "Public Memory in Place and Time." in K. P. Pillps, Browe, Stephen, & Biesecker, Barbara, eds. *Rhetoric, Culture, and Social Critique: Framing Public Memory*, Alabama: University of Alabama Press, 2004, pp. 17-31.

Kim Myung-Hee, "Dilemma of Historical Reflection in East Asia and the Issue of Japanese Military 'Comfort Women'-Continuing Colonialism and Politics of Denial". *S/N Korean Humanities* Vol. 3. No.1. 2017, pp.43-68.

4. 국외 저서

Durkheim, Émile. *The Rules of Sociological Method*, tr. by W. D. Halls, NY: The Free Press, 1982.

___, *Sociology and Philosophy*. tr. by D. F. Pocock, London: Cohen & West Ltd, 1953.

Goodall, Jane and Christopher Lee, eds. *Trauma and Public Memory*, New York: Palgrave Macmillan, 2014.

Halbwachs, Maurice. *The Collective Memory*, trans. by F. Ditter & Ditter, New York: Harper Colophon V Y, 1980[1925].

Leebaw, Bronwyn, *Judging State Sponsored Violence*, Cambridge: Imagining Political Change, 2011.

| 좌절과 모멸감 |

감정팔이 혹은 물화된 정동

_ 서동진

* 이 글은《말과 활》제11호(2016)에 게재된 원고를 수정하여 재수록한 것이다.

감성팔이의 세계 – 몇 개의 장면들

#1

"과연 진심은 논란을 뛰어넘을 수 있을까. 크고 작은 논란에 휩싸였던 엠넷 〈쇼미더머니 시즌4〉가 변화구를 던졌다. 〈쇼미더머니 시즌4〉 논란의 중심에 있던 인물 두 사람이 있다. 바로 위너 멤버 송민호와 래퍼 블랙넛이다. 두 사람은 방송 중 각기 여성 비하와 '일베'(일간베스트 저장소의 줄임말) 논란에 휩싸였다. … 송민호는 대결곡 '겁'에 자신의 6년 연습 생활 이야기를 담았다. 긴 연습 생활 속, 그가 겪었던 고뇌와 자기 자신과의 싸움이 느껴지는 곡이었다. 블랙넛도 '내가 할 수 있는 건'이라는 곡을 선보이며 랩과 함께 살아온 자신의 삶 이야기를 풀어 냈다. 그는 '외로운 마음을 가사에 풀었다. 저에 대한 인식이 좋게 바뀔 것이라 기대하지는 않지만 왜 제가 이렇게 됐는지 알아줬으면 좋겠다'고 고백했다. … 승자나 패자나 얻은 것은 있었다. 다름 아닌 시청자들의 공감이다. 이들이 살아온 환경과 내면에 접근하면서 자연스럽게 공감대가 형성됐다. 논란으로 인한 부정적 이미지에도 좋은 영향을 미친 것이 사실이다. '디스전' 양상으로 흘러가던 〈쇼미더머니 4〉가 전반적으로 중심을 잡았다는 호평도 상당하다. 한편으로는 이를 '감성팔이' 카드로 보는 이들도 있다. 그간 부정적인 논란들로 관심을 끌고, 마무리 단계에서 시청자들의 감정에 호소하고 있다는 것. 특히 이들의 가정사 노출이 오디션 프로그램에서 흔히 등장하곤 하는 '감성팔이 전략'이라는 의견이다. 우여곡절 끝에 〈쇼미더머니 4〉는 이제 결승전을 남

겨두고 있다. 과연 이들이 마지막까지 논란을 뛰어넘어 시청자들의 공감을 얻을 수 있을지 주목된다.[1]

#2

"눈을 감지 말아 주세요. 입은 계속 오물거리지만 먹을 것은 없습니다. 나날이 야위어 가는 하와 아무것도 해 줄 수 없는 엄마는 차라리 눈을 감습니다. 매일 8천 명의 어린이가 영양실조로 목숨을 잃는 이 현실에 눈을 감지 말아 주세요. 한 달에 3만 원이면 하와같은 아기 29명에게 영양실조 치료식을 전해 줄 수 있습니다. 그것만으로도 아기들은 건강을 되찾을 수 있고 엄마들도 다시 힘을 낼 수 있습니다. 당신의 관심이 희망입니다."[2]

#3

"정신과 전문의 정혜신 박사는 해고 노동자들이 겪는 가장 큰 고통은 '해고 과정, 해고 당시, 또 해고 이후에 본인들의 억울함을 이야기하는 과정에서 생기는 극심한 인간적인 모멸감'이라고 말했다. 정혜신 박사는 15일 〈Go발뉴스〉와의 전화인터뷰에서 '해고 노동자와 그 가족들이 겪는 고통은 우리가 생각하는 것 이상'이라며 '심리적 내상의 후유증은 수십 년까지 갈 수 있다'고 외상후스트레스 증

---

1 진정성과 감성팔이 사이, 〈노컷뉴스〉, 2015. 8. 22.http://www.nocutnews.co.kr/news/4461917(2016년 3월12일 마지막 접속).

2 UNICEF 정기후원회원 모집 광고 내레이션.

후군에 대한 심각성에 대해 이야기 했다. 정 박사는 이를 해결하기 위해서는 '근본적인 문제 해결과 동시 해고 노동자와 그 가족들, 아이들 마음속에 엄청난 상처, 내상이 있다는 것을 우리가 인정 하는 것'과 '우리 사회가 지혜를 모으고 마음을 포개는 일들을 동시에 진행해야 한다'고 강조했다.[3]

#4

"멕시코 수도 멕시코시티의 한 대형 빌딩 1층 건물 벽면에 국회의원 후보의 홍보 동영상이 전자 광고판을 통해 흘러나오고 있다. 광고판 속엔 고화질 카메라가 지켜보는 사람들의 미세한 표정 변화와 시선을 잡아내고 있다. 이 장비를 설치한 회사는 정치 컨설팅 회사다. 유권자 반응을 분석하고 이를 이용해 선거 전략을 짜고 있는 것이다. 바로 신경과학과 정치 캠페인을 접목시킨 '뉴로폴리틱스Neuro-politics(신경정치학)'다.

뉴욕타임즈는 3일(현지시간) 최근 전세계적으로 유권자들의 시선, 표정, 동공 확장 등을 신경과학적으로 분석해 선거 캠페인 전략을 세우는 '뉴로폴리틱스' 시대가 도래했다고 보도했다. 뉴로폴리틱스는 수년전부터 마케팅 기법으로 주목받아 온 '뉴로마케팅(신경마케팅)'에서 출발했다. 이는 기업들이 소비자 반응을 뇌파, 표정, 시선

3 쌍용차 나이팅게일' 정혜신 전국 '와락' 나선다. 〈Go발뉴스〉, 2013. 2. 16. http://www.gobalnews.com/news/articleView.html?idxno=1180(2016년 3월 12일 마지막 접속).

추적, 심장박동 등 신경과학과 심리학 수단을 이용해 분석하고 판매 극대화 전략을 세우는 것을 말한다.

가장 적극적인 나라는 멕시코다. 엔리코 페나 니에토 대통령은 지난 2012년 대선때 유세에 참가한 유권자들의 표정, 뇌파, 심장박동 등을 분석해 광고를 만들었다. 니에토 대통령의 제도혁명당PRI은 지난 6월 총선에서 유권자에게 호감도가 높은 후보를 선별할 때도 이 방법을 활용했다. 멕시코 히달고시에선 시의 주요 정책 수립을 위한 시민 반응을 파악하기 위해 설문조사 대신 뉴로폴리틱스를 활용하고 있다.[4]

아무렇게나 골라 본 몇 개의 장면. 그것은 모두 감정과 감성이란 렌즈 속에 현실을 모으고 또 비추려 한다. 보다 철학적인 어휘를 구사하기를 좋아하는 이들은 이를 정동affect이란 개념을 통해 이를 구획하고 싶어 할 수도 있다. 철학사적인 지식에 밝은 이들이라면 아마 하이데거의 철학적인 주조음eitmotif에 해당될 분위기Bestimmung/mood나 기분attunement, 불안anxiety 같은 개념을 동원해 새로운 사회론 나아가 거창한 존재론을 구성하려 시도할 수도 있을 것이다. 이는 오늘날 서구는 물론 한국의 지식인 집단 안에서 널리 이뤄지는 일이기도 하다. 그리고 이는 매우 도전적인 접근이며 새겨들을 많은 주장을 담고 있다. 그렇지만 여기에서 우리는 이른바 감정으로

---

4 표정 읽고 '票心' 훔친다…신경정치학의 등장, 〈매일경제〉, 2015. 11. 4. http://news.mk.co.kr/newsRead.php?no=1053769&year=2015(2016년 3월 12일 마지막 접속).

의 전환이나 정동적 전환affective turn이라고 불리는 학술적인 흐름의 추세엔 크게 관심을 쏟지 않는다. 이는 무엇보다 현실 자체가 감정과 감성, 마음에 쏠린 관심이 학계의 소동을 한참 앞질러 나아가고 있을 뿐 아니라 그런 이론적인 공부에 의지하지 않더라도 얼마든지 직관적으로 풍부하게 이해할 수 있을 만큼 감정, 감성, 마음이란 낱말이 현실을 이해하는 지름길인 것처럼 작동하고 있기 때문이다.

이를테면 사정은 이렇다. '감성팔이'를 통해 관심을 얻으려는 연예인으로부터 해고의 고통 가운데 가장 큰 고통이라 할 '모멸감'에 시달리는 노동자의 고통에 이르기까지 감정은 현실을 해석하는 최고의 저울처럼 구실한다. 인터넷 기사를 검색하거나 사회연결망서비스인 페이스북facebook의 타임라인을 뒤지거나 트위터twitter를 훑다 보면 우리는 '감성팔이'란 이름으로 빈정대는 그렇지만 또한 우리 모두를 꼼짝없이 급습하는 눈물겨운 사연과 인물에 시선을 빼앗기곤 한다. 학대당한 애완동물에서부터 부모에게서 버림받은 어린이, 해고당한 노동자나 다문화 가정의 외국인 여성을 넘어 사하라사막 이남의 기아로 죽어 가는 아이와 시리아를 탈출하는 난민에 이르기까지 우리는 바로 이러한 불행한 피해자들의 얼굴을 매 순간 마주하고 있다. 그것은 아픔을 겪는 자들이다. 그리고 우리는 그들의 고통과 비참을 바로 그들이 겪어야 하는 감정에 대한 연민과 공감을 통해 감지하고 인식하도록 촉구 받는다.

흉악 범죄자들이나 잔학한 짓을 저지르는 자들은 '공감 제로'의 사이코패스로 정의되곤 한다. 공감이라는 감정의 불구를 겪고 있기에 그들은 문제적인 인물로 소환된다. 그들의 윤리적인 악은 그들의 도덕의 중추일 감성에서 원인이 찾아진다. 국제구호기구는 거의 발전된 자본주의 국가라면 어디에서나 광고를 내보낸다. 지구화된 자본주의가 초래한 불평등과 빈곤, 사회적 안전망을 제공할 수 있는 공적 장치를 사실상 상실한 채 아비규환에 가까운 내전 상태에 내몰린 아프리카를 비롯한 세계 각지의 갈등은 천사와도 같은 유약한 피해자로서 어린이를 내세워 고통의 참상을 무대화한다. 따라서 구조적인 결정으로서의 빈곤, 전쟁, 학살, 폭력 등은 감성적인 호응을 통해 접근할 수 있는 피해자의 낯의 뒤안으로 숨어 버린다.

그리고 우리는 신경정치학이라는 신생과학의 눈부신 활약과 맞닥뜨리게 된다. 그것은 신경 마케팅을 응용한 정치캠페인에 머물지 않는다. (신)칸트주의적인 윤리학[5]은 뒷문을 통해 다시 입장한다. 그리고 정치적인 선택과 결정을 규제하는 것은 공감, 연민, 두려움 등의 윤리적인 감정에 위임된다. 그리고 현실에 대한 비판으로서의 정치는 미덥지 못한 것으로 치부된다. 신경정치학은 신경미학, 신경지리학, 신경경제학과 같은 숱한 과학을 재구성하는 비밀의 열쇠로 작동한다. 그러나 그것은 신경과학이라는 과학의 야심과 정력을 강

---

5 여기에서 말하는 신칸트주의 윤리학이란 우리는 현실 자체를 알지 못하고 그것을 인식하는 우리 자신에 대해 알 수 있을 뿐이기 때문에 새로운 현실을 만들어 내는 일은 우리의 마음을 바꾸는 일이라는 태도 그리고 이로부터 비롯된 지향을 가리킨다. 사회주의의 편에서 보자면 독일 사회민주당을 이끌었던 베른스슈타인의 유명한 모토, 사회주의는 이룩해야 할 현실이 아니라 '영원한 운동'이라는 입장이 이에 해당된다 할 수 있다. 이는 자본주의생산양식에서 비롯된 구조적인 착취와 불평등을 추상적인 인간애로 극복할 수 있다고 믿었던 입장을 가리키는 것으로 여겨진다. 흔히 '진정사회주의'라고 불리는 이러한 입장은 독점자본주의 시대의 정치적 허무주의로 여러 사람들로부터 비판을 받았다.

변하는데 머물지 않는다. 이는 감성과 감정, 정동이 현실reality 그 자체임을 임을 주장하기 때문이다. 말하자면 감정, 감성, 정동은 현실에 대한 반응도 그에 대한 주관적인 체험도 아니라 무엇보다 현실을 비추는 투명한 거울이자 현실 자체가 되었다.

이러한 추세는 비판적인 학술 담론에서부터 통속적인 사회비평에 이르기까지 그리고 나아가 정신의학의 새로운 심리학적 처치와 치료의 방법에서 새로운 사회운동의 접근 방식에 이르기까지 여러 곳에서 두루 영향을 떨치고 있다. 이것은 감성 혹은 감정, 정동이라는 새로운 개념을 중심으로 세계를 이해하려는 시도가 집결하고 또 선회하는 기류는 놀라운 기세로 확산되고 있다. 사회를 감성의 직조물로 인식하고 헤아린다는 것은, 얼핏 생각할 때, 투박하고 추상적인 개념적인 프레임을 통해 세계를 인식하려는 시도에 비해 섬세하고 또 구체적인 것처럼 보인다. 자명하면서도 또 추상적이기 짝이 없게 외부의 객관적 세계를 제시하는 것보다 그 속에서 살아가는 이들이 겪는 체험과 감정을 헤아리는 일은 어쩐지 나의 편에 선 듯 여겨지고 보다 나의 경험에 충실한 것처럼 생각된다.[6] 또한 이는

---

6 문화 연구cultrual studies라는 학문분야 안에서 감정과 정동에 쏠린 관심을 비판적으로 검토하는 어느 글에서 헤밍스라는 학자는 이러한 접근이 다음과 같은 주요한 특징을 지니고 있음을 지적한다. i) 사회적 실천에 따른 객관적 규정을 비판하며 결정으로 모두 헤아릴 수 없는 나머지 혹은 초과분을 강조한다는 점, ii) 수량적이면서도 경험적인 이해나 세부적인 텍스트 읽기를 통해 보다 충분하게 사회가 미치는 영향을 드러내고자 한다는 점, iii) 대립이나 적대같은 모델이 아니라 친밀감이나 결속감(tie) 같은 모델을 통해 자신/우리를 보다 잘 이해할 수 있음을 강조한다는 점. 비록 이것이 감정을 우선시하는 문화이론의 특성을 충실히 망라하는 것은 아니지만 그러한 접근법이 자처하는 미덕의 몇 가지를 잘 요약하고 있는 것으로 보인

세계를 살아가는 이들의 바깥에서 그것을 인식하는 것이 아니라 그 것을 겪고 느끼는 이들의 자리에서 세계를 바라보려는 윤리적인 노고를 가리키는 것처럼 생각되기도 한다. 그것은 추상적인 정체성의 규정들 이를테면 소득, 지위, 나이, 건강, 성별, 국적, 학력 등의 무수한 규정들을 통해 그 인물의 경험을 뻔한 사실로 환원하고 한정하려는 무뚝뚝한 과학적 접근에 온전히 반발하는 것처럼 간주될 수도 있다. 결국 이런 논리를 좇다 보면, 감정은 그러한 감정을 초래한 객관적인 원인으로 죄다 소급시킬 수 없는 무엇을 지시하는 듯 간주된다. 따라서 우리가 어떤 타인을 온전히 이해하고자 한다면 기꺼이 자신의 인식을 괄호 치고 그가 겪고 있는 혹은 겪었을 감정에 다가서려 애써야 한다는 요구에 직면한다. 그리고 이러한 과정을 거쳐 정치적으로 올바르면서도 윤리적으로 온당한 새로운 행위의 준칙을 발명하고 이를 통해 우리가 행할 바를 규제할 수 있을 것이다.

그러나 우리는 이러한 흐름에 대하여 마땅히 의심을 품어 볼 만하다. 이를테면 이러한 의혹들 말이다. 그러한 '감성팔이'는 새롭게 부활한 도덕적 감상주의sentimentalism가 아닐까.[7] 신경과학, 뇌과학 및

다. C. Hemmings, Invoking affect: cultural theory and the ontological turn, *Cultural Studies*, 19 (5). pp. 549-551.

7 도덕적 감상주의moral sentimentalism란 프랑스혁명을 전후하여 제기된 논쟁에서 널리 사용된 개념으로 오늘날에도 여전히 영향을 발휘한다. 이를테면 가난을 비롯한 삶의 비참을 방치하는 것을 인간의 도덕적 타락에서 찾고 구휼이나 자선—이를 수행하는 주체는 개인적 자선사업가일 수도 있고 종교적 구호 기관일 수도 있으며 국가기관일 수도 있으며 오늘날처럼 엄청난 규모를 자랑하며 부유한 나라에서 TV 광고와 인터넷 캠페인을 통해 후원자를 모집하는 국제적 비정부기구일수도 있다— 같은 방편을 통해 현실을 변화시킬 수 있다는 윤리적 자세를 가리킨다. 이를 둘러

정신약리학 등의 신종 과학을 동원하고 퀴어정치, 여성주의, 탈식민주의 등의 새로운 정체성의 정치를 강화하기 위한 정치적 프로그램으로 곧잘 동원되는 전략, '혐오와 수치심'에 맞서 자긍심과 자기인정의 정치로 대항하기 위한 기획은, 해방과 변혁의 정치로부터 벗어나는 것은 아닌지 의심해 볼 만하다. 그러나 감성과 감정, 정동이란 것을 가짜 혹은 사이비 문제로서 신속하게 처분해 버리는 것은, 어쩌면 그것이 제기될 수밖에 없던 조건을 무시하는 허술한 비판일 수도 있다. 간단히 말해 그것은 내재적 비판이 아니라 외적인 거부일 수도 있다.

느낌과 감정, 정동에 대한 관심은 비판적 인식이 무엇을 결여하고 있는가에 대한 부정적인 징후로 생각할 수는 없는 것일까. 우리는 기꺼이 이런 물음을 던지고 그에 대하여 대응해야 하지 않을까. 이 글에서 나는 이러한 망설임과 의문의 주변을 맴돌면서, 감정, 감성, 정동 등의 개념을 통해 새로운 윤리–정치적인 사유를 제기하려는 시도를 되새겨 보려 한다. 물론 그것은 감정이나 감성, 정동을 거부하는 것이 아니다. 감정, 감성, 마음은 언제나 존재한다. 그것은 사적이면서도 공적인 삶의 세계에 언제나 따라 붙는다. 그것의 역할과 효과를 부인하는 것은 터무니없는 일임에 분명하다. 나아가 그것이 윤리적으로나 정치적으로나 매우 중요한 역할을 한다는 것

쌴 프랑스 혁명 이후의 논쟁에 대해서는 다음의 글이 흥미로운 생각들을 던져 준다. W. M. 레디, 《감정의 항해》, 김학이 옮김, 문학과지성사, 2016.; L. Boltanski, *Distant suffering: morality, media, and politics*, Graham Burchell trans. Cambridge, UK & New York, NY: Cambridge University Press, 1999.

을 부인하는 것은 백치와도 같은 짓이다. 그렇지만 그것이 우리가 처한 현실을 이해하고 그것에 대응하는 이론적, 정치적 실천을 규정하는 개념이 되었을 때 문제는 달라진다. 사회의 어떤 편린으로부터 총체성을 추적하고 그로부터 무관한 듯 보이는 단편들에서, 그것의 자율성과 타율성을 동시에 포착하려는 일종의 비판적 관상학phrenology은 오늘날 갈수록 희귀한 것이 되어 가고 있다. 이 글은 그런 자각으로부터 시작한다. 이는 역사에 관한 유물론적인 인식을 위해 오늘날 우리가 상대해야 하는 가장 큰 유혹에 대항하는 시도이기도 하다.

감정 체제 혹은 감성의 질서로서의 사회라는 가설

세월호 사태, 혹은 세월호 참사가 2년 너머의 시간 속으로 떠내려가고 있다. 언젠가 어느 글에서 세월호 사태란 표현과 세월호 참사란 표현을 섞어 사용했단 이유로 독자로부터 신랄한 비판을 들은 적이 있다. 그렇게 비판한 사람은 외상후스트레스장애PTSD: post traumatic stress disorder란 이름으로 사회문제를 심리학적 사태로 환원하는 '치유의 실천'에 대한 비판적 성찰이 필요하다는 대목에 분개하였다. 그는 나의 냉소적이고 그 스스로의 표현을 빌자면 "싸가지 없는" 태도가, 바로 세월호 참사라는 표현과 세월호 사태라는 먼 산 불구경하는 듯한 냉정한 표현이 공존하는 데서 찾아 볼 수 있다고 꼬집는 일도 잊지 않았다. 나는 그렇게 힐난한 익명의 독자의 '싸가지'에 대해 그다지 유감은 없었다. 외려 나로 인해 큰 상처를 입었다는 그에게 미안한 마음이 컸다. 그 사태를 겪으며 참을 수 없는 아픔과 고통을 느낀 그리고 무한한 죄책감을 느낀 이들의 감정적 고통에 냉소적으로 초연한 척 굴고 있다는 인신공격에 관해서도 납득하지 못한 것은 아니었다.

세월호 사태를 고통과 충격이라는 심적 외상을 낳은 주관적 경험에 가두지 않고 객관적인 사태로서 분석하자는 제안을 하고자 했을 때, 나는 그런 주장이 많은 이들을 불편하고 거북하게 만들 것이라는 것을 짐작할 수 있었다. 그래서 나는 글의 제목을 '말할 수 있는 것과 말할 수 없는 것'으로 삼았고 글의 앞머리에서 지나치리만치 장황하게 과연 지금 이런 이야기를 해도 될지에 관해 몇 개월 동안 번민했음을 고백하였다. 그리고 고통과 슬픔, 원망의 감정으로 결속된 '우리'라는 공동체에 나 역시 깊이 참여하고 있음을 애써 강변하기도 하였다. 그렇지만 그런 나의 선제적 혹은 예방적 조치도 그다지 소용없었다. 그것이 사건이든 사태이든 참사이든 재난이든 파국이든 무엇이든, 그것이 우리를 창자가 끊어질 듯한 고통을 안겨 주고 잠을 못 이루게 하는 슬픔으로 뒤척이게 하고 느닷없이 왈칵 사지가 마비될 듯한 쓰라린 통증을 안겨 준다 할지라도[8] 그것을 우리의 감정에 충격을 미친 무엇으로 축소하여서는 안 될 것이라는 요

---

[8] 김애란은 이를 "몸 안에 천천히 차오르는 슬픔이 아니라 습격하듯 찾아오는 통증"이라고 말한다. 김애란, "기우는 봄, 우리가 본 것", 《눈먼 자들의 국가》, 김애란 외, 문학동네, 2014, 11쪽.

구. 그것은 '객관적인' 사태이며 그것을 현실이 조직되고 움직이는 방식에 대한 분석과 비판으로 대응해야 할 물질적 현실로 다뤄져야 하는 것이 아니냐는 물음은 완강한 장벽 앞에서 어쨌든 저지당하고 말았다.

여기에서 우리는 문득 뒤르켐을 떠올려 볼 수도 있다. 사회학에 관해 들어본 이가 있다면 뒤르켐의《자살론》을 모르는 이가 없을 것이다. 그 저작은 고전 사회학 이론의 정전 가운데 하나 정도로 치부되지만 그 저작은 생각보다 도발적인 주장을 제기한다는 것은 곧 잘 간과되곤 한다. 그 저작의 가장 특징적인 점 가운데 하나는 감정과 사실 사이의 구분을 사색하며 사회라는 개념을 전자보다 우위에 놓는 대담한 가설을 구성한다는 것이다. 이는 실존적이며 개인적인 행동 가운데 가장 그러한 것이라 여겨 마땅한, 다시 말해 개인적인 것 가운데 가장 개인적인 행위일 자살을, 사회에 의한 규정으로서 기꺼이 환원할 수 있다고 강변한다. 아마 사회이론의 역사에서 가장 위험한 도박이라 말해도 좋을 그 도박에 판돈을 걸면서 뒤르켐은 사회라는 객관적 실존이 있으며 그것이 어떻게 실효를 발휘하는지 증명하고자 한다. 그런 점에서 그는 전적으로 개인적인 감정에 좌우되는 것처럼 보이는 사태인 자살을 사회에 의해 결정되는 것으로 주장한다.

"1897년 간행된《자살 Le Suicide》에서 이미 사회학자 에밀 뒤르켐은 일탈 현상을 심리적이고 정서적인 현상으로 환원시키려는 학자들을 공격했다. 이 학자들은 범죄나 자살의 큰 책임 '모방'에 있다고 생각했다. … 자살의 원인으로 우리가 흔히 떠올리는 원인(파산, 비탄, 실연, 그리고 모방)은 어떻게든 벌어지고야 말 일을 벌어지게 만드는 핑계에 불과하다. … 자살의 원인은 사회적 기원을 가진 성향이지, 이론가들이 헛되이 중요성을 부여하는 이러저러한 특별한 상황들이 아니다. '개인들이 자살을 결심하게 만드는 것은 개인 속을 파고드는 집단의 어떤 성향들이다. 흔히 자살의 원인으로 치부되는 개인적인 사건들은 희생자의 정신이 미치는 영향과 다를 바 없다. … 어떤 의미에서는 그의 슬픔이 외부에서 비롯되었지도 모른다. 그것은 개인이 속한 집단에서 비롯된다. 그렇기 때문에 자살을 일으키는 우발적 원인이라고 할 만한 것은 없다.[9] (강조는 인용자)

뒤르켐의 저작을 요약하여 소개하는 글에서 말하듯이 뒤르켐은 심리적인 개인 혹은 감정의 주체를 사회적 원인에 의해 규정되는 주체와 구분한다. 그렇지만 그가 말하는 사회란 추상적인 개념은 오늘날 '외상후스트레스장애'같은 개념과는 정반대의 방향으로 치닫는다. 후자의 정신의학적 개념은 특정한 정신적 고통을 호소하는 감정의 주체를 향해 크게 눈을 뜬 채 그것을 초래한 원인인 객관적 사태를 외상적 원인으로 환원한다. 반면 뒤르켐은 오직 개인의 감정과 개인사에서 자살이라는 죽음의 원인을 찾기를 거부하고 그것을 사회라는 원인 속에 정박시킨다. 물론 이것이 '사회적 사실'이라는 그의 악명 높은 개념의 원천이 되었음은 잘 알려진 일이다. 그렇

---

9   E. 피에라 외,《검열에 관한 검은 책》, 권지현 옮김, 알마, 2012, 238~9쪽.

지만 집합적 표상과 심성으로서의 사회(적 사실)을 탐구한 그의 사고는 오늘날 더욱 흥미롭게 읽힌다. 그는 자살을 통해 드러나는 사회적 사실을 읽으며 이렇게 말한다.

"예외적으로 높은 자살의 수는 오늘날 문명사회가 경험하고 있는 심각한 질병의 상태를 나타내며 그 심각성을 보여 준다. 더 나아가 자살은 그 증상을 측정하는 척도라고까지 말할 수도 있다. … (그러므로) **집단적 우울의 경향을 치유할 유일한 방법은 그러한 경향이 상징하는 것이자 그러한 경향을 만들어 내는 집단적 질병 자체를 치유하는 것이다.** 그러기 위해서 우리는 이미 낡아서 단지 겉모습만 제공하는 사회적 형태를 인위적으로 복구할 수 없으며, 또한 역사적 유추 없이 아무것도 없는 곳에서 전혀 새로운 것을 창출해 낼 수도 없다는 것을 알게 되었다. 우리는 과거로부터 새로운 생활 형태의 싹을 찾아서 그 성장을 촉진해야 한다."[10] (강조는 인용자)

뒤르켐은 자살의 개인적 심리학, 즉 감정적 고통의 개인적 시점으로부터 집단적 질병의 사회학으로 나아간다. 사회(적인 것)의 발생을 탐색하는 근년의 사회란 개념의 발생을 둘러싼 계보학 연구가 보여 주듯, 뒤르켐은 근대적인 사회 개념이 발생하는 데 결정적인 역할을 한 인물이라 할 수 있다.[11] 정치경제학 비판을 통해 부르

---

10 E. 뒤르켐, 《자살론》, 황보종우 옮김, 청아출판사, 2016, 510~1쪽.
11 가장 획기적인 작업은 단연코 동즐로의 저서일 것이다. J. 동즐로, 《사회보장의 발

주아 사회의 적대를 계급투쟁이란 개념으로 규정하고자 한 마르크스와 달리 뒤르켐은 베버와 더불어 사회란 개념을 도입한다. 그는 '연대solidarity로서의 사회'라는 개념을 통해 계급사회 혹은 '두 도시'의 사회가 아니라 연대로서의 사회란 개념을 도입한다. 이는 적대와 모순으로 분열된 사회가 아니라 공동생활에 함께 협력하는 개인들의 집합체라는 관념을 가리킨다. 그는 프랑스혁명이 초래한 사회 조직의 붕괴를 만회할 방법으로 공화주의자들이 상상한 국가도 아니고 혹은 퇴행적인 보수주의자들이 주장한 것처럼 전통이나 습속에 기반을 둔 특수주의적인 지역사회가 아니라 분권화된 직업조합을 제안한다. 그렇지만 뒤르켐의 '사회민주주의'라는 정치적 프로그램을 두고 시비하는 것이 여기에서의 직접적인 관심사는 아니다. 단지 우리는 사회민주주의란 것이 감정으로부터 초연한 냉정한 정치체제는 아니었음을 밝힐 필요를 강조하고자 한다.

뒤르켐은 사회민주주의에서, 자살과 같은 개인적인 정념에 좌우되는 것처럼 보이지만 실은 사회적인 사실에 해당되는 문제들을 조절하고 관리할 수 있는, 그의 용여를 빌자면 '집합감정'이라고 불렀을 바로 그 사회적 감정을 직조하는 사회적 구조를 설계하고자 하였다. 감정과 개인이란 시점으로부터 사회라는 시점으로 세계를 해

명》, 주형일 옮김, 동문선, 2005. 한편 다음의 저작들 역시 참조할 가치가 있다. 다나카 다쿠지, 《빈곤과 공화국: 사회적 연대의 탄생》, 박해남 옮김, 문학동네, 2014. 홍태영, 《국민국가의 정치학》, 후마니타스, 2008. 마르크스주의적 관점에서 사회 및 사회(과)학의 발생을 비판하는 고전적인 연구로는 다음의 글을 참조하라. G. 투르비언, 《사회학과 사적 유물론》, 윤수종 옮김, 푸른산, 1989.

석하고 비평하는 관점을 이동시키는 그의 제스처를 새삼 강조하는 것도 여기에서 비롯된다. 이는 뒤르켐이 나아갔던 방향과는 반대의 방향으로 나아가는 어떤 흐름에 우리가 압도당하고 있음을 생각하면 각별하지 않을 수 없다.

세월호 참사로 돌아가자. 아마 세월호 이후 우리가 그 사태를 새기는 방식을 대표하는 것을 꼽자면 아마 다음과 같은 것일지 모른다. 조금 길지만 인용해 보도록 하자.

"세월호 사고로 사고 당사자·관계자는 물론 TV를 통해 소식을 접하는 온 국민이 우울함과 슬픔에 빠져 있다. 갑자기 눈물이 흐르거나 일상생활에 죄책감을 느끼는 등 불안정한 상태를 제어하지 못해 당황하는 사람도 있다. 혹시 내가 이상한 것은 아닐까? 세월호 트라우마에 대해 많이 하는 질문을 순천향대학교병원 정신건강의학과 황재욱 교수의 자문을 얻어 일문일답으로 풀어 보았다.

우선 전에 없던 급격한 불안함·우울함에 놀라 본인이 '외상후스트레스증후군PTSD'이 아닌지 의심하는 사람들이 많다. 황 교수에 따르면 외상후스트레스증후군은 사고 당사자(당사자·가족), 관계자(구조 활동 참여자), 현장에 방문한 사람 순으로 위험도가 높으며, TV를 통해 사고 소식을 접하는 국민들이 해당될 가능성은 적다고 한다. 사고 후 증상이 약 한 달간 지속되야 외상후스트레스증후군인지 알 수 있기에 현 시점에서 판단하기에는 이르지만, 대부분의 사람들이 느끼는 슬픔은 급성 스트레스 반응에 따른 자연스러운 감정이니 걱정하지 않아도 된다고 조언했다.

또래 학생들의 큰 사고에 특히 충격을 받은 청소년들을 위해서는 수업 시간에 교사와 함께 이야기하며 감정을 공유하길 권했다. 교사·학부모 등 주위 어른들이 공감해 주고, 애도 반응이 자연스러운 것임을 인지시켜 주는 것이 좋다. 일상생활이나 여행 등을 하는 것에 죄책감을 느끼는 사람도 적지 않다. 이런 경우 본인의 마음이 불편하다면 감정을 숨기거나 억지로 활동에 참여할 필요는 없으며 다만 직장, 학교 등 기본적인 일상은 유지하라고 권했다. 교사와 학생이 슬픔을 공유하는 것과 마찬가지로, 직장에서 동료들과 애도의 마음을 나누는 것도 괜찮다.

합동분향소에 조문을 가는 것은 여러 사람들과 감정을 공유할 수 있는 행동이며 '나와 같은 생각을 하는 사람들'과 함께 애도하고 마음을 다스릴 수 있다. 황 교수는 "참고 억누르려 하기보다 공감과 애도를 나누는 것이 좋다. 혼자 감정에 매몰되지 말고 표현을 하는 것이 중요하다."고 밝혔다. 국민들이

사고 관련 소식을 접하며 느끼는 감정을 '트라우마', '외상후스트레스장애'라는 말보다는 정상적인 '애도 반응'으로 받아들이는 것이 좋다는 이야기도 덧붙였다.

　나의 주변에 사고 당사자가 있다면 대한신경정신의학회·대한정신건강의학과의사회의 '재난시 정신건강대책과 국민정신건강 지침(세월호 사고관련 정신건강 지침)'을 살펴보는 것도 도움이 된다. 당사자·친구와 가족·소아청소년·자녀의 애도반응 돕기·애도 시기에 나 자신을 돕기 등 대상자별 대처법이 담겨 있다."[12]

　여기에서 우리는 감정의 고통으로서 세월호 사태를 재현하는 전형적인 서사와 대면한다. 그러나 방금 인용한 글에서 제시되는 것처럼 그것은 단지 의학적인 처방이 아니다. 여기에서 언급되는 우울, 슬픔, 애도, 공감은 오늘날 인문사회과학이 가장 애호하는 개념들로 자리 잡았고 또 기하급수적으로 소비된다. 이는 의학적 서사에서 정치적 서사로 다시 문학비평적 서사로 끊임없이 코드를 전환한다. 이러한 코드전환transcoding을 조율하는 핵심적인 요인은 단연코 감정 혹은 정동이다. 감정은 수많은 다른 이야기들을 서로 옮겨 적을 수 있는 이야기들로 조율한다. 이를테면 이런 식이다. 앞의 의

12　"[세월호 침몰 참사] 슬픔·우울·자연스러운 감정…'세월호 트라우마'? 이렇게 극복하세요", 비주얼다이브, http://www.visualdive.co.kr/2014/05/%ec%84%b8%ec%9b%94%ed%98%b8-%ec%b9%a8%eb%aa%b0-%ec%b0%b8%ec%82%ac-%ec%8a%ac%ed%94%94%c2%b7%ec%9a%b0%ec%9a%b8%c2%b7%ec%9e%90%ec%97%b0%ec%8a%a4%eb%9f%ac%ec%9a%b4-%ea%b0%90%ec%a0%95/

학적 치유의 서사는 마치 대구를 이루는 것처럼 보이는 어느 신문 기사에서 반향된다.

"세월호 참사 현장에서 구조된 생존자들, 애타는 실종자 가족들, 망연자실한 유가족들, 또 이들의 친구, 교사, 친척들은 지금 슬픔에 빠져 있습니다. 자칫하면 이들은 한없이 슬픔과 고통 속에 빠져들어 평생 심리적 불구가 될 수도 있습니다. 어떻게 해야 이들이 회복할 수 있을까요. 정신과 전문의와 심리 상담 전문가들에게 이들이 겪는 고통과 치유 방법에 대해 들어보았습니다. … 세월호 참사는 부실한 재난 대응 시스템의 총체적 난국을 여과 없이 보여 줬다. 다시는 이런 일이 발생하지 않도록 잘못된 제도와 체계, 인식 등을 개선하는 일과 동시에 이미 발생한 피해를 줄이는 것도 중요하다. 핵심은 재난 피해자에 대한 사후 관리와 지원이다. 이들이 겪는 심리적 어려움이 무엇이고, 치유하기 위해선 무엇이 필요할까. 이를 알아보기 위해 정신과 전문의와 심리상담 전문가들에게 문의했다. … 트라우마는 재난과 재해뿐 아니라 전쟁과 학살, 범죄 피해 등에 의해서도 만들어진다. 한국 사회는 이미 트라우마를 양산한 환경인 셈이다. 외상후스트레스장애를 겪는 사람들은 감정 조절에 문제가 생기고, 관계에 어려움을 겪는다. 그리고 이들은 다시 모든 문제의 원인을 스스로에게 전가해 극심한 죄책감을 느끼거나, 외부로 표출해 분노를 발산한다. 이들이 겪는 트라우마의 근원이 사회에서 비롯됐음을 알려주고, 회복과 치유에 힘쓰는 일을 더 늦기 전에 시작해야 하는 이유다."[13]

인용한 기사는 "부실한 재난 대응 시스템의 총체적 난국"을 지적하며 "다시는 이런 일이 발생하지 않도록 잘못된 제도와 체계, 인식 등을 개선하는 일과 동시에 이미 발생한 피해를 줄이는 것도 중요하다"고 못 박는다. 그리고 순식간에 "핵심은 재난 피해자에 대한 사후 관리와 지원이다. 이들이 겪는 심리적 어려움이 무엇이고, 치유하기 위해선 무엇이 필요할까"라는 물음으로 뛰어오른다. 이러한 도약은 오늘날 우리가 사회적 현실을 인식하려 할 때 개입하는 '해석의 담론'을 암시한다. 다시 말해 우리가 분별하고 인식하려는 어떤 사태가 주어졌을 때 우리는 어쩔 수 없이 그것을 매개하는 해석의 담론을 채택한다. 우리는 그것을 감정의 담론이라고 부를 수 있을 것이다. 물론 우리는 감정의 사태("감정의 쓰나미")로서 세월호 사태를 힐난하는 주장에 대해서도 역시 익숙하다.

어떤 블로거는 이렇게 말한다. "세월호로 슬픔을 나누는 양하면서도, 들끓는 감정의 쓰나미로 우리는 슬픔을 키워 온 게 아닌가. 우리는, 우리들 감정에 좀 더 '솔직'할 필요가 있지 않을까. 세월호의 무절제한 감정 쓰나미로 대한민국이 떠내려 갔다. 세월호 100일 지난 즈음, 우리의 냉철한 감성이 그 어느 때보다 필요한 시점이 아닌가해서, 울 이웃님들의 진정성에 호소해 본다." 그는 지나친 감정적

---

13 "믿을 수 있는 사람이 곁에 있어줘야…",《한겨레신문》, 201년 4월 25일, http://www.hani.co.kr/arti/society/society_general/634591.html

압력을 불편해한다. 후쿠시마 사태를 이겨 내는 일본인의 국민성과 달리 감정에 치우친 한국인의 국민성을 원망하며 침착하게 사태를 수습하고 다른 이에게 자신의 고통을 전가하지 않으려는 일본인이 부럽다고 말한다. 심지어 어떤 이는 이런 고백을 하며 자신에 대한 진단을 호소한다. "이번, 세월호 침몰 사건을 보면서, 솔직히 아무런 감정이 느껴지지 않습니다. 전혀 슬프지도 않고, 동정심도 들지 않구요. 정확한 심정은, 내가 보기엔 아무 감정이 없는데 사람들이 전국적으로 너무나 떠들썩하게 슬퍼하고 또 슬픔을 반강요하고 웅성웅성하는 게 놀랍고 신기합니다. 또한 이런 강한 전체적인 분위기 (감정)과 전혀 동질감을 느끼지 못하는 나를 발견하게 되어 그게 더 놀랍습니다. … 이런 솔직한 내 감정과 생각을 혹시 누군가에게 말하면, 니 가족이 저렇게 되면 어떻겠냐, 라고 반문하는 분 또한 계시던데, 이 또한 저도 겪어 본 바에 의하면, 이때 또한 그렇게 오열하거나 슬프지 않았던 기억입니다. 슬프기보다는 그냥 먼 길 잘 가시라고, 수고했다. 담담하고 편안한 감정이었네요. 본인 생각과 다르다는 이유로 저를 모함하고 대단히 나쁘게 보던 경우도 있었는데요, 매우 신기하고 재밌기도 하고, 꽤 놀랍습니다. 함부로 사석에서 이런 얘기를 꺼내기가 부담되더군요. 아무튼, 제가 분명히 남들과 다름을 느꼈고, 이런 나는 무슨 정신적으로 이상이 있는 건지에 대하여 전문의의 소견을 들어보고 싶어 일단 글로써 자문을 구합니다. 말씀 기다립니다. 그럼 좋은 하루 되세요."

그리고 이 글을 쓴 이는 곧 이런 댓글을 마주해야 했다. "슬프기보다는 그냥 먼 길 잘 가시라고, 수고했다. 담담하고 편안한 감정이었네요. 이 말인즉슨 누군갈 떠나보낸 적은 있지만 갑자기 떠나보낸 상황 같지는 않은데요. 갑자기 정말 갑자기 사람을 잃으면 정말 저런 소리가 나올까요? 수고했다고 잘 가시라는 소리가 나올까요, 과연?" 그는 세월호 사태를 보며 자신의 무감각함이 혹시 자신의 정신적인 이상異常을 말해 주는 것이 아닐지 의아해하며 그러한 슬픔에 기꺼이 동일시할 수 없음을 실토한다. 그리고 그의 글을 읽은 어떤 이는 "갑자기 정말 갑자기 사람을 잃으면 정말 저런 소리가 나올까요? 수고했다고 잘 가시라는 소리가 나올까요, 과연?"이라고 분개한다. 그는 그것을 고통으로 절감하지 못하는 누군가가 원망스럽고 견디기 어렵다.[14] 여기에서 우리는 판정할 수도 없고 판정해서도 안 되는 사악한 도덕 게임에 휘말린 것 같은 기분에 직면한다. 감정을 에워싼 신화는 오롯이 개인의 가장 내밀한 자발적인 무엇으로 간주된다. 그러므로 그 감정을 야기한 객관적 사태가 무엇이든 우리는 그것이 그 사태와 어긋난 것이라 할지라도 그것을 존중하고 헤아리도록 주의 받아 왔다. 그러므로 대다수가 겪는 격통에 스스로 참여하지 못한다는 것을 느끼지 못한다는 불안이나 그러한 고통의 느낌을 감지하지 못한다는데 대한 분노나 모두 수긍할 수 있다. 그렇지만 여기에서 어느 편이나 우리가 겪는 사태는 감정의 탐침探針에 의해 지시되어야 할 사태라는 점은 동의한다.

그런 점에서 감정에 의해 조회되고 재현되는 세계라는 시점 전환

---

14 인용한 블로거의 글은 네이버 블로그를 검색한 결과에서 따온 것이다. 인용한 블로그의 출처는 따로 밝히지 않는다.

을 극적으로 보여 주는 사태는 세월호 참사라 해도 과언이 아니다. 그런 점에서 세월호 참사 자체를 넘어 우리는 그것을 한국 사회에서 감정의 세계로서 세계를 체험하고 재현하는 담론적 전환의 임계점이었다고 말할 수 있을지도 모른다.[15] 그리고 이는 급기야 재난과 파국의 레토릭을 통해 우리의 감정적 반응을 긴장시킨다. 우리는 그 사태를 통고하는 숨 막히는 수사인 재난과 파국이라는 명명 앞에서 이미 어떤 감정적 격통을 예비하여야 한다는 압박을 받는다. 우리가 경험하는 객관적 사태는 감정을 통해 분별된 사태로서 제시된다. 그런 점에서 그것은 자기공명영상장치fMRI를 비롯한 신경영상학적인 광학 장치가 생산하는 이미지와 갖가지 심리검사에서 시작해 심리적 수사를 통해 표상되는 정치적 사태, 나아가 정동론이란 범주를 통해 포괄된 문화, 사회이론에 이르기까지 모두는 세계를 감정의 표상으로 환원한다. 이는 기존의 언어적 전환이 초래한 한계, 즉 언어나 이데올로기를 통해 세계를 재현으로 환원한다는 그들의 비판과는 사뭇 다른 것이다.

감정 혹은 정동이야말로 현실을 분별하는 데 가장 중요한 단서라는 인식을 선도했던 마수미가 강변하는 것처럼 "구조란 아무것도 일어나지 않는 장소이며, 일어날 수 있는 모든 사태들의 순열

---

15 감정의 세계로서 현실을 체험하고 재현하려는 시도는 전연 새로운 것이 아니다. 자신이 살아가는 세계에 대한 감정적인 반응, 우울, 불안, 환멸, 분노, 절망 등의 정서는 역사적으로 언제나 있다. 그렇지만 그것이 정치적 행위와 단락되며 감정 자체가 가치로서 규정되고 또 모방과 평가의 대상으로서 자리 잡게 되는 것은 다른 문제이다.

이 불변의 생식적 질서의 자기 동일적인 집합 속에서 예측이 가능한 해설의 천국"이라면, 이는 그 자신의 주장에 대해서도 예외가 아니다.[16] 비록 정동적 전환을 대표하는 이론적 주장들이 구조와 달리 사건, 목적 아닌 증폭, 전염, 공명 등을 우선시하며 이해나 지식보다 느낌, 공감에 후한 점수를 준다 해도, 그 역시 세계를 그려 내고 규정해야만 하는 부담 혹은 의무로부터 절대 자유로울 수 없을 터이기 때문이다.[17] 이에 견주면 감정사학의 대표적 저자인 레디W. Reddy의 '감정 체제emotional regime' 같은 개념[18]은 외려 역사적 현실을 감정의 구성을 통해 포착하고 표상한다는 점을 분명히 함으로써 감정은 현실이 아니라 오직 현실을 겪는 주체의 편에서 비쳐진 현실을 알 뿐이라는 자가당착적인 주장을 슬며시 우회한다. 그는 감정 체제란 개념을 통해 감정이 매우 객관적인 것일 수 있음을 암시하고 있기 때문이다.

그렇지만 이는 감정으로서의 세계라는 접근에서 비롯되는 또 다

---

16 B. 마수미, 앞의 글, 52쪽.

17 재현representation 비판 혹은 이데올로기론 비판으로서의 정동적 전환에 대해서는 별도의 분석과 논증이 필요할 것이다.

18 W. 레디. 앞의 글 참조. 한편 레디에게서 흥미로운 점은 언어학에 적대적인 것이 아니라 외려 그것을 갱신하며 보완하려 애쓴다는 점에 있다. 그는 진위발화the constatives나 수행발화the performatives와 구분되는 감정발화the emotives를 제안한다. 이는 진위발화의 소박한 객관적 사실주의나 수행문의 구성주의적 접근 모두를 피하려는 그의 역사 읽기의 인식론적 전략을 보여 준다. 여기에서는 일단 감정발화란 것이 역사적 실제를 보다 핍진하게 재현할 수 있는 것으로 간주된다는 점을 강조해두기로 하자. 다시 말해 정동론적 전환이라고 해서 재현 비판이라는 관점을 공유하는 것이 아니며 아울러 의미작용signifying practices을 상대화하는 데 한결 같이 동의하는 것만은 아니란 것이다.

른 쟁점 즉 그것의 윤리 - 정치적 효과와 떼어 놓은 채 생각되어선 안 될 것이다. 여기에서 다시 세월호 참사를 둘러싼 논란 속으로 들어가 볼 필요가 있다. 여기에서 내가 흥미롭게 생각하는 화자는 진은영이다. 세월호 참사 이후의 윤리적 자장을 가로지르는 비평에서 그는 니체와 보들레르를 인용하며 시혜의 도덕과 투쟁의 도덕이라고 부를 만한 두 개의 윤리적 격률을 대조한다. 이 글에서 진은영은 노예의 도덕, 즉 약자에 대한 연민과 동정심이 아니라 자신을 긍정하고 고양하는 자의 수치심이라는 것을 대조하는 니체의 도덕이나 구걸하는 거지를 두드려 패고 그의 반격으로 인해 몸싸움을 벌인 이후에 "불평등을 넘어선 인간적 연대"를 겪도록 하는 보들레르를 편드는 수고를 자청한다. 그가 사태와 무관한 듯 보이는 철학적 · 문학적 예화를 참조하는 것은 어쩌면 괜한 겉멋 부리기처럼 보일 수도 있을 일이다. 그러나 그의 글을 읽으면 우리는 이것이 우리를 에워싼 슬픔과 분노의 감정적 마비로부터 벗어나기 위한 일종의 숨고르기와 같은 글쓰기임을 깨닫게 된다. 그녀가 위대한 근대 철학과 문학의 저자를 참조하는 이유는 이는 바로 세월호 참사에 온전히 응대하는 주체의 형상을 찾으려는 욕망에서 비롯되는 것이다. 어떤 끔찍한 사태를 겪었을 때 그 사태가 허용하는 유일한 감정 그리고 그 감정이 촉발하는 절대적인 윤리에서 벗어난다는 것은 여간 어려운 일이 아닐 것이다. 그녀의 말을 직접 인용하여 보자.

"그들(세월호 유가족들-인용자)의 정당한 싸움이 '몹시 가여운 사람'이라는 사회적 온정주의의 선을 조금이라도 넘어가면 그들은 곧 바로 시체 장사꾼으로, 혹은 불온 세력으로 매도되며 사회적 폭력에 노출될 것이다. 세월호 이후의 문학은 이러한 온정주의의 금지선들, 그리고 **시혜의 논리를 반동적으로 활용하는** 감성정치들이 정당한 싸움을 마비시키지 못하도록, 고통 받는 이들의 표상을 여러 방식으로 균열시킬 수 있어야 한다. 눈물을 흘리면 싸우는 이들, 니체가 표현했던 열매를 '손수 따는' 이들의 형상을 발명하며 다양한 상상과 질문의 방식을 제공할 필요가 있다. 설명 이 시적 상상들이 실현되기 어려운 것일지라도, 우리가 가진 상상과 사유의 벽돌은 '온정이 베풀어질 때까지 너는 그저 기다려야 한다'는 **윤리적 독재**를 부술 수 있을 것이다."[19] (강조는 인용자)

인용한 부분에서 진은영은 투박하고 또 과격할 수 있는 개념, '사회적 온정주의, 시혜의 논리, 감성정치, 윤리적 독재' 같은 거친 개념을 끌어들인다. 그것은 그녀의 표현을 빌자면 '고통 받는 이들의 표상을 여러 방식으로 균열'시키기 위함이다. 그러나 그녀는 이미 그러한 균열을 통해 양분된 주체의 모습을 이미 글 속에 그려 넣는다. 그것은 무력하고 창백한 피해자로부터 투쟁하는 자, 가만히 있지 않는 자로 균열된 고통 받는 이의 표상이다. 고통의 감정 속에 파묻힌 무력한 주체와 투쟁하는 주체는 단지 이질적인 감정을 통해 분기分岐된, 동등한 감정 주체의 분신이나 변신이 아니다. 슬픈 주체

---

19 진은영, "우리의 연민은 정오의 그림자처럼 짧고, 우리의 수치심은 자정의 그림자처럼 길다", 《눈먼 자들의 국가》, 김애란 외, 문학동네, 2014, 83쪽.

와 분노하는 주체가 다른 주체라고 말하는 것은 상이한 감정에 깃든 주체를 가리키는 것이 아니다. 그것은 훨씬 더 큰 차이를 함축하기 때문이다. 두 주체는 교환 가능한 주체도 아니며 종합할 수 있는 주체도 아니다. 전자의 주체는 완벽히 객관화된 감정, 자신이 처한 처지에서 비롯되는 감정으로서, 즉 사실의 표지로서 간주된 감정이다. 이때의 감정이란 겉보기와는 달리 전적으로 사물처럼 다루어지는 감정이다. 그것은 그 주체가 처한 사실로부터 비롯된 수동적인 반응이자 자연적인 효과인 것이다. 반면 투쟁하는 주체의 경우 사태는 다르다. 투쟁하는 주체 역시 감정에 추동된다. 그렇지만 그렇게 추동하는 감정의 성분을 분노, 두려움, 증오, 원망, 용기, 투지 등으로 분류하고 이를 심리학적 테크놀로지를 통해 객관화하는 것은 유치한 짓처럼 보일 것이다. 분노하는 주체는 단지 분노란 감정에 휩싸인 주체에 그치지 않고 바로 자신이 분노한 대상에 대한 새로운 자각적인 인식에 의해서만 가능하기 때문이다. 그런데 이때 중요한 점은 분노라는 감정이나 정동은 세계에 대한 표상 혹은 관념과 분리되지 않은 체 함께 작동한다는 점에 있다. 즉 감정과 정동인가 아니면 표상, 언어, 이데올로기인가가 아니라 둘은 함께 하며 이둘은 분할할 수 없는 것이다. 그리고 바로 이것이 정치적 주체화의 메커니즘이라 할 수 있다.

감정의 유물론을 위하여

정신분석학의 출발을 알린 히스테리 연구에서 안나 O는 결정적인 인물이다. 프로이트의 환자는 아니었지만 그와 함께《히스테리 연구》를 집필했던 브로이어는 그녀를 몇 년간 진료한 적이 있었다.[20] 그리고 그는 브로이어의 환자였던 그녀의 치료 사례를 통해 정신분석학의 결정적인 이론적 요소들을 구상할 수 있었다. 다양한 히스테리 증상에 시달리던 그녀는 브로이어와 대화를 나누며 증상이 멎는 체험을 겪게 되고 훗날 대화 치료talking cure라로 알려지게 될 개념을 선물해 주었다. 발작적인 기침, 손발의 마비, 격심한 두통. 그에 더해 환각을 경험하고 자신의 모국어인 독일어가 아니라 영어와 프랑스어로만 의사소통을 하는 등 그녀는 히스테리 증세로 오랜 동안 시달리고 있었다. 그렇지만 브로이어가 그녀를 찾아 대화를 나누면 그녀의 증상은 호전되었다. 그녀는 그런 경험이 마치 꽉 막힌 굴뚝이 청소되는 것 같은 기분이 든다고 이를 '굴뚝 청소'라고 부르기도 했다 한다.[21]

정신분석 이론에서 히스테리가 차지했던 의의는 잘 알려져 있다. 그것은 자유연상을 비롯한 정신분석의 치료 방법을 제공하였고 또한 훗날 라캉에 의해 보다 명료하게 정의되는 것처럼 '타자의 욕망',

---

20 J. 브로이어, S. 프로이트,《히스테리 연구》, 김미리혜 옮김, 열린책들, 2003.

21 하지현,《정신의학의 탄생: 광기를 합리로 바꾼 정신의학사의 결정적 순간》, 해냄, 2016.

욕망의 구조와 같은 이론적 개념을 예고하였다.[22]

"베르타 파펜하임의 경우, 그녀는 증상을 치료하지 못했지만 **다른 여성**another woman이 되었다. 헌신적이면서 완강한 전투적 페미니스트. 그녀는 자신이 젊은 시절 겪었고 또 그녀를 신화로 만들었던 심리치료 과정에 대해 일언반구 없이 고아들과 반유태주의 피해자들을 위해 평생 봉사했다.

프로이트의 상속인들에 의해 성인전과 같이 추앙받은 안나 O는 학술적인 역사학 저술에서 베르타로 되돌아왔다. 그리고 사후에 다시 한 번 그녀의 실제 정체성을 회수함으로써 그녀는 그녀의 진정한 운명, 위대한 대의에 헌신함으로써 그녀의 실존에 의미를 부여했던 19세기말의 비극적 여인이란 운명을 재발견했다. 그러나 베르타는 여전히 브로이어와 프로이트가 환영했던 그 반항의 전설적 인물로 여전히 남아 있다."(강조는 인용자)[23]

그런데 안나 O는 누구였는가, 그리고 그녀는 과연 치료되었는가. 우리는 이 사례를 오늘날의 정신의학에 의해 일반화된 치료 방식과 대조해 볼 수 있다. 방금 인용한 글에서 루디네스코는 정신분석학 이후의 정신의학을 침통하게 고발하고 비판하는 과정에서 '안나

---

22 D. Evans, *An introductory dictionary of Lacanian psychoanalysis*, London & New York: Routledge, 1996, pp. 79-80.

23 E. Rudinesco, *Why psychoanalysis?*, R. Bowlby trans. New York: Columbia University Press, 2001, pp. 15-6.

O의 사례'를 언급한다. 여기에서 루디네스코는 파펜하임의 치료의 실패와 그녀가 다른 여성이 되었음을 대조한다. 이는 오늘날의 정신의학, 그녀가 조회하고 있듯이 정신약리학에 의한 처방의 남용에 의한 '치료'와 전연 다른 것이다. 아마 안나 O가 오늘날 살아 있다면 그녀는 다른 여성은 되지 못할 것이다. 단지 그녀의 탁자 위에는 그녀의 우울증을 치료하기 위해 처방받은 약봉지가 수북이 쌓여 있을 것이다. 그리고 그녀는 멍한 눈빛으로 희끄무레한 미소를 머금은 채 하루하루를 살아갈 것이다. 이것은 주체의 시대로부터 개인의 시대로 전환하였음을 고발하는 루디네스코의 비통한 서술을 증언하는 사례가 될지도 모른다. 그렇지만 우리는 여기에서 치료되지 않았으나 전혀 새로운 사람이 되었다는 파펜하임의 사례를 정치적 주체화의 사례로서 읽고 싶은 유혹을 느낀다.

"치료된 사람에서 다른 여인이 된" 파펜하임의 사례는 부르주아적 가족의 욕망의 구속복을 벗어 던지고 여성주의의 투사로 변신한 그녀의 주체화의 사례이기도 하다. 여기에서 우리는 자신을 찍어 누르는 감정의 압력으로부터 완전히 벗어나지 못했지만[24] 자신을 정치적으로 주체화함으로써 자신의 고통과 증상을 제어하며 자신의 삶을 지속하는 주체와 만난다. 그것은 감정에 붙들린 채 또 그

---

24 안나 O가 현재의 인물이라면 약물치료나 어쩌면 미래에 도래할 신경외과적인 처치를 통해 그러한 불쾌한 감정의 신경중추를 제거하고 안락한 기분에 휩싸일 수도 있을지 모른다. 신경전달물질의 처방을 비롯한 일련의 의학적·사회적·경영관리적 테크놀로지가 어떻게 행복을 거대한 산업으로 만들어 내고 있는지에 대한 고발로는 다음의 글을 보라. 윌리엄 데이비스, 《행복산업》, 황성원 옮김, 동녘, 2015.; 대니얼 액스트, 《자기 절제 사회》, 구계원 옮김, 민음사, 2014.

감정에 의해서만 대상화될 수 있는 세계가 있음을 부인하고 그로부터 벗어나려는 돌파의 몸짓을 실천하는 주체이다. 신경증적인 증상은 감정적 체험 속에 자신과 세계의 불화를 내비치는 것이다. 그렇지만 그 증상을 주관적 감정이나 신경계의 고장으로 객관화할 때 주체는 그 객관적 감정의 진단과 해석 속에 흡수된다. 다시 말하면 감정의 치유 속에서 주체는 더없이 객관화된다, 혹은 물화된다. 그런 점에서 감정을 자율화하고 그것을 세계의 직접적 표현으로서 아니면 세계 자체의 배치이자 구성으로서 독해할 수 있다고 확신할 때 그것은 사물화의 유혹에 굴복하는 것이다.

"실천적 의식은 거의 언제나 공식적인 의식official consciousness과는 구분되는데, 이는 단순히 상대적인 자유나 통제의 문제는 아니다. 왜냐하면 실천적 의식은 체험되고 있는 것으로 단순히 '사고된' 것이 '실제로' 체험하고 있는 것은 아니다. 그러나 수용되고 생산된 고정된 형태들에 대한 실제적 대안이 침묵인 것은 아니다.; 또 부르주아 문화가 신화화해 놓은 부재, 즉 무의식도 아니다. **그것은 참으로 사회적, 물질적 성격을 띠는 것이면서도 완전히 명료하고 규정지어진 교환물exchang로 되기에 앞서 맹아적 단계에 있는 일종의 정서 및 사고이다.** 그러므로 이는 명료해지고 규정지어져 버린 것과 이것의 관계는 엄청나게 복잡하다."[25](강조는 인용자)

---

25 R. Williams, *Marxism and Literature*, Oxford: Oxford University Press, 1977, pp. 130-1.

윌리엄스는 마르크스주의 문화연구의 개요를 구성하려는 야심적인 시도인 《마르크스주의와 문학》에서 유명한 '정서의 구조structure of feelings'라는 개념을 제안한 바 있다. 여기에서 그는 이데올로기 및 세계관 등의 개념에 붙들려 있는, 즉 그의 표현을 빌자면 '의식의 이론'에 갇힌 문화이론을 비판하며 정서와 감정을 문화 분석의 대상으로서 적극 고려할 것을 주문한다. 그런데 여기에서 그는 정서와 감정, 마음을 의식으로는 파악할 수 없는 주체화의 메커니즘을 해명하는 결정적인 도구인 듯 여기려는 유혹을 거부한다. 그는 절충적이라고도 볼 수 있을 '실천적 의식practical consciousness'이란 개념을 고수하며 "사고와 대비되는 정서가 아니라 느껴진 사고이자 사고된 느낌"을 옹호한다. 이는 '열정은 이성에 앞선다' 운운의, 흔해빠진 감정의 우위를 역설하는 주장들을 선제공격하는 것이다. 그는 "지배적인, 잔여적인, 부상하는" 문화로서 각각의 서로 다른 문화(들)의 복합적인 역학을 분석하기 위해, 감정을 적극 고려하면서도 그것을 과대평가하지 않기를 요구한다.

이러한 생각을 좀 더 다듬어 내기 위해 그는 시제라는 척도를 끌어들인다. 체험 속에 용해된 현재의 사고를 가리키기는 현재진행형의 사고thinking 대對 체험을 털어내고 체험을 포위하고 한정하는 힘으로써 고정된, 즉 과거 시제로서의 사고, 즉 사고된 것thought을 대립시킬 때, 윌리엄스는 감정과 마음을 사고의 바깥이 아니라 사고의 안쪽에서 찾는다. 이는 이성인가 감정인가를 따지는 오늘날의 흔한 이분법과 다른 미묘한 어법이다. 그는 사고와 의식의 우위를 단념하지 않으면서 그렇다고 감정과 마음의 효능을 깎아내리지 않으면서 둘의 관계를 온전히 헤아릴 수 있는 틀을 짜려고 시도한다. 따라서 그가 정서의 구조라고 말하는 것은 항간의 오해처럼 의식의 바깥에서 문화를 분석하기를 강변하는 것이 아니다. 외려 그것은 부르주아적 문화 분석의 이분법인 개인 대 사회, 주관 대 객관 등을 넘어 문화의 역사유물론적 분석을 위한 가능성을 탐색하려는 제안 이라 간주할 수 있다.

그런 점에서 윌리엄스는 일견 의외의 어법으로 헤겔주의적인 주 장을 펼친다. 문학에서는 감수성sensibility이라 부르는 것, 즉 본능적 이고 자생적인 감정이 아니라 연마되고 구성된 감정으로서의 감 수성은 헤겔의 정치철학에서 인륜성Sittlichkeit, civility과 비교될 수 있 다.[26] 헤겔은 칸트 식의 초월적인 정언명령, 주관적 정념을 넘어선 무조건적인 의무로서의 윤리를 비판하며 도덕이 지닌 객관성, 물질 성을 역설한다. 그것이 관습이나 예의 등에 체화되어 있는 도덕으 로서의 윤리이다. 그런 점에서 인륜성은 추상적인 규칙의 체계로서 의 법과도 다르고 주관적인 심리와도 다르다.[27] 이는 감수성이 마치

---

26 F. Jameson, *Morality versus Ethical Substance*, Social Text No. 8, Winter, 1983-1984.

27 그런 점에서 프로이트의 정신분석학을 심리학으로부터 구별하여 헤겔의 사고와 연결하는 아도르노의 언급은 시사적이다. "헤겔이 특별한 것은 일반적인 것이고 일반적인 것은 특별한 것이라는 형식에서 가르쳤던 특별한 것과 일반적인 것의 변 증법이 프로이트의 대단히 특별한 학문적 구도에서 동시에 **심리학을 거스르면서** 재발견되었다는 점을 말할 수 있는 것입니다. 이것은 개별적 개인의 심리학이 근 거를 두고 있는 내적인 핵심이 그것 자체로 일반적인 것이라는 점에 프로이트가 부딪치게 되면서 이뤄진 재발견입니다. 다시 말해 **가장 내적인 핵심은 사회적인 연관관계의 ― 물론 원시적인 방식의 연관관계입니다.―확실한, 전적으로 일반적 인 구조들, 그 내부에 개별존재들이 놓여 있는 구조들**이라는 점에 프로이트가 부 딪치게 된 것입니다." Th. W. 아도르노,《사회학 강의》, 문병호 옮김, 세창출판사,

주관적 심리나 감정도 아니고 그렇다고 사회적으로 부과된 공허한 도덕적 가치와도 다른 것과 같다. 감수성으로서의 감정, 인륜성으로서의 감정은 오늘날 감정에서 직접적으로 세계의 배치를 연역하고 도출하는 접근과는 다른 것이다.

윌리엄스가 감정과 사고의 변증법을 통해 말하는 것은 그런 점에서 사유와 감정 어느 것으로도 환원할 수 없는 인륜성 혹은 감수성과 유사한 것이라 볼 수 있다. 자본주의의 적대성을 조정하려는 계급투쟁의 과정에서 형성되는 정서의 구조는 뇌해부학이나 신경생리학을 통해 규명되는 객관적 사실은 아니다. 혹은 적대적인 사회관계로서의 자본주의의 사회적 배치를 감정의 변용affection으로부터 직접 투시하고자 하는 최근 많은 이론가들이 짐작하는 그런 것도 아니다. 그것은 적대적 사회관계를 주체화하는 과정에서 형성되는 물질적 실천 그 자체이다. 그것은 예의, 습관을 비롯하여 다양한 물질적인 실천의 체계를 통해 실현된다. 감정은 사회적 삶을 분석함에 있어 불가결하다. 그렇지만 그것을 자율적인 대상으로서 실체화하여서는 곤란하다. 감정은 사회의 직물을 이룬다. 그렇지만 그것은 자율적인 사실이나 사태로서가 아니라 사회적 삶의 규칙과 관습을 통해 물질화된다. 우울로 인한 자살을 막기 위한 가장 효과적인 방편으로 동업조합적인 사회주의를 제안했던 뒤르켐이 《자살론》에서 말하고자 했던 것도 그것이었을 것이다.

2014, 252쪽.

■참고문헌

1차 자료

《Go발뉴스》,《노컷뉴스》,《매일경제》,〈UNICEF 정기후원회원 모집 광고〉,《한겨레신문》

2차 자료

1. 국내 저서

김애란 외,《눈먼 자들의 국가》, 문학동네, 2014,

다나카 다쿠지,《빈곤과 공화국: 사회적 연대의 탄생》, 박해남 옮김, 문학동네, 2014.

대니얼 액스트,《자기 절제 사회》. 구계원 옮김, 민음사, 2014.

J. 동즐로,《사회보장의 발명》, 주형일 옮김, 동문선, 2005.

E. 뒤르켐,《자살론》, 황보종우 옮김, 청아출판사, 2016,

W. M. 레디,《감정의 항해》, 김학이 옮김, 문학과지성사, 2016.

J. 브로이어, S. 프로이트,《히스테리 연구》, 김미리혜 옮김, 열린책들, 2003.

Th. W. 아도르노,《사회학 강의》, 문병호 옮김, 세창출판사, 2014,

윌리엄 데이비스,《행복산업》, 황성원 옮김, 동녘, 2015.

E. 피에라 외,《검열에 관한 검은 책》, 권지현 옮김, 알마, 2012

G. 투르비언,《사회학과 사적 유물론》, 윤수종 옮김, 푸른산, 1989.

하지현,《정신의학의 탄생: 광기를 합리로 바꾼 정신의학사의 결정적 순간》, 해냄, 2016.

홍태영,《국민국가의 정치학》, 후마니타스, 2008.

2. 국외 논문

C. Hemmings, Invoking affect: cultural theory and the ontological turn, Cultural Studies, 19 (5).

F. Jameson, Morality versus Ethical Substance, Social Text No. 8, Winter, 1983–1984.

3. 국외 저서

L. Boltanski, *Distant suffering: morality, media, and politics*, Graham Burchell trans. Cambridge, UK & New York, NY: Cambridge University Press, 1999.

D. Evans, *An introductory dictionary of Lacanian psychoanalysis*, London & New York: Routledge, 1996.

E. Rudinesco, *Why psychoanalysis?*, R. Bowlby trans. New York: Columbia University Press, 2001.

R. Williams, *Marxism and Literature*, Oxford: Oxford University Press, 1977.

2부

동아시아 집단감성의
정치화 · 제도화

| 좌절과 달관 |

산곡散曲을 통해 본 원대 문인의 심리

_ 하경심

* 이 글은 제425회 연세대학교 국학연구원 국학연구발표회- '원나라의 문학과 역사'
   (2016.4.15)에서 발표하고 토론했던 내용을 수정 · 보완한 것이다.

귀신들의 노래: 나를 외치다

'좌절'과 '달관'이라는 단어는 거리가 한참 멀어 보이는, 그래서 짝 지운 것이 좀 잔인하게 느껴지는 말이다. '목표의 성취나 욕구의 충족이 이루어지지 못해 꺾이는 것'이 좌절의 사전적 의미이고 '사리에 통달하고 세상일에 초탈하고 세속의 시비를 초월한 유유자적의 마음 상태'가 달관의 경지이니 두 단어 사이에 아마도 울분 · 실의 · 포기 · 체념과 같은 말이 연상될 것이다. 좌절에서 달관에 이르기까지 그 과정은 누구에게나, 어느 시대에나 녹녹치 않았을 것이다.

이 글은 지금으로부터 7백여 년 전, 중국 원元나라(1271~1368) 때 작가들에 대한 얘기이다. 몽고족은 일찍이 1206년 통일을 이루고 1234년 금나라를 멸망시킨 뒤 화북지역을 통치했으며 1271년 국호를 원으로 고치고 1279년 남송을 멸망시킨다. 그러니까 13세기 초부터 북방은 이미 이전과는 완전히 다른 정치문화적 환경에 놓인 셈이다. 격동의 시기, 특히 무력이 앞서는 시대에 식자들이 설 곳은 늘 마땅치 않았지만 유가적 입신양명을 평생의 목표로 삼아 매진했던 사람들이, 익히 들어왔던 세상과 너무나 다른 가치의 세계에서 새롭게 자신을 위치시키는 것은 꽤 당혹스럽고 여러 차례의 좌절을 동반하는 일이었을 것이다. 이들은 그 묵직한 심적 갈등을 어떻게 겪어 냈을까. 달관의 경지에 이른 것 같아 보이는 사람들은 어떻게 그럴 수 있었을까. 지금의 우리와는 너무나 동떨어진 시공간이어서 만날 지점이 없을 것 같지만 우리가 평생 끊임없이 자아 찾기를 해야 한다면, 스스로에게 무수히 질문해야 했던 그 시대 사람들과 '나는 누구인가'에 대한 고민을 나눌 여지는 있을 것이다.

이 글에서는 원대에 가장 많이 사랑 받았던 노래 형식인 '산곡散曲'을 통해 그 시대 대표 작가들의 감성, 인생관과 심리를 들여다보려 한다. 산곡은 짧고 독립적인 노래인 소령小令, 같은 곡조의 여러 곡으로 이루어진 투수套數로 나뉘는데 원대의 작품으로는 소령 약 3853수, 투수 480여 투가 전한다.[1] 산곡은 서정 · 서사를 포함해 '안 다루는 제재가 없다'고 할 정도로 광범위한 내용을 다루며 구어 · 속어 · 비어 · 외국어까지 자유로이 섞어 쓰고 통속적 · 직설적인 표현 방식을 특징으로 한다. 아마도 민간에서 유전된 민가 외에 이렇게 솔직하게 감정을 다 드러낸 노래 형식도 드물 것이고 이렇게 남의 눈치 안 보고 거리낌 없이 지어 댄 장르도 없을 것이다. 곡마다 정해진 멜로디와 리듬, 글자 수와 평측이 있어 마치 응원가처럼 가사를 바꿔 넣는 식으로 창작되었는데 인기 있는 곡에는 많은 작가들이 다투어 가사를 지어 넣었다. 예를 들면 '추사秋思'라는 부제가 붙은 마치원의 〈천정사天淨沙〉(곡패曲牌, 즉 노래 이름이다)라는 노래는 중국 소학교 교과서에 실릴 정도로 유명한 곡인데 다른 작가들도 같은 곡으로 가사를 여러 편 지은 바 있다. (송대에 성행한 노래 형식인 사詞 역시 같은 방식으로 창작되었다.) 적당한 대중성을 지닌 이 장르는 노래 자체가 지닌 전염성에 힘입어 일세를 풍미하게 되는데 공개적

---

1 원대 산곡은 隋樹森이 집록한 《全元散曲》(中華書局, 1991)(《陽春白雪》·《朝野新聲太平樂府》·《類聚群賢樂府群玉》·《梨園按試樂府新聲》 등 산곡 총집에 근거해 집록)에 의하면 소령 3853수, 투수 457투와 잔곡이 전한다. 羅振玉은 명 초본 《陽春白雪》 발견 후 투수 25투를 더했다.

인 연회 자리에서 노래 불리는 외에 책상머리에서 읽히거나 낭송되기도 했을 것으로 생각된다.

〈선려仙呂 · 취중천醉中天〉 '미인 얼굴의 검은 사마귀(佳人臉上黑痣)'

양귀비가 어떻게 마외파의 재난을 벗어났나?
명황을 위해 벼루를 받들었고, 아름다운 얼굴 풍류가 넘쳤건만,
어쩌나, 붓을 휘두르던 이백이 그 미모 흘끗 보다,
까만 먹이 발간 볼에 튀어 점을 찍어버렸으니.[2]

위의 노래는 양귀비처럼 아름답지만 볼에 큰 사마귀가 있는 여인을 묘사한 것이다. 이백이 현종 앞에서 일필휘지하며 시를 써 내려갈 때 양귀비가 벼루를 받들고 있었다는 일화를 인용해 외모를 희화화한 것인데 유사한 내용의 노래가 더 있는 것으로 보아 당시에 유행처럼 따라 짓기도 한 모양이다. 이런 식의 가벼운 유머와 장난스러운 필치, 유희적 태도가 일반적일 정도로 표현의 영역이 넓은 것이 바로 산곡이다. 이 장르를 통해 작가들은 심상한 애정과 이별, 좋은 시절과 인생의 회한을 노래하고 술과 여인을 찬미하는 외

---

2 〈仙呂 · 醉中天〉'佳人臉上黑痣'"疑是楊妃在 怎脫馬嵬災? 曾與明皇捧硯來. 美臉風流殺, 叵奈揮毫李白 覰着嬌態, 洒松烟點破桃腮."'선려'는 곡조 이름이고 '취중천'은 曲牌(노래 이름)이며 '가인검상흑지'는 내용을 나타내는 부제이다. 이하 작품 원문은 徐征 · 張月中 · 張聖洁 · 奚海 主編, 《全元曲》, 河北敎育出版社, 1998 및 隋樹森 編, 《全元散曲》, 中華書局, 1991의 교감과 주석을 참조했다.

에, 탐관오리를 비판하고, 고리타분한 훈장과 기이한 외모를 조롱하고, 한번 발들이면 빠져 나올 수 없는 무서운 기원과 화류계를 고발하고,[3] 한적한 은거 생활을 그리워하고, 역사의 흥망성쇠를 회고하며 부귀영화가 덧없음을 노래하기도 했다. 그중에 눈에 띄는 것은 자서自敍 · 자술自述 · 자탄自嘆(스스로 탄식하다) · 자오自悟(스스로 깨닫다) · 자소自笑(스스로 비웃다)의 부제를 달며 자신을 독특한 방식으로 표현하고, 불합리하고 자신을 받아주지 않는 세상에 대해 탄식하고, 스스로를 조롱한 작품들이다. 어떤 식으로든 자신이 드러나지 않는 문학작품은 거의 없겠지만 작가들이 이렇게 대놓고 자기에 대해 외치고 탐색한 시대가 있었을까. 가와이 코오조오는 중당中唐시기부터 인간 존재 및 자아에 대한 인식에 변화가 일어나며 자기 묘사가 대두하고 자전문학이 태동했다고 보았지만 원대야말로 계층의 해체와 재구성이 이루어지는 가운데 '자기를 자기 이외의 어느 누구도 아닌 인간으로서 포착하게 된'[4] 시기가 아닐까.

《녹귀부錄鬼簿》,[5] 즉 귀신기록부라는 흥미로운 제목의 책이 있다.

---

3 조소 산곡의 특징, 탄세 산곡의 내용, 기원의 풍속도에 대해서는 각각 졸고 〈원대 '조소'산곡 소고〉《중국어문학논집》제86호, 중국어문학연구회, 2014. 6), 〈마치원 산곡 '탄세'의 내용과 창작심리考〉《중어중문학》제54집, 한국중어중문학회, 2013. 4), 〈유희와 진정, 劉廷信의 산곡세계〉《중국어문학논집》제31호, 중국어문학연구회, 2005.4) 참조

4 자전문학의 개념과 詩 속의 자전에 대해서는 川合康三 저, 심경호 옮김, 《중국의 자전문학》, 소명출판사, 2002, 5장 및 250쪽 참조. 산곡 중 자전적 작품에 대해서는 졸고, 〈산곡을 통해 본 원대 문인의 자화상〉, 《중국어문학논집》제26호, 2004. 2 참조

5 中國戱曲研究院 編, 《中國古典戱曲論著集成》2, 中國戱劇出版社, 1980. 번역은 박성혜 역주, 《녹귀부》, 학고방, 2008 참조. 원대의 희곡, 산곡작가 152명을 일곱 부류로

종사성鍾嗣成(1275?~1345?)이라는 사람이 원대의 산곡·잡극雜劇(희곡 형식) 작가와 작품에 대해 기록한 책으로 당시(1330년)까지 활동한 작가 152명과 작품 4백여 종을 수록했다. 그는 서문에서 '높은 재주와 학식을 가졌는데 가문과 직위가 낮아 세월이 지나면 잊힐 수도 있는' 사람들을 기록하고자 했으며 '죽지 않는 귀신'으로 만들어 오래도록 이름을 남기고 싶다는 소망을 밝혔다.[6] 제목도 예사롭지 않지만 분류의 기준도 죽은 사람과 살아 있는 사람, 내가 아는 사람과 모르는 사람, 명공과 재인(명공名公은 어느 정도 지위가 있는 사람이고 재인才人은 서회書會에서 활동하는 등 지위가 낮은 작가들을 일컫는다) 등으로 특이하기 이를 데 없다. 작가에 대해 간략한 기재만 전하므로 상세함을 기대하기 어렵지만 이 책의 가장 큰 미덕은 쉽게 잊힐 수 있는 사람들과 작품들을 고맙게도 기록해 주었고 죽은 작가들 중 자신이 알았던 사람들에 대해서는 애도곡(〈능파곡凌波曲〉)을 지어 수록했다는 것이다. 편자 종사성이 자신 역시 생전에 크게 이름 날 일이 없었기에, 시대를 잘못 만나 쉽게 잊힐 수도 있는 작가들에 대해 동병상련의 심정으로 연민을 표하고 그들을 위로한 것 아닐까.[7] 아무튼 작가에 대한 기록이 중국문학사상 가장 소략한 장르에서 그

나누어 기록한 책이다

6 "…門第卑微, 職位不振, 高才博識, 俱有可錄, 歲月彌久, 湮沒無聞, 遂傳其本末, 弔以樂章 復以前乎此者, 敍其姓名, 述其所作, 冀乎初學之士 刻意詞章…名之曰'錄鬼簿'. 嗟乎, 余亦鬼也, 使以死未死之鬼, 作不死之鬼, 得以傳遠, 余又何幸焉.…"(《錄鬼簿·序》)

7 종사성에 대해서는 賈仲明이 《錄鬼簿續編》에서 기록해 주었다. 가중명은 《녹귀부》의 체례를 따라 종사성부터 戴伯可까지 원명간의 희곡·산곡작가 71인과 잡극 78종, 작자미상의 작품 78종을 기록했다.

나마 그의 연민이 아니었으면 당시 작가에 대한 정보를 얻기 힘들었을 것이다. 그들 대부분이 벼슬이 낮거나 없는 경우가 많았고 서회라는 작가 조직에서 전문 작가로 활동하며 글을 팔아 입에 풀칠해야 했으며 악공·창기들과 어울려 생활하거나 강호를 떠돌며 사는 등, 누구도 관심 안 갖는 삶을 살았으니 사적이 풍부하게 전할 수 없었던 것이다. 소동파처럼 어떤 집안에서 태어나 누구와 결혼하고 언제 진사에 급제했으며 무슨 벼슬을 했고 언제 좌천되었고 누구와 친했으며 어떤 저작이 전한다는 등 인생의 중요한 모든 순간에 대해 상세한 기술이 전하는 문인과는 비교할 수가 없다.

그렇다면 이들에겐 왜 입신양명의 기회가 적었을까. 주지하다시피 원대는 몽고족의 정복으로 이루어진 조대이고 소수의 몽고인 지배층(약 100만 명)이 역시 소수의 색목인色目人(서하·회회·위구르·아랍인 등)과 일부 한인漢人들을 통해 6~7천만 명의 한인(금의 유민인 한인, 거란·여진인 등)과 남인南人(남송의 유민)을 통치하는 사회였다. 민족적 차별이 전제되어 있어 무소불위의 특권을 누리는 황족·귀족들이 있었고 요직은 이들의 차지였으므로 당송대를 거치며 공고해진 과거제도는 더 이상 유효한 취사의 통로가 아니었고 송대에 형성된 사대부 문화는 더 이상 존속되기 힘들었다. 실제로 몽고 시기부터 원 중기에 이르기까지 약 80년간 과거 시험이 폐지되어 가문이나 배경이 없는 한인과 남인이 출사할 수 있는 길은 극히 제한적이었다. 과거는 1238년 폐지되었다가 1315년에야 재실시되었는데 민족에 따라 난이도가 다르고 수를 제한하기 위해 변칙적으로

운영되기도 했으며 급제하더라도 동등한 자격이 주어지지 않았다.[8]
과거제의 부활은 '대근각大根脚'이라는 문벌 자제들이 요직을 독점
하는 등의 문제를 보완하기 위한 것이었다고 하는데 여전히 특권
층은 세습과 추천으로 쉽게 관로에 진출했고[9] 부패가 만연하고 매
관매직이 성행하는 상태에서 출사의 기회는 결코 모두에게 균등하
지 않았다. 특히 북쪽의 경우는 금대 말부터 몽고 시기와 원초에 걸
쳐 약 100여 년 동안 과거 시험이 없었던 셈이니 기회는 더더욱 제
한적이었다고 할 수 있다. 이러한 분위기에서 '팔창구유십개八娼九
儒十丐'라는 자조 섞인 말이 생겼다.[10] 사회계층을 10등급으로 나누
면 관리·승려·도사 등이 상위를 차지하고 식자는 9등급으로, 8등

---

8 1238년 한 차례 실시된 후 폐지되었다가 인종 연우2년(1315년)에 재실시되어 52년
   간 16회 실시되었다. 원대 과거제도와 시행의 실제에 대해서는《중국문화와 과거제
   도》(金諍 저, 강길중 옮김, 중문출판사, 1994) 4장 참조.

9 《元史·百官志》에 의하면 원초에 정해진 95호의 대근각의 자제들이 원대 관원 총수
   의 10분의 1을 차지했다고 한다. 원대 과거 이외의 관직 진출 경로는 薦辟·軍功·
   歸附·蔭緣·雜途 등으로, 그 숫자와 희곡 산곡 작가들의 관직 및 출신에 대해서는
   이정재, 〈몽골 - 원대문학환경의 변화와 문학활동의 분화 - 산곡과 잡극을 중심으
   로〉,《중국어문학》제54집, 2009. 12, 209~234쪽 참조. 원대의 과거제도 부활 의도
   에 대해서는 陳平原 主編,《科學與傳播》, 北京大學出版社, 2015, 221쪽 참조.

10 남송의 유민이었던 鄭思肖의 《心史》("一官、二吏、三僧、四道、五醫、六工、七獵
   、八娼、九儒、十丐)와 謝枋得의 《疊山集》("滑稽之雄，以儒者爲戲曰：我大元典
   制，人有十等：一官、二吏；先之者，貴之也，謂其有益于國也；七匠、八娼、九儒
   、十丐，後之者，賤之也，謂其無益于國也.")에 언급된 바, 유자들의 처지를 풍자
   한 표현으로 보인다. 청대 趙翼도《陔余叢考》에서 언급한 바 있다.("元制一官，二
   吏，三僧，四道，五醫，六工，七匠，八娼，九儒，十丐.") 정사초의 기록 중에는
   '원 세조가 文天祥(원조에 포로로 잡혀 죽은 남송의 애국지사)의 심장을 먹었고
   여인 뱃속의 태아를 즐겨 먹는다'는 등, 과장된 기술로 원조를 폄하하려는 의도가
   있었으며 365년이 지난 명대에 이 책이 발견된 과정도 의심을 받고 있다.

급인 창기보다 못하고 10등급인 거지보다 좀 나은 존재라는 것이다. 남송의 유민인 정사초鄭思肖(1241~1318)의 기록에 근거한 얘기로 사방득謝枋得은 이를 '유자를 놀리는 말'로 해석한 바 있다. 정사초는 강남 반골로 불렸던 사람으로 그의 기록이 원나라에 대한 반감으로 인해 과장된 면이 있음을 감안하면 사방득의 설이 설득력이 있다고 할 것이다. 그러나 중상주의 · 배금주의가 성행한 시대, 시문을 짓고 경서에 통달한 것이 더 이상 출세의 도구가 되지 못하는 시대에서 식자가 그동안 받았던 사회의 존중을 받지 못하고 무용한 존재로 취급 받게 된 것은 어느 정도 사실인 것 같다. 작자 미상의 〈중려中呂 · 조천자朝天子〉 '지감志感'에서는 "공부 안 하면 권세 있고, 글 모르면 돈 생기고, 뭘 모르면 도리어 추천 받는" 불공평한 세상, "현자와 바보도 구분 못하고, 영웅은 좌절시키고 착한 이 고생시키고, 똑똑할수록 운은 막히는" 가치전도의 세상, 훌륭한 기개와 덕행을 지녔지만 결국 '천한 신세'일 수밖에 없는 원대 독서인의 모습을 적나라하게 그려낸 바 있다.[11] 산곡 속에 그려진 원대 사회는 "글을 모르면 제일 좋고", "지혜고 재능이고 모두 파란 지폐만 못한"[12] 세상으로 문인들이 홀대받고 인정받지 못하는, 역사상 어느 시대에도 볼 수 없었던 황당한 세계이다.

---

11 〈中呂 · 朝天子〉 '志感' 一 "不讀書有權, 不識字有錢, 不曉事倒有人夸薦. 老天只恁式心偏, 賢和愚無分辨. 折挫英雄, 消磨良善, 越聰明越運蹇. 志高如魯連, 德過如閔騫, 依本分只落得人輕賤."

12 〈中呂 · 朝天子〉 '志感' 二 "不讀書最高, 不識字最好, 不曉事倒有人夸俏. 老天不肯辨清濁, 好和歹沒條道. 善的人欺, 貧的人笑, 讀書人倒累倒, 立身則小學, 修身則大學, 智能都不及鴨青鈔."

이러한 민족차별, 계층차별에 대해 원대는 여러 민족과 다양한 문화를 포용한 다원적 세계관의 시대, 마르코 폴로나 카르피니, 루브룩, 이븐 바투타의 여행기가 가능했던 대여행의 시대, 화려한 해상무역의 시기로 세계사에 중요한 전기가 된 개방의 시대였으며[13] 실제 차별은 그리 심각하지 않았다고 보는 견해도 있다. 또한 원대에는 과거로 출사지는 못해도 관官과 실무직인 리吏의 경계가 오히려 다른 시대에 비해 엄격하지 않아 '리로 출발해 관으로 승격'하는 예가 많았으므로 한족 지식인들에게 결코 기회가 없었던 것은 아니고 10등급의 계층 구분은 원조에 대한 반감에서 나온 얘기로, 실제 사실이 아니라는 주장도 있다. 시비를 가리는 것은 역사가들의 몫일 것이고 그 시대 개개인의 삶에 가해진 압박을 다른 시대와 일률적으로 비교하기도 힘들다. 다만, 정복자와 피정복자의 관계에서 출발한 통합이 어느 정도 한계를 가졌는지, 이전 시대에 가졌던 특권이나 중심 위치에서 배제되고 3·4등 시민으로 살아가는 것이 어떤 의미인지는 생각해 볼 수 있다. 또한 문학작품을 통해 역사서가 채 기록하지 못한 삶의 단면들을 구체적으로 읽어 낼 수 있을 것이다. 특히 당시 사회의 모순을 가장 핍진하게 반영하는 잡극(연극 형식)을 통해서는 정말로 글도 모르고 무조건 고문만 일삼는 관리가 있었는지, 구휼미를 속여 파는 파렴치한 탐관오리가 있었는지, 길에서 사람을 때려죽이고도 아무렇지도 않은 세도가들이 있었는지, 남의 아내 빼앗기가 취미인 무뢰한이 있었는지, 고리대 빚을 갚지 못

---

13 김호동, 《몽골제국과 세계사의 탄생》, 돌베개, 2010 참조.

해 살인을 저지르는 평민들이 있었는지, 재산 때문에 어린 조카를 죽여 우물에 버리는 섬뜩한 일이 있었는지, 내연남과 짜고 남편을 죽이고 첩의 아이를 가로채는 무서운 여인들이 있었는지, 당시 가정과 사회의 온갖 갈등과 다툼을 생생하게 엿볼 수 있다. 또한 감정을 직접적으로 발산하는 산곡을 통해 개인 삶의 모습과 내적 갈등, 외로움과 즐거움, 쓸쓸함의 순간을 들여다볼 수 있다. 방관자로 사는 것은 어떤 것인지, 탕자로 명성이 자자한 것은 어떤 기분인지, 여기저기 팔려 다니는 기녀의 기구한 삶은 어떤 것인지, 폐허가 된 옛 유적을 바라보는 심정은 어떤지에서부터 술 마시고 잊어야 할 일, 가을이 되면 먹고 싶은 것, 연애극을 보고 나서 느낀 점, 사무치는 그리움, 불쌍한 가축에 대한 연민까지.

왕국유王國維(1877~1927)라는 천재 학자는 원대 잡극의 시기를 북방작가들이 중심이 된 몽고蒙古(1234~1279) 시기, 작가들이 남방 출신이거나 남방을 중심으로 활동한 일통一統 시기,《녹귀부》에 '지금 재인'으로 기록된 작가들이 활동한 지정至正(1341~1368) 시기로 분류한 바 있다.[14] 이 글에서 살펴볼 관한경關漢卿 · 백박白朴 · 마치원馬致遠 · 교길喬吉 · 장양호張養浩는 원대의 대표 작가들로 각각 금대 말부터 몽고시기, 원대 중후기까지 다양한 시기에 살았다. 130여 년의 짧은 시간이라도 개인이 그 시대와 대해 느끼는 감정도, 겪은 경험도, 대응 방식도 조금씩 달랐으므로 이들을 통해 다양한 삶의 모습과 심리를 엿볼 수 있을 것이다. 이중 관한경 · 백박 같은 경

---

14 王國維저, 오수경 옮김,《宋元戲曲考역주》9장, 소명출판, 2014 참조.

우는 잡극雜劇이라 불리는 원대 희곡의 대표 작가로 유명한 사람들이지만 작가 자신의 인생관이나 심리는 노래 형식인 산곡을 통해 더 잘 살펴볼 수 있다. 워낙 작가들에 대한 자료가 많지 않아 그들의 삶을 추적하는 데에도 한계가 있지만 그들이 남긴 자전적 작품을 통해 '나'를 찾기 위한 노력을 엿볼 수 있고 그들이 어떤 감성으로 시대를 버텨 냈는지, 나를 표현했는지, 사회를 바라보았는지를 느껴 볼 수 있을 것이다.

연극 대장: 꽃 속에 잠드는 삶

(…)

〈양주제칠梁州第七〉

나는야, 온 천하 낭군들의 수령, 온 세상 한량들의 우두머리.
젊은 얼굴 변치 않고 늘 그대로,
꽃 속에서 마음 달래고 술에 빠져 근심 잊길.
차 따르기, 대가지 뽑기, 말 놓기, 물건 맞추기 놀이에,
오음 육률에도 능통하니 내 맘에 무슨 근심 있으리.
내가 벗하는 건, 은대 앞에서 은쟁 고르며
은 병풍에 기대어 웃는 은쟁 타는 여인.
내가 벗하는 건, 섬섬옥수 잡고 옥 같은 어깨 나란히 해
옥루에 함께 오르는 옥 같은 선녀,

내가 벗하는 건, 금루곡 부르며 금술동이 받들고

금사발에 넘치게 따르는 금비녀 꽂은 손님.

이제 늙었으니 좀 그만 하라지만,

기원에서 그 이름 으뜸이요, 또릿하고도 총명해.

나는야, 비단 꽃 부대의 대장,

이쪽 부, 저쪽 주에서 두루 놀았었지.

(…)

〈양주미梁州尾〉

나는야, 쪄도 무르지 않고 삶아도 익지 않고

두드려도 납작해지지 않고

볶아도 터지지 않는, 땅땅 울리는 구리완두.

이보소, 도련님네들, 누가 당신보고

호미질해도 잘리지 않고 베어도 넘어가지 않고

풀려 해도 열리지 않고 버둥거려도 벗겨지지 않는,

구불구불 감긴 천 겹의 올가미 속으로 들어가라 했소?

내가 즐기는 건 이름난 양원의 달, 마시는 건 동경의 술,

감상하는 건 낙양의 모란, 잡고 오르는 건 장대로의 버들.

나는 바둑도 잘 두고 축구도 잘 하고

사냥도 잘 하고 우스개도 잘 치고

가무도 잘 하고 연주도 잘하고 곡도 잘 짓고

시도 잘 읊고 주사위놀이도 잘 한다네.

당신이 내 이를 부러뜨리고 내 입을 비틀고

내 다리를 절게 하고 내 팔을 꺾는다 해도,

하늘이 내게 주신 이 못된 버릇들은 그만두지 않으리니.

염라대왕이 친히 부르고 귀신이 친히 끌고 가

삼혼이 황천으로 돌아가고 칠백이 저승으로 사라진다면.

하늘이시어, 그때가 되면 안개 꽃길로 가지 않으리다.[15]

위의 노래는 원대를 대표하는 작가 관한경의 산곡 〈남려南呂 · 일지화一枝花〉 '불복로不伏老' 중 일부분이다. 아마도 자전적인 작품일 것으로 짐작되는 이 투곡套曲 속에서 화자는 '반평생 버들을 희롱하고 꽃을 집적거리며, 한세상 꽃 속에 잠들고 버들 속에 누워 지내는' 존재로, 화류계[16]를 주름 잡는 탕아이고, 세상물정 모르는 사냥터의

15　〈南呂 · 一枝花〉"攀出墻朵朵花, 折臨路枝枝柳, 花攀紅蘂嫩, 柳折翠條柔. 浪子風流, 凭着我折柳攀花手, 直煞得花殘柳敗休. 半生來弄柳拈花, 一世裏眠花臥柳."〈梁州第七〉"我是個普天下郎君領袖, 盖世界浪子班頭. 願朱顔不改常倚舊, 花中消遣, 酒內忘憂, 分茶 · 攧竹 · 打馬 · 藏鬮, 通五音六律滑熟, 甚閑愁到我心頭. 伴的是銀箏女銀臺前理銀箏笑倚銀屛, 伴的是玉天仙携玉手幷玉肩同登玉樓, 伴的是金釵客歌金縷捧金尊滿泛金甌. 你道我老也暫休, 占排場風月功名首, 更玲瓏又剔透, 我是個錦陣花營都帥頭, 曾玩府游州."〈隔尾〉"子弟每是個茅草岡沙土窩初生的兔羔兒乍向圍場上走, 我是個經籠罩受索网蒼翎毛老野鷄蹅踏得陣馬兒熟, 經了些窩弓冷箭鑱槍頭, 不曾落人後. 恰不道人到中年萬事休, 我怎肯虛度了春秋."〈梁州尾〉"我是個蒸不爛 煮不熟 捶不匾 炒不爆 響噹噹一粒銅豌豆, 恁子弟每誰敎你鑽入他 鋤不斷 斫不下 解不開 頓不脫 慢騰騰千層錦套頭? 我玩的是梁園月, 飮的是東京酒; 賞的是洛陽花, 攀的是章臺柳. 我也會圍棋 會蹴踘 會打圍 會揷科 會歌舞 會吹彈 會咽作 會吟詩 會雙陸. 你便是落了我牙 歪了我口 瘸了我腿 折了我手, 天賜與我這幾般兒歹症候, 尙兀自不肯休. 則除是閻王親自喚, 神鬼自來勾. 三魂歸地府, 七魄喪冥幽. 天哪, 那其間才不向煙花路兒上走."

16　원문의 '錦陣花營'은 風月營 · 翠紅鄕 · 鶯花寨 · 麗春院과 마찬가지로 모두 기원을 일컫는 말이다.

토끼 같은 젊은 도련님네들과는 비교도 안 되는, 유흥가에서 산전 수전 다 겪은 노련한 '야생닭' 같은 존재로 그려진다. 나이가 먹어도 절대로 노는 짓거리를 그만두지 않을 것을 다짐하며 화자는 오기와 자부심으로 가득한 자신을 '땅땅 울리는 한 알의 구리 완두'라고 표현한다. 그리고 '내'가 즐기는 것은 가장 맛난 술, 가장 아름다운 꽃, 가장 멋진 달, 최고의 여인들이고 나의 장기는 온갖 잡기이며 몸이 망가지고 염라대왕이 끌고 가는 날까지 이런 짓들을 그만두지 않을 것을 선언하고, 죽는 그날까지 화류계를 떠돌 것임을 굳게 맹세한다. 이러한 오기에 가까운 '탕자 선언'은 다소 희화화되기는 했으나 과장된 허구라기보다는 자신의 실제 모습을 생생하게 표현한 것으로 여겨진다.

원대 초기부터 대덕大德연간(1297~1307)까지 활동했을 것으로 추정되는 관한경은 중국의 셰익스피어라 일컬어질 정도로 대표적인 극작가이지만, 그에 관한 기록은 명성과는 달리 전혀 상세하지 않다. 《녹귀부》에 "이미 죽은 명공재인 중 전기(잡극)를 지어 세상에 전한 자(前輩已死名公才人, 有所編傳奇行於世者)"로 분류되어 "대도(지금의 북경) 사람, 태의원윤으로 호는 이재수이다(大都人, 太醫院尹, 號已齋叟)"라는 등의 간단한 기록만 전하고 그의 희곡 작품도 10분의 1 정도밖에 남아 있지 않다. 다행히 그의 작품 목록이 함께 전해 그가 명실상부한 연극계 1인자였음이 확인된다. 이외에 박학다식하며 거리낌 없는 소탈한 성격으로 옥경玉京 서회(작가 조직)에 속해 활동했으며 양현지楊顯之·왕화경王和卿 등 작가들과 어울렸고 '금대의 유민으로 벼슬에 뜻이 없었고 남쪽으로 내려가 당시 문화의 중심지였던 양주·항주에서 생활한 적이 있다'는 정도가 알려져 있다.[17] 명대 가중명賈仲明이 쓴 애도사에 그를 "연극계의 영수, 극작가의 우두머리, 잡극의 대장"[18]으로 칭했는데 분장을 하고 직접 무대에 서기도 하고 연극계의 리더로서 극작가이자 연출가·배우의 역할까지 했다니 진정한 희곡인이었다고 할 수 있다. 관한경은 당시 연극계의 대모로 많은 우수한 제자를 거느리고 있던 주렴수朱簾秀와 절친한 사이였다고 전해지는데[19] 주렴수는 남녀 역에 모두 능한 독보

---

17 關漢卿에 대해서는 《錄鬼簿》외에 《析津志輯佚·名宦》("關一齋, 字漢卿, 燕人. 生而倜儻, 博學能文. 滑稽多智, 蘊藉風流, 爲一時之冠. 是時文翰晦盲, 不能獨振, 淹于辭章者久矣."), 明 臧懋循의 《元曲選·序》("躬踐排場, 面敷粉墨. 以爲我家生活, 偶倡優而不辭.") 등에 전하는 기록을 통해 그 면모를 알 수 있다. 元末 夏庭芝의 《靑樓集·序》("我皇元初幷海宇, 而金之遺民若杜散人·白蘭谷·關已齋輩, 皆不屑仕進, 乃嘲弄風月, 流連光景.")에 기재된 바, 금대의 유민인 杜善夫·白朴과 병칭되는 점, 關漢卿의 작품 중 '大德'이라는 연호(元 成宗시 1297~1307)가 언급된 점(〈大德歌〉10수), 《錄鬼簿》(1330)에서 "前輩已死名公"으로 분류한 점 등으로 미루어 금 말에 태어나 大德元年(1297)이후 1300년 전후에 죽은 것으로 보인다. 또한 〈南呂·一枝花〉 '杭州景' 및 朱簾秀에게 준 산곡 중 "十里揚州風物妍, 出落着神仙"등의 구로 미루어 항주와 양주에 머물렀던 것으로 추정한다. 그의 출신에 대해서는 祁州(河北 安國市)(《祁州志》卷八), 大都(北京市)(《錄鬼簿》), 解州(산서성 해주) 등의 설이 있고 《金史》·《元史》에 태의원윤이라는 관직명이 안 보이므로 太醫院 관리 하의 의사이거나 그 가족일 가능성이 큰 것으로 추정한다. 잡극은 67종 중 18부, 산곡은 소령 57수, 투수 13투가 전한다. 관한경의 일생 및 저작에 대해서는 《關漢卿全集校注·序》(王學奇·吳晉淸·王靜竹 校注, 河北敎育出版社, 1990) 참조.

18 "驅梨園領袖, 總編修師首, 捻雜劇班頭." 가중명(1343~1422 이후)은 《錄鬼簿》에 실린 작가 중 82인에 대해 〈凌波仙〉 곡을 지어 애도했다.(《錄鬼簿續篇》)

19 주렴수는 관한경 같은 서회 작가들 뿐 아니라 고관들의 찬탄과 흠모를 한 몸에 받았던 유명한 여배우로 요수姚燧는 그녀와 주고 받은 산곡을 통해 애틋한 연모의 정을 표현하기도 했다. 원대 夏庭芝의 《靑樓集》(中國戲曲研究院 編, 《中國古典戲曲論著集成》2, 中國戲劇出版社, 1980.)에 '독보적인 배우(雜劇爲當今獨步)'로 간단한 기록이 전한다. 관한경을 비롯한 당대 명인들이 주렴수의 재주와 미모를 극

적인 배우로 이름을 날렸으며 잡극 작가들뿐 아니라 당시의 고관들도 모두 경탄하며 그 재주를 흠모했다는 예인이다. 중국의 전통 희곡은 노래 부분이 큰 비중을 차지하는 만큼 창기는 작가의 작품을 완성시켜 주는 존재였으며 특히 주렴수 같은 경우는 관한경에게 창작의 뮤즈이자 동료였을 것으로 생각된다. 위의 작품 중 '비단 꽃부대의 대장', '꽃 속에 잠들고 버들 속에 눕는다'는 류의 표현을 통해 기원에 늘 출입하는 한량으로서의 화자의 모습을 연상할 수 있지만 창기이자 배우였던 여성들을 단순히 즐김과 소비의 대상으로 여겼다기보다는 어울려 사는 친근한 존재, 집단 창작 체제의 일원으로서 여겼다고 생각된다.

원대에는 농민·시민, 민간이나 양가집 자제 할 것 없이 자기 업을 등한히 한 채 이야기를 연창하고 잡희를 배우며 사람들을 모아 우스개를 연출하는 것이 대유행이어서 나라의 걱정을 샀다. 또한 거리에서 창 공연을 할 때 남녀가 뒤섞일 것이 우려되어 금지령을 내릴 정도였다고 한다.[20] 이런 공연예술 환경에서 흥행 작가인 관한경 같은 사람은 엔터테이너로서 어디서든 환영을 받았을 것이다. 증서曾瑞 같은 작가는 벼슬에 뜻이 없어 한평생 강남을 떠돌며 살았는데 그가 죽었을 때 수천 명이 조문할 정도였다니 당시 작가들의

찬하는 산곡을 지은 바 있다.

20 《元史》卷105 志 第53 刑法 4, 《通制條格》卷27 搬詞 등에 관련 기록이 전하는데 상하를 막론하고 설창기예, 잡희 연출에 경도되어 있었음을 알 수 있다. 《元典章》57 刑部19 雜禁에는 〈비파사〉·〈화랑아〉 등을 창하는 사람들로 인해 거리를 메울 정도로 관중이 모이는데 남녀가 뒤섞여 사단이 날 수도 있으니 금한다'는 내용이 있다.

인기는 상상 이상이었던 듯하다. 입신양명과는 전혀 다른 의미이지만 이렇게 대단한 명성을 누렸으니 위의 산곡에 나타난 관한경의 자부심도 근거가 전혀 없는 것은 아니라 할 수 있다.

관한경 뿐 아니라 몇몇을 제외하고 대부분의 원대 희곡·산곡 작가들에 대한 기록이 상세치 않은데 이는 그들 대부분이 관료도 되지 못했고 사서에 전기를 남기지 못했으며 시문을 통해 자신의 의지나 정치적 포부, 생활의 단면들과 교류 관계 등을 드러낼 기회가 없었고, 그들의 종적을 기록해 준 사람이 거의 없었기 때문일 것이다. 앞서 언급한 당시 식자들의 처지가 과장된 표현일지라도 원대에 문인들, 특히 한족 문인들이 역사상 전무후무하게 낮은 위치로 전락한 것만은 사실이고, 누군가 자신을 위해 '전傳'을 지어 줄 일 없는 상황에서 위의 작품과 같이 '나'를 규정하고 묘사하는 자서전적 작품이 출현했을 것으로 생각된다. 관한경은 백박 등과 더불어 금나라 유민으로서의 정체성을 가지고 벼슬길에 관심이 없었다고는 하지만 다른 선택의 여지 역시 많지 않았을 것이다. 이 시기 문인들은 이러한 상실감과 좌절감을 세상과 자신에 대한 조소, 냉소로 표현하곤 했으며 잃을 것이 없었기에 다른 시대에 비해 상대적으로 사회적 제약에서 자유로웠고, 마침 산곡이라는 중국 운문사상 가장 제재와 표현의 폭이 넓은 가사 형식을 만나 거리낌 없이, 때로는 유희적으로 자신을 표현했다고 할 수 있다.

낚시하는 늙은이: 방관자의 삶

백박白樸(1226~1308?)[21]은 대부분 원대 작가들과 달리, 부친이 금金의 고위 관직을 지냈고 전란중에 부모와 헤어져 금대의 대학자 원호문元好問에게서 글을 배웠으며 수차례 천거되었음에도 벼슬길에 나아가지 않고 청루를 드나들며 잡극에 몰두했다는 등의 기록이 남아 있는 작가이다.

〈중려中呂 · 양춘곡陽春曲〉'지기知幾'

영예도 알고 욕됨도 알지만 입 다물고,

누가 옳은지 그른지 남몰래 고개 끄덕이고,

책 더미 속에 마냥 파묻혀 있네.

한가로이 팔짱끼고, 죽도록 가난해도, 제멋에 겹다네.[22]

---

21 字는 太素, 号는 蘭谷이고 原名은 恒, 자는 仁甫이다. 祖籍은 隩州(山西 河曲)이고 真定(河北 正定縣)으로 옮겨 살았다. 《錄鬼簿》("白仁甫, 文擧之子, 名樸, 眞定人, 號蘭谷先生. 贈嘉議大夫, 掌禮儀院太卿"), 원 王博文의 《天籟集 · 序》, 명 賈仲明의 〈凌波仙〉弔詞("峨冠博帶太常卿, 嬌馬輕衫館閣情. 拈花摘葉風詩性, 得青樓 薄倖名. 洗襟懷 剪雪裁冰, 閒中趣, 物外景, 蘭谷先生,") 등에 기록이 전하며 부친 白華는 金宣宗시에 진사가 되어(1215년) 樞密院判官 · 右司郎中 등을 지냈다. 7세때(1233) 변경에서 전란을 겪으며 부모와 헤어져 금의 대학자 元好問 밑에서 교육 받았고 성장해 연경에 드나들면서 書會才人들과 교류하며 잡극 창작을 시작했다. 문재가 출중해 천거(1261년, 1280년)를 받았으나 사양했고 진정에 살다가, 금릉(1280년), 항주, 양주 등 남쪽을 떠돌며 살았다고 한다. 잡극 18종 중 3종과 산곡 소령 36수 套數 4투가 전한다.

22 "知榮知辱牢緘口, 誰是誰非暗點頭. 詩書叢裏且淹留. 閑袖手, 貧煞也風流."

장량이 한나라 떠난 건, 자신을 지키는 계략,

범려가 오호五湖로 돌아간 건, 해를 피하는 지략.

요산요수樂山樂水가 딱 정답이니. 그대 잘 따져보시라.

예나 지금이나 몇 사람이나 이 이치 알리.[23]

　백박의 생에 대한 대략적 정보만 전하고 위의 작품이 언제 지어졌는지도 불분명하지만 그가 어떤 고민을 가졌었는지는 짐작할 수 있다. 어떻게 살아야 하는지, 고민의 끝에서 얻은 처세의 묘수는 '입 다물고 팔짱끼고' 위험을 피해 현명하게 자기 몸을 보전하는 것(明哲保身)이다.[24]

〈선려仙呂 · 기생초寄生草〉'飮'

한참을 취한 뒤에야 거리낄 게 무어랴,

깨지 않을 때에야 무슨 잡념 있으리.

공명 두 글자, 지게미로 절이고,

천고의 흥망사, 한 잔 탁주에 담그고,

청운의 높은 뜻, 누룩에다 묻으리.

---

23 "張良辭漢全身計, 范蠡歸湖遠害機. 樂山樂水總相宜. 君細推, 今古幾人知."

24 백박 산곡의 제재별 내용 분석과 처세 태도에 관해서는 김덕환, 〈백박의 산곡연구〉,《중국문학연구》40권, 한국중문학회, 2010 참조.

세상일에 밝지 못하다고, 모두들 굴원이 그르다 비웃고,

아는 이들은 모두 도잠이 옳다고 하지. [25]

　여기에서 공명은 술 속에 묻고 기피해야 할 대상이고 술은 일종
의 도피처이자 근심과 욕망을 잊는 수단이다. 공명과 흥망의 역사,
청운의 꿈을 모두 술로 담가버리겠다는 과격한 선언은 벼슬에 나아
가지 않겠다는 결연한 의지이고 전란을 목도한 그가 역사의 흐름에
대해 가지는 허무감의 표현일 것이다. 또한 전국시대 초나라 충신
으로 세 번이나 쫓겨나면서도 뜻을 굽히지 않고 직언을 하다 결국
자살을 선택한 굴원屈原이 현명하지 못했고 일찍이 벼슬을 그만두
고 전원에 귀의한 도연명陶淵明이 옳다고 한 것은 앞의 작품에 이어
그의 인생관과 처세의 지향점을 엿볼 수 있는 부분이다. 굴원은 역
대로 상반된 평가가 있어왔지만 특히 원대에 들어 굴원은 지나치게
고지식한 인물로 부각되고 때로는 조롱의 대상으로 그려진다.[26] 여
러 차례 관직에 나아가기를 거부했던 백박에게 뜻을 굽히지 않았다

---

25 "長醉後方何礙, 不醒時有甚思. 糟醃兩箇功名字 酷浸千古興亡事. 麴埋萬丈虹蜺志.
不達時皆笑屈原非, 但知音盡說陶潛是."

26 貫雲石은 〈雙調·殿前歡〉에서 〈離騷〉를 읽고 가슴 아파 하면서도 "그대 삼려대부
의 외고집을 비웃나니. 창랑 물이 그대를 더럽혔는지, 그대가 창랑 물을 더럽혔는
지?.(楚懷王, 忠臣跳入汨羅江. 〈離騷〉讀罷空惆悵, 日月同光. 傷心來笑一場, 笑你個
三閭强, 爲甚不身心放. 滄浪汚你? 你汚滄浪?)"라고 읊었고 陳草庵도 〈中呂·山坡
羊〉'嘆世'(제12수)에서 "진흙탕에 섞여 묽은 술이나 마시지, 왜 괴롭게 풍파에 휘
말리나? 황천의 장량과 범려, 맑아도 그대를 비웃고, 깨어 있어도 그대를 비웃으리
(混其泥, 啜其釃, 何須自苦風波際? 泉下子房和范蠡. 淸, 也笑你, 醒, 也笑你)"라고
읊은 바 있다.

가 모함을 당해 억울하게 죽은 굴원의 운명은 결코 따라가서는 안
될 본보기였을 것이다. 결국 혼란한 세상에서 자신을 지키기 위해
그가 택한 것은 '술에 취해 깨지 않고, 팔짱낀 채 세상 시비에 끼어
들지 않는 방관자의 삶'이다.

〈쌍조雙調 · 교목사喬木査〉 '대경對景' 중 〈요편幺篇〉

세월은 유수와 같이, 다 닳아 사라진다.
자고로 호걸들. 세상 덮을 만한 공명도 모두가 헛된 것.
이제야 알겠네, 꽃 피고 지는 것 너무도 쉽고, 인생엔 이별도 많음을.
옛 정원 그리며 하염없이 탄식하니, 예전 놀던 객사 연못은,
여우, 토끼 드나드는 곳으로 바뀌어 버렸네.
멍청히 굴지 말게, 달팽이 뿔 위의 다툼, 파리가 머리 박는 꼴이니.
명예, 이익은 끊어지고, 부귀는 꽃 속의 나비, 봄밤 잠꼬대 같은 것.[27]

호걸영웅도 결국엔 세월 따라 흘러가 버려 자취도 없어지고, 공
명은 달팽이 뿔 위에서 서로 싸우듯 보잘것없는 일, 파리가 죽는 줄
모르고 머리 박고 고깃국을 먹듯 자기를 해치는 일이라며 경계한
다. 그리고는 젊은 시절을 놓치지 말고 술과 좋은 경치, 환락을 즐기

---

27 "歲華如流水, 消磨盡. 自古豪杰. 盖世功名總是空, 方信花開易謝. 始知人生多別. 憶
故園, 漫嘆嗟, 舊游池館, 翻做了狐踪兔穴. 休痴休呆, 蝸角蠅頭, 名親共利切. 富貴似
花上蝶, 春宵夢說."

라고 권유한다.[28] 그러나 결국 가장 안전한 도피처는 자연이다.

〈쌍조 · 침취동풍沈醉東風〉 '어부漁夫'

누런 갈대 언덕, 하얀 가래풀 나루터.

푸른 버들 제방, 붉은 여뀌 여울가.

생사 함께 할 친구는 없어도, 세속 명리名利 잊은 벗은 있다네.

가을 강 스치는 백로와 갈매기, 고관대작 실컷 깔보며,

안개 물결 속 고기 낚는, 일자무식 늙은이.[29]

　형형색색의 가을 풀들이 어우러진 물가, 백로와 물새가 여유롭게 나는 강가는 내가 머물고 싶은 자연이고, '새들을 벗하며 물안개 속에 고요히 앉아 아무 생각 없이 낚시질하는 늙은이'는 바로 내가 되고 싶은 모습이다. 이 아름다운 한 폭의 산수화 속에서 그리는 이상향은 사람이 아닌 새와 벗하며, 만호를 거느린 제후들을 깔보고 '불식자不識字'의 삶을 살아도 즐겁기만 한 세계이다. 그러나 이 이면에는 목숨 걸 친구가 없는 세상, 고관대작들이 권세를 휘두르는 세상, 글을 알아서 해가 되는 세상에 대한 실망과 염증 또한 드러난다. 산수화 속에 숨고 싶은 원대 작가들의 바람은 도연명이 '본성이 세상

---

28 〈尾声〉"少年枕上欢, 杯中酒好天良夜 , 休辜负了锦堂风月."

29 "黃蘆岸白蘋渡口, 綠楊堤紅蓼灘頭. 雖無刎頸交, 却有忘機友. 點秋江白鷺沙鷗, 傲殺人間萬戶侯. 不識字煙波釣叟."

에 어울리지 못하고 오두미 때문에 허리를 굽힐 수 없어' '돌아가세
(歸去來兮)'를 외친 것과는 성격이 다른, 위험하고도 불합리한 세상
을 피하고 싶고, 거부하고 싶은 마음에서 나온 것으로 보인다.

산중의 재상: 출사와 은일 사이

> 마른 등나무, 고목, 황혼에 둥지 찾는 까마귀,
>
> 작은 다리가, 흐르는 물, 인가,
>
> 옛길, 서풍, 앙상한 말.
>
> 석양은 서쪽으로 지고,
>
> 가슴 아픈 이는 하늘 끝에 떨어져 있네.[30]

집 떠나 정처 없이 떠도는 나그네의 쓸쓸함이 흠뻑 묻어나는 한
폭의 그림 같은 이 작품은 마치원馬致遠(약 1250~1321년 이후)[31]의 가
장 유명한 산곡이자 중국 산곡의 대표작인〈월조越調 · 천정사天淨沙〉
'추사秋思'이다. 그는 잡극〈한궁추漢宮秋〉의 작가로도 알려져 있지만

---

30 "枯藤老樹昏鴉, 小橋流水人家, 古道西風瘦馬, 夕陽西下, 斷腸人在天涯."

31 호는 東籬, 大都 출신으로《錄鬼簿》에는 관한경 · 백박 등과 함께 '이미 죽은 선배
　　명공재인 중 희곡 작품이 세상에 전하는 자(前輩已死名公才人有所編傳奇行于世
　　者)'로 분류되어 있다. 대략 1285년(至元 22) 이후 江浙行省務官을 지냈고 盧摯 ·
　　張可久 등 작가와 교류했으며 元貞 서회에서 활동한 것으로 알려져 있다. 잡극은
　　16종중 6종이 전하고 산곡은 소령 115수 투수 22수가 전하며 산곡집《東籬樂府》
　　가 전한다.

원대 전기 작가중 산곡을 가장 많이 남겼고 사랑·이별, 여인의 기다림에서부터 회재불우의 심정, 세태에 대한 풍자, 흥망성쇠의 허망함, 은일의 즐거움에 이르기까지 다양한 내용을 다루었으므로 산곡의 대표 작가라 할 만하다.

가중명은 "문단에서 겨루어 곡의 장원이 되니 그 향기로운 이름 온 이원(연극계)에 퍼졌네"³²라고 기렸고 주권朱權은 "갈기를 떨치며 우니 다른 말들은 벙어리가 된 듯하다. 봉황새가 구천에서 날며 우는 것과 같으니 어찌 뭇새와 함께 논하겠는가"라며 그의 탁월한 재주를 극찬했다. 이렇게 작가로서는 장원이자 봉황으로 칭송되었지만 강절행성의 무관을 지냈으면서 서회에서 예인들과 어울려 잡극(〈황량몽〉)을 짓기도 했다니 벼슬길도 입신양명의 실현과는 거리가 멀었으리라 짐작된다. 그의 산곡에서 가장 많이 읊고 있는 것은 '명예와 이익'을 떠난 평온한 삶이다. 작품 속에서 그는 세속의 '명청이 같은 명리다툼'(〈南呂·四塊玉〉 '嘆世'), 시시비비에 지친 듯, 자연으로 돌아가자고 다짐하고 그런 삶을 선택했던 선배들을 흠모한다.

〈쌍조雙調·발불단撥不斷〉

국화가 피었으니, 이제 돌아가자!
호계의 고승, 꽃 피우는 학림의 도사, 술 즐기는 용산의 객을 벗하고,
두공부, 도연명, 이태백을 닮으리.

---

32 "…戰文場, 曲狀元 姓名香貫滿梨園." 〈凌波仙〉 弔詞.

동정산의 감귤, 동양의 황주, 서호의 게가 있으니,

아이! 굴대부는 탓하지 마오.[33]

'호계의 고승, 학림의 도사, 용산의 객'은 옛 인물들의 고사에서 취한 것으로, 각각 산사에 칩거하며 세상에 나오지 않은 고승, 가을에도 진달래를 꽃피게 하는 도사, 모자가 벗겨져도 아랑곳 않고 술을 즐기는 신하를 가리키는데 이는 모두 세속에 초연하고 제멋에 살았던 사람들이다. 시성詩聖 · 시선詩仙으로 불렸던 당대의 두보와 이백, 동진東晉 시기의 전원시인 도연명은 마치원이 닮고 싶은 사람들이자 그가 동일시한 인물들이기도 하다. 과감히 관직을 버리고 전원생활을 즐겼던 도연명은 후대의 작가들이 모두 한 번쯤 이상으로 삼았던 인물이지만 특히 마치원은 자신의 호(동리東籬)를 도연명의 싯귀(采菊東籬下, 悠然見南山.〈飮酒〉)에서 따왔다고 할 정도로 그를 흠모했다. 두보는 시로는 성인이었지만 공부원외랑이라는 직에 만족해야 했는데 이 역시 재주는 많으나 고관이 되지 못했던 마치원의 처지와 유사하고, 세상에 수용되기엔 그릇이 너무 컸던 천재이자 '귀양 온 신선(謫仙)'으로 불렸던 이백 역시 '마신선'이라 불렸던 그의 풍모와 오버랩된다. 굴대부는 굴원을 말하는데 여기서 화자는 그에게 자신을 탓하지 말라고 한탄 섞인 부탁을 한다. 세상에서 버림받은 굴원을 조소하고 세상을 버린 도연명을 흠모하는 것은

---

33 "菊花開, 正歸來. 伴虎溪僧鶴林友龍山客, 似杜工部陶淵明李太白, 有洞庭柑東陽酒西湖蟹. 哎! 楚三閭休怪."

원대 산곡에서 흔하게 보이는 태도인데 마치원도 굴원의 진지한 삶의 방식을 현명치 못하다고 비웃는 것일까, 아니면 그에게 이해를 구하는 것일까. 세속을 떠나 초연하게 살며 맛난 술과 음식이나 즐기겠다는 선언에서 나를 지키겠다는 의지와 자부심이 느껴지기도 한다. 그러나 세상과 자신에게 너무나 정직했던 충신의 눈에는 이러한 자신이 아무래도 한심하게 보이리라는 생각은 지울 수가 없었던 게 아닐까.

　세상과 적절히 타협하며 지방 행정기관의 무관으로 열심히 살았던 그에게 세속의 삶은 참 고단했던 모양이다. 그의 또 하나의 대표작 〈쌍조雙調 · 야행선夜行船〉 '추사秋思'에서는 명리를 다투는 일은 끝도 없어 마치 "빽빽이 줄지어 먹이 찾는 개미, 윙윙 꿀 빚느라 분주한 벌, 앵앵 피 빠느라 바쁜 모기"처럼 쉴 새 없이 스스로를 괴롭히는 것임을 강조한다. 그는 이런 굴레에서 벗어나 "좋아하는 가을이 되면 이슬 내린 국화 따고 서리 내릴 때 자줏빛 게를 쪄 먹고 붉은 낙엽 태우며 술 데우며 사는" 삶을 찾고[34] 결국 반평생 무대에서 희극 놀음했던 삶을 후회하며 '얼어 죽지 않을 정도의 옷 한 벌과 굶어 죽지 않을 정도의 음식 한 입'(〈般涉調 · 哨遍〉 '半世逢場作戲')에 만족하기로 한다. 은일과 소박한 삶에 대한 이러한 절절한 바람

34　〈雙調 · 夜行船〉 '秋思' 중 〈撥不斷〉 "利名竭, 是非絶, 紅塵不向門前惹. 綠樹偏宜屋角遮, 青山正補墻頭缺. 更那堪竹籬茅舍." / 〈離亭宴煞〉 "蛩吟罷一覺才寧貼, 鷄鳴時萬事無休歇, 爭名利何年是徹! 看密匝匝蟻排兵, 亂紛紛蜂釀蜜, 急攘攘蠅爭血. 裴公綠野堂, 陶令白蓮社. 愛秋來時那些. 和露摘黃花, 帶霜烹紫蟹, 煮酒燒紅葉. 想人生有限杯, 渾幾個重陽節? 囑咐你個頑童記者. 便北海探吾來, 道東籬醉了也!"

은 어디서 연유한 것일까. 이에 대해 모든 것이 헛되다는 허무주의와 즐길 수 있을 때 즐겨야 한다는 '급시행락及時行樂'의 사상이 공존하는 것으로 본 학자도 있고 도교의 일파로 정신수양과 청정무위를 강조하는 전진교全眞教의 영향 때문이라는 설도 있다. 그러나 그 간절함은 무엇보다 명리에 대한 반감과 거부감에서 비롯된 것으로 보이고 그 거부감은 그가 체질적으로 숨어 사는 무색무취의 삶을 좋아해서가 아니라 벌레처럼 아득바득 살아야 하는 세상, 자신의 뜻을 펼칠 수 없는 세상에 대한 실망과 좌절, 그리고 세상 바꾸기를 포기한 체념의 심정에서 온 것으로 생각된다.

자신을 '인간사에 초탈한 산속의 재상, 바람과 달의 주인,[35] '술 속의 신선, 세속 밖의 나그네, 숲속의 벗[36]으로 규정하며 구속받지 않는 자연의 삶을 원했던 마치원. 이러한 생활이 정말 그가 원한 것이었을까. 많은 기회와 욕망을 타의에 의해 포기할 수밖에 없었던 원대 작가들 사이에서 '은일'은 그게 진심이든, 이름을 알리기 위한 또 다른 시도이든 항상 동경의 대상이고 언젠가는 이루고 싶은 소망이었다. 스스로 원해서 한 선택인지, 타의에 의한 것인지, 또는 세상에서 입은 상처를 위로 받기 위한 차선의 선택인지에 따라 차이는 있겠지만 그런 선택을 하고 실행에 옮기기까지의 과정이 녹녹치 않았음을 짐작할 수 있다. 마치원의 경우, 그의 많은 산곡 작품을 통해

---

35 〈雙調 · 淸江引〉 '野興' "林泉隱居誰到此. 有客淸風至. 會作山中相, 不管人間事. 爭甚麼半張名利紙. 東籬本時風月主. 晩節園林趣."

36 〈雙調 · 行査子〉 "…酒中仙, 塵外客, 林間友.…"

자신에게, 역사에게, 정신적 선배에게 수없이 질문하고 갈등하며 확인하는 모습을 엿볼 수 있다. 아예 벼슬에 뜻이 없었던 관한경, 벼슬을 거부했던 백박과는 달리 세상에 대한 기대가 있었기에 절망과 기피의 심정도 더했던 것 아닐까. 그 역시 일생에 대한 상세한 사적이 전하지 않으므로 체념과 평온한 삶의 끝에 그가 달관에까지 이르렀는지는 단언할 수 없다. 다만 작품을 통해 관직과 은일에의 열망 사이에 그가 했던 많은 고민을 읽어 낼 수 있다.

강호의 장원: 신선처럼 살기

〈정궁正宮 · 녹요편綠幺遍〉 '자술自述'

장원을 차지하지도, 명현전에 들지도 못했지만.
언제나 술의 성인이요, 어디서나 시詩의 선승禪僧이라,
안개 노을 속 장원이요, 강호의 취한 신선.
웃으며 얘기하면 한림학사라.
미적거리며, 음풍농월로 보낸 40년.[37]

자신을 술의 성인이자 취한 신선이자 유흥가의 장원으로 표현

---

37 "不占龍頭選. 不入名賢傳. 時時酒聖, 處處詩禪. 煙霞狀元, 江湖醉仙. 笑談便是編修院. 留連. 批風抹月四十年."

한 이는, 아름다운 용모와 뛰어난 글재주로 사람들의 추앙과 사랑을 한 몸에 받았다[38]는 교길喬吉(1280?~1345)[39]이다. 장가구張可久(1270?~1348?)[40]라는 산곡 작가와 더불어 '곡曲중의 이백·두보'로 병칭되었고[41] 한림원편수처럼 학식도 갖추었지만 40여년을 강호에서 떠돌아야 했으니 그의 삶이 결코 만족스럽지는 않았을 것이다. 세파에 흔들리지 않고 유유자적, 음풍농월하며 자유롭게 보낸 한 평생에 대해 자부심도 가득한 것으로 보이지만, '장원이 되어 명현전에 들' 정도의 재주를 갖추고도 입신양명의 기회가 없었던 데 대한 회한의 심정도 엿보인다. 1315년 중단되었던 과거 시험이 다시 시행되었지만 여전히 차별은 존재했고 교길같이 강호에서 떠돌며

---

38 "美姿容, 善词章, 以威嚴自飾, 人敬畏之. 居杭州太乙宮前. 有題[梧葉兒]〈西湖〉百篇, 名公爲之序. 胥疏江湖間四十年. 欲刊所作, 竟無成事者. 至正五年(1345) 二月, 病卒于家."(钟嗣成《錄鬼簿》)

39 喬吉甫라고도 하며 字는 夢符, 호는 笙鶴翁, 惺惺道人이다. 太原 사람으로,《錄鬼簿》의 기재에 의하면 杭州 太乙宮에서 거주했고 강호에서 40년 사는 동안 작품집을 간행하려 했으나 뜻을 이루지 못했다고 한다. 극작은 11종 중 3종이 전하며 대부분 애정 고사를 다루었다. 산곡은《全元散曲》에 소령 200여 수, 투수 11수가 전하며 張可久와 더불어 산곡의 명수로 병칭되었다. 散曲集으로 抄本《文湖州集词》1卷, 李開先이 집록한《喬夢符小令》1卷,《散曲叢刊》(任讷)本《夢符散曲》이 전한다.

40 字는 小山, 慶元(절강 鄞縣) 사람으로 사도가 여의치 못해 몇 차례 小官 역임 후 서호에 은거하면서 산곡 창작에 전념했다. 소령 855수, 투수 9투로 원대 작가 중 가장 많은 작품이 전한다. 풍격이 淸麗해 교길과 더불어 명청대의 곡가들이 추종했다.

41 음률에 정통하며 전인들의 시구 인용을 즐기면서도 속어 또한 생동적으로 잘 운용한 것으로 높이 평가 받았다. 명대 이개선은 속된 표현을 곧잘 쓰면서도 문아함을 잃지 않은 점을 높이 평가했다.("蘊藉包含, 風流調笑, 種種出奇而不失之怪；多多益善而不失之繁；句句用俗而不失其爲文") 다작을 남긴 산곡의 명수답게 곡은 "처음은 봉황의 머리처럼 아름답고, 중간은 돼지의 배처럼 풍성하고 끝은 표범 꼬리처럼 날렵해야 한다(作樂府亦有法, 曰'鳳頭, 猪肚, 豹尾')"(元 陶宗儀,《輟耕錄》'作今樂府法',《新曲苑》1, 臺灣中華書局, 25쪽)는 작법을 제시하기도 했다

잡극과 노래를 짓던 사람에게는 희망과 동시에 좌절도 주었을 것이다. 교길에게는 자술自述 · 자서自敍의 작품이 많은 편인데 다음의 곡에서도 자신을 술의 성인, 시의 선승임을 선언한다.

〈중려 · 절괘령折桂令〉 '자술自述'

화양건에 깃털 도포 입고 휠휠,
쇠피리로 구름 불어 버리고, 죽장으로 하늘을 떠받치네.
기이한 버들, 요염한 꽃, 상서로운 기린 봉황을 벗 삼고,
술의 성인이요, 시의 선승.
응시하지 않은 강호의 장원,
세속에 미련 없는 풍월風月 속 신선.[42]
군데군데 빠진 글이나 읽고, 먹 묻혀 붓 휘두르면,
산천에 그 향기 가득하네.[43]

위의 노래에서 '나'는 신선, 도사의 풍모로, 바람 속에 유유자적하게 노닐고 여인들 속에서 술과 시를 즐기며 세속을 그리워 않는 존재로 그려지는데 실제로도 교길은 '단사丹砂를 만들고 〈도덕경道德

42　〈中呂 · 滿庭芳〉 '漁父詞' 중에도 이와 유사한 구절이 있다.("…笑談便是編修院, 誰貴誰賢? 不應擧江湖狀元, 不思凡蓑笠神仙.…") '어부사'에 대해서는 윤수영 〈교길의 산곡연구2-어부사를 중심으로〉《강원인문논총》 제5집, 1997.12) 참조.

43　"華陽巾鶴氅蹁躚, 鐵笛吹雲, 竹杖撑天. 伴柳怪花妖, 麟祥鳳瑞, 酒聖詩禪. 不應擧江湖狀元, 不思凡風月神仙. 斷簡殘編, 翰墨雲煙, 香滿山川."

經)을 읽는',[44] 신선다운 생활을 시도했던 것 같다. 응시한 적은 없지만 글재주로는 으뜸을 자부하는 '강호의 장원'이라는 명명에서 여전히 세상의 인정과 이목을 의식하지 않을 수 없는 심리가 드러난다.

〈쌍조雙調 · 안아락과득승령雁兒落過得勝令〉'회성回省'에서는 세속에 얽매인 삶은 꼭두각시놀음에 놀아나는 것이고 부귀공명은 술 속에 뱀처럼 공허하고 실체가 없는 것이며 개미떼, 벌떼처럼 살다가 세월을 보내는 것이 허망한 일임을 돌이켜 반성한다.[45] 그가 위안과 만족을 얻는 곳은 역시 전원생활이다.

〈쌍조 · 안아락득승령雁兒落過得勝令〉'자적自適'

노란 국화 몇 송이 피었고, 파란 대나무 조금 심었네.
농사일은 익숙한데, 명리에는 서툴러.
벼 기장 작은 밭에 심고, 울타리엔 닭 거위 가두고,
다섯 이랑 소박한 땅이, 편안한 내 거처.
벼슬길 갈 땐, 벼슬 크면 근심도 크고,
숨어 살 땐, 밭이 많으면 일도 많고.[46]

---

44 〈南呂 · 玉交枝〉'閑適二曲'"…自種瓜, 自采茶, 爐內煉丹砂. 看一卷〈道德經〉, 講一會魚樵話…."

45 "身離丹鳳闕, 夢入黃鷄社. 桔槹地面寬, 傀儡排場熱. 名利酒吞蛇, 富貴夢迷蝶. 蟻陣攻城破, 蜂衙報日斜. 豪杰, 幾度花開謝, 痴呆, 三分春去也."

46 "黃花開數朵, 翠竹栽些個. 農桑事上熟, 名利場中挫. 禾黍小庄科, 籬落棱鷄鵝. 五畝淸閑地, 一枚安樂窩. 行呵, 官大優愁大. 藏呵, 田多差役多."

도연명처럼 국화를 벗하며 전원에 살지만, 넓은 땅은 고생스러우니 필요 없고 '편안한 거처(安乐窝)'만 있으면 된다는 소박한 희망을 얘기한다. 마치원 역시 명예와 이익을 다투는 것을 개미떼, 벌떼에 비유하며 '나무와 청산이 담장이 되어 주는, 초라하지만 편안한 띠풀집에 안주하는 삶, 좋아하는 술을 실컷 즐기며 사는 삶, 배도裹度나 도연명 같은 은자를 닮은 삶'을 꿈꾸었다. 교길은 마치원과 달리, 관직에 나아가지 않았던 것으로 보이지만 세상으로부터 받은 상처는 그 못지않게 깊었던 것 같다.

〈중려 · 매화성賣花聲〉 '오세悟世'

내 속은 백 번 달군 화로 속 쇠붙이,
부귀는 한 밤중 꿈속 나비. 공명 두 글자는 술 속의 뱀.
예리한 바람 가는 눈발, 남은 술잔에 식은 안주,
등 켜진 대울타리 띠풀집을 닫는다.[47]

백번 달군 쇠붙이처럼 단단한 마음은 아마도 세파를 겪을 만큼 겪은 뒤에 얻은 것이고 '세상에 대해 깨닫다(悟世)'라는 제목의 깨달음은 그만큼 대가를 치른 깨달음일 것이다. '평생 강호를 떠돌며 곡

---

47 "肝腸百煉爐間鐵, 富貴三更枕上蝶, 功名兩字酒中蛇. 尖風薄雪, 殘杯冷炙, 掩淸燈竹籬茅舍."

을 지었지만 알아주는 벗이 적어' 외로웠다는 기록[48]에서도 나타나듯, 넘치는 재주를 인정받지도 못하고, 꿈도 이루지 못한 채 떠도는 삶에 좌절도 많았으리라.

〈중려 · 산파양山坡羊〉 '자경自警'

느긋이 청풍 속에 앉고, 흰 구름 속에 높이 누우니,
얼굴에 침 뱉는 사람들 없다네.
하하껄껄 희희낙락,
목에 굴레 쓰고 무거운 방아 끄는 사람들 구경하네.
편안한 움막 하나 지으니. 동쪽에 있든, 서쪽에 있든 내 맘.[49]

'스스로 타이르고 경계하는' 이 작품은 종일 '무거운 방아를 돌리는' 나귀처럼 부림을 당하지 말고 내 편한대로 살자는 자기 다짐인 동시에 '나에게 침을 뱉고' 나를 조롱하고 버리는 세상에 대한 소극적 저항처럼 보인다.

48　鍾嗣成은 다음과 같이 교길을 애도했다: "평생 강호에 떠돌며 알아주는 이 적어, 노래 몇 곡에 온 힘 썼지. 백년 세월 또 무얼 다투리? 부질없이 흰머리만 얻었네. 학 타고 가는 길, 구름 짙게 끼었구나. 무덤 앞에 검 걸어두고, 다시금 무릎 위 거문고 소리 들으려, 거문고 끼고 술 들고 찾아가네.(平生湖海少知音, 幾曲宮商大用心. 百年光景還爭甚? 空贏得雪鬢侵. 跨仙禽路線雲深. 欲挂墳前劍, 重聽膝上琴. 漫携琴載酒相尋.)" - 〈雙調 · 凌波仙〉'弔喬夢符'.

49　"清風閑坐, 白雲高臥, 面皮不受時人唾. 樂跎跎, 笑呵呵, 看別人搭套項推沉磨. 盖下一枚安樂窩. 東, 也在我. 西, 也在我."

교길 역시 백박처럼 어떻게 하면 조용히 세상의 화를 피해 살 수 있을지를 고민하며 '강호에 은거해 범려范蠡를 배우고 굴원屈原 얘기는 묻지도 말 것'과 '평생 쓸데없는 일들 거론 말고 멍청한 척 살기'[50]를 다짐한다. 대울타리, 띠풀집에 만족하고 '고기 잡고 술 사고 저녁 노을 속 그림 같은 강산 즐기며 고깃배에서 달빛 내릴 때까지 춤추고 노래하는'[51] 어부 같은 삶을 추구하는 데에서 명리에 대한 회한은 없어 보인다. 그러나 이 작가의 삶에서 많은 기회가 주어졌을 것으로는 생각되지 않고 따라서 조정의 부름을 여러 차례 받았던 백박의 고민과는 출발점이 다르다고 할 수 있다.

돌아가세歸去來兮: 관장官場을 떠난 삶

물론 원대에도 요수姚燧(1239?~1314) · 노지盧摯(1242~1314) · 장양호張養浩(1269~1329)[52]와 같이 고관을 지내며 존경 받았던 한족 문

---

50 〈中呂 · 滿庭芳〉'漁父詞' "江湖隱居, 旣學范蠡, 問甚三呂. 終身休惹閑題目, 裝個葫蘆…."

51 〈中呂 · 滿庭芳〉'漁父詞' "活魚旋打, 沽些村酒, 問那人家. 江山萬里天然畵, 落日煙霞. 垂袖舞風生鬢髮, 扣舷歌聲撼漁槎. 初更罷, 波明淺沙, 明月浸蘆花." '어부사'는 20수로, 자신을 어부에 비유한 작품이다.

52 자는 希孟, 호는 雲莊으로 제남 사람이다. 東平學正 監察御使 官翰林侍读'右司都事, 禮部尙書 中书省参知政事 등을 역임했으며 時政 비판으로 權貴의 미움을 사 파관되었다. 英宗 至治 원년에 歸隱한 후, 7차례나 부름 받았으나 응하지 않았다. 文宗 天歷 2년(1329) 관중에 가뭄이 들자 陝西行臺中丞으로 나아가 罹災民 구제 활동을 하다가 과로로 병사했다. 그의 죽음에 대해 "관중 사람들이 부모를 잃은 듯

인들이 있다. 요수는 요금대에 고관을 지낸 집안 출신으로 그의 백부가 쿠빌라이의 막부에서 신임을 얻어 등용되었고 그 역시 한림학사승지 · 집현전대학사를 지냈다. 노지는 백박 · 마치원 등 잡극 작가와 주렴수 같은 예인과도 가깝게 지냈지만 진사 급제(1268) 후 한림학사로서 시문으로 이름을 날렸던 관료이다. 두 사람은 원대 조정의 대표적 학자 문인들이었고 장양호는 예부상서 · 중서성참지정사까지 지낸 고관이었다. 이들은 주로 시문이나 산곡 작품을 남겼는데 특히 장양호의 산곡 중에는 '관직에 임하는 자세'나 백성을 걱정하는 작품이 많다. 그는 실제로 은퇴 후 7차례나 부름을 받고도 응하지 않다가 1329년 기근이 든 관중 지역에 가서 안무하라는 명을 받고 다시 나아가 백성들을 위해 밤낮없이 일하다 과로사했을 정도로 희생정신이 강한 인물이다. 백성들은 그의 죽음을 '부모를 잃은 듯' 슬퍼했다고 전한다. 그는 《삼사충고三事忠告》라는 관리 지침서를 남겨 어떤 일에 힘써야 하고 어떤 일을 경계해야 하는지 조목조목 기록하기도 했다.[53] 이정재는 원대 문인들의 다양한 출신과 성향을 분석하면서 대다수는 잡극 창작을 통해 생계를 이었지만 일부는 몽고의 필요에 의해 고급 관료가 되거나 경제적 여유가 있어

슬퍼했다(關中之人, 哀之如失父母)"《元史 · 張養浩傳》)고 한다.《雲莊休居自適小樂府》1권에 소령 61수, 투수 2수가 전한다. 사회 비판, 역사懷古, 백성들의 고통을 고발한 내용이 많으며 전원에서의 은일을 읊기도 했다. 장양호 산곡에 나타나는 작품 속 현실과 은일사상에 대해서는 윤수영,〈장양호의 산곡연구〉(《중국문학연구》3권, 한국중문학회, 1985) 참조.

53 《三事忠告》는 牧民忠告 · 風憲忠告 · 廟堂忠告의 세 편을 黃士弘이 한 권으로 묶은 것이다. 장양호 저, 정애리시 옮김, 새물결출판사, 1999.

전통시문 창작을 주로 하고 산곡을 통해 문학적 실험을 즐겼다고 보았다.[54] 따라서 요수·장양호와 같은 경우는 원대 잡극 작가의 일반적 상황과는 달랐다고 볼 수 있다.

교길과 비슷한 시기를 살았던 장양호張養浩(1269~1329)는 30여 년간 실제로 곡절 많은 관료 생활을 경험한 후 귀은해 관직 생활이 얼마나 허망한 것인지, 관리들이 얼마나 부패했는지, 얼마나 위선적 인지를 돌아보며 한탄했다.[55] 그는 또한 세사를 비판하면서 고통당하는 백성들에 대한 관심과 동정을 표현했는데[56] 이러한 고발과 관심은 그의 실제 경험이 바탕이 된 것이다. 작품에 나타난 관장에 대한 묘사도 구체적이고 귀은의 기쁨도 좀 더 핍진하게 와 닿는다.

〈쌍조·안아락겸득승령〉 '지기知機'

전에는 공명 때문에 시비를 따졌는데,
이젠 산수 속에서 명예와 이익을 잊네.
전에는 닭 울음 듣고 일찌감치 조정에 나아갔는데,
이젠 대낮이 되도록 자고 있구나.

---

54 관직을 역임한 작가의 숫자와 고급 관료의 비율 등에 대해서는 이정재, 앞의 논문 참조.

55 〈中呂·朱履曲〉"那的是爲官榮貴? 止不過多吃些筵席, 更不呵安揷些舊相知. 家庭中 添些盖作, 囊篋裏攢些東西. 敎好人每看做甚的."

56 〈中呂·山坡羊〉'潼關懷古'"峰巒如聚, 波濤如怒. 山河表裏潼關路. 望西都, 意躊躕. 傷心秦漢經行處, 宮闕萬間都做了土. 興, 百姓苦! 亡, 百姓苦!"

전에는 홀을 들고 어전 계단에 서 있었는데,

이젠 국화 들고 동쪽 울타리 향해 서 있네.

전에는 굽신거리며 권세가들을 모셨는데,

이젠 느긋이 소요하며 옛 친구를 만난다.

전에는 멍청해서 곤장 맞고 유배 갈 뻔 했는데,

이젠 맘 편히 음풍농월하며 글을 짓네.[57]

　다른 작가와 마찬가지로 산수 속에서 국화 향기를 맡으며 도연명처럼 사는 삶을 기꺼워하고 은일·은거 등 제목의 작품을 많이 지었으나, 늘 위기 속에서 긴장하며 살아야 했던 관직 생활의 체험과 '관에서 물러난(辭官)' 안도감이 드러나는 점에서 차별화된다. 그 또한 앞의 작가들처럼 굴원에 대해 유감스러워하며 '청산에서 미친 듯 노래하고 마시며 마음 편히 즐거움을 누리지 못한 것'[58]을 안타까워하고 사로仕路의 위험에 대해 경계한다. 그러나 '관록은 아예 도모하지 말라', '관직과 돈과 명성을 좇으며 욕심 부리지 말라', '본분을 지켜라'라고 당부하면서도 한편으로는 '관리 노릇은 청렴하고 바르게 하라, 아첨하며 아득바득 다투지 말라'며 관직에 임하는 자

57　"往常時爲功名惹是非, 如今對山水忘名利. 往常時趁鷄聲赴早朝, 如今近晌午犹然睡. 往常時秉笏立丹墀, 如今把菊向東籬. 往常時俯仰承權貴, 如今逍遙謁故知. 往常時狂痴, 險犯着笞杖徒流罪, 如今便宜, 課會風花雪月源題."

58　〈中呂·普天樂〉'隱居謾興' 중 "楚〈離騷〉, 誰能解? 就中之意, 日月明白. 恨尚存, 人何在? 空快活了湘江魚蝦蟹, 這先生暢好是胡來. 怎如向青山影裏, 狂歌痛飮, 其樂無涯."

세를 제시하기도 한다.[59] 이러한 충고와 경고는 그가 관장에서 탐관
貪官들의 행태와 불의不義를 직접 목도했기에 가능했을 것이다. 또
한 비극적인 역사 인물들을 들어 벼슬길이 곧 재앙임을 확인하면서
도, "관직에 있을 땐 한거를 그리워하고 한거할 땐 관직을 그리워하
는"[60] 모순된 심정을 내비칠 수 있었던 것도 그의 체험에서 비롯된
것으로 보인다.

　그의 작품 중 "부귀영화에 연연해하지 않고, 돌아가네"라고 외치
며 명리를 떠나 청산, 백운, 명월을 벗하고 시를 짓는 생활에 안주
하는 내용[61]이나 "공명의 불구덩이에서 뛰쳐나와, 꽃과 달빛 가득한
봉래영산에 왔구나"[62]라며 기뻐하는 모습, '도연명처럼 꽃과 술, 음

---

59 〈中呂·山坡羊〉"人生於世, 休行非義, 謾過人也謾不過天公意. 便僧些東西, 得些衣
　食, 他時終作兒孫累, 本分世間為第一. 休使見識, 幹圖甚的."休圖官祿, 休求金玉,
　隨緣得過休多欲. 富何如? 貴何如? 沒來由惹得人嫉妒, 回首百年都做了土. 人, 皆笑
　汝. 渠, 幹受苦.""無官何患? 無錢何憚? 休教無德人輕慢. 你便列朝班, 鑄銅山, 止不
　過只為衣和飯, 腹內不饑身上暖. 官, 君莫想. 錢, 君莫想.""于人誠信, 於官清正. 居於
　鄉里宜和順. 莫虧心, 莫貪名, 人生萬事皆前定, 行夕暗中天照臨. 疾, 也報應. 遲, 也
　報應.""休學諂佞, 休學奔競, 休學說謊言無信. 貌相迎, 不實誠, 縱然富貴皆僥倖, 神
　惡鬼嫌人又憎. 官, 待怎生. 錢, 待怎生."王星琦는 장양호 산곡의 특징 중 하나로 은
　일을 노래하면서도 관직에 있는 자들에 대해 경계와 충고를 하고 있는 점을 들었
　다.(《元曲與人生》, 上海古籍出版社, 2004, 31-34쪽)

60 〈雙調·沽美酒兼太平令〉"在官時只說閑, 得閑也又思官, 直到教人做樣看. 從前的試
　觀, 哪一個不遇災難? 楚大夫行吟澤畔, 伍將軍血污衣冠, 烏江岸消磨了好漢, 咸陽
　市幹休了丞相. 這幾個百般, 要安, 不安, 怎如俺五柳莊逍遙散誕?"

61 〈中呂·普天樂〉"辭參議還家"昨日尚書, 今朝參議. 榮華休戀, 歸去來兮. 遠是
　非, 絕名利. /蓋座團茅松陰內, 更穩似新築沙堤. 有青山勸酒, 白雲伴睡, 明月催
　詩."

62 〈中呂·十二月帶堯民歌〉"從跳出功名火坑, 來到這花月蓬瀛. 守著這良田數頃, 看
　一會雨種耕. 倒大來心頭不驚, 每日家直睡到天明. 見斜川雞大樂昇平, 繞屋桑麻翠
　煙生. 杖藜無處不堪行, 滿目雲山畫難成. 泉聲, 響時仔細聽, 轉覺柴門靜."

악을 한가로이 즐기며 부귀공명을 마음에서 없애고 재앙을 멀리하는' 생활, '청사에 이름 남는 것도 필요 없는'[63] 초탈한 모습도 이미 관장에서 온갖 영욕을 맛보고 일곱 차례나 부름을 거절했던 작가의 경력과 무관하지 않을 것이다. 요수姚燧에게 추천받아 관직에 올랐던 유치劉致[64]가 구름 낀 산에서 "서풍이 불어 공명에 흘린 눈물 닦아 주네'[65]라고 위안을 받았던 것이나 감찰어사監察御使 · 하동염방사河東廉訪史 등을 지냈던 진초암陳草庵(1247~1319?)이 '잔뜩 취해 한가로이 어부 · 나무꾼 찾아 얘기 나누고 짙은 녹음에 편히 누워'[66] 마음을 달래는 것 역시 이와 유사하다. 이러한 심리는 세상에 적응하지 못해 스스로 전원을 택했던 도연명과 다르며 위에서 명리에 대한 반감을 표하고 산수자연의 위안을 찬미했던, 그러나 명리추구의 기회는 별로 없었던 산곡 작가들과도 다르다.

---

63 〈雙調 · 新水令〉'辭官'"… [七弟兄]唱歌, 弾歌, 似風魔, 把功名富貴都参破. 有花有酒有行窩, 無煩無悩無災禍…[離亭宴煞]高竿上本事 従邁邐, 委過的賽他不過. 非是俺全身遠害, 免教人信口開喝. 我把這勢利絶, 農桑不能理会, 庄家過活. 青史内不標名, 紅塵外便是我."

64 字는 時中, 號는 逋齋이며 石州 寧郷(산서 中陽) 사람이다. 한림학사 요수에게 인정받고 湖南憲府吏로 추천 받았으며 永新州判 · 河南省行掾 · 翰林待制 · 浙江行省都事를 역임했다. 소령 74수, 투수 4편이 전한다.

65 〈中呂 · 山坡羊〉'燕城述懐'"雲山有意, 軒裳無計, 被西風吹斷功名涙. 去来兮, 便休提. 青山盡解招人醉, 得失到頭皆物理. 得, 他命裏. 失, 咱命裏."

66 〈中呂 · 山坡羊〉'嘆世' 제26수"塵心撇下, 虚名不掛, 種園桑棗圍茅厦. 笑喧嘩, 醉麻査, 悶來閑訪漁樵話, 高臥綠陰清昧雅. 載, 三徑花. 看, 一段瓜."

좌절과 달관 사이

무대와 기원에서 배우들과 생활하며 사로에 별 뜻이 없었던, 그래서 입신양명의 기회가 전혀 없었던 것으로 보이는 관한경, 학문과 집안배경으로 인해 명성이 있었지만 원조에 대한 반감으로 벼슬을 거부했던 백박, 명리에 대한 염증으로 관리 생활에 만족할 수 없었고 사관 후에는 산수 속 은일을 즐기면서도 끊임없이 자신에게 질문했던 마치원, 역시 명리를 추구하는 삶을 혐오하고 강호에서 신선처럼 살았던 교길, 항상 위기의식을 느끼면서도 유가적 관료의 삶을 충실하게 살았고 은일의 즐거움을 외치면서도 백성을 구하기 위해 현장으로 달려갔던 장양호 등 작가들은 같은 원대라 해도 각각 처했던 시기와 신분, 인생 경력, 개성이 달랐고 따라서 '세상에 분노하고 세속을 싫어하는(憤世疾俗)' 심정, 공명이나 은일에 대한 태도와 심리에도 미묘한 차이가 있었던 것으로 보인다.

　이익과 명예를 좇아 자신을 굽히며 위협 속에 사는 삶과 권귀權貴에 대한 염증, 유일한 위안으로서의 술과 산수, 전원생활에 대한 혹애, 자신의 재능에 대한 자부심과 초라한 현실에 대한 자조自嘲 등은 산곡 속에 흔히 다루어지는 주제이다. 원대는 중기로 가면서 초기의 이민족 통치에 대한 반감이 다소 줄어든 것으로 보이지만 여전히 대다수의 한족 문인들에게는 좌절의 시기였고 부적응의 시대였으며 입신양명의 기회 역시 제한적이었다고 할 수 있다. 그들이 평범한 사람들이나 사회의 소외계층들을 대변하고 상세히 관찰하게 된 것도 중심에서 밀려난 작가들의 처경 및 인식과 관련이 있을 것이다. 자기를 기억해 줄 이 없고 자신을 알아주고 받아 주지 않는 세상에 대응하는 방식은 '세상을 회피하고 세상에서 숨으며 세상을 가지고 노는(避世·遁世·玩世)' 태도[67]로 나타났고 이러한 심정이 감정을 '거리낌 없이, 과장되게, 직접적으로' 드러내는 산곡이라는 가장 자유로운 노래 형식을 만나 남김없이 표현되었다고 할 수 있다. 위의 작품들에서도 나타나듯, 세상에 대한 거부감과 사회에 대한 반감, 공명에 대한 경계심, 주변인적 감성을 이렇게 직설적으로 드러낸 시대는 없었을 것이고 속세에서의 은일이든, 진정한 은일이든, 은일이 이처럼 집단적으로 가송된 시기와 장르도 드물 것이다. 또한 산수자연에서 위안을 구하는 시가는 다른 시대에도 많았지만 이처럼 절실하게 '편히 쉴 곳(安樂窩)'의 기능이 강조된 시기도 없었다고 생각된다. 세속에 지쳐 은자의 삶을 동경하고 실천하는 과정도 다른 시기와 유사해 보이지만 차이가 있고, 정치적 배경과 은일의 동기, 문인으로서의 자의식과 갈등도 다른 시기와는 달랐다고 볼 수 있다. 그 이면에는 전진교 등 당시 종교의 영향도 엿보이지만, 출로가 매우 제한적이었던 시대에 이상과 현실 사이의 모순, 출세와 입세 간의 갈등을 집단적으로 겪어야 했던, 그리고 세상과 어울리지 못하고 방관자적 삶을 살아야 했던 원대 문인 특유의 심리가 복

---

67 李昌集은 산곡의 배경에 避世·玩世 철학이 있으며 이는 금대문학의 영향, 문인의 좌절감, 全眞敎의 유행에서 비롯된 것으로 보았다.(《中國古代散曲史》, 華東師範大學出版社, 1991) 周雲龍은 憤世·遁世·玩世의 심리를 원 산곡의 특징으로 들었고(門巋 主編《中國古典詩歌的晚暉-散曲》, 天津古籍出版社, 1994, 131–143쪽) 趙義山은 憤世와 避世를 원 산곡의 주체의식으로 보았다.(《20世紀元散曲研究綜論》 第5章, 上海古籍出版社, 2002)

합적으로 작용했다고 생각된다.

　'재주는 많은데 때를 만나지 못해(懷才不遇)' 불행했던 작가들은 전통 시기 중국 사회에서 늘 존재했고 그들의 불행은 미안하게도 우리에겐 늘 위안이자 행운이었다. 중국문학사상 전무후무한 특이한 환경에서 세상과 불화하며 자신이 누구인지, 어떻게 살아야 하는지 질문해야 했던 원대의 작가들은 우리에게 좀 다른 성격의 위안과 연민을 느끼게 한다. '옛사람들이 감흥을 일으켰던 연유를 살필 때마다 서로 맞춘 듯 똑같이 느끼니 문장을 대해 탄식하며 슬퍼하지 않을 수 없었다.' 지금으로부터 약 1700년 전 왕희지王羲之는 이렇게 고백하면서 자신과 지인들의 작품도 시대를 넘어 후세 사람들의 공감을 얻을 것이라 예견했다.[68] 자신의 가치를 순수하게 인정받기 어려운 현대에 살면서 누군가는 위의 작가들이 '감흥을 일으킨 연유'에 공감하고 함께 탄식하고 웃고 위로를 얻을 수 있을 것이다. 시공간을 뛰어 넘어 거친 역사의 이면에 숨겨진 굴곡진 인간사를 읽어 내고 그들의 감성을 따라가 보는 것, 특히 산곡과 같은 노래를 통해 다른 장르에서 표현되지 못한 그 시대 사람들의 진솔한 면면을 발견하는 것은 문학이 가진 특유의 기능이자 힘일 것이다. 모든 가치와 사회 체계가 한바탕 흔들렸던 시대에 본의 아니게 정해진 틀에서 벗어난 삶을 살았지만, 그랬기 때문에 이전 문인관료 작가들이 갖지 못했던 자유로운 사고와 유희적 태도, 비주류적 감

---

68 "每覽昔人興感之由, 若合一契, 未嘗不臨文嗟悼, 不能喩之於懷…故列敍時人, 錄其所述, 雖世殊事異, 所以興懷, 其致一也. 後之覽者, 亦將有感於斯文."〈蘭亭集序〉.

성을 충만하게 보여 줄 수 있었던 원대 작가들은 이후 속문학의 발전에 기폭제 역할을 하는 등, 중국문학의 지형도를 바꾸는 데에도 일조를 했다. 또한 '나'에 대해, 또 나와 세계의 관계에 대해 새롭게 고민을 할 수밖에 없었던 그들의 처지와 환경은 작품에 고스란히, 또는 우회적으로 반영되었고 우리는 이를 통해 그들이 중심에서 밀려난 소외감과 박탈감을 어떻게 견뎌 냈는지, 또는 그 속으로 침잠하거나 도피하거나 초연했는지를 엿볼 수 있다.

공감할 수 있는 능력과 공감하는 부분은 시대와 사람, 집단에 따라 다르고 한 사람에게서도 늘 변할 수 있다. 그래서 당연하게도 작품의 의미는 모두에게 똑같을 수 없고 정답은 없다. 다만, 용과 봉황을 잡는 법을 기꺼이 함께 논해 주는 정도의 열린 마음이라면 700여 년 전 슬프고도 발랄했던 이들의 감성을 내 것으로 느껴 볼 수도, 그래서 인간과 사회를 또 다른 각도로 바라볼 수 있을 것이고 잠시 멈춰 서서 현재의 '나'를 되돌아보는 여유도 가질 수 있을 것이다.

■ **참고문헌**

1. 국내 논문

윤수영, 〈장양호의 산곡연구〉, 《중국문학연구》 3권, 한국중문학회, 1985.

이정재, 〈몽골-원대문학환경의 변화와 문학활동의 분화-산곡과 잡극을 중심으로〉, 《중국어문학》 제54집, 2009.12.

하경심, 〈산곡을 통해 본 원대 문인의 자화상〉, 《중국어문학논집》 제26호, 중국어문학연구회, 2004.2.

_____, 〈유희와 진정, 劉廷信의 산곡세계〉, 《중국어문학논집》 제31호, 중국어문학연구회, 2005.4.

_____, 〈원대 '조소'산곡 소고〉, 《중국어문학논집》 제86호, 중국어문학연구회, 2014.6.

_____, 〈마치원 산곡 '탄세'의 내용과 창작심리考〉, 《중어중문학》 제54집, 한국중어중문학회, 2013.4.

2. 국내 저서

가와이 코오조오(川合康三) 지음, 심경호 옮김, 《중국의 자전문학》, 소명출판사, 2002,

김쟁 지음, 강길중 옮김, 《중국문화와 과거제도》, 중문출판사, 1994.

김호동, 《몽골제국과 세계사의 탄생》, 돌베개, 2010 참조.

박성혜 역주, 《녹귀부》, 학고방, 2008.

王國維 지음, 오수경 옮김, 《宋元戱曲考역주》, 소명출판, 2014.

張養浩 지음, 黃士弘 편, 정애리시 옮김, 《三事忠告》, 새물결출판사, 1999.

3. 국외 저서

門巋 主編, 《中國古典詩歌的晚暉-散曲》, 天津古籍出版社, 1994.

徐征 · 張月中 · 張聖洁 · 奚海 主編, 《全元曲》, 河北敎育出版社, 1998.

宋簾 等, 《元史》, 中華書局, 1959.

隋樹森 編,《全元散曲》, 中華書局, 1991.

王星琦,《元曲與人生》, 上海古籍出版社, 2004.

王學奇 · 吳晉淸 · 王靜竹 校注,《關漢卿全集校注》, 河北敎育出版社, 1990.

李昌集,《中國古代散曲史》, 華東師範大學出版社, 1991.

趙義山,《20世紀元散曲研究綜論》, 上海古籍出版社, 2002.

中國戲曲硏究院 編,《中國古典戲曲論著集成》2, 中國戲劇出版社, 1980.

陳平原 主編,《科學與傳播》, 北京大學出版社, 2015.

夏庭芝 著, 孫崇濤 · 徐宏圖 箋注,《靑樓集箋注》, 中國戲劇出版社, 1990.

| 통속과 심미 |

중국 서남 지역 토사土司의 선물

_ 후샤오전胡曉真

* 이 글은 연세대학교 국학연구원 HK사업단 주최 제35차 사회인문학 워크숍 '해외 전문
가 초청강연'(2016.4.26)에서 발표된 글(女土司的貢禮: 政治交換·審美的感與 通俗
想像)로, 토론을 반영해 보완하고 번역하였다. 번역 이주해(연세대학교 국학연구원)

한족과 비한족이 접촉하는 과정에서 타자를 표현하는 수많은 텍스트가 탄생하였다. 거기에는 지방지地方志, 유기遊記, 필기소설 등이 포함되어 있으며 주요 서술 내용은 산천 지리, 관부의 연혁, 그리고 풍속 민정 등이다. 그중 물산과 식품에 대한 묘사는 얼핏 사실에 대한 고찰 기록처럼 보이지만, 실은 갖가지 감정과 상상으로 버무려져 있다. 식재료가 가공과 조미 과정을 통해 오미五味를 갖추게 된 것처럼 말이다.

이 글은 귀주貴州 여성 지방관(이는 '토사'의 번역으로, 맥락에 따라 여성 지방관, 토사 등으로 번역했다.) 사향奢香과 명 태조의 고사에 대한 후세의 기록을 중심으로, 고사의 변천 과정 속에서 복식과 음식이 어떻게 각각 중앙 군주와 변방 여성 통치자의 정치적 교환 부호로 발전해 갔는지에 관해 논의해 보고자 한다.

메밀이라는 이족彝族의 전통 식재료가 구룡九龍 도안이 새겨진 "금수金酥"로 만들어져 여성 지방관이 중앙에 보내는 공물이 되었을 때, 사향의 고사도 변방과 중앙의 정치적 대립에서 다민족국가가 형성되어 가는 과정 중의 "별미"로 편입되었다. 음식물의 시각에서, 여성 토사 사향奢香의 이야기가 어떻게 변화하는지를 고찰함으로써 우리는 문인의 기록이 민간 전설로 변화하면서 이루어지는 통속화 과정을 엿볼 수가 있으며, 그 가운데 시대에 따른 부동한 정치의식과 사회적 수요가 통속적 가치에 기탁되어 있음을 파악할 수가 있다. 이 연장선상에서, 지방지와 문인의 시문이 어떻게 서남 지역의 특색 음식을 묘사했는지를 검토함으로써 이러한 텍스트들이 늘 음식이 풍기는 심미적 분위기를 그려 내는 동시에, 그에 정치적 의미를 내포시키고 있음을 발견할 수가 있다.

서남 지역 여성 지방관과 중앙 왕조

중국의 서남 지역, 즉 지금의 운남, 귀주, 광서, 사천 등 변방 지역에서는 역사적으로 중앙 왕조와의 분합分合 현상이 빈번히 발생하였다. 그 지리적, 인문적 특수성으로 인해 이곳은 언제나 문인들의 호기심, 공포, 기탁寄託, 상상 등 여러 감정의 집결지였다. 특히 서남 지역 일부 민족의 권력 승계 제도는 한족의 그것과 사뭇 달랐다. 이는 문인들의 상상력을 자극하기에 충분했는데, 그중 가장 선명한 이미지로 등장한 것이 아마도 여성 지방관일 것이다.

   역사적으로 서남 지역에는 많은 여성 지방관이 있었다. 원나라 때 있었던 한 가지 사건으로부터 이야기를 풀어가 보겠다. 원 성종成宗 5년(1301), 귀주에서 심각한 동란이 발생했다. 이때 대신 유심劉深은 원 성종에게 팔백식부국八百媳婦國(지금의 태국, 미얀마 일대)을 공격함으로써 대국의 무공武功의 성대함을 보여 줄 것을 종용하였다. 유심이 어명을 받아 군대를 통솔하였지만 상황이 유리하지 않았다. 대군의 행렬이 귀주를 통과할 때, 그는 현지 지방관으로부터 방대한 군수품을 징수하였다. 여기서 이른바 지방관[土司]이란 원나라 때부터 변방 민족의 우두머리를 관원으로 임명하던 제도를 말한다.

과도한 부담을 견디지 못한 수동水東 지역 지방관 송융제宋隆濟가 반란을 일으키자 수서水西의 여성 지방관 사절奢節도 반란에 가담했다. 그 후 운남, 광서도 이에 호응하여 전국이 소용돌이에 휩싸였다. 압박 받던 성종은 서남 지역에서 군대를 철수하고, 유심을 죽임으로써 천하 백성들에게 사죄하였다. 그러나 귀주에서 지불한 대가도 적지 않았다. 송융제와 사절은 결국 성종7년(1303)에 사로잡혀 처형되었다.

사절은 역해부설선위亦奚不薛宣慰 지방관(즉 수서 지방관) 아화阿畫의 부인으로, 아화가 1297년에 세상을 떠나자 지방관 직을 이어받았다. 사절은 후에 "열희烈姬"로 존칭받았는데, 이는 그녀가 이족을 이끌고 폭정에 대항한 것을 칭송하기 위함이다. 지금도 그녀의 무덤 앞에 세워진 묘비에는 한문과 이족 문자로 나란히 다음과 같은 문구가 새겨져 있다.

꽃다운 얼굴을 검은 쇠처럼 녹이고자 하였건만,
이젠 푸른 무덤만 남아 황혼을 향하네.

물론 "열희총烈姬冢"은 진작에 무너지고 없다. 우리가 지금 보고 있는 묘지와 묘비는 모두 최근에 다시 만든 것이다. 무덤 앞에 적어 놓은 이 구절을 누가 썼는지 알 수 없지만, 아래 구는 두보杜甫의 명

---

1 사절의 무덤 열희총은 지금 귀주성 東山 기슭에 있다.

시 〈영회고적詠懷古蹟〉 5수 중 세 번째 수이며, 읊고 있는 대상은 명비明妃의 무덤이다. 명비 왕소군王昭君은 한나라 때 흉노와 화친했던 궁중 여성이다. 이 구절을 쓴 저자의 마음 속에, 병사를 일으켜 중앙에 항거한 서남 지역 여성 지방관과 왕소군 사이에는 어떠한 비교 가능성이 있었을까? 이는 참으로 되새겨 볼 만한 문제이다.

한족 출신인 저자에게 우선 왕소군이 화친했던 대상은 북방의 이민족이었으며, 사절이 비록 한족은 아니었지만 그녀의 저항 대상 역시 북방 이민족이 세운 정부였다. 이것이 첫 번째 이유이다. 왕소군과 사절이 맞이했던 운명은 모두 중앙정부와 외국/외족과의 교섭에 의한 결과였다. 이것이 두 번째 이유이다. 더욱 의미심장한 것은, 왕소군이 화친한 후에 알閼 씨에 봉해지고, 흉노왕 호한야呼韓邪 선우單于 사이에 아들까지 하나 두었으나, 중국 문인들은 왕소군의 마음이 언제나 한나라를 향해 있다고 믿고 있었다는 사실이다. 이로 인해 왕소군을 읊은 각종 문인 시가와 민간 전설이 탄생하였다. 왕소군의 무덤은 역사와 상상으로 엮어 낸 왕소군 고사라고 말할 수 있다.

그렇다면 사절의 사적 또한 전해지는 과정 중에 이처럼 되지 않았으리라는 법은 없지 않을까? 따라서 왕소군의 무덤과 열희총이 하나는 외교 강화講和를 상징하고 다른 하나는 무력 항쟁을 대표한다 하더라도 역사적으로 이민족 간의 정치 교환을 지향하고 있다는 점에서는 다르지 않다.

이즈음에서 먼저 여성인 사절이 어떻게 지방관이 될 수 있었는지를 설명해야 할 것 같다. 원 성종5년, 즉 송융제와 사절이 난을 일으킨 바로 그해에, 이경李京(1251~?)이라는 관원이 운남 오살오몽도 선위부사烏撒烏蒙道宣慰副使로 파견되었다. 그는 운남에 있는 동안 곳곳을 순시하고 보고 들은 것을 기록하였는데, 운남의 지리, 민족, 인문 방면의 특색을 자세하게 묘사하여《운남지략雲南志略》을 저술했다. 이 책은 최초의 운남 지방지로 인정받고 있다. 이경은 라라족羅羅族(이족)의 두목 승계 제도에 대해 이렇게 묘사하였다.

본처를 내덕耐德이라고 한다. 내덕이 낳지 않은 아들은 아비의 자리를 계승할 수 없다. 내덕에게 아들이 없거나, 아들이 있지만 장가들기 전에 죽었을 경우 그를 위해 아내를 들인다. 누구나 그 여자와 관계를 맺을 수 있으며, 그 사이에 자식이 생기면 죽은 자의 자식으로 간주한다. 추장에게 후사가 없으면 그 아내가 추장으로 추대된다. 여자에게는 여시종이 없다. 오직 남자만 십여 년 동안 좌우에게 모실 수 있는데, 모두 사적인 총애를 입는다.

이 단락은 널리 유전되어 권위 있는 기록이 되었으며, 특히 명청 시기 서남 지역 풍속을 다룬 거의 모든 문장에서 즐겨 인용하는 출처가 되었다. 이로써 사절이 아화 사후 수서의 지방관 자리를 이어받은 것이 곧 라라족의 풍속이었음을 알 수 있다. 역사상 서남 지역에는 수많은 여성 지방관이 있어 왔다. 그중 승 부인冼夫人과 진양옥秦良玉 등은 제법 명성이 높다.

최근에는 그림 연구가 유행하고 있는데, 그림 속에서도 마찬가지로 여성 지방관의 이미지를 찾아낼 수 있다. 예를 들어 6세기 양나라 원제가 그린 〈직공도職貢圖〉에는 외국과 변방의 사신 모습이 묘사되어 있다. 이러한 전통은 청나라 건륭 때 제작된 〈황청직공도皇淸職貢圖〉에서 최고조에 이르렀는데, 궁정 화가 사수謝遂가 완성한 채색 화책畵冊은 판각본 형식으로《사고전서》에 수록되기도 하였다. 〈황청직공도〉에서는 외국의 사신과 변방 민족의 이미지를 기록하기도 하고, 건륭 황제의 대외 정책을 전달하기도 하였다. 이 화책은 남녀 각 한 명씩 그리는 것을 범례로 삼고 있어서 라라족 남녀 지방관의 이미지를 찾아볼 수 있다. 이와 다른 계열의 비한족 그림은 이른바 〈백묘도百苗圖〉 혹은 〈묘만도苗蠻圖〉이다. 건륭 황제는 1751년에 다음과 같은 유지를 내렸다.

우리 왕조가 천하를 통일함에 나라 안팎의 묘이苗夷들이 진심을 바쳐오며 우리의 교화에 귀의하였다. 그들은 의복과 생김새가 각각 다르다. 각 변경 지역을 다스리는 독무督撫들은 관할 지역 내 묘족, 요족瑤族, 여족黎族, 동족僮族 및 그 밖의 모든 오랑캐 종족들의 복식을 묘사하여 그 그림을 군기처에 보내도록 하고, 다 같이 모여 이를 살펴보게 함으로써 왕회王會의 성대함을 널리 드러내도록 하라.

이 유지가 내려오자 서남 각지의 독무들은 현지 전문 화가를 고용하여 현지 민족의 모습을 그리게 했는데, 외모와 복장 이외에 생활 환경과 습속까지 그림으로 표현하게 한 뒤, 그림 위에 문자 설명을 덧붙였다. 이러한 화책의 판본은 상당히 많았으며, 건륭 이후에도 계속 제작된 덕에 세상에 전해지는 것 또한 적지 않다.[2] 우리는 각종 판본에서 여성 지방관의 이미지를 찾아볼 수 있다. 각 판본의 예술적 표현 기법이 조금씩 다르기는 하지만, 표현 방식 면에 있어서는 상당히 일치한다. 예를 들어, 각 판본 그림 위에 덧붙인 설명 문자를 보면 서로 비슷비슷한 출처를 인용하고 있는데, 그중 여성 지방관에 대해서는 일괄적으로 앞서 언급한 《운남지략》에서의 여성 지방관 승계에 관한 해설을 따르고 있다.

이 밖에도 그림의 화폭 안배와 세부 묘사에 있어서도 겹치는 부분이 많다. 예컨대 여성 지방관은 대부분 말을 타고 순찰하는 모습으로 그려져 있고, 묘족 부녀의 복장인 주름치마는 그 특징까지 매우 섬세하게 표현되어 있다.[3] 가끔씩 비교적 눈에 띄는 그림도 있는데, 여성 지방관이 웅장한 관부에서 활동하고 있는 모습을 그린 경우, 여성 지방관의 정치적 권위가 한껏 강하게 드러나 있다.[4]

이처럼 서로 다른 판본의 〈백묘도〉에서 표현한 여성 지방관의 이미지를 보면, 여전히 경전(예를 들어 이경의 《운남지략》)의 영향 하에 있는 것도 있고, 어쩔 수 없이 현실 속 여성 지방관의 영향을 받은 것도 있다. 서남 지역에 대대로 여성 지방관이 있었다면 그들의 모

---

2   예를 들어, 귀주 박물관, 중앙연구원 역사언어연구소, 대만 고궁박물관에서는 다른 판본을 소장하고 있다. 최근 〈백묘도〉에 대해 많은 연구를 진행한 사람은 Laura Hostetler이다. 그의 The Art of Ethnography: A Chinese "Miao Album"(2006)를 참고.

3   귀주박물관에서 소장하고 있는 〈博甲本〉 및 중앙연구원 역사언어연구소 소장 〈臺甲本〉 참고.

4   Laura Hostetler, The Art of Ethnography: A Chinese "Miao Album"에 수록된 그림 참고.

습과 행위는 분명 현지 사람의 집단 기억 속에 인상을 남겼을 것이고, 한족 관리나 문인들의 관심을 끌었을 것이다. 사절의 정치 선택과 결과 또한 이족과 한족에게 공통으로 기억되었을 것이다. 하지만 이로 인해 생겨난 감정과 역사적 해석에는 상당한 차이가 있을 가능성이 있다. 사절의 의관총衣冠冢은 '열희총'이라 일컬어진다. 즉, 그녀가 이족의 열사임을 공개적으로 칭송한 것이다.

그러나 묘지 앞에 적힌 시구에서는 또 그녀를 왕소군에 비유하고 있다. 이는 정치적 교환에 의한 일종의 희생물인 것이다. 사절의 무덤 앞 정경은 사절을 대하는 사람들의 복잡하고도 일치되지 않는 여러 감정들을 잘 설명해 주고 있다.

약 반세기 이후 귀주에서는 드라마틱한 여성 지방관 고사가 등장했다. 이번 역사 사건의 주인공은 명나라 개국 군주 태조와 여성 지방관 사향奢香이다. 사향 고사의 서사와 변천 과정에 관해서는 이미 다른 논문에서 논한 바 있으므로[5] 여기는 간단히 소개만 하고 넘어가겠다.

사향 고사는 《명사明史》에 보이지만 가장 완전한 판본은 명나라 가정嘉靖 연간 전여성田汝成의 작품 《염요기문炎徼紀聞》에 수록되어 있다. 전여성은 광서에서 관직 생활을 한 적이 있다. 그는 원나라 이경과 마찬가지로 서남 지역을 관리하는 동안 현지의 역사와 인문에 대해 관찰하고 수소문한 다음 이를 기록, 정리하여 책으로 편찬

---

5 胡曉真, 〈앞에는 사향, 뒤에는 양옥(前有奢香後良玉)〉, 《中國文學報》, 第78期, 中國文哲研究所, 2013.

하였다.《염요기문》은 풍속이나 민족 이외에도 특히 인물과 전쟁에 대한 묘사에 치중하였기에 서사성이 강렬하다. 작자 전여성은 본래 기록, 서술에 뛰어난 인물이었기 때문에《염요기문》안의 기록들은 마치 한 편의 빼어난 스토리를 읽는 듯한 느낌을 준다. 그중에서도 가장 눈길을 끄는 것이 바로 〈사향〉 편이다.

〈사향〉은 원나라 말 수서 지방관으로 있던 애취靄翠가 명나라가 들어서자 명 조정에 귀화한 일과 애취 사후에 그의 부인 사향이 그 지위를 계승한 사실을 기록하고 있다. 애취는 사절의 남편이었던 아화와 같은 부족 출신 후손이었다. 명나라 초기에 도독都督 마엽馬 燁은 엄격한 방식으로 귀주를 통치하였다. 사향이 지방관 자리를 계승하자 그는 라라족을 멸망시키고 귀주를 군현郡縣으로 편제하여 명나라의 직접 통치 하에 넣기 위해 갖은 방법을 도모했다. 그는 일부러 벌거벗겨 때리는 방식으로 사향을 모욕함으로써 라라족을 격노케 하였다. 수서에서 반란만 일으킨다면 명나라에는 무력으로 토벌할 구실이 생기는 것이다.

다행히 수동의 여성 지방관 유씨劉氏는 일시적으로 라라족을 안무하고, 남경으로 가서 명 태조를 알현하여 억울한 사정을 호소하였다. 이에 태조는 사향을 불러들였는데, 둘이 담판한 결과 태조는 사향에게 마엽을 죽임으로써 대신 복수해 줄 것을 약속했다. 이에 대한 교환 조건으로 사향은 태조에게 산을 뚫어 길을 내주겠다고 허락했다. 즉 귀주에서 사천, 운남에 이르는 산길을 개통하겠다는 것이다. 이렇게 해서 태조는 귀주를 통과하여 당시 아직 명나라에 귀화하지 않고 있던 운남을 칠 수 있었다.

고사의 결말부에서 마엽은 처형되고 사향과 유씨는 '부인'에 봉해져 황후로부터 후한 하사품을 받은 후 귀주로 금의환향하였다. 사향 또한 약속을 지켜, 태조를 위해 산길을 뚫고 역참을 세웠으며, 대대로 명 조정에 진공하였다.

전여성이 서술한 중앙 왕조와 변방 정권 사이의 정치 협상은 매우 정채로운 한 편의 스토리이다. 사향과 태조의 협상은 윈윈이었다고 말할 수 있다. 한쪽에서는 마 도독의 머리를 대가로 지불했고, 또 한쪽에서는 산을 뚫는 라라족의 노동력과 대대로 바쳐야 할 공물을 대가로 지불했다. 대신 한쪽에서는 운남으로 통하는 산길을 얻었고, 다른 한쪽에서는 전란에서 벗어나 자치를 유지할 수 있는 성과를 얻었다. 이번 협상의 성과는 황제와 여성 지방관이 서로 주고받은 선물에 상징적으로 드러나 있다.

필자는 이전에 출간한 글에서 전여성의 서사 중에 '외족' 여성의 몸에 대한 서사가 유난히 눈에 띈다고 언급한 바 있다. 낯설고도 위험한 여성 지방관의 몸은 중국/한족 황후의 하사품을 얻은 관계로 상징적으로 길들여졌다. 사향의 정치적 책략은 여성 지방관의 지위 승계라는 맥락에서 이해할 필요가 있다.

이족은 자신만의 서사 체계, 즉 이문彝文 · nuosu bburma이 있어서 문자화된 역사 및 전해 내려오는 문서가 있었다. 지방관이었던 사향은 이문으로 된 역사를 접했을 것이고, 그의 선조인 사절의 반란에 대한 전말을 알고 있었을 것이다. 반면에 명 태조의 목적은 운남 공격에 있었으므로 원나라 성종과 귀주 작전 실패라는 교훈을 분명 고려했을 것이다. 이 때문에 두 사람의 협상은 역사 지식과 정치 판단이라는 기초 위에서 진행되었다고 볼 수 있다.

사향 부인의 수제 구룡 문양 메밀 쿠키

본문의 초점은 정치가 아니라 "공물"에 관한 논의에 맞추어져 있다. 여성 지방관은 중앙 왕조 황제에게 바치는 선물로 어떤 물품을 선택했을까? 귀주는 늘 척박한 땅으로 여겨져 왔다. 오랜 동안 한족 문인들은 귀주를 황량한 땅, 위험한 땅으로 묘사해 왔다. 그렇다면 이런 곳에 공물로 삼기에 적합한 물품이 있기는 한 걸까?

물론 사향만 공물을 준비해야 하는 것이 아니라 대대손손 바쳐야 한다. 여러 기록들을 살펴보면 말, 약초, 광물, 직물 등이 가장 흔한 귀주의 공물이었음을 알 수 있다. 예를 들어,《귀양부지貴陽府志》권47〈식화략食貨略 5-4, 토공土貢, 토물土物〉에는 다음과 같이 적혀 있다.

《명사》에서 이르기를, … 강가牂牁 등 여러 주에서 공물로 바친 것들을 보면 대개 아홉 종류가 있으니, 말과 모직물, 밀랍과 단사, 웅황과 초두구草豆蔲, 베와 비단과 약물이다.

그런 다음《건륭부주청지乾隆府州廳志》의 말을 인용하여, 여기 서술된 품목들이 현실적이지 못하다며 의문을 제기하였다.

《건륭부주청지》에서 말하기를, 귀양貴陽에서 토산물로 바치는 것들을 보면 난마蘭馬, 자죽刺竹, 낭포莨布, 차주사, 수은, 용조수龍爪樹, 취사脆蛇(발 없는 도마뱀) 등이 있다고 했다. 여기서는 《원화》 등 여러 지방지를 따랐을 뿐, 일일이 열거한 토산물들은 사실이 아니다.

그런 다음 《귀양부지》는 귀주의 토산물을 상세하게 열거하고 있는데, 그 다양한 품목은 가히 오색찬란하다 이를 만하다. 일례로 〈산림천택山林川澤〉의 물산을 이 책에서는 다음과 같이 적고 있다.

이것이 귀양군에서 바쳐 온 고금 토산물 진공품의 대략이다. 산이나 못에서 나는 물품 중 조금 진귀하면서도 기록에 남겨져 있는 것들을 보면 구장蒟醬(후추), 공죽邛竹, 주초朱草, 장수초長壽草, 강진향降真香, 밀통감密桶柑(귤), 자리刺梨, 계종雞堫(버섯), 취사脆蛇, 오구국五九菊, 단장초斷腸草, 단장오斷腸烏, 수초蔽草 등이 있다. … 식용 가능한 것으로는 약차若茶, 해초海椒, 목강木薑, 연맥燕麥, 홍비紅稗, 조염초粗苒椒 등이 있다.

이 중에는 기이한 물품이 많아 일일이 고증할 길은 없지만, 귀주에서 어떤 물산을 공물로 충당했는지 그 대략은 알 수 있다. 이 중에는 과일, 약초, 곡물 등 먹을 수 있는 것이 대부분이다. 아마도 역대 지방관들은 이러한 것들을 공물 품목에 집어넣었을 것이다
  여성 지방관 사향의 고사는 유전하는 과정에 끊임없이 발전하여, 그녀와 명 태조가 교환하는 선물까지 변화시키기에 이르렀다. 만약 마 도독의 머리가 황제의 신의를 상징하고, 보물을 하사한 것이 여

성화와 문명화를 상징한다면, 이 선물들을 받은 여성 지방관은 말이나 인민의 노동력 이외에 보다 여성화되고 개인화된 선물로써 답해야 했을 것이다. 이렇게 볼 때 위의 관방 기록에 보이는 공물들은 이러한 요구에 어울리지 않는다.

그리하여 근래에 등장한 사향 고사 판본 중에 새로운 공물이 등장하게 되었다. 비록 정식 기록에는 보이지 않지만 귀주 민간에서는 태조와 사향의 관계가 후에 친밀한 우의로 발전하였다는 이야기가 유전되었고, 심지어 어떤 판본에서는 태조가 사향을 수양딸로 받아들였다고까지 부풀리고 있다.

이를 배경으로 다음과 같은 이야기가 등장하였다. 어느 해, 태조의 생일을 앞두고 사향은 축하 선물 준비로 고심하다가 "교수蕎酥(메밀 쿠키)"라는 디저트를 발명하였다. 과일, 약초, 곡물 등도 다 먹을 수 있는 것이지만 원 재료에 불과하다. 반면 이 메밀 쿠키는 손으로 제작하는 과정을 거쳐야 한다. 여성 지방관이 손수 만들어 황제 입가로 보낸 이 메밀 쿠키에는, 둘 사이의 관계를 확고히 하는 효과, 더욱 친밀한 느낌을 자아내는 효과가 있었다.

메밀 쿠키라는 식품이 언제부터 사향 고사와 연결되기 시작했는지, 아마도 고증할 길 없을 것이다. 필자가 찾아낸 가장 오래된 문자 기록은 1977년 저 유명한 《산화山花》에 실린 짧은 글이었는데, 제목은 〈사향과 메밀 쿠키〉, 저자는 후명슝胡孟雄이었다. 저자는 홍무9년(1377)에 사향이 태조의 생신을 경축하기 위해 메밀 쿠키를 진공하였다고 설명하였다.

메밀 쿠키는 사향이 사천의 요리사 명정성名丁成을 특별히 초빙해와 발명한 것으로, 쿠키 한 개당 무게가 8근에 달하고 위에 구룡 도안이 찍혀 있으며 아홉 마리 용이 "수壽" 자를 빙 둘러싸고 있었다. 흥미롭게도 저자는 여기서 더 나아가, 쿠키를 둥글게 만든 이유는 단원團圓을 상징하기 위함이고, 구룡은 제국 경내의 각 민족을 상징한다고 설명하였다. 달리 말해 20세기에 살았던 저자는 메밀 쿠키를 '민족 단결'을 향한 사향 개인의 신념의 상징으로 이해한 것이다.

문화대혁명 후반기에 발표된 이 문장은 국가 통일과 민족 화목이라는 정치적 슬로건에 부응하였다. 이 후 관방 자료에서도 메밀 쿠키를 사향과 연결 짓기 시작하면서 정치적 연상을 강조하였다. 예를 들어, 1986년에 출판한 《위녕문사자료威寧文史資料》에도 비슷한 기록이 있는데, 보다 세부적인 내용을 첨가하여 태조가 사향이 진공한 쿠키를 보고 "남방의 귀한 물건"이라고 칭찬하였다고 적고 있다. 2002년과 2009년에 출판한 귀주 지방지에서도 마찬가지로 사향이 메밀 쿠키를 진공한 이야기를 기록하고 있다.

사향 이야기의 유전과 변천 과정은 확실히 흥미롭다. 명나라 중엽 전여성의 기록에 보이는 것은 변방의 여두목과 중앙 왕조 사이의 고도의 정치 담판 고사이다. 그러다 청나라 때에 이르러 사향은 수많은 문인들의 음영의 대상이 되었고, 아름다운 여성으로서의 상상도 가미되었다. 오늘날의 사향은 국가 통일을 선양하는 대표적 아이콘이 되어 있다.

2011년 중앙방송국에서는 장편 사극 〈사향부인〉을 제작하였다. 이 드라마를 통해 국가 통일과 민족 화목이라는 현대적 담론이 다시금 뜨겁게 달아올랐다. 드라마가 전국에 방송됨에 따라 사향부인은 더 이상 귀주 사람 혹은 귀주에 가 본 사람만 알 수 있는 지방 인물이 아니라, 전국적으로 저명한 역사 인물이 되었다.

이 드라마 끝날 즈음 사향부인은 중국의 "다원적 통일"에 커다란 공헌을 한 "위대한 이족 여성정치가"로서 칭송 받았다. 완강했던 사절에 비해, 협상에 능했던 사향부인이 더욱 큰 지지를 받은 것이다. 수서공원에 위치해 있는 사절의 "열희총"은 최근에 수리를 하긴 했지만 규모 면에서 사향묘와 비교조차 할 수 없다. 심지어 현지에는 사향박물관까지 세워졌다. 사향묘 옆에 있는 사향의 동상을 관찰해 보면 당대 중국의 국가와 민족 담론 속에서 사향이 차지하고 있는 미묘한 위치가 무엇인지 이해할 수 있을 것이다.

사향 동상이 위풍당당한 영웅의 모습을 하고 있긴 하지만, 머리에는 관면冠冕을 쓰고 몸에는 비단 치마를 두르고 있다. 이는 〈직공도〉와 〈백묘도〉 속 라라족 여성 지방관이 이족의 머리를 하고 주름 치마를 입은 모습과 상당히 다르다. 복식과 예의, 그리고 음식은 모두 민족의 표식ethnic marker이다. 따라서 사향 동상의 복장에 더 이상 민족적 특징을 강조하지 않았다는 것에서 당대 정치 담론이 여성 지방관에게 가한 한화漢化 작업을 읽어 낼 수 있다.

그러나 당대에서 사향 고사는 정치적 목적에만 그치는 것이 아니다. 사향부인은 다른 이용 가치가 있다. 예를 들어, 그녀의 이미지는 관광 시장에 커다란 홍보 효과를 지닌다. '사향'이라는 이름을 붙인 음식들을 보면 이 점을 정확히 볼 수 있다. 원래는 지방에 유전되는 전기傳奇 속에서 오로지 태조 황제를 위해 제작된 공물 '메밀 쿠키'가 이제는 일반 백성의 집으로 날아들어갔고, 원래 8근이나 나가던 것이 이제는 한 줌 크기로 바뀌어 현대인의 입맛에 맞게 개량되었다.

또 원래는 "기름에 튀긴 무소 뿔(油炸犀牛角)"이라고 불리던 요리가 있었는데, 이제는 "사향옥잠奢香玉簪"이라는 요염하고도 상상력 충만한 이름으로 바뀌었다. 내용을 따져 보면 그저 피망 안에 고기를 넣고 가루를 입힌 후에 튀겨낸 것에 불과하다. 귀주는 백주白酒의 생산지로 유명한데, 지금 마오타이전茅台鎭에는 '사향'이라는 이름이 붙은 주류회사가 세워져 '사향 어주御酒', '사향 공주貢酒' 등 제품을 생산하고 있다. 사향이 이미 시장 홍보 브랜드가 되어 있음을 알 수 있다. 여성 지방관의 공물은 정식적인 국가정책의 상징에서 통속문화 속 한 가지 물품으로, 거기서 다시 여행과 소비문화 속 상품으로 변질되었다.

진공품과 서남 지역 음식문화

상술한 바와 같이 사향을 상상의 출발점으로 하는 진공품들은 종종 음식인 경우가 많았다. 이는 아마도 사향이 여성이라는 점과 관련 있을 것이다. 그러나 귀주의 단사丹砂나 수은 등 물산과 비교해 볼 때, 음식에는 확실히 보다 문학적이고 시적인 상상력이 풍부하다. 그러니 여기서 음식과 공물 문제를 더 깊이 탐구해 보아도 무방할 것이다.

왜 통속적 상상에서 메밀 쿠키가 선택되어 여성 지방관의 공물이 되었을까? 앞에서 언급했듯 수제 디저트는 여성 혹은 친밀성 등과 연결 지어 떠올리기 쉽다. 따라서 국가 통일이나 민족 화목의 상징이 되기에도 편리하다. 그렇다 보니 메밀 쿠키의 힘이 귀주의 명마보다 더 세졌다. 어째서일까?

민족지의 토론에서이건 엽기적인 정탐에서이건, 서남 지역 민족의 음식 습관은 항상 외부인의 시선을 끌어왔다. 명청 시기 서남 지역을 서술한 작품에서 음식, 복식, 혼인, 장례는 언제나 관찰의 초점이자 한족 작가들이 문명의 고하를 판단하는 기준이었다. 확실히 음식 문화는 민족과 문화의 표지ethnic marke로서, 종종 집단 간의 분리를 확고히 하는 역할을 한다.[6]

왕밍커王明珂의 설명에 따르면, 한족들은 언제나 이민족의 기이한 음식을 서술함으로써 한/비한非漢의 경계를 강화했다고 한다.[7] 그렇기 때문에 이민족의 음식에 대한 서술은 종종 고정관념에서 벗어나지 못하는 경우가 많다. 왕밍커는 송나라 사람 주보朱輔의 《계만총소溪蠻叢笑》를 예로 들었는데, 이 책에서는 호남 오계만五溪蠻의 음식 습관에 대해 이렇게 묘사하고 있다.

"소와 양의 내장을 물에 대충 헹구고 말아서 고약한 냄새 때문에 가까이 갈 수가 없다. 이것으로 국을 끓여 손님에게 접대하는데, 손

---

6 黃樹民, 〈導論〉, 黃樹民 編, 《中國少數民族的飲食文化》에 수록.(타이베이 : 중화음식문화기금회, 2009), p. 1-8.

7 王明珂, 〈음식, 신체와 집단의 경계(食物′ 身體與族群邊界)〉, 黃樹民 編, 《中國少數民族的飲食文化》에 수록. (타이베이 : 중화음식문화기금회, 2009), p. 9-35.

님이 다 먹으면 무척 기뻐한다."8

작가의 시선과 말투 속에 조소의 뜻이 분명히 담겨져 있다. 작가
는 이를 통해 한/비한의 경계를 강조하였던 것이다.

그러나 서남 지역의 토속 음식 중에 한족의 사랑을 받아 심지어
심미적 시정詩情에까지 이른 것도 있다. 각종 버섯이 바로 그중 하
나이다. 몇 가지 예를 통해 변방의 음식이 어떻게 한족 문인의 시정
을 자극했는지 살펴보도록 하겠다.

청나라 문인 노맹규路孟逵는 귀주 출신으로 진사進士 급제 후 산서
성 유차榆次에서 관직 생활을 한 적이 있다. 그는 〈계종雞㙡〉이라는
시에서 버섯이 가져다준 감각적 인상에 대해 이렇게 묘사하였다.

보들보들 우산처럼 산성을 에워싼 것이	茸茸如蓋繞山城,
고향에서 차례로 품평해 본 맛인 듯하네	若個鄉關取次評°
천 송이 푸른 빛은 화의를 전하는데	千朵筠藍傳畫意,
어깨 너머 새벽 장에선 가을 소리 들리네	一肩曉市聽秋聲°
단맛은 송산 버섯과 같아 홀로 빼어나지 못해도	甘同鬆穊難專美,
빛깔은 차란9을 향해 홀로 명성 드높네	采向且蘭獨擅名°
몇 번이나 원림에 나가 자주 어루만지니	幾度園林頻指點,

---

8 앞의 주와 동일, p. 19.
9 貴州省 黃平縣에 있는 古鎮의 이름이다.

찻주전자 풍경이 시흥을 돋우네 瓜壺風景助詩情[10]

첫 구의 세 개의 화면 –"보들보들"하고 "우산 같고" "산성을 에워싸다"는 가까운 데서 멀리로 관찰하면서 계종의 촉감과 시각적 이미지를 표현한 것이다. 작가는 여기서 더 나아가 계종의 '방대한 수량'이 주는 미감과 새벽 시장 장사꾼들의 외침을 통해 시의詩意를 전달하였다. 시 전체에서 강조하고 있는 것은 계종이 가져다준 시각적, 청각적 심미 연결이며, 이는 시인이 감각 기관을 통해 느낀 직접적 체험이다. 삼번三藩의 난 후에 귀주 순무巡撫를 역임했던 전문田雯은 양도균羊肚菌(곰보버섯)을 이렇게 묘사했다.

손염孫炎이 말하기를, 지심地蕈은 지계地雞라고도 한다. 장두獐頭, 손안猻眼, 계종雞樅, 송아松蛾, 상아桑鵞, 저계楮雞, 유육榆肉 등 종류도 있는데, 모두 목이버섯 향이 나며 먹을 수 있다. 귀주의 깊은 대숲이나 으슥한 동굴 등 인적이 드문 곳에 종종 묘족과 요족이 사는데, 산풀을 뜯어 먹는다. 오래된 나무 안에는 커다란 양두균이 자라는데, 눈처럼 희고 1~2근이 나가기도 한다. 한번 먹어 보면 선향의 기총綺蔥[11]도, 벽해의 낭채琅菜도 갖가지 감로甘露로 만든 음식도, 백화와 진기한 약초로 만든 과실도 그 맛을 당해 낼 수 없다. 내가 포고성庖古

10 《道光大定府志》.

11 《漢武內傳》에 "서왕모가 말하기를, 선인이 바친 약 중에 현도의 기총이 있다고 하였다.(西王母曰, 仙人上藥, 有玄都"는 내용이 보인다. 현도는 仙鄉을 가리킨다.

城에 부임해 갔을 때 묘인들이 이를 바쳐 온 적이 있다.[12]

　이 단락은《검서》에 나온다. 이 책은 전문이 쓴 귀주 지방지이다.
지방 순무로서 그는 각종 민생과 관련된 실제 업무에 관심이 많았
지만, 한편으로는 귀주의 자연 산수 속에서 심미적 체험을 추구하
였다. 버섯을 묘사한 이 단락도 마찬가지다. 전문은 먼저 버섯에 대
한 지식을 인용한 다음 자신의 시각적 경험을 묘사하였는데, 오래
된 나무와 흰 눈의 대비를 통해 특수한 심미적 체험을 전달하였다.
《한무내전漢武內傳》을 인용하고 버섯을 선향의 기총綺蔥이나 벽해의
낭채琅菜 등 신선의 약에 비유하였으나, 비유한 물건이 현실에 존재
하는 것이 아니기 때문에 깊은 대숲, 으슥한 동굴, 오래된 나무, 흰
눈 등의 이미지에 비해 도리어 미감을 자아내지 못하였다.
　청나라 문인 조익趙翼의 시〈노남주에서 계종을 먹다路南州食雞樅〉
는 운남에서 계종 먹은 경험을 묘사한 것이다. 이 시는 서사성이 높
고 흥취까지 더해져 있어서 시인의 성품을 엿보기에 족하다. 시가
조금 길긴 하지만 한 번 인용해 보겠다.

　　해마다 새벽 밥 먹으며 전쟁을 치렀더니,　　　頻年蓐食增減竈,
　　소 울음소리 내는 굶주린 창자, 치료하기 어렵네.　牛吼飢腸苦難療°
　　평알에서 우연히 무를 얻으니[13]　　　　　平憂偶然得蘆菔,

12　田雯,《검서(黔書)》, 권 6.

13　趙翼이 지은 또 다른 시〈며칠 동안 채소를 못 먹다가 평알에 이르러 무를 얻고는

성순(猩唇)과 포태(豹胎)[14]보다 더 맛나네.	已賽脣猩與胎豹°
어느 날 막부에서 일 마치고 돌아오다,	一朝幕府謝事歸,
잔뜩 짐을 매달고 가는 과인과 마주쳤네	忽逢倮人擔上懸葳蕤°
풀도, 나무도, 과실도 아니요	非草非木非果實,
두라면처럼 부드럽고 지방처럼 기름지네.	兜羅綿軟脂肪肥°
색은 눈보다 몇 배는 더 희고	色比天花白數倍,
모습은 송산 버섯 같으나 몇 아름 더 크네.	形似松繖大幾圍°
이름을 물으니 계종이라 답하는데,	問名曰雞㙡,
먹을 수는 있지만 날지는 못한다 하네.	可食不可飛,
동복 불러 모점 문 두드려 사오게 하였지만	呼童買得來叩茅店扉°
무슨 겨를에 부엌 할미 데려와	豈暇接取廚娘羊簽試方法,
양첨[15] 요리법을 시도해 볼까	
문생에게 게절임 요리의 시비 논해 보라	亦未飭下門生蟹糖議是非°
시키지도 않았네.	
우물 맑은 물로 씻어서	漉之井華水,
돼지와 함께 끓였네.	和以煮蒼豨°
순식간에 식탐 많은 입에 집어 넣으니	斯須來入老饕口,
식탐 많은 입, 처음 보는 맛에 경탄을 금치 못하네	老饕驚嘆得未有°

너무 기쁜 나머지 시를 지어 기록하다(連日無蔬菜至平戞买得蘿蔔大喜過望而紀以詩)〉를 보면 평알이 지명이고 蘆菔이 무임을 알 수 있다.

14 중국의 식재료 중 아홉 가지 진미에 속하는 것들이다.

15 王安石이 가장 좋아했던 음식이 "羊頭簽"이었다고 하는데, 이 요리를 가리키는 것 같다. 簽이란 대나무 꼬치이니, 오늘날의 양꼬치와 비슷한 음식인 듯하다.

놀랍다! 이 닭이 어떤 종자이기에　　　　　　　　異哉此雞是何族,

뼈는 없고 껍질만 있으며　　　　　　　　　　　無骨乃有皮,

피는 없고 고기만 있는고.　　　　　　　　　　無血乃有肉°

꿩고기 닭고기보다 신선하고　　　　　　　　　鮮於錦雉雞膏,

참새 뱃살보다 기름지구나.　　　　　　　　　腴於綿雀腹°

쌀뜨물에 담그지 않아도 절로 부드럽고　　　　不瀸灖自滑,

후추와 생강 넣지 않아도 절로 향기롭네.　　　不椒薑自馥°

아기 살결처럼 보드랍다가　　　　　　　　　只有嬰兒膚比嫩,

이내 여인네 가슴처럼 속되네.　　　　　　　　轉覺妃子乳猶俗°

온몸에 기운이 돌아 메마름이 윤택해지고　　　頓令榮衛潤枯焦,

오장육부의 때가 다 씻겨 나겠네.　　　　　　并使腸腑蕩垢黷°

이것이 어찌 푸성귀만 먹는 늙은이가　　　　　此豈菜肚老人所敢望,

감히 바라던 바일까?

소동파의 옥삼갱**16** 앞에 자랑하고 싶어지네.　欲傲東坡羹糝玉°

관가의 요리에 두 가지만 나온다면　　　　　　若使官膳日具雙,

나는 닭보다 나물이 더 좋다네.　　　　　　　不愛家禽愛野蔌°

옛날에 한유韓愈의 수계편**17**을 읽었을 때　　我昔曾讀昌黎樹雞篇,

나무 꼭대기에서 우는 닭이 있을까 의심했더니　只疑雞鳴上樹顚,

오늘에야 이 신선한 음식 먹게 되었구나.　　　今朝始得餐芳鮮°

---

16 소동파가 海南島에 유배되어 갔을 때 직접 만들어 먹었던 음식 이름이다. 고구마를 익혀서 만든 걸죽한 국이다.

17 韓愈의 시 〈答道士寄樹鷄〉를 가리킨다. 수계는 목이버섯 중 큰 것이다.

궐류 식물을 한번 찾아보았더니 　　　　　　　　　　試爲徵蕨類,

큰 것은 우산 같고 작은 것은 동전 같다 하네. 　　　大者如蓋小如錢。

어떤 것은 바위에서, 어떤 것은 흙에서 자라며 　　或產於石或於土,

환죽이나 소나무, 삼나무 곁에서 자라기도 하네. 　或於萑竹松杉邊。

새 모양으로 생긴 것을 금지라 부르는데, 　　　狀如鳥者曰禽芝,

그것을 먹으면 몇 백 년을 살 수 있다네. 　　　食之可活數百年。

신선께서 오래 초췌해 있는 나를 　　　　　得非仙之人兮憐我久憔悴,

불쌍히 여기시어,

수명 늘리라고 이 약 하사해 주신 것 아닐까? 　錫我上藥壽命延。

그러나 운남엔 장기癘氣가 많아 　　　　　然而滇中瘴所起,

흰독말풀의 독은 비길 바가 없다는데, 　　　　生押不蘆毒無比,

내가 지금 먹는 것이 혹 이것은 아닐까? 　　　今我所食無乃是？

한번 웃으며 들어 넘기지만 　　　　　　　　　一笑姑聽之,

고인이 말씀하셨네, 　　　　　　　　古人有言縱食河魨値一死。

복어 함부로 먹었다간 죽고 만다고.

옛날 변새에서 말 달릴 적에 　　　　　　　憶昔驅馬走塞上,

손바닥만 한 은반 버섯을 딴 적이 있었지. 　曾獲銀盤蘑菇大如掌。

남만 땅에서 종군하다 돌아와 　　　　　　何意蠻徼從軍還,

이 깊은 맛을 다시 감상할 줄 어찌 알았으리? 　復此雋味得欣賞。

하늘 남쪽 땅 북쪽의 진귀한 물품들, 　　　天南地北兩奇珍,

먼지 뒤집어 쓰는 수고 없이 　　　　　不是塵勞安得熊魚坐兼享。

어찌 곰과 물고기를 앉아서 맛보리!

가여운 것은 십 년이라는 그 긴 여정 동안 　獨憐十載走長途,

오직 먹기 위해 구구히 살아온 것 같아서라네.　　　似為口腹營區區°
언젠가 돌아가 봄날 연회를 열 적에　　　　　　　他年歸作櫻筍會,
산속 붉은 죽고를 잘 끓여 먹으리.　　　　　　　好瀹山中紅竹菇°**18**

　조익의 문학관은 신기한 것을 추구하는 것이다. 그의 〈논시論詩〉
중 "미리 알겠나니 오백 년간 새롭게 여겨진 것이라도, 천 년이 지
나면 또한 진부하다고 느껴질 것이네."라는 구절에서 이를 가히 짐
작할 수 있다. 이 시에서 묘사한 것은 계종을 맛본 경험이다. 이는
시인에게 있어 신기한 경험이었기에 먼저 촉각과 시각을 통해 이
새로운 음식을 형용하였고, 실제적으로 맛보고 난 뒤의 느낌은, 아
무래도 이는 전혀 새로운 경험이기 때문에 여러 각도에서 각종 비
유를 통해 묘사해야만 했다. 시의 끝부분에서 시인은 계종 먹은 사
건을 가지고 자신의 서남 지역 경험을 총괄하였다.

취사脆蛇와 메밀 쿠키: 여성 지방관 공물의 양쪽 끝

버섯은 시각, 촉각, 미각에 감각적 체험을 가져다 주면서 시정詩情을
일으켰다. 이와 대조적으로 또 다른 서남 지역의 특산물이 지니고
있는 상징 체계 또한 탐색해 볼 만하다.
　"취사脆蛇"는 수많은 서남 지방지, 문인 필기 및 시 작품에 등장한

18　趙翼, 〈路南州食雞堫〉, 《甌北集》(上海 : 상해고적출판사, 1997), p. 311-312.

다. 사람들은 이 뱀에 신비한 치료 효과가 있다고 믿었다. "취사"라고 부르는 이유는 무엇일까? 사람들이 이 뱀이 위험에 처했을 때 스스로를 여러 토막으로 끊었다가 나중에 다시 몸을 합칠 수 있다고 믿기 때문이다. 이렇게 끊어졌다 다시 붙는 특성을 갖고 있기 때문에 사람들은 취사를 회복의 힘을 가진 약으로 믿게 되었다. 이렇게 볼 때 취사는 또한 음식에 속한다. 명나라 말기 문인 장대張岱는 《야항선夜航船》에서 취사를 이렇게 기록하였다.

취사는 겁이 많아 사람을 무서워한다. 곤륜산 아래에 산다. 사람 소리를 들으면 몇 마디로 몸이 끊어졌다가 얼마 후 저절로 붙어 다시 기다란 몸이 된다. 결핵을 앓는 자가 경기를 일으켜 담이 상했을 경우 이것을 먹으면 살 수 있다. 악창이나 문둥병, 그리고 이질도 치료할 수 있다. 상반신이 아플 때는 머리를, 하반신이 아플 때는 꼬리를 복용하면 된다.[19]

장대는 취사가 몸을 끊었다 붙였다 하는 능력을 여러 가지 질병, 즉 결핵이나 악창, 문둥병이나 이질과 연결시켰다. 전통적 관점에서 이러한 질병들은 험악한 것들이다. 어떤 의미에서 볼 때 이는 일반인의 의식 속에 남아 있는 서남 지방의 장기瘴氣(풍토병)과 관련 있을 것이다. 달리 말해 장대의 서술 중에 취사는 한편으로 서남 지역의 험악을 상징하고, 다른 한편으로 신비한 자아 치유 능력이 있어

---

19 《夜航船》, 17권, 〈사영부四靈部〉.

서 독으로써 독을 치유하는 효과를 지닌다. 청나라 초기 서남 지역에서 생활한 적 있는 문인 진정陳鼎은 취사에 더욱 불가사의한 세부 내용을 부가했다.

취사 또한 귀주에 산다. 길이는 1척 2촌, 두께는 동전만 하고 주둥이가 뾰족하다. 꼬리엔 털이 없으며, 등은 검고 배는 희다. 보이지 않는 비늘이 곳곳에 있어서 제법 볼 만하다. 간혹 은처럼 흰 것도 있는데, 사람을 보면 몇 척이나 펄쩍 뛰어올랐다가 땅에 떨어져 열두 토막이 나지만 순식간에 다시 하나로 합쳐진다. 이를 알지 못하고 잘못주우면 그 즉시 토막 난 마디 양끝에 머리가 생겨나는데, 그것이 사람을 물면 즉사한다. 출입과 왕래에 정해진 법도가 있다. 취사를 잡고자 하는 자가 길 옆에 죽통을 놓아 두면 그걸 알지 못하고 그 안으로 들어가는데, 그때 다급히 잡으면 성공할 수 있고, 조금 천천히 하면 그 즉시 몸이 부서져 버린다. 그래서 취脆(바삭바삭 약하다는 뜻)라고 한 것이다. 햇볕에 말리면 풍風을 그치게 하고 악창도 고쳐 준다. 몸통의 윗부분, 중간 부분, 아랫부분으로 각각 사람의 머리, 배, 다리를 치료하면 언제나 효험을 볼 수 있으며, 부러진 뼈도 붙인다. 군자가 말했다. 독을 쓰지 않고 독을 공격할 수 있으면, 가히 스스로 새로워질 수 있는 자가 일컬을 만하다.[20]

진정의 서술은 퍽 흥미롭다. 시작 부분에서 취사의 외모에 대해

---

20 陳鼎, 《蛇譜》.

세세히 설명하면서 마치 진실을 추구할 것 같은 분위기를 조성하지만, 이내 붓끝을 휙 돌려 취사의 특별한 능력을 묘사하면서 예컨대 정확한 숫자(열두 토막), 그림 같은 장면(양쪽 끝에서 머리가 생겨난다) 등 수많은 세부 내용을 첨가하였다. 이러한 묘사는 한편으로는 '박물博物'의 전통을 계승하였고, 다른 한편으로는 고도의 우언적 성격[21]을 부여하였다. 특히 주의해야 할 것은 취사가 이미 부러진 뼈를 붙이는 효능이 있는 것으로 여겨져 인체에 대응되었다는 사실이다.

이 밖에 귀주에서 관직 생활을 했던 홍양길洪亮吉과 정판교鄭板橋 등도 취사를 읊은 작품을 남겼으나, 더 이상 취사의 몸을 끊었다 붙이는 특성을 강조하지 않았다. 홍양길은 현지 묘족들이 취사를 입으로 잘라 날로 먹는 장면을 관찰하였고,[22] 정판교는 독과 무독의 우언적 성격을 논하였다.[23]

취사는 청나라 말 민국 초기의 소설에도 등장한다. 예를 들어 왕도王韜의 문언 단편소설 《분성공주粉城公主》[24]에서 취사는 여전히 뼈를 붙이는 효험을 지닌 것으로 묘사된다. 민국 초기 원호파鴛蝴派 소

---

21 진정의 벗인 張潮는 《사보》에 서문을 써 주면서 "《사보》는 우언으로 읽을 수 있으니, 이른바 '도깨비와 요괴를 세상 사람들은 볼 수 없다.'는 것이다."라고 말했다.

22 洪亮吉은 〈南歌子, 古州道中〉에서 "날것과 익힌 것이 엄연히 다르고, 모습과 소리가 전혀 같지 않다. 서서 걸을 때 보면 원숭이 같고, 취사를 마디마디 끊어 먹으면서 돌아다닌다.(생묘 중에는 날 뱀을 씹어 먹는 자가 있다.)"《更生齋詩餘》권2.

23 鄭板橋,〈脆蛇〉. "이 뱀은 쉽게 잘라지고 쉽게 붙으며, 병을 치료할 수 있고 독성이 없다. 이곳 토착민들은 죽통으로 유인해 그 안에 집어 넣은 다음 불에 구워 약으로 만든다. '인간세상 묘한 약방을 제조한 뒤, 죽통은 잘 잠가서 높은 담장에 걸어 두네. 독을 제거한 뒤라 먹어도 독이 없으니, 이 몸은 어디에 숨어야 할까?'"

24 《淞濱瑣話》권7(1887) 참고.

설가 정첨려程瞻廬의 소설《깜깜한 천당黑暗天堂》[25] 에서는 춘약의 재료로 나온다. 이는 장대가 결핵을 치료할 수 있다고 한 묘사와 시대를 초월하는 연계 관계가 있다. 당대에 와서 모옌莫言의 단편소설《소설구단小說九段》에도 취사에 대한 서술이 보인다.

이 뱀은 임신 중이 아닐 때는 담이 아주 작다. 그래서 사람이 그 앞에 나타나면 바닥에 떨어진다. 이 뱀은 몸이 몹시 약해서 바닥에 떨어지면 토막이 나지만 사람이 떠나면 자동으로 복원된다.[26]

언뜻 보기에는 장대 기록의 현대어 판본에 불과하다. 그러나 모옌은 취사에게 새로운 성질을 부여하였다.—취사에게 모성이 생겼다. 취사의 모성은 치유와 복원 능력과 연결 지을 수 있고, 어둡고 험악한 신비함과도 연결 지을 수 있다. 이 두 가지는 한족의 대對서남 지역 인식과 상상의 양면적 이미지와 서로 호응한다고 할 수 있다.

식품이든 약품이든, 취사는 문화적 상상 속에서 점차 음성의 힘과 성적 상상력을 부여 받았다. 이는 명청 시기 문인들이 표현한 서남 지역의 이역적exotic 본질과 서로 호응한다. 기억하건대,《귀양부지》에 열거된 귀주의 진공품 항목 중에 분명 취사가 있었다. 은유적 측면에서 볼 때 취사와 메밀 쿠키는 멀리서 서로 호응한다. 메밀 쿠키는 여성 지방관의 중앙 왕조에 대한 타협과 순종을 상징하고, 취

25　程瞻廬(1881~1943),《黑暗天堂》, 上海新書局, 1934°
26　莫言,《小說九段 . 脆蛇》.

사는 길들이기 어렵고 무너뜨릴 수도 없는 변방 지역 문화의 역량을 은연중에 암시한다.—언제라도 잠깐 부숴진 척은 할 수 있지만. 사실 여성 지방관의 공물이 꼭 달콤한 것일 필요는 없지 않은가.

黃宅中 修, 鄒漢勳 纂,《道光大定府志》.

趙翼,〈路南州食雞樅〉,《甌北集》, 上海：上海古籍出版社, 1997.

張岱,〈四靈部〉,《夜航船》.

陳鼎,《蛇譜》.

洪亮吉,〈南歌子．古州道中〉,《更生齋詩餘》.

鄭板橋,〈脆蛇〉.

王韜,《淞濱瑣話》, 1887.

程瞻廬,《黑暗天堂》, 上海：上海新書局, 1934°

莫言,《小說九段．脆蛇》.

Laura Hostetle, The Art of Ethnography: A Chinese "Miao Album", Seattle: University of Washington Press, 2006.

黃樹民,〈導論〉,黃樹民 編,《中國少數民族的飲食文化》, 臺北：中華飲食文化基會, 2009.

王明珂,〈食物 身體與族群邊界〉, 黃樹民 編,《中國少數民族的飲食文化》, 臺北：中華飲食文化基會, 2009.

胡曉真,〈前には奢香有り後には良玉──明代西南女土司の女性民族英雄 構築されるそのイメージ〉,《中國文學報》第78期, 中國文哲研究所, 2013.

아버지의 이름으로 글쓰기

_ 이주해

* 이 글은 〈中國語文學誌〉 제59집(2017.06)에 게재된 글을 수정하고 가필하여 재수록한 것이다.

들어가는 말

이 글은 전통 사회를 지탱해 주던 윤상 중에서 아직까지 명맥을 유지하고 있다고 볼 수 있는 혹은 믿고 싶은 '부자유친', 즉 부자 관계에 대한 관심에서 출발한다. 가정은 사회를 구성하는 세포이자 사회의 건강한 발전에 튼실한 토대가 되어 주는 기본 단위이다. 그중에서도 중심축으로 우뚝 서서 가계를 책임지고 한 가정을 경영하고 자식을 교육시키는 아버지의 역할은 실로 중요하다. 아버지로서 자식과의 유대를 돈독히 함으로써 가정과 더 나아가 사회의 질서를 유지하고, 자식을 곧은 동량으로 길러 내는 일은 저버릴 수도 없고 저버려서도 안 되는 책임이다. 그러나 현대사회에는 부자유친이라는 마지막 윤상마저 어쩌면 흔들리고 있는데, 그 주요 원인 중의 하나로 '아버지'의 부재absence를 들 수 있다. '남자는 바깥을, 여자는 집 안을(男主外, 女主內)' 식의 전통적인 관념 하에, '엄한 아버지 자상한 어머니(嚴父慈母)' 식의 역차별 하에 우리네 아버지들은 어느새 가정 울타리 밖으로 밀려나 집안을 기웃거리는 소외된 존재가 되어버렸다. 오죽하면 자식을 좋은 대학에 보내려면 '어머니의 정보력, 아버지의 무관심, 할아버지의 재력'이 3대 요소라는 말까지 나왔겠는가? 아버지들이 아버지로서 부여받은 역할을 제대로 인지하지 못하거나, 인지하더라도 이로부터 도피하려 함으로써 갈수록 소외되고 위축되어 가는 현상, 이것이 바로 현대인이 겪고 있는 비극 중의 하나인 것이다.

중국의 고전문학에서도 아버지의 이미지는 '부재'였다. 남자들이 주도해서 개척해 간 문학이었지만, 거기에는 아버지로서의 모습이 빠져 있었거나 입체적으로 묘사되어 있지 않다. '글'을 남긴 대부분의 고인들은 정치가이자 학자이자 문인이자 사상가였다. 그들의 정체성은 '문학가', '정치가', '사상가'처럼 분과 학문에 의해 단절된 개념으로는 명명할 수 없다. 종합 지식인 내지는 글을 다루는 지배층, 시대의 지도자로서 그들은 보다 고차원적이고 대아적大我的인 글쓰기를 지향했다. 묘당廟堂에서 혹은 지방 정부에서 정사를 펼친 내용과 학자로서 철학적 사유를 찬술한 글들, 그리고 붕우 집단에서 수작酬酢한 시문이 그들의 문학 세계의 중심을 차지하다 보니정작 '가정'은 글쓰기 범주에서 자칫 밀려나기 일쑤였고, 그들의 아버지로서의 모습 또한 쉬이 비추어지기 어려웠다. 스토리텔링을 가미하여 생활상을 묘사하던 재현 문학으로서의 소설 내지는 희곡에서조차 '아버지'들은 잘 등장하지 않으며, 등장한다 하더라도 줄거리를 전개하기 위한 부차적 수단으로만 등장할 뿐인지라 입체적이고 생동적인 아버지의 형상은 이 장르에서마저도 포착하기 어렵다. 현실이 이렇다 보니 지금까지 중국이나 한국의 고전문학 연구 영역에서 전통시대 아버지상에 관한 논의 역시 많이 이루어지지 않았으며, 특히 문학작품 분석을 통한 논의는 더욱 찾아보기 어렵다. 대신 주로 다루어진 것은《안씨가훈顔氏家訓》,《원씨세범袁氏世範》등 가훈家訓에 관한 연구, 계자류戒子類 문장에 관한 연구, 전통 사대부가의 자식 교육 방식에 관한 연구, 그리고 청나라 증국번曾國藩의 가서家書, 조선 정약용의 가서 등 개별적 가서 연구 등인데, 대부분 '아버지'가 어떤 식으로 집안을 다스리고 자식을 훈계했는가 하는 내용적 측면, 즉 '전통 교육 방식'에 관한 연구를 통해 전통시대 사대부들의 가치관과 사회 통념 등을 설명하고자 하였다.

이 글에서 필자는 이러한 현실에 기초하여 비록 많지는 않지만 아버지로서 지은 시문詩文 작품에 집중하여 전통시대 지식인들의 '아버지로서'의 삶을 새롭게 조명해 보고자 하며, 더 나아가 이를 통해 현대사회가 안고 있는 아버지 소외의 문제를 생각해 보고자 한다. 즉 전통시대 지식인들은 한 집안의 가장이 되면서 어떤 식으로 가정을 경영해 왔고, 어떤 방식을 통해 자식과 유대 관계를 맺으며 교육시켜 왔으며, 또한 이를 통해 어떻게 스스로 성장해 갔는지, 그 궤적을 추적해 봄으로써 현대를 살아가는 아버지들에게 새로운 역할 모델을 제시하고자 한다.

아버지가 된다는 것

동아시아 전통 윤리의 시작, 인간관계의 시작은 부자 관계이다. 비록 삼강오륜이 있다고 하나 기실 그것의 근간은 부자유친父子有親에 있다. 그래서 모든 덕목 중의 으뜸은 효孝인 것이다. 수신, 제가, 치국, 평천하라는 자아 수양의 순서만 보아도, 수신 즉 자기 수양을 제외하고는 가정이라는 울타리가 세계를 경영하는 시발점임을 알 수 있다. 천하, 국가로 나아가는 첫 번째 관계의 장소이자 축소판으로서 가정이 존재했고, 그중에서도 가정을 유지하는 가장 든든한 줄, 부자 관계는 위인爲人과 치인治人의 시험장이나 마찬가지였던 것이다.

'아버지'라는 존재, 더 나아가 부자지간에는 보편적 도덕관이 적용되기 어렵다. 아버지에게는 한 사람으로서의 보편성보다 누군가의 부친으로서의 특수성이 상위에 있다. 부자지간의 사랑에는 당연히 '차등'이 있으며, 부모는 자식의, 자식은 부모의 법률적 '범죄'를 용인하고 감출 명분이 있다. 이러한 '친은親隱'의 원칙은 동아시아 사회에서 아직까지도 유효하다. 이처럼 보편적 도덕, 보편적 이성을 초월하는 관계여서인지, 아버지가 되는 순간, 한 사람으로서 지켜오던 가치관과 지향은 아버지라는 이름 하에 변질된다. 즉 보편적으로 인지되어 오던 군자로서의 가치관, 현자의 이미지는 어느새 아버지라는 특수한 신분으로 인해 희미해져 버리고, 아버지들만이 공감할 수 있는 또 다른 바람의 모형이 형성되어 표출되는 것이다. 어쩌면 이를 '아버지'라는 명칭에 귀속시켜야 하는 또 다른 보편성이라고 칭해야 할지도 모르겠다. 이 아버지로서의 바람은 대개 '속俗'으로 표출된다. 이 속된 기대는 어떤 부모를 막론하고 또 시대를 막론하고 거의 '단일 가치 지향적'이라고 해도 과언이 아닐 텐데, 압축해서 말하자면 '출세'와 '부귀'가 키워드일 것이다. 출세와 부귀가 헛된 것임을 간파한 아버지일지라도, 삶의 고락을 맛보고 자연 속으로 숨어들어간 아버지일지라도, 이제 막 태어나 백지와도 같은 아이의 미래에 어쩔 수 없이 '출세'와 '부귀'를 또 빌어 보는 것이다. 자신을 돌아보고 (감히) 그런 기대를 걸어도 되는지에 대해 성찰하거나 번민하지도 않으며, 삶을 살아오면서 나름대로 구축했을 독특한 가치관도 반영하지 않는다. 사는 방식에 여러 가지 방향이 열려 있음을 몸소 체험했을 터이지만, 자식 앞에 섰을 때는 마치 정해진 정답이라도 있듯이 (훌륭한) 가풍을 이어 가면서 세속에서 이미 긍정 받은 가치들을 똑같이 추구하기를 바라는 전형적인, 보편적인 아버지의 형상으로 돌아오고 만다. 조선 아버지들의 마음의 소리를 소개한《아버지의 편지》[1]에 인용된 글들만 보아도 자식들에게 건 기대가 대단했음을 알 수 있는데, 대부분의 편지에 "마음을 다스려 열심히 글을 읽고 공부하라"는 말이 빠지지 않는 것에서 예나 지금이나 변치 않는 출세지향적 사고를 엿볼 수 있다. 소극적으로는 가문을 더럽히지 않고 사람 구실을 하는 것, 적극적으로는 가문을 선양하여 남들 위에 군림하는 것이 바로 부모가 자식에게 거는 한결같은 기대였던 것이다. 이런 기대가 가장 두드러지게 나타나는 것이 바로 아이의 탄생 즈음에 아버지로서 지은 글이라 할 수 있겠다.

첫 대면의 설레임

남자로 태어나 자식을 안는 순간, 아버지라는 또 하나의 신분이 부여된다. 이제부터 명실상부한 '윗세대'가 되는 것이고, 부모로서 자식을 가르치고 부양해야 할 책임이 생기는 것이다. 이제껏 누군가의 자식 역할만 해 오면서 피동적으로 학습하고 실천하던 데서, 부모가 되어 주동적으로 누군가를 가르치고 이끌어 가야 하는 새로운 역할이 부여된 것임과 동시에 나의 '경영 능력'을 본격적으로 테스트해 볼 수 있는 장場이 펼쳐진 것이다.

---

1   정민, 박동욱 공저, 김영사, 2008년 10월.

세상 부모의 눈에 자식은 누구나 보배이다. 중국어로 아직도 아기를 '보배'라고 부르는 것도 이러한 관념과 일맥상통한다. 《시경詩經·소아小雅》의 〈사간斯干〉이라는 시에 보면, "아들을 낳으면 침상에 누이고 고까옷을 입혀 손에는 구슬을 쥐어 준다."[2]고 하였다. 고까옷 입히고 구슬 쥐어 주며 고이고이 키우려는 마음은 고금을 불문하고 하나일 것이다. 하지만 나의 정기를 받아 세상에 나온 나의 자식을 처음으로 대면하는 순간을 결코 희열이라는 단어만으로는 설명할 수 없다. 세상에 미리 준비된 부모는 없듯이, 처음으로 부여받은 역할 기대에 대한 두려움과 설렘과 기쁨이 한데 뒤엉겨 형언할 길 없는 감정과 상념에 빠질 것이다. 중국의 문인들 중에 자식에 대한 애증을 가장 많이 표현한 사람은 단연코 도연명陶淵明이다. 도연명의 작품은 창작이 아닌 '사실寫實', 즉 삶의 투영이라는 말로 많이 표현된다. 즉, 시적 자아는 언제나 생활인으로서의 도연명이었던 것이다. 그의 작품 속에는 〈명자시命子詩〉, 〈책자시責子詩〉, 〈아들 엄 등에게 주는 글(與子儼等疏)〉 등 자식을 위해 혹은 자식으로 인해 지은 글들이 유독 많은데, 그중 〈명자시命子詩〉에는 자식이 태어났을 때의 부모 심정을 형상적으로 표현한 시구가 등장한다.

점을 처봄에 좋은 날 좋은 시라 하기에	卜云嘉日, 占亦良時.
네 이름을 엄, 네 자를 구사라 지었다	名汝曰儼, 字汝求思.
아침저녁 온화하게 지내며,	溫恭朝夕, 念茲在茲.

---

2 "乃生男子, 載寢之床, 載衣之裳, 載弄之璋."

오로지 이것만 마음에 두고

공급을 생각하면 아마도　　　　　　　尙想孔伋, 庶其企而.

이에 미칠 수 있을 게다

옴병 환자 밤에 아이 낳으면　　　　　　厲夜生子, 遽而求火.

급히 불로 비춰본단다

이는 모든 사람의 마음이니, 나만 그렇겠느냐　凡百有心, 奚特於我.

기왕 태어난 걸 보고 나면　　　　　　既見其生, 實欲其可.

훌륭해지기를 바라는 법

사람들 말에도 있듯, 이 마음 거짓 없다　　人亦有言, 斯情無假.

　도연명처럼 명교의 구속에 얽매이지 않고, 술을 벗 삼아 자연에
귀의하여 진솔함과 여유로운 삶을 추구했던 인물도 자식의 탄생 앞
에서는 보통 아버지의 모습으로 돌아올 수밖에 없었다. 그러나 도
연명의 심정은 사실 보통 아버지들의 그것에 비해 복잡했다. 그는
세상 영욕을 초월하여 전원에 귀의한 '소탈한' 이미지로 세상에 알
려져 있지만, 그의 내면에는 자신의 선택에 대한 회의와 방황이 언
제나 교차하고 있었다. 이를 단적으로 보여 주고 있는 것이 바로
《장자莊子》〈천지편天地篇〉을 인용한 부분이다. "옴병 앓는 사람은
한밤중에 아이를 낳으면 급히 불을 가져다가 아이를 비추어 보면서
혹시라도 자기를 닮았을까 봐 전전긍긍한다."[3] 흠을 지니고 있는 부
모지만 자식만은 온전하기를 바라는 절실하고도 소박한 소망이랄

3　"厲之人夜半生其子, 遽取火而視之, 汲汲然唯恐其似己也."(《장자莊子》〈천지天地〉).

까, 도연명은 자신의 못난 모습을 옴병 환자에게 비유하면서 자식과의 첫 대면의 순간을 그렸다. 혈연血緣을 통해 자신의 생명이 또다른 개체에게 이어지고, 그 이어짐은 일종의 숙명처럼 책임과 의무를 져야 한다. 불초不肖가 자식의 입장에서 부모를 닮지 못한 것을 자책하는 말이라면, 부모의 입장에서는 자신의 못난 모습마저도 닮았을까 봐 두려워하는 마음이 없을 수 없는 것이다. 옴병 환자처럼 자식이 태어나자마자 혹시라도 못난 자신을 닮았을까 봐 초조해하는 모습에서, 처음 아비 된 자의 복잡한 심경을 절실하게 읽어 낼 수 있다.

그런데 도연명이 자식에게 '공급'이라는 이름을 지어 준 것이 특이하다. 도연명은 공자의 손자인 자사子思를 생각하여 아들이 공급처럼 될 수 있기를 바라는 마음에서라고 아들 이름을 지었다고 밝혔다. 후세에 각인된 도연명의 이미지와 '공급'처럼 되기를 마음은 다소 당황스런 배합지만, 바로 이와 같은 모순된 배합에서 언급한 아버지라는 신분의 특수성과 '속됨'이라는 기대의 보편성을 읽어 낼 수 있다.

아이를 씻기며

아버지의 보편성이라는 측면에서 소식蘇軾이 지은 〈세아洗兒〉라는 시는 전형성과 독특성을 동시에 보여 준다. 옛날에는 아이가 태어난 지 사흘째 되는 날 처음 목욕을 시켰는데, 이 의식을 '세아'라 부르고, 처음 아이를 씻기는 자리에 많은 집안 어른들이 모여 축하를 해주며 돈을 주었는데, 그 돈을 '세아전洗兒錢'이라 부른다.《자치통감資治通鑑》권26에 다음과 같은 기록이 보인다. "[양귀비楊貴妃가 아들을 낳자] 현종이 친히 가서 보고는 귀비에게 금은으로 된 세아전을 하사하였다.(玄宗親往視之, 喜賜貴妃洗兒金銀錢.)" 당나라 때부터 이러한 풍습이 있었음을 알 수 있다. 세아전이란 이는 아이의 탄생을 기쁨을 표현하는 도구이자 아이의 호신부 역할을 해 주는 벽사辟邪의 상징이기도 하였다. 부모가 되어 아이의 첫 목욕을 시키면서 아이의 미래를 재앙으로부터 지켜 주고자 하는 마음은 옛날 부모나 지금 부모나, 황제나 일반인이나 진배없을 것이다. 소식은 황주黃州 유배 시절, 첩인 조운朝雲과의 사이에 아들 하나를 낳게 되자 사흘 만에 아이를 씻기며 다음과 같은 시를 지었다.

사람들은 자식 키우면서	人皆養子望聰明,
모두 총명하기를 바라지만	
나는 총명으로 인해 평생을 망쳤네	我被聰明誤一生.
내 아이만은 어리석고 둔해서	惟願孩兒愚且魯,
아무런 화도 어려움도 없이 공경에 이르기를	無災無難到公卿.

이 시는 소식 개인의 주관과 세속의 객관적 기준이 동시에 적용되어 있어 흥미로운 대비를 이루고 있다. 총명으로 인해 평생을 망쳤다고 자신의 삶을 정의한 소식은 갓 태어난 아이가 남들보다 못나기를 바란다. 이는 보통 부모들의 심경과 사뭇 다르다고 할 수 있으며, 소식처럼 거친 세상의 풍상을 몸으로 겪어 낸 사람만이 할 수

있는 말일 것이다. 하지만 이 시구에서 사용한 '어리석고 둔해서'라는 표현은 《논어》의 "고시는 어리석고 증삼은 둔하다.(柴也愚, 參也魯)"[4]라는 구절을 떠오르게 한다. 주희朱熹는 《논어집주論語集註》에서 "어리석다는 것은 지혜는 부족하나 후함에는 여유가 있는 것이다."[5]라고 말하였고, 정호鄭顥는 "증삼은 마침내 둔함으로 인해 그것을 얻었다."[6]라고 하였다. 여기서 그것을 얻었다란 공자의 도를 이해했다 내지는 전수받았다는 뜻이다. 공자의 마음도, 이를 해석한 후세 학자들의 생각도 '어리석음'과 '둔함'을 긍정적인 의미에서 파악하고 있음을 알 수 있다. 남보다 언변과 지혜와 판단력이 뛰어나지 못해 덕행德行, 정사政事, 언어言語, 문학文學 그 어디에도 속하지 못했으나 결국 그 덕분에 공자의 도를 전해 받을 수 있었다는 것이다. 소식의 이 짧은 시구가 비록 '아이가 못나 화를 입지 않기를' 바라는 듯 보이지만, 기실 방점은 거기 찍혀 있는 것이 아니라 어리석고 둔하지만 끝내 그로 인해 더 큰 성취를 얻었던 '고시와 증삼'에게 찍혀 있다. 그리고 그를 통해 아이가 무난히 '공경에 이르기를' 바라는 아버지로서의 속된 기대에 찍혀 있다. 소식이 자신이 살아온 인생을 돌아보며, 자식의 몸을 씻기면서 해 줄 수 있는 가장 큰 축복은 남보다 못났지만 남보다 큰 복을 누리는 사람이 되라는 것이었다. 이처럼 모순된 바람에 소식의 회한이 묻어 있고, 이 또한 반풍反

---

4 《논어論語》〈선진先進〉.

5 주희朱熹, 《논어집주論語集註》〈선진先進〉. "愚者, 知不足而厚有餘."

6 "參也, 竟以魯得之."《주자어류朱子語類》 권39.

諷일 수 있지만, 부모로서 진정으로 자식에게 바란 바가 '총명'이 아니라 '공경'임은 부정할 수 없다.

아이의 이름을 지으며

이 시에서 전통시기 부자 관계의 단서는 아이에게 '이름名'을 지어 주던 데서도 찾아볼 수 있다. 고금을 막론하고 자식에게 지어 준 이름에는 부모(세대)가 자식에게 거는 기대와 축복이 서려 있다. 요즘에는 아이가 태어나면 바로 이름을 짓지만, 고대에는 아이가 어느 정도 성장한 후에 이름을 취해 주었다. 또 이름뿐만 아니라 이름과 상호보완 차원에서 성년이 되면 자字를 별도로 지어 주기도 하였는데, 명과 자 사이의 조화로움의 미학[7]에서 고인들이 자식의 인생을 길吉하고도 바르고도正 복福된 곳으로 이끌기 위해 얼마나 심혈을 기울였는지 알 수 있다. 앞에서 인용한 도연명의 시를 보면 이름을 짓는 순간 자字까지도 미리 생각해 두었음을 알 수 있다. 다시 시로 돌아가 보면, 그의 첫아들의 이름은 엄儼이었다. 이는《예기禮記》

---

7 고인의 이름과 자와의 관계를 살펴보면, 우선 이름과 자를 의미가 연관되도록 지어 그 뜻을 더욱 크게 하려는 경우를 볼 수 있다. 대표적인 것이 제갈량諸葛亮과 공명孔明, 도잠陶潛과 연명淵明 등이다. 두 번째는 상호 반대되는 뜻을 취해 어느 한 편이 지나치게 커지는 것을 막는 경우인데, 한유韓愈의 자는 '유愈'를 누르기 위해 '퇴지退之'였고, 주희朱熹의 자는 '원회元晦'였다. 또 소식은 수레 앞턱 나무라는 이름에 맞게, 거기 기대 하늘을 우러르라는 뜻의 자첨子瞻이 자이며, 그의 아우 소철蘇轍은 수레바퀴 자국이라는 이름에 맞게 그 길을 말미암으라는 뜻의 자유子由가 자이다. 이처럼 고인들의 이름과 자 사이에는 오묘한 조화의 미가 담겨 있었다.

〈곡례曲禮〉의 "불경하게 굴지 말고 마치 생각하는 듯 장중하게 행동하라.(毋不敬, 儼若思)"는 말에서 따왔다. 그래서 아침저녁으로 아들의 이름의 뜻인 '온화'와 '공경'만을 생각했다고 시에서 적고 있는 것이다. 그는 또 비록 자신은 공자처럼 되지 못했지만, 아들만은 공급처럼 되기를 소원했다. 중국 문학사에 커다란 족적을 남기고, 도가적이고 초월적인 이미지를 후세에 길이 남긴 도연명이었지만, 자식앞에서는 예사 아버지와 다르지 않았던 것이다. 소식에게는 네 명의 아들이 있었는데, 첫째 아들의 이름은 '매邁', 둘째는 '태迨', 셋째는 '과過'이다. 마치 용왕매진하던 젊은 시절, 이제 무엇인가가 이른듯한 전성기, 그리고 지나쳐 버려 과오를 저지르기 시작한 중년기, 이처럼 소식의 세 아들의 이름은 마치 한 사람의 생의 단계를 이름을 통해 표현해 낸 듯한 느낌을 준다. 위에서 인용한 〈세아시〉의 주인공은 막내 아들이며, 그 아들의 이름은 '둔遯'이다. 나아갔고, 성취했고, 지나쳤다면 이제는 '은둔'해도 좋지 않겠는가? 소식 개인의 삶의 파노라마가 아들의 이름에 비추어져 있다.

　사실 자식의 이름을 짓는다는 것은 부모에게 매우 엄숙한 순간이어서, 마치 글자가 아이의 인생을 좌우할 것만 같은 생각에, 신중에 신중을 기하게 된다. 이렇게 해서 증서체贈序體로부터 파생되어 나온 문체가 바로 '자설체字說體'이다. 하나의 문체를 이루었음에서 그 수량이 적지 않음을 알 수 있다. 고명사의顧名思義, 즉 부모가 지어준 이름을 돌아보고 늘 그 뜻을 생각하며 살아 주기를 바라는 마음에서, 작명 시의 의도, 이름에 담긴 기대 등을 설명한 글을 '자설체'

라 하는데, 주로 명설名說, 자설字說 등의 제목으로 등장한다.[8] 이름은 그 자체가 '작품'이라고 할 수 있다. 두 글자 혹은 한 글자에 부모로서의 희망과 염원을 담았으니, 부모의 인생철학의 압축판이라 불러도 무리가 아닐 것이다.

이 문체의 창시자는 당대唐代 유우석劉禹錫이다. 그는 〈명자설名子說〉이라는 짧은 문장을 지어 "지금 너희에게 이름을 준다. 맏이는 함윤, 자는 신신이고, 둘째는 동이, 자는 경신이다. 너희들이 어리석은 사람이건 현명한 사람이건, 큰일이건 작은 일이건 상관없이 모두 믿음으로써 행하고 동시에 공경을 펼치기를 바라서이다."[9] 아버지로서 유우석은 '신信'과 '경敬'이라는 두 글자에 자식에 대한 소망과 당부를 다 실었던 것이다. 송대 사람들이 남긴 명자설은 460편에 달하는데, 사물의 명칭에 대해 설명한 글을 제외하고도 그 수가 상당함을 알 수 있다. 장하이오우張海鷗 선생은 그 직접적인 원인을 관

---

8 《문체명변서설文體明辨序說》에서 명자설의 연원에 대해 다음과 같은 설명이 나와 있다. "《의례》에 따르면, 관례를 치를 적에 삼가삼초三加三醮를 진행하면서 자사字辭을 지어 그 뜻을 설명하는데, 후세 사람들이 이를 인습하면서 자설 혹은 자서, 자해 등이 생겨났다. 이는 모두 자사로부터 비롯된 것이다. … 자사를 축사로 삼는 것은 옛글을 모방한 것이지만 근세에는 자설을 많이 지었고, 지금도 설을 위주로 하고 나머지를 같이 사용하고 있다. 명설이나 명서 또한 이 뜻을 가져다 넓힌 것이라 할 수 있다.(按《儀禮》, 士冠三加三醮而申之以字辭, 後人因之, 遂有字說, 字序, 字解等作, 皆字辭之濫觴也……若夫字辭祝辭, 則仿古辭而爲之者也. 然近世多尙字說, 故今以說爲主, 而其他亦幷列焉. 至于名說名序, 則援此意而推廣之.)" 그러나 이와 같은 부류의 글은 글을 지어 누군가에게 줌으로써 앞날을 축원하는 형식의 문체, 즉 증서체에서 비롯된 것이므로 후에도 좁게는 증서체 넓게는 서발체序跋體에 귀속시킨다.

9 "今余名爾, 長子曰咸允, 字信臣, 次曰同廣, 字敬臣. 欲爾于人無賢愚, 于事無小大, 咸推以信, 同施以敬."

례冠禮의 부흥에서 찾고 있지만,[10] 송대 이후로 사대부들이 점차 일상을 중시하던 것과, 가훈, 가계, 가보 등의 유행으로 대변되는 가정경영의식의 확대도 분명 원인으로 작용했을 것이다.

　송대 명자설 중 가장 대표적인 작품은 소식과 소철蘇轍의 부친인 소순蘇洵이 지은 글이다. 소순은 소식이 열두 살, 소철 여덟 살 되던 해에 이 글을 지어 두 아들에게 주었는데, 두 아들의 성정을 헤아려 인생에 도움이 될 수 있는 글자를 취해 각각에게 주었다. 두 글자 모두 수레와 관련 있다. 수레를 구성하는 주요 요소들이 많지만, 그중 가장 쓸모없어 보이는 식軾 즉 수레 앞 가로대와 수레가 지나간 자리에 남는 수레바퀴 철轍을 골랐다. 그 이유를 소순은 각각 "수레 앞 가로대가 비록 아무것도 하지 않는 듯 보이지만 이 나무대가 없으면 온전한 수레가 되지 못한다." "수레바퀴 자국은 수레가 굴러

---

10 "사마광은 《서의》를 지어 유가의 각종 의식을 상술하였다. 그중 《관의》는 완전히 《의례 · 사관례》에 의거하고 있는데, '삼가와 삼초' 순서 중에 공식화된 축사와 초문사가 있는 것도 그러하고, 관례를 받는 사람이 축사를 받은 후에 하는 언행 역시 그러하다. 예컨대 관례를 받은 자는 '제가 비록 불민하나 감히 밤낮으로 가르침을 떨어뜨리지 않겠나이다.'라고 말해야 한다. … 의례에 따르면 술이 파하고 빈객들이 물러난 뒤에 주인이 빈객과 사회자에게 사례금을 주어야 한다. 순서 중에 가빈이 '그대에게 밝히 자字를 고하노니'라고 말하고 자의 뜻을 설명해 준 다음 주인이 베푼 연회와 사례비를 받아야 한다. 이것이 바로 송나라 때 명자설이 성행한 중요한 원인이다. 관례가 부흥함으로써 명자설이 비로소 쓸 데가 있어진 것이다.(司马光著 《书仪》详述儒家各种礼仪. 其中《冠仪》一节完全照搬《仪礼 · 士冠礼》, 包括'三加 三醮'程式中所有格式化的祝' 醮文辞, 并且规定了受冠礼者接受祝辞以后的言行. 冠者对曰: '某虽不敏, 敢不夙夜祇奉.' … 如常仪, 酒罢, 宾退, 主人酬宾及赞者以币. 程式中的嘉宾'昭告尔字'并进行解说, 然后接受主人家宴请和酬金. 这大概是宋代名字说盛行的重要原因. 复兴冠礼, 名字说就派上了用场.)" 장하이오우(張海鵬), 〈송대 명자설과 명자 문화(宋代的名字说与名字文化)〉, 중산대학 학보中山大学学报(사회 과학판社会科学版), 2013년 제5기期.

가는 데 아무 공도 세우지 못하지만, 수레가 넘어가고 말이 자빠져 죽어도 수레바퀴 자국에는 아무런 해가 미치지 않는다."로 설명하고 있다. 이 두 글자를 통해 성격이 외향적이고 거침없는 소식에게는 화려하지 않지만 묵묵히 제 역할을 하는 이 나무처럼 겉모습을 삼가 조심하기를 염원했고, 소철에게는 수레바퀴 자국처럼 화란禍福으로부터 벗어나 평탄한 삶을 살기를 기원했다. 아직 인생의 대로에 진출하지 않은 어린 아들에게, 그들의 성정을 헤아려 삶의 중심을 잡아줄 수 있는 글자를 취해 주는 일은 참으로 숭고한 작업이 아닐 수 없다. 소순의 이 글은 젊은 아버지의 지혜로운 안목이 돋보이는 자설체의 모범과도 같은 작품이라 할 수 있다.

자식에 대한 관심과 사랑을 표현하는 글은 후대로 갈수록 많아진다. 자식의 돌날 지어 주는 축하의 글, 자식이 병에 걸렸다가 완쾌된 것을 축하하는 글 등, 어린 자식의 성장과 함께 기뻐하고 불안해하는 모습을 반영한 글을 통해, 전통시대 '아버지'의 그림자를 어렴풋이 암중모색할 수 있다.

자식에 대한 규잠規箴

아버지로서 자식을 사랑하고 자식으로서 아버지에게 효도하는 것이 너무도 당연한 도리처럼 들리지만 조금 자세히 들여다보면 여기에도 일종의 호혜互惠 관념이 내재한다. 《관자管子》〈형세形勢〉에서는 부자 사이를 상호 인과관계로 해석하며 "아비가 아비답지 않으

면 자식이 자식답지 못하다.(父不父則子不子)"라는 관점을 피력했고,
안지추顔之推의 《안씨가훈》〈치가治家〉에도 "아비가 자애롭지 못하
면 자식이 효도하지 않는다.(父不慈則子不孝)"는 관점을 제기했다. 즉,
건전한 부자 관계는 먼저 아버지가 아버지로서의 도리를 다할 때
형성될 수 있다는 뜻이다. 여기서 말하고 있는 아버지로서의 도리
중에 가장 중요한 것은 아마도 자식에 대한 교육일 것이다.

개체로서 존재하고 사유하고 살아가는 것보다 관계 속에서 자아
의 위치를 확인하고 존재의 가치를 찾았던 고인들에게는 건전한 가
정에 곧 종족의 운명이 달려 있었고, 더 나아가 나라의 미래가 달려
있었다. 따라서 내가 속한 공동체를 잘 유지, 보존하기 위해서는 후
대, 즉 자식 교육에 신경 쓰지 않을 수 없었으며, 자식 교육의 성공
여부는 자기 일생의 성공 여부와 직결되어 있었다. 물론 부모로서
자식에게 기대를 걸고, 훌륭하게 가르쳐 키워 내고자 하는 것은 반
드시 이와 같은 동기, 목적이 필요하지 않은 자연스런 심리일지도
모르겠으나, 유대 의식이 특히 강했던 전통시기 사람들에게 '자식'
교육은 하나의 사명과도 같은 것이었으며, 그 교육은 탄생의 순간
과 더불어 시작되었다.

자식이 본격적으로 학업을 시작하면서 아버지의 책임은 더욱 막
중해진다. 예나 지금이나 자식을 제대로 교육 시켜 사회의 동량으
로 키워내는 것, 더 나아가 한 종족의 미래를 든든히 다지는 것은
부모로서 가장 큰 도리이자 절실한 소원이라 할 수 있다. 따라서 이
처럼 막중한 사명 앞에, 가장의 신분으로서의 아버지는 엄숙하고
교도적인 입장에 서서 자식에게 훈계하고 당부한다. 아버지로 돌아

오는 순간, 본연의 개성은 사라지고 어느새 똑같은 목소리로 삶의 정답을 자식에게 제시하고 있다. 엄부로서 자식 앞에서 발언할 적에는 아버지의 개인성은 설 자리를 잃는다. 이러한 심리를 가장 잘 반영하는 것이 바로 계자류戒子類 문장이다.

가정은 '지도자'의 마인드로 '경영'해 가야 하는 사회 최소 단위이다. 가국일통관家國一統觀[11]을 지니고 있던 전통시기 지식인들에게 가장이 한 집안을 경영하는 것은 임금이 한 나라를 다스리는 것과 다르지 않았다. 때문에 비교적 규모 있는 '종족'을 이루었던 권문세족들은 이른바 가훈家訓을 짓기 시작해, 안치추의 《안씨가훈》을 필두로 송나라 원채袁采의 《원씨세범袁氏世範》 등 규모를 갖춘 저서와 '계戒'라는 제목으로 지어진 단편 산문들이 속속 선을 보였다.[12] 《안씨가훈》이나 《원씨세범》의 경우 다루고 있는 내용의 광범위함과 구체성, 그리고 가풍의 수립과 전승 개념 등 면에서 볼 때, 일국의 경영 마인드와 크게 다르지 않음을 감지할 수 있다. 저서뿐만 아니라

---

11 "효자하면 곧 충할 수 있다.(孝慈則忠)"(《논어》〈爲政〉), "효로써 임금을 섬기면 그것이 곧 충이다.(以孝事君則忠)"(《孝經》〈士章〉), "충신이 임금을 섬기는 것이나, 효자가 부모를 섬기는 것이나, 근본은 하나이다.(忠臣以事其君, 孝子以事其親, 其本一也.)"(《예기禮記》〈제통祭統〉) 등이 바로 이러한 사상을 나타낸 말이다.

12 계자류 문장은 위진남북조魏晉南北朝 시기부터 일찌감치 존재했다. 조조曹操의 〈계자식戒子植〉, 조비曹丕의 〈계자誠子〉, 왕숙王肅의 〈가계家誡〉, 왕창王昶의 〈가계〉, 학소郝昭의 〈유령계자개遺令戒子凱〉, 은포殷褒의 〈계자서誡子書〉, 혜강嵇康의 〈가계〉, 제갈량諸葛亮의 〈계자서〉, 양호羊祜의 〈계자서〉, 두예杜預의 〈여자탐서與子耽書〉, 안연지顏延之의 〈가고家誥〉, 소억蕭嶷의 〈계제자誡諸子〉, 왕승건王僧虔의 〈계자서〉, 서면徐勉의 〈위서계자숭為書誡子崧〉, 위魏 효문제孝文帝의 〈계태자순이관의誡太子恂以冠義〉, 최광소崔光韶의 〈계자손誡子孫〉, 최휴崔休의 〈계제자〉 등 모두가 자식(손)을 교육하는 내용을 담고 있는 글들이다.

'계자류' 산문에도 가국 개념이 잘 반영되어 있어서, 임금이 신하에게 내린 글이 아니라 아버지가 자식 혹은 자손들에게 남긴 글임에도 불구하고 문체 분류상 주로 '조령체詔令類'에 귀속시킨다. 즉, 이 또한 임금의 문체가 아버지의 문체로 '변격變格'된 것임을 알 수 있다. 문체 중에 가장 지체 높은 문체에 속하는 만큼 계자류 문장의 특징은 비장함과 엄숙함에 있다. 안지추는 서문에서 자신의 시행착오와 경험이 자손들에게 교훈이 되기를 바라는 마음에서 이 저서를 남긴다고 취지를 밝혔는데, 이는 모든 아버지들이 자식에게 훈계를 남기는 근본 이유일 것이고, 그 목소리가 엄숙할 수밖에 없는 까닭일 것이다. 이들이 전하고자 하는 내용은 개인의 경험에 기초를 둠과 동시에 독단적인 견해가 아닌 보편적 성현의 가르침이기도 한데, 바로 이러한 시대를 초월하는 '보편성'으로 인해 대다수의 계자류 문장은 엇비슷한 내용을 담고 있다. 그 주된 내용을 크게 둘로 나누어 보면 첫째는 도덕 수양 및 학업에 정진할 것을 호소하는 내용과, 둘째 이를 통해 순탄하면서도 부귀로운 삶을 쟁취할 것을 독려하는 것이다. 따라서 그 내용 자체만 보자면 더할 나위 없이 훌륭한 인생의 교과서라고 말할 수 있다.

이은영은 계자류에 속하는 문체를 '시詩·잠箴·설說·서書·문文으로 나누고 대표적인 작품으로 주희朱熹의 〈장자 수지에게(與長子受之)〉, 소옹邵雍의 〈계자음誡子吟〉, 도연명의 〈아들 엄 등에게 주는 글(與子儼等疏)〉, 한유韓愈의 〈성남에서 공부하고 있는 부에게(符讀書城南)〉, 두보의 〈한식 날에 종문, 종문 둘에게 보이다(熟食日示宗文宗武)〉

와 〈두 아들에게 보이다(又示兩兒)〉 등을 들었다.[13] 여기에는 포함되지 않았지만, 계자류 문장의 모범이라 할 수 있는 제갈량의 〈계자편戒子篇〉을 통해 계자류 문장들의 보편적 특징을 논해 보겠다.

　군자의 행실은 고요함으로 몸을 수양하고 절검으로 덕을 기르는 것이다. 담박함이 없으면 뜻을 밝힐 수 없고, 고요함이 없으면 멀리 이를 수 없다. 재능은 배움을 필요로 하나니, 배움이 없고서는 재능을 넓힐 수 없고, 뜻이 없고서는 배움을 완성할 수 없다. 방종하고 산만하게 생활하면 정신을 면려할 길 없고, 위험하고 경박하게 생활하면 성정을 도야 할 수 없다. 시간과 더불어 나이만 먹어 가고, 의지도 하루하루 사라져 버려, 마침내 낙엽 진 고목처럼 세상에 받아들여지지 못한다면, 서글프게 오두막만 지킬 뿐, 그때 가서 무얼 할 수 있겠느냐![14]

　한창 배움에 정진해야 하는 나이의 자식에게 부모로서 해 줄 수 있는 말이 이것 이외에 더 무엇이 있겠는가. 아직 다듬으면 만들어질 가능성이 있는 '아이'에게는 약간의 공포감 조성도 약이 될 터, 나중에 후회할 일 없이 때를 놓치지 말고 심신 수양에 힘쓰라는 자상한 '협박'도 잊지 않는다. 이 말이 기성세대들이 입에 달고 있는

13　이은영, 〈아들에게 전하는 아버지의 목소리〉, 《동방한문학東方漢文學》 제65집, 153쪽.
14　"夫君子之行, 靜以修身, 儉以養德. 非淡泊無以明志, 非寧靜無以致遠. 夫學須靜也, 才須學也, 非學無以廣才, 非志無以成學, 淫慢則不能勵精, 險躁則不能治性, 年與時馳, 意與日去, 遂成枯落, 多不接世, 悲守窮廬, 將復何及!"

일상적인 말이라면 한 차례 잔소리 내지는 역겨운 훈계로밖에 들리지 않겠으나, 자기 자식에게 일대일로 전해 주는 부정 가득한 당부라 할 때, 그 의미는 새롭게 다가올 것이다.

이러한 보편적 경향을 더욱 힘껏 뒷받침해 주는 또 한 편의 작품은 한유의 시 〈성남에서 공부하고 있는 부에게〉이다. 이 글은 시의 형식으로 등장한 계자류 문장으로 보아도 무방하다. 한유의 아들 한부韓符가 열여덟 살 되던 해에 장안성 남쪽 별장으로 공부하러 떠나자 한유는 이 시를 지어 아들에게 부쳤다. 상황이 말해 주듯, 이 시에서 간곡히 면려한 바는 오직 배움의 중요성이다. 당나라 때부터는 과거제의 시행으로 급제를 통한 사환仕宦 진출이 가능했고, 이는 한 집안의 흥망성쇠를 좌지우지하는 중요한 문턱이었다. 자신도 과거의 문턱을 한 차례 넘었으나, 두 번째 이부시吏部試에서 거듭 고배를 마셔 남들보다 힘겹게 사환의 길로 들어선 터였기에, 한유는 자식에게 보다 큰 욕심을 부리면서 한 마리 용이 되어 비상하길 기원했다. 장장 270자에 달하는 이 시에서 가장 주목해야 할 대목은 "두 집에서 각기 자식을 낳는데, 아이 적에는 서로 비슷하다가(兩家各生子, 提孩巧相如)"로 시작하는 비교 대목이다.

어려서 시시덕거릴 때는	少長聚嬉戲
한 무리 물고기처럼 다르기 않다가	不殊同隊魚
열두세 살이 되면	年至十二三
생김새가 조금씩 멀어지네	頭角稍相疏
스무 살엔 점점 거리가 벌어져	二十漸乖張

맑은 도랑에 비친 더러운 구덩이처럼 되고	清溝映汚渠
서른이면 골격이 이루어지는데	三十骨骼成
완연히 한 마리 용과 한 마리 돼지라네	乃一龍一猪
하늘 높이 뛰어올라	飛黃騰踏去
두꺼비 따윈 쳐다도 안 본다네	不能顧蟾蜍
하나는 말 끄는 졸개가 되어	一爲馬前卒
채찍 맞은 등엔 구더기가 생기고	鞭背生蟲蛆
하나는 공경과 재상이 되어	一爲公與相
깊숙한 부중에 거하네	潭潭府中居
그 까닭을 물으니	問之何因爾
배우고 배우지 못한 차이라 하네	學與不學歟

말 끄는 졸개와 공경 재상의 선명한 대비를 통해 자식을 배움의 길로 유도하고자 했던 아버지로서의 한유의 모습이 눈에 선하다. 그러나 이러한 비교 설정은 후세인의 많은 비판을 받았다. 송나라 의 황정견黃庭堅은 "한 공은 마땅히 성명학性命學으로써 후생을 이끌 었어야지, 부귀영화로 유혹해서는 안 되었다."[15]라고 하였고 홍매洪 邁는 "〈성남에서 공부하고 있는 부에게〉는 한 문공이 아들을 훈계한 글인데, 자식으로 하여금 뱃속에 지식을 집어넣고 학문에 주력하게 한 뜻은 아름답지만, '하나는 공경이 되어 깊숙한 부중에 거하고'라

---

15 황정견黃庭堅, 〈성남에서 공부하고 있는 부에게 시의 발문(符讀書城南跋)〉. "或謂
    韓公當開後生以性命之學, 不當誘之以富貴榮顯."

든지, '너는 못 보았느냐, 공경들이 밭에서 농사짓다 출세하는 것을' 등의 시어는 부귀를 흠모하는 말투라 이론의 여지가 있다."[16]라고 비판하였다. 비판의 뜻은 합당하지만, 아버지가 자식을 성명학으로 써 이끄는 일은 실정상 쉽지 않을 것이다. 당대 문단을 호령했던 일대 종사宗師였던 한유가 자식 앞에서 약간 유치해 보이는 비유까지 들어가며 자식을 계도하고자 했던 고심은 끝내 후대인에게 이해받지 못했지만, 한유를 한 사람의 아버지로 이해해 보면 그 심경을 이해 못할 것도 아니다.

여기서 바로 '아버지'로서의 곤경을 읽을 수 있다. 세상 사람들에게 각인된 사회인으로서의 이미지와 가정으로 돌아와 아버지라는 신분에 자신을 넣었을 때의 이미지는 확연히 달라질 수밖에 없다. 내가 어떠한 가치관을 견지하고 어떠한 삶을 살(았)던, 자식에게 제시하고 싶은 것은 누구나 인정하는 보편적인 '안락한 삶'이다. 이것이 바로 부모가 되는 순간 끊어 낼 수 없는 모순인 것이다. 자식의 눈높이를 맞추어 교도해야 하기 때문에 때론 유치한 비유도 해야 하고, 고심어린 '협박'도 해야 하며, 진지하고 절절한 심정까지 전달해야 한다. 때문에 이러한 계자류의 글은 쓰기도 쉽지 않다. 아이러니 한 것은, 고심을 거듭하여 완성한 글임에도 불구하고 이러한 계자류의 글이 실제적인 효과도 담보할 수 없으며[17] 문학적 흡입력도

---

16 "〈符讀書城南〉一章, 韓文公以訓其子, 使之腹有詩書, 致力於學, 其意美矣, 然所謂 '一爲公與相, 潭潭府中居', '不見公與相, 起居自犁鉏'等語, 乃是覬覦富貴, 爲可議 也." (홍매洪邁, 《용재수필容齋隨筆》〈3필三筆〉)

17 조선 후기 사람 윤기尹愭는 〈정고, 가금, 권학, 유계 등 글을 쓴 뒤에(書庭誥家禁勸

떨어진다는 사실이다. 물론 아들의 상황에 맞게 일대일 맞춤 제작한 글이기는 하지만, 부모의 '보편적 기대와 소망'이 주를 이루다 보니 세부적인 내용에 차이가 있다 하더라도 전체적으로 볼 때 문학성이 결여되어 있다. 특히 계자류는 "글의 목적이 일차적으로 규범적 부자 관계에 뿌리를 두고 사회의 기본 단위인 가정 속에서 자식을 훈계하고 교육시켜 이상적인 유자로 키우는 데 있었기"[18] 때문에 윗사람으로서 아랫사람에게 일방적으로 삶의 방향을 제시하고 훈계하는 내용으로 구성되어 있어서 공감과 소통을 이끌어 내기 어려웠다. 인생의 선배로서 사람 되는 방법, 살아가는 도리에 대해 들려주고자 했던 절절한 음성은 이렇게 보편적이고 교조적인 틀에 갇혀 제 역할을 발휘하지 못했던 것이다.

學遺戒等文後)〉라는 글에서 이와 같은 훈계의 글의 실효성에 대해 반문하며 자조한 바 있다. "이 모두 나의 참망한 소리였다. 책상자에 넣어 둔 지 오래인데, 자식들이 언문으로 풀어 달라기에 다시금 읽어보다가 나도 몰래 마음이 서글퍼졌다. 옛날 거백옥은 쉰 살에 지난 49년간의 삶이 그릇되었음을 깨달았는데, 나는 일흔 하고도 다섯에 지난 74년간의 삶이 그릇되었음을 깨달았으니, 어찌 부끄럽지 않겠는가? 나는 고인들이 자손을 훈계한 글을 자손들이 지키는 것만 보고, 말을 안 했다면 몰라도 했다면 어떻게 내 말을 듣지 않을 수 있을까 여겼었다. 그래서 수시로 경계의 뜻을 실어 스스로 깨닫게 하면서, 때론 비유를 들어 감동시키고 때론 절절한 말로써 격동시키며 조금이라도 효과가 있기를 바랐다. 지금이 옛날과 사뭇 다르고 풍습이 점차 변해 훈계를 펼칠 도리도 없고, 따를 사람도 없어서 그저 시끄러운 잔소리에 불과할 줄은 전혀 몰랐다.(此皆吾僭妄之言也, 藏之篋笥久矣, 今因兒女之請諺譯重閱之, 不覺戚戚於心, 昔蘧伯玉行年五十而知四十九年之非, 今吾行年七十有五而知七十四年之非, 寧不愧乎? 蓋吾前此只見古人訓戒子孫, 子孫遵守其言, 以爲有不言, 言則安有子孫而聽我藐藐乎? 遂乃隨事寓警, 俾自體念, 或爲近取之譬以感動之, 或爲迫切之言以憤激之, 庶幾有一分之效, 而殊不知古今之逈異, 風習之漸變, 訓戒之無所施, 遵守之無其人, 徒聒聒焉.)"

18 이은영, 위의 논문. 176쪽.

이러한 모순을 몸소 깨닫고 자식을 훈계하는 방식을 제기한 사람도 적지 않다. 가장 대표적인 것이 바로 양명학의 개산조 왕양명王陽明이다. 그는 "대저 아이의 마음이란 놀기를 좋아하고 얽매이기를 싫어한다. 처음 싹이 튼 초목처럼, 펼쳐 나가게 해 주면 가지가 쭉쭉 뻗어 자라지만 꺾고 휘면 시들어 말라 버린다. 아이를 가르치려면 반드시 앞을 향해 나가도록 고무하고, 진심으로 기뻐하게 해야 하나니, 그리 되면 그 발전은 막을 수 없을 것이다."[19]라고 말하면서, 아이의 본성에 맞추어 눈높이 교육을 해야 함을 강조했다. 이는 비단 아이에게만 해당하는 말은 아니다. 성년이 되기 전의 자식은 기실 어린아이와 다름없으며, 현대에 와서는 '어린아이'로 사는 기간이 더욱 길어지고 있다. 이러한 상황에 입각해 볼 때, 왕양명의 상기 동몽童蒙 교육에 관한 주장이 비록 양명학의 큰 종지에서 나왔다고 할 수도 있지만, 학파 주장을 넘어서서 혹은 고금을 초월하여 시사하는 바가 크다고도 할 수 있다.

자식과의 대화와 소통: 자식에게 보낸 편지

《삼자경三字經》 첫머리에 나오는 말은 "기르기만 하고 가르치지 않

---

19 "大抵童子之情, 喜嬉遊而憚拘檢, 如草木之始萌芽, 舒暢之則條達, 摧撓之則衰痿. 今 敎童子, 必使其趨向鼓舞, 中心喜悅, 則其進自能不已." 왕양명,《전습록傳習錄》권 중中.

는 것은 아비의 허물이다.(養不敎, 父之過.)"이다. 전통시대 아버지들은 이러한 허물을 짓기 않기 위해서, 자식이 어렸을 때부터 엄부의 자세로 자식을 교육시켜야만 했다. 자식이 사회인이 되는 첫 단계를 바르게 인도하기 위해 가정에서는 지금과 마찬가지로 조기 교육에 힘을 쏟았는데, 한유의 아들인 한창韓昶의 말에 따르면 당대 어린이들은 여섯 일곱 살이면 글씨를 쓸 줄 알았으며,[20] 〈유지기전劉知幾傳〉에 따르면 아버지가 직접 아이를 가르쳤는데, 배움에 발전이 없을 때는 회초리질을 하기도 했다.[21] 뿐만 아니라 몸소 행실로써 가르침을 드리우기도 하였으며, 그 가르침은 아들이 제법 장성한 나이까지 이어지곤 하였다. 명말 청초의 학자 왕부지王夫之는 자신의 조부가 부친을 대하던 상황을 기억하며 "조부는 늘 지엄한 얼굴로 웃음 한 번 웃지 않으셨고, 조금만 마음에 들지 않는 행동을 하였을 시에는 하루 종일 꿇어앉은 채 조부께서 얼굴을 피지 않으시면 감히 일어나지 못했다."[22]고 하였다. 얼마나 위풍당당한 아버지의 모습이었는지, 가히 그 장면을 상상할 수 있을 정도이다. 이러한 일례들을 통해 전통시대 '남주외, 여주내男主外, 女主內' 관념이 자녀

---

20 한창韓昶, 〈자찬묘지명自撰墓誌銘〉. "어려서 배움에 나아갔으나 성격상 웃고 떠들지 않았으며 아이들 놀이도 하지 않았다. 그러나 글을 쓸 줄 몰랐고, 장년이 되어서도 3, 5백 자를 외지 못해 동학들로부터 웃음을 샀다. 예닐곱 살이 되어서도 붓을 쥐고 글자를 쓸 줄 몰랐다.(幼而就學, 性寡言笑, 不爲兒戲, 不能合記書, 至長年不能通誦得三五百字, 爲同學所笑, 至六七歲, 未解把筆書字.)"

21 "年十二, 父藏器爲授《古文尙書》, 業不進, 父怒, 楚督之."(《신당서新唐書》〈유지기전劉幾傳〉)

22 왕부지王夫之, 〈현고 무이부군 행장顯考武夷府君行狀〉. "(祖父)嚴威, 一笑不假, 少不愜意 … 長跪終日, 顔不霽不敢起."

'교육'에 있어서는 반드시 그렇지 않았음을 알 수 있다. 글을 가르치는 것만이 전부는 아니었다. 한 집안의 가장으로서 가풍을 세우고, 몸소 근검勤儉을 행해 보이며, 때론 '엄嚴'하게 때론 '자慈'하게 모든 면에서 자식에 대한 계도를 잊지 않았다.

자식의 연령대가 글로 소통이 가능한 때가 되면 자식은 교육의 대상이기도 하지만 어느덧 친구가 되기도 한다. 이에 아버지들은 부지런히 자식들에게 편지글을 남겼다. 물론 한 집에 살면서 편지를 주고받을 일은 없었겠지만, 공무로 혹은 유배 등 여의치 않은 사정으로 인해 떨어져 지낼 때면 언제든지 편지를 보내어 묻고, 타이르고, 당부하는 일을 잊지 않았다.

이렇듯 아버지로서 자식 교육에 헌신했지만, 아들의 성장 과정이 반드시 흡족할 수만은 없다. 때론 넘어지고 때론 못나 보이는 모습에서, 아버지들은 인생의 크나 큰 좌절감을 맛보만 한다. 그러나 이 좌절감은 사실 자식에 대한 실망감만 안겨 주는 것이 아니라 동시에 자신에 대한 성찰의 기회를 제공하기도 한다. 자식이 처한 상황을 일찍이 경험해보았던 인생의 선배로서, 아버지들은 자신의 지난날을 돌이켜보기도 하였고, 자식의 실수 내지는 실패가 혹 자신으로 인한 것은 아닌지 반성하기도 하였다. 자식은 자신을 비춰 주는 거울이자 성찰의 도구였던 셈이다. 이러한 관점에 중요한 근거가 되어 주는 것이 바로 명말 청초의 학자 황종희黃宗羲와 그의 부친 황존소黃尊素 간의 일화이다. 황종희는 과거를 보기 위해 매일같이 팔고문八股文을 익혀야 했으며, 그의 부친은 직접 선생님이 되어 함께 읽고 쓰고 고쳐주었다. 그런데 황종희는 팔고문보다 당시에 유행하던 패관소설에 더욱 눈길을 주었다. "팔고문 공부를 다 마치고 나면 부모가 깊이 잠들기를 기다렸다가 몰래 사다가 휘장 안에 감추어 둔 《삼국》이나 《잔당》 같은 수 십 권의 책을 꺼내 불을 비춰 가며 읽었다."[23] 황종희의 모친 요씨 부인姚氏夫人은 이를 근심하며 남편에게 고하였지만, 젊어서 경사를 두루 읽으며 과거 공부에만 매달려 오지 않았던 황존소는 "그 또한 지혜를 열어 줄 만하다."[24]며 야단치지 않았다 한다. 아마도 젊은 시절의 자신을 떠올렸을 것이다.

물론 이토록 대범하게 자식의 방황을 보아 넘길 수 있는 아버지는 필경 소수일 터, 특히 자식이 "가능성"을 보이기 시작하는 진학 시기에 아버지들은 극도로 예민해질 수밖에 없는데, 이는 예나 지금이나 변치 않는 풍경이다. 이때 특이한 점은 일방적인 교훈의 글에서 '자식과의 소통'을 시도하고, 아들에게 집중되어 있던 시선을 때론 자신에게로 수렴한다는 것이다. 즉 방황하는 자식에게서 자신의 소년 시절을 돌이켜보고, 자신의 부족함을 성찰해 보며, 끝까지 자식을 이른바 '바른 길'로 인도하기 위해 애쓰는 것이다. 성장하는 자식을 지켜보는 아버지의 마음이 가장 잘 드러난 것이 바로 여러 형태의 '가서'이다. 편지의 일대일 특성상 가장 격식 없이, 가장 사적인 이야기를 토로할 수 있기 때문에, 아버지가 자식에게 준 글 중에는 '가서'가 독보적으로 많이 남아 있다. 여기서 예로 들고자 하는

---

23 황종희, 〈가모구문절략家母求文節略〉. "課程既畢, 竊買演義如 《三國》, 《殘唐》之類 數十册, 藏之帳中, 俟父母睡熟, 則發火而觀之."(《남뢰문초南雷文鈔》에 수록)

24 "亦足開其智慧."(《황리주선생 연보黃梨洲先生年譜》)

작품은 명대明代 장거정張居正의 〈막내 아들 무수에게 주는 편지(示季子懋修書)〉이다.

　　너는 어려서부터 자질이 빼어나, 처음 글짓기를 배우자마자 길을 터득했기에, 나는 너를 천리마라 생각했다. 나와 알고 지내는 상공들도 너를 보고는 모두 기뻐하며 축하하기를, "공의 아드님들은 가장 앞서 나가겠습니다."라고 하였다. 그러나 계유년 과거 이후 광기에 물들더니, 자신의 역량도 가늠 않고 옛것을 흠모하고, 자긍심에 가득 차 스스로 만족스러워하더니, 남 흉내 내다 자빠지고 말아 기어서 돌아왔구나.[25]

　　장거정은 천리마인 줄 알았던 아들이 과거에 실패하여 실의에 차 있자 편지를 보내 위로했다. 과거 자신이 기대했던 바와 지금 실의한 모습을 대조해가며 이야기를 풀어 가던 중 중반부에서 자신의 지난날을 떠올리며 자식에게 용기를 주었다.

　　옛날 나는 동치과에 합격해 명성을 좀 얻게 되자 스스로 굴원, 송옥, 사마천, 반고도 별것 아니라 여겼고, 그까짓 급제쯤이야 단박에 이루어리라 여기면서 본업을 버리고 고전에만 힘썼다. 그렇게 세 해가 지

---

25 "汝幼而穎異, 初學作文, 便知門路, 吾嘗以汝爲千里駒. 即相知諸公見者, 亦皆動色相賀曰, '公之諸郎, 此最先鳴者也.' 乃自癸酉科擧之後, 忽染一種狂氣, 不量力而慕古, 好矜己而自足, 頓失邯鄲之步, 遂至匍匐而歸.'

나자 새로운 공부는 완성하지 못하고 옛날 학업은 황폐해져 버렸다. 지금 당시 한 짓을 생각하면 웃음만 나오고 자책만 나올 뿐이다.[26]

좌충우돌하며 방황하는 자식의 모습에서 자신의 모습을 기억해 내며, 자신의 과거 이야기를 들려주면서 자식도 언젠가는 자신처럼 떨치고 일어나기를 기대한다. 하지만 자식에 대한 실망은 결국 노여움 내지는 조바심을 일으키고, 결국은 책망과 훈계를 하지 않을 수 없다. 이러한 부친으로서의 인지상정으로 장거정 역시 "내 너를 사랑하는 마음이 얼마나 깊고 너에게 바라는 바가 얼마나 절실한데, 이렇게 스스로를 하찮게 여기고 기꺼이 추녀 아래 망아지가 되려고 하느냐!"[27]며 분통을 터뜨렸고, "더 이상 묻지 않고, 감히 심하게 나무라지도 않겠으니, 스스로 깊이 생각하여 자포자기하지 마라."[28]는 말로 실망을 애써 억누르며 마지막 당부를 잊지 않았다.

~해라! ~하지 마라!를 조목조목 열거한 훈계의 글이나 보편적 가치관을 설파한 글에 비해 이처럼 자식 교육의 좌절에서 온 비탄을 쏟아낸 글은 훨씬 사실적, 정감적으로 아버지의 심경을 대변한다. 이러한 심경을 가장 사실적으로 표현한 사람은 도연명이다. 그는 제목부터 그 내용을 여실히 알 수 있는 〈책자시責子詩〉를 지어 부

---

26 "吾昔童稚登科, 冒竊盛名, 妄謂屈宋班馬, 了不異人, 區區一第, 唾手可得, 乃棄其本業, 而馳騖古典. 比及三年, 新功未完, 舊業已蕪. 今追憶當時所爲, 適足以發笑而自點耳."

27 "吾誠愛汝之深, 望汝之切, 不意汝妄自菲薄, 而甘爲軒下駒也!"

28 "置汝不問, 吾自是亦不敢厚責于汝矣! 但汝宜加深思, 毋甘自棄."

모의 기대에 미치지 못하는 다섯 자식에 대해 분통을 터뜨렸다.

백발이 양 귀밑머리를 덮고	白髮被兩鬢,
피부도 이젠 탱탱하지 않네	肌膚不復實.
비록 다섯 아들이 있으나	雖有五男兒,
하나 같이 글공부를 좋아하지 않네	總不好紙筆.
아서는 벌써 열여섯이나	阿舒已二八,
게으름으로 천하무적이라네	懶惰故無匹.
아선은 열다섯이지만	阿宣行志学,
문술을 좋아하지 않네	而不好文術.
옹단은 열셋이지만	雍端年十三,
육인지 칠인지도 모르고	不識六與七.
통자는 아홉이나 되어	通子垂九齡,
배와 밤만 찾네	但覓梨與栗.
천운이 이러하다면	天運苟如此,
잔 속 물건이나 들이키는 수밖에	且進杯中物.

아버지의 나이는 이제 중년을 넘어 노년으로 치닫는데, 학업에는 뜻이 없고, 게으르고 무식하고 먹는 것만 밝히는 아홉 살부터 열여섯 살까지의 다섯 아들에게 실망한 도연명은 이른바 '자식들을 책망하는 시'를 짓고 맨 마지막에 모든 것을 내려놓은 듯 술 한 잔을 들이켰다. 자녀에 대한 실망과 나이 먹어가는 무기력함으로 가정 주위를 맴돌며 대포 한 잔을 기울이는 오늘날 아버지의 모습과 절

묘하게 오버랩 된다.

하지만 도연명의 〈책자시〉는 못난 자식을 힐난하는 데 중점이 있지 않다. 자식에 대해 실망 속에는 무기력한 자신에 대한 실망도 함께 실려 있다. 예나 지금이나 아버지의 정체성은 다음 기능을 수행할 때 성립될 수 있다. 첫째는 처자식을 먹여 살리는 것, 둘째는 가족을 재난으로부터 지켜 내는 것, 셋째는 규범이나 가훈을 세워 가정을 잘 경영하는 것, 넷째는 사회적으로 성공한 삶으로 멋진 남성의 이미지를 지켜 내는 것이 그것이다. 아마도 세상 모든 아버지들이 꿈꾸는 모습이겠으나, 실제 이 표준에 가까이 갈 수 있는 사람 또한 예나 지금이나 많지 않다. 때문에 자식 교육에 실패했다는 생각이 들 때면 자식을 힐난하기에 앞서 아버지로서의 역할을 충실히 해냈는지, 수시로 자신을 돌아보지 않을 수 없게 된다.

자식에 대한 애증을 유난히 많이 드러낸 도연명은 자식에게 편지를 보내면서, 자신의 일생을 회고하고 아버지로서의 미안한 마음을 솔직히 고백했다. 도연명은 삶의 막바지에서 아들들에게 〈아들 엄 등에게 주는 글(與子儼等疏)〉라는 편지글을 남겼는데, 그중 "내 나이 쉰이 넘었구나. 어려서부터 가난하여 매번 집안 사정으로 인해 동분서주하였다. 그러나 성격이 뻣뻣하고 재주가 졸렬해 만사 부딪히는 바가 많았다. 스스로를 위해 헤아려 보건대 반드시 속세의 우환을 남길 것 같기에, 어쩔 수 없이 세상과 연을 끊었거늘, 결국 너희들로 하여금 어려서부터 추위가 굶주림에 떨게 했구나."[29] 도연명

---

29 吾年過五十, 少而窮苦, 每以家弊, 東西游走. 性剛才拙, 與物多忤. 自量爲己, 必貽俗

은 자신의 선택이 자식들을 연루시켰고, 결국 제대로 교육도 시키지 못했다는 자책을 하고 있는 것이다. "이러한 고심을 안고서 홀로 속으로 부끄러워했다.(抱玆苦心, 良獨內愧)"는 표현은 실패한 아버지로서의 무기력한 고백이 아닐 수 없다. 초로의 나이에 토로하는 아버지로서의 심경 고백은 이제 부권을 내려놓고 아들과 평등한 입장이 되어 한 인간으로 회귀하는 모습을 보여 준다.

노년의 도래와 효에 대한 재고: 나오는 말을 대신하여

《후한서後漢書》〈공융전孔融傳〉에 따르면 건안칠자建安七子 중의 우두머리였던 공융孔融은 '부모 무은설父母無恩說'을 주장함으로써 조조曹操에게 인륜을 어지럽혔다는 빌미를 제공해 처형당하고 말았다고 하는데, 자녀를 둔 아버지로서 그의 주장은 솔직하다 못해 충격적이다.

아비가 자식에게 있어 친親이랄 게 무엇 있는가? 그 근본을 따져 보건대 기실 정욕을 발산했을 뿐이다. 자식이 어미에게 또 무엇인가? 병 속에 담긴 물건처럼, 밖으로 나가면 떨어져 나갈 뿐이다.[30]

患, 俛俛辭世, 使汝等幼而饑寒.

30 "父之于子, 當有何親? 論其本意, 實爲情欲發耳. 子之于母, 亦復奚爲? 譬如物寄瓶中, 出則離矣."《후한서後漢書》〈공융전孔融傳〉

여기서 자식은 호혜를 넘어서 부모의 정욕의 발산 탓에 탄생한 하나의 생명체, 따라서 병에서 따라 버리면 흘러가 버리듯, 그렇게 이탈될 존재에 불과하다. 이처럼 부권의식을 철저히 부정하는 말을 한 공융이지만, 그의 어린 자식들은 "새집이 망가졌는데, 알이 깨지지 않을 수 있겠는가?(安有巢毀而卵不破乎)"라며 의연히 죽음을 받아들였으니, "아비가 자애로워야 자식이 효도한다.(父慈子孝)"는 말의 의미를 다시금 생각해 보지 않을 수 없다.

　부모 사이에 '사랑'이랄 게 없다는 말은 다소 파격적이지만, 세상 어느 부모도 자식을 지정할 수 없고, 세상 어느 자식도 부모를 지정할 수 없으므로 부자지간의 만남은 랜덤이자 숙명이다. 군신 관계와 다르게 상대를 선택할 수도 없으며, 중도에 그만둘 수도 없다. 따라서 천륜이라고는 하지만 부자 쌍방이 노력하지 않으면 지극히 어색해질 수 있는 오묘한 관계이기도 한 것이다. 아버지로서의 지엄함과 자애로움은 반드시 천성이라고는 할 수 없으며 이 또한 부단한 학습과 자기 수양을 통해 도달할 수 있는 경지이고, 자식으로서의 효도 역시 학습되고 마음으로 터득해야지만 가능한 덕목이다.

　자효慈孝 관계의 균형을 두웨이밍杜維明은 호혜 원칙에 입각하여 설명하였다. "호혜 원칙에 근거해 부친은 응당 부친의 형상을 세워야 한다. 그래야 아들은 비로소 가장 적합한 정체성을 가지고 부친의 자아 이상을 실현시킬 수 있다. 아들의 효는 부친의 자애에 대한 반응이다. 부친이라면 자식이 그를 사랑하고 존경하길 바라기 이전에 반드시 아들을 위해 사랑하고 존경 받을 만한 모범을 세워야만

한다.'³¹ 즉 부자 관계는 일종의 계약과도 같으며, '혈연'관계일 뿐만 아니라 '윤리' 관계이기도 하다는 것이다. 그러나 필자는 성실한 계약의 이행보다 더 효과적인 것이 단계마다 부여된 부친의 역할을 포기하지 말고 수행하는 것이라고 생각한다. 지엄함과 자애를 숨김없이 드러내 보이고, 이를 통한 자아 성찰도 부지런히 진행하여 생의 단계마다 아버지로서 감당해야 하는 책임이 무엇인지 통렬히 고민하는 모습만이 이 어색한 부자 관계를 건강하게 확립할 수 있는 유일한 길이라고 생각한다. 그리고 아이가 태어난 순간부터 함께했던 매 시간 소중한 기억의 편단들을 소중히 간직해야 한다고 생각한다.

두 아들 나와 헤어져 돌아간 뒤	二子別我歸
스무날이 넘도록 소식이 없네	兼旬無消息
객이 내게 여지를 선물하니	客有饋荔枝
바구니 가득 바람 이슬 맺힌 색일세	盈籃風露色
붉은 비단에 보배 비녀 꽂혀 있고,	絳羅簇寶髻
얼음 구슬에 산뽕나무 액이 스며 있네	冰彈濺柘液
이 늙은이 먹고 싶지 않은 것 아니나	老夫非不饞
먹고 싶은 마음 참아가며 차마 먹지 못하네	忍饞不忍吃
급히 심부름꾼 두 명을 불러	急呼兩健步

---

31 《유가 사상 신론儒家思想新論 - 창조적으로 전환된 자아(創造性轉化的自我)》, 차오요우화曹幼華 등 번역, 강소인민출판사江蘇人民出版社, 1991, p. 126.

나 대신 물 가로 보내네 　　　　　　　　為我致渠側

물 길 뭍 길 여정을 곰곰 헤아려 보니 　　默數川陸程

며칠이면 심부름에서 돌아오겠구나 　　幾日當返役

향과 맛이 망가질까 오직 그 걱정 뿐 　　惟愁香味壞

색이 변하는 것이야 어찌 안타까워하리 　　色變那敢惜

열흘 만에 두 사람 돌아왔는데 　　　　十日兩騎還

천 리에서 편지 한 장을 들고 왔다네 　　千里一紙墨

편지 들고 다섯 줄을 읽다가 　　　　　把書五行下

편지 손에서 놓고 두 줄기 눈물을 떨구네 　廢書雙淚滴

차라리 오지 않았던 때가 낫구나 　　　不如未到時

기뻐해야 하는데 어째 기쁘지가 않으니 　當喜翻不懌

　남송의 육유陸游가 남긴 시[32]이다. 육유는 맛난 여지를 선물 받고 길 떠난 아들에게 보내고픈 마음에 차마 먹지 못하고 이내 심부름꾼에게 들려 보낸다. 행여 고운 빛이 바랄세라, 행여 맛이 변할세라 근심하는 마음이 아마도 세상 아버지들의 마음일 것이다. 그리운 편지를 이내 손에 쥐고도 눈물이 앞을 가려 서글퍼지는 심정 또한 그럴 것이다. 이러한 순간들을 글로 남기고, 또 자식에게 들려줌으로써 끊임없이 소통하는 것이, 부자 관계를 가장 튼튼한 반석 위에 올려놓을 수 있는 유일한 방법이 아닐까 생각한다.

32　제목은 〈수인과 수준 두 아들이 중도에 보낸 가서를 받고 세 수(得壽仁壽俊二子中塗家書三首)〉이다.

"아비 된 자는 자애에 머물러야 하고, 자식 된 자는 효에 머물러야 한다.(爲人父止于慈, 爲人子止于孝)"[33]는 가장 기본적인 도리마저 더 이상 당위시되지 현실에서, 애증으로 버무려진 부자 관계를 자효라는 윤리 개념으로만 살펴보기에는 부족한 면이 많으며, 현대인의 문제에 대해 공감대를 형성하기도 어렵다. 따라서 이 글에서는 아버지라는 이름으로 살아간 전통시대 지식인들이 자식에게 준 시문詩文을 통해 그들의 기나 긴 마음의 여정에 동참하며, 그들의 경험과 기록을 공유함으로써 현대인의 아버지로서의 역할을 성찰하고자 시도하였다. 이 글에서 다룬 시대적 범위가 넓은 것은, 신분 역할 면에 있어 변화는 생겼지만 고금을 막론하고 아버지의 심리는 크게 다르지 않을 것이라는 가정 때문이었다.

---

33 《大學》.

■참고문헌

1차 자료

* 원문은 아래 사이트에서 제공받음
http://ctext.org/wiki.pl?if=en&remap=gb (중국 wiki)
http://hanchi.ihp.sinica.edu.tw/ihp/hanji.htm (臺灣中央研究院 漢籍電子文獻資
    料庫)
db.itkc.or.kr/ (한국고전종합 DB, 고전번역연구원)

* 기타 참고문헌
《顏氏家訓》(안지추 지음, 유동환 옮김, 2008, 홍익출판)
《陶淵明集校箋》(도연명 지음, 楊勇 著, 1987, 正文書局)
《全唐文》(1982, 中華書局)
《六朝散文比較研究》(張思齊 著, 1997, 文津出版)
《杜甫詩全譯》(두보 지음, 韓成武, 張志民 譯, 1997, 河北人民出版社)
《한유문집》(한유 지음, 이주해 옮김, 2009, 문학과지성)
《蘇軾文集》(소식 지음, 1996, 中華書局)
《文章辨體 · 文體明辯序說》(吳訥, 徐師曾 著, 1998, 北京人民文學出版社)
《中唐文人日常生活與創作關係研究》(彭梅芳 著, 2011, 北京人民出版社)
《家人父子》(趙國 著, 2015, 北京大學出版社)
《古代的家族與社會群體》(閻愛民 著, 2012, 天津古籍出版社)

2차 자료

1. 국내 논문
권혁석, 〈가보를 통해 본 중고시기 사인들의 수신과 처세〉, 《중국어문학》 제61집,
    2012.

김병건, 〈윤기의 '家禁'에 나타난 가정교육의 면모와 현대적 의미〉,《동방한문학》
    48집, 2011.
박동욱, 〈한시에 나타난 가족애의 한 양상〉,《온지논총》 31집, 2012.
이경자, 〈중국 명문가의 가정교육 - 선진에서 청말까지〉,《중국학논총》 35집,
    2012.
이은영, 〈아들에게 전하는 아버지의 목소리〉,《동방한문학》 65집, 2015.

2. 국내 저서
박동욱 · 정민,《아버지의 편지》, 김영사, 2008.

| 질투와 폭력 |

15세기 조선의 혼인 · 가족 · 유교적 가부장제

_ 김지수

* 이 글은 《Acta Koreana》 Vol. 20(2017)에 게재된 원고("From Jealousy to Violence: Marriage, Family, and Confucian Patriarchy in Fifteenth-Century Korea")를 번역한 것이다. 번역 자넷 윤선 리Janet Yoon-Sun Lee(계명대학교 국어국문학과).

質투는 인간 본성에 내재되어 있는 감정일 뿐만 아니라
인간관계의 다양한 군상에 깊숙이 관련되어 있는
가장 원초적이면서 보편적인 감정이다.
–Boris, Sokoloff, Jealousy: A Psychological Study, 1947.

질투와 폭력을 둘러싼 젠더 차이

1474년 음력 5월 성종의 재위 기간 중에 일어난 일이다. 신자치라는 인물이 자신의 식솔 중 하나였던 여종 도리와 관계를 맺는다. 그러나 신자치의 아내 이부인이 이를 질투한 나머지 자신의 친모와 함께 도리에게 폭력을 가했다. 그들은 도리의 머리털을 자르고 구타했으며 뜨겁게 달군 쇠로 얼굴과 가슴, 음부를 지진 다음 흥인문 밖으로 끌고 가 산골짜기에 그녀를 버렸다.[1]

사헌부가 처음에 이 사건을 맡아 조사하기로 하지만 사건의 성격상 이는 노비와 관련한 강상범죄에 해당하므로 이 당시 강상범죄를 다룬 의금부로 사건이 전달된다. 모든 조사를 마친 후 조정에서는 신자치와 이부인을 각각 경상도 안음과 산음으로 추방하라는 유배 선고를 내린다.[2]

---

1 《성종실록》권48: 성종 5년 10월 10일; 성종 5년 11월 1일.
2 《성종실록》권 49: 성종 5년 11월 1일. 당시 죄 없는 노비를 죽인 자는 장杖 60대에 도徒 1년 형에 처했다. 사족 여성인 경우 공개적으로 장형을 받지 않고 벌금형으로 대신할 수 있었다.

그런데 당시 사간원의 관리였던 정관이 이의를 제기한다. 신자치와 이부인의 유배지가 너무 인접해 있어 충분한 벌이 되지 않는다고 상언한 것이다. 이 의견이 받아들여져, 이부인은 어머니와 함께 충청도 진천군으로 옮겨 가고 거기서 다시 유배 생활을 하게 된다.[3]

한편, 조정에서는 이부인에게 남편 신자치와 강제적으로 이혼하라는 명을 전한다. 당시 관리였던 신자치에게는 직위를 세 단계 강등시키는 조치를 취했다.[4] 조정에서는 가해자에 대한 처벌을 강화하는 한편, 도리와 그녀의 가족을 노비 신분에서 풀어 줌으로 피해자에게 보상을 하려는 노력을 기울였다.[5]

당시 조선시대에는 여종이 집안의 가장에 의해 성적으로 학대당하거나 이용되는 일이 빈번하게 발생했다. 경우에 따라 일회성에 그치지 않고 남자 상전이 여종을 직접 자신의 첩으로 삼는 일도 많았다. 이에 따라 상전과 여종의 미묘한 관계는 가족제도 안에서 끊임없이 긴장을 일으키는 요소가 되었다. 여종은 종종 사대부 아내로부터 질투의 대상이 되었는데, 노골적으로 부인이 질투를 표현한 경우, 부인은 함부로 질투했다는 이유로 벌을 받았다. 그 부인은 다시 여종을 직접 응징해 폭력을 행사하는 경우가 빈번했다. 일차적으로 사건의 빌미를 제공한 자는 남편이었음에도 불구하고, 오히려

---

3 《성종실록》 권 49: 성종 5년 11월 13일; 성종 5년 11월 18일.

4 《성종실록》 권 49: 성종 5년 11월 1일; 성종 5년 11월 2일. 신자치는 두 해 동안 유배를 갔다가 1476년이 되던 해에 본래 직위가 회복되었다. 《성종실록》 권 68: 성종 7년 6월 17일 참고.

5 《성종실록》 권 49: 성종 5년 11월 1일; 성종 5년 11월 2일

남편은 부인의 질투를 다스리고 벌할 수 있는 권한을 쥐고 있는데다가 가정의 화목을 우선시한다는 미명 속에 처벌로부터 종종 면제되었다. 남편은 조선시대 법의 최대 수혜자였던 셈이다.

조선의 제도에서 질투는 칠거지악七去之惡에 속했다. 질투는 남편이 처에게 이혼을 요구할 수 있는 일곱 가지 항목 중 하나에 해당했다. 일곱 가지 항목에는 시부모님에게 불손하게 대한 것, 아들을 출산하지 못한 것, 간음한 것, 질투한 것, 몹쓸 병에 걸린 것, 말이 많은 것, 도둑질하는 것 등이 포함되었다. 하지만 남편이 아내와 이혼하기 위해서는 다음의 조건이 충족되어야만 했다. 아내의 친정 부모가 더 이상 생존하지 않아 몸을 의탁한 곳이 없거나 시부모의 삼년상을 모두 같이 치렀거나 결혼한 다음에 집안이 부유하게 되었다면, 함부로 이혼할 수 없었다.

한편, 질투라는 용어의 어원을 살펴보면, 질투嫉妬라는 두 개의 한자에는 모두 여성을 의미하는 "여女" 자가 공통적으로 들어가 있음을 쉽게 알 수 있다.[6] 이는 인간이 본질적으로 갖고 있는 감정을 언어로 기호화하는 시점에서부터 질투를 특별히 여성과 관련된 감정으로 이해하고 있었음을 방증한다. 질투는 분노, 공포, 두려움, 불안감과 같은 다른 감정들과 달리, 타인과 관계를 전제로 한 감정이다. 다시 말해, 다른 사람이 성취한 것이나 소유하고 있는 것에 대해서

---

6 질투라는 용어는 조선시대에 통용되는 개념이었으며, 특히 혼인이나 이성 관계라는 맥락 속에서는 "질투嫉妬"보다는 "투妬"가 더 적극적으로 사용됨을 볼 수 있다. "투妬"라는 용어는 남녀 모두에게 적용되는 용어였음에도, 소설에 단어가 등장하는 경우에선 남성보다는 여성을 묘사하거나 다룰 때 자주 사용하고 있다.

시기하고 불편한 감정을 느끼는 상태를 지칭하기도 하고, 이성 관계에서 상대되는 이성이 다른 이성을 좋아하거나 친밀함을 표하는 경우에 발생하는 분노와 의심을 포괄하는 개념이기도 한다. 이 글에서는 질투에 대한 여러 가지 함의 중에서 특히 혼인 관계에서 발생하는 감정 양상에 초점을 두고, 배우자가 다른 이성에게 성적 관심을 표하는 경우 유발되는 감정을 집중적으로 다루어 보려고 한다.

최근 들어 감정이란 개념이 역사성을 가지고 있다는 이론이 학계에서 설득력을 확보해 가고 있다. 감정의 역사성, 다시 말해 감정이 시간적 혹은 공간적 조건에 따라 재배치되거나 재구성될 수 있다는 해석에 동의하는 연구가 증가하는 추세다. 한 예로 고대 로마에서는 배우자들은 서로를 낭만적 질투의 대상으로 보지 않았다. 그 이유는 결혼이 애정이나 친밀함에 바탕을 둔 연애결혼이 아닌 중매결혼이었기 때문이다. 오히려 고대 시기에서는 사랑이라는 감정은 남녀 관계보다는 친구 관계에서 생겨나는 감정이라 여겼다. 그러나 근대화를 겪으면서 특히 19세기 서구 문화권에서는 결혼제도가 중매에서 연애결혼으로 바뀌면서 사랑이란 감정이 결혼의 조건으로 작용하기 시작한 것으로 보고 있다. 이러한 연구들은 감정이 어떤 가치 체계를 가지고 기호화되는 과정이나 방식에서 생물학적이면서도 문화적인 요소를 내재하고 있다는 인식을 반영하고 있다.[7]

조선이라는 시대적 공간에서 여성의 질투는 하나의 악으로 규정

---

7 Susan J. Matt and Peter N. Stearns, *Doing Emotions History* (Illinois: University of Illinois Press, 2014), pp. 1-3.

되었고 칠거지악의 한 형태로 간주되어 통제와 규율의 대상으로 위치 지어졌다. 이를 21세기의 양상과 비교해 본다면, 오늘날 질투하는 여성은 사회적으로 낙인이 찍히거나 법적 처벌을 받지 않으며 질투는 남녀의 구분 없이 누구나 느낄 수 있는 보편적 감정으로 이해되고 있다.

이와 달리 전근대라는 시대적 공간에서 질투는 젠더화된 감정으로 존재하였다. 질투로부터 연유한 범죄 사건에서 질투하는 남성과 질투하는 여성에 대한 처벌 형태가 서로 다르게 자리매김된 것이 이를 뒷받침한다. 특히 중국의 대법전인 《대명률》의 영향권 안에서 완성된 조선의 법률 제도는, 남편이 아내가 다른 남성과 불륜을 저지르는 현장을 목격하고 아내를 살해하더라도 아무런 처벌을 받지 않도록 규정하고 있다. 하지만, 부인이나 부인의 내연남이 공모하여 남편을 살해한 경우, 설사 부인이 직접 살인을 모의하거나 도모하는데 간여하지 않았더라도, 그 여성은 남편을 살해했다는 죄목으로 교형이나 참형을 받았다.[8]

이러한 규정에서 엿볼 수 있는 것은, 조선시대에는 인간관계를 수직적 위계질서로 이해하는 시선이 전제되어 있었으며, 질투는 젠더적 감정으로 인식되었다는 사실이다. 따라서 여성이 남편에 대해 정절을 지키는 것을 이상적인 태도로 간주하였으며, 부인이 첩에 대해 질투의 감정을 품는 것은 남편에 대한 순종을 거부한다는

---

8 Jiang Yonglin, trans., *The Great Ming Code* (Seattle: University of Washington Press, 2005), p. 171.

것을 의미했고, 이는 곧 남편의 권위에 대한 도전을 의미하고 있었다. 조선의 법전은 여성의 질투를 다스리는 한편, 남편과 아내 간 위계 질서를 강화했다. 여성과 달리 남성의 질투는 처벌의 대상이 되지 않았다. 남성은 오히려 아내의 질투를 억누르고 가정의 화목을 추구해야 하는 권위와 책임을 부여 받은 존재로 여겨졌다. 결과적으로 유교적 가부장제와 혼인제도 속에서 남성은 처첩 간의 갈등의 소지를 제공한 당사자임에도, 그에 대한 결과적 처벌과 응징의 대상은 주로 여성이 되었던 것이다. 이러한 법적 제도는 표면적으로는 질투를 적절히 통제함으로 처와 첩이 갈등 없이 화목한 관계를 맺도록 돕는 것으로 보이지만, 실질적으로는 가부장적 질서를 한층 강화함으로 상층 여성과 하층 여성 간의 관계를 적절히 통제하는 효과를 발생시켰다.

이 글에서는 폭력성을 내포하고 있는 질투라는 감정에 대해 조선 사람들이 혼인과 가부장제와 유교 문화의 복잡한 관계 속에서 어떻게 이를 인식하고 있었는지에 주목해 보려고 한다. 다른 한편으로는, 앞서 언급한 이부인 사건의 경우에서 보듯이, 질투가 감정의 개념을 넘어서서 혼인 관습과 법제와도 깊은 관련을 갖고 있음에 강조점을 둘 것이다. 이때, 감정과 섹슈얼리티와 가정의 도덕성이라는 미묘하고 복잡한 의미망 속에서 조선 왕조가 어떤 형태로 개인의 사적 영역에 개입했는지를 살펴보려고 한다. 특히 정절과 질투라는 관념을 어떤 식으로 강화하고 통제했는지, 나아가 유교적 젠더 규범과 법과 혼인 관습을 적용할 때 어떤 요소들이 서로 긴장을 야기하고 있었는지를 살피는데 주안점을 둔다. 이를 통해 조선 후기로 이행하고 있는 15세기 조선 사회에서 질투라는 감정이 어떤 양상으로 드러나고 있으며, 유교적 가부장제와 수직적 위계질서 속에서 어떤 문화적 의미를 재현하고 있는지에 관해 논의해 볼 것이다.

혼인과 여성 규범, 신분 차이

1392년 개국 이래로, 성리학을 지배 이데올로기로 도입한 조선 왕조는 부계 질서를 확립하여 사회제도를 확립하고 유교적 혼인을 제도화하려는 노력을 기울였다. 조선 사회에 성리학을 정착시키려는 방법의 일환으로 새로운 혼인제도를 적극 도입한 것이 그 예다. 그러나 혼인제가 상에 받아들여지고 정착되는 데엔 비교적 오랜 기간이 걸렸으며, 17세기에 이르러서야 비로소 일상화된다.[9] 당시 유교적 방식에 따른 혼례가 도입되는 과정에서 상당한 거부감과 반감이 존재했음을 볼 수 있다.[10] 특히 새로운 유교적 혼례 양식에 맞춰서 신부의 집이 아닌 신랑의 집으로 주거 공간을 이동하는 양식은

---

9 조선시대 이후 한국 사회의 유교화되는 과정과 그 결과에 대해서는 다음의 논문들을 참고할 것. Martina Deuchler, *The Confucian Transformation of Korea* (Cambridge, Mass.: Council on East Asian Studies and Harvard University Press, 1992); JaHyun Kim Haboush, "The Confucianization of Korean Society" in Gilbert Rozman, ed., *The East Asian Region: Confucian Heritage and Its Modern Adaptation* (Princeton, N.J.: Princeton University Press, 1991), 84–110; Mark Peterson, *Korean Adoption and Inheritance: Case Studies in the Creation of a Classic Confucian Society* (Ithaca: Cornell University Press, 1996).

10 Deuchler, *The Confucian Transformation of Korea*, p. 244.

큰 저항을 불러 일으켰다. 고려시대의 혼인 풍습은 혼인 후에 자녀들이 태어나 장성하기 전까지 신랑은 신부의 집에서 함께 생활하는 것이 일반적이었다.[11] 이러한 처가살이, 곧 남귀여가혼의 형태는 고려 여성들이 결혼 이후에도 자신의 특권과 지위를 유지하는데 크게 영향을 미쳤다. 하지만, 조선 시대에 들어 남귀여가혼이 아닌 친영례가 정착되면서 여성들은 고려시대 여성이 혼인 후에도 지속적으로 누릴 수 있었던 지위와 특권을 더 이상 누릴 수 없게 되었다.

모계 중심적 가계와 남귀여가혼으로 대표되는 고려의 혼인 패턴이 조선에 이르러 부계 중심의 친영례로 옮겨 가자, 조선 초기 여성들은 전에 없던 삶의 도전과 어려움에 직면할 운명과 마주하게 된다. 가장 많은 변화를 보인 영역은 여성의 물리적 공간의 변화였다. 여성은 결혼 직후 남편의 집에 옮겨와서 새로운 가족 구성원들과 관계를 맺는 상황을 경험했는데, 남성들은 본처 외에도 낮은 계급의 여성을 첩으로 들일 수 있는 법적 권리를 갖고 있었다. 따라서 여성들 간의 위계질서와 서열이 한층 더 강화되었고, 이는 다시 가내 긴장을 유발하는 환경을 조성했다. 여성들은 출가외인이 되었다는 이유로 본인의 친가에서 누릴 수 있었던 권리를 박탈당했으며, 새로이 도입된 장자 상속법에 의해, 아들과 똑같은 지분을 상속받을 수 없게 되면서 상속인으로서의 지위도 약화되었다. 조선 정부는 이러한 변화를 이끌어 냄으로써 양반 사회에 성리학적 사유 체

---

11 《고려사》 96:10 and 109:15b – 16; 이규보, 《동국이상국집》 37:14; Deuchler, *The Confucian Transformation of Korea*, 66쪽 재인용.

계와 삶의 방식이 잘 정착되게 하고, 하층 계급에까지 유교적 문화와 제도가 정착되게 함으로써 유교적 국가를 완성할 수 있다고 기획했던 것이다.

조선시대 하층민의 삶에 대한 연구는 자료적 한계와 관심의 부재로 아직도 많이 부족한 수준이지만 근래에 들어 다양한 접근과 탐색이 시도되고 있다. 연구들은 공통적으로 상위 계급과 비교해 볼 때 하층민들이 성리학적 이념으로부터 훨씬 자유로웠고 실제 삶에서도 이에 구애되지 않고 비교적 개방적이었다고 주장한다.[12]

한 예로 17세기 〈고문서〉 자료에 등장하는 박의훤의 재산에 관련된 기록을 살펴보자. 박의훤은 평생 동안 다섯 번 혼인했다. 그가 다섯 번째 부인을 만나기 전까지 모두 처로부터 버림받았던 것이다. 첫째 부인 은화는 2~3년간의 결혼 생활을 끝내고 다른 남자와 달아났으며, 두 번째 부인은 박의훤의 남종과 관계를 맺은 후 파혼했다. 세 번째 부인 몽지 역시 홍귀천이라는 남성과 도망갔다. 네 번째 맞은 부인, 가질금은 여러 남성과 관계를 맺고, 그 결과 파혼을 당했다.[13] 이는 조선 사회에서 혼인 관계가 쉽게 성사되고 파기되었으며, 공식적인 혼례식 없이 혼인 관계를 맺는 개방적 혼속이 가능했음을 보여 준다.

---

12 김경숙, 〈조선 후기 여성의 정서 활동〉, 《한국문화》 36, 2005, 89~123쪽; 김선경, 〈조선 후기 성의 성 감시와 처벌〉, 《역사연구》 8, 2000, 57~100쪽 ; 장병인, 〈조선 시대 성범죄에 대한 국가규제의 변화〉, 《역사비평》 56, 2001, 228~250쪽; 한국 고문서 학회 편, 《조선 시대 생활사》, 제1권, 183~332쪽; 제 2권, 91~132쪽.

13 한국 고문서 학회, 《조선 시대 생활사》, 제2권, 91~101쪽.

박의훤의 자료를 통해서는 다음과 같은 사정을 짐작할 수 있다. 만약 그 처가 상층의 여성이었다면 처벌을 면할 수 없었겠지만, 평민 여성이었을 경우 남편을 버리고 다른 남성과 동거나 혼인을 감행하는 것이 가능했다. 그렇다면, 당시의 조선에서는 상층과 하층에서 각기 다른 양상의 결혼 관습이 존재했던 것인가?

여성이 남편과 사별한 이후에 생가로 돌아갔다는 기록을 볼 때, 하층 여성은 시부모에 대한 책임을 갖고 있지 않았음을 추정할 수 있다. 이는 하층의 여성은 성적 억압으로부터 상대적으로 자유로웠으며 성리학이 조선 사회 전반에 깊이 뿌리내렸음에도 그 영향력에 있어서 상층과 하층 계급은 서로 다른 강도로 느꼈음을 보여 주는 단면이기도 하다.

조선의 법전을 보면, 조선이 양반 계급의 기혼 여성에 대한 규율과 감시에 특히 집중하고 있음을 볼 수 있다. 조선의 통치의 법적 기반이 된 것은 경국대전과 속대전이다. 《경국대전》은 15세기경 여러 법령을 종합하여 만든 법전이며, 《속대전》은 이후 18세기 초에 완성된 대법전이다. 여기에는 모두 여성의 행실을 규정하는 여섯 가지 조항이 포함되어 있다. 이 법전들에서는 내외법 조항을 통해 여성들의 활동 영역을 제한하고 있었다. 구체적으로 살펴보면 여성들이 사찰을 갈 수 없도록 금지하였고[14] 상층 여성의 경우 외출 시에 반드시 가마를 이용하도록 하였으며,[15] 냇가나 산을 다니며 놀이

---

14 《경국대전》, 법제처 역. 서울: 일지사, 1978, 465쪽.
15 《경국대전》, 465쪽. 이 조항에 의하면, 하층 여성이 가마를 쓰는 것은 금하였다.

를 벌이거나 길거리 행사를 구경하는 것[16]을 금지하고 있었다. 세 명 이상의 남편을 둔 상층 여성에 대해서는 의무적으로 국가에 신고하게 했으며,[17] 불륜을 저지른 경우 사형을 명할 수 있었다.[18] 또한 재가한 여인의 자식은 과거에 응시할 수 없다는 것을 명백히 법제화했다.[19]

위의 여섯 개의 조항은 사족녀의 보호와 사족 양반사회의 성도덕 문란 예방에 역점을 두고 있다. 이 조항들은 상층 여성에게 성적 규제를 가하는 한편, 하층 남성과 어울리는 기회를 차단하는 목적을 가지고 있었다. 사찰을 가는 것을 금하는 것 역시 여성들이 종교적인 활동을 이유로 승려와 불륜을 저지르는 것을 막는 효과를 발휘했다. 가마를 의무적으로 사용하도록 하는 것은 그들의 신체가 외부 공간에 노출되고 하층 남성들에게 노출되지 않도록 하려는 의도를 담고 있었다. 야외로 나들이를 갈 때나 구경을 하러 나갈 때에도 여성의 신체를 노출시킬 수 없도록 막는 목적을 겨냥하고 있었다. 또한 세 번 이상 결혼한 여성을 고발하는 것과 재가 후 자식에게 불이익을 주는 것은 간접적으로 여성에게 정절을 지키도록 강요하는

---

16 《경국대전》, 465쪽.

17 《경국대전》, 466쪽.

18 《속대전, 서울: 법제처, 1965, 309.《경국대전》의 경우, 상호간의 동의 하에 이루어진 혼외 관계에 대해서는 다루고 있지 않다. 이를 조선이 〈속대전〉이 완성되기까지는 대명률을 주로 적용하고 있었기 때문으로 보인다. 조선에 유교 이념이 정착하면서, 정부는 간통을 저지른 양반 여성에게 사형을 적용하였으며, 18세기 초반 《속대전》에도 명문화되게 된다.

19 《경국대전》, 198~199쪽.

효과를 파생시켰다. 불륜에 대해 사형을 언도하는 것 또한 사족 여성의 섹슈얼리티 규제에 해당한다.

세종 재위 기간(1418~1450) 중 기록에 의하면, 사간원의 한 관리가 왕에게 사대부 집안 여성들이 외출 시 가마를 반드시 이용해야 함에도 불구하고 부끄러움을 모른 채 낯선 남성들과 걸어 다니며 하층 여성과 다름없는 행실을 보였다고 비판한 대목이 있다.[20] 이는 국가가 계급과 신분에 따라 여성의 도덕적 행실을 다르게 판단하였고 상층 여성과 하층 남성들과의 접촉하는 것을 막으려 했음을 보여 준다. 또한 불륜에 대해서는 국가가 하층 여성보다 상층 여성의 성적 행동을 더 엄격히 규제하고 있음을 발견할 수 있다. 《속대전》 형전刑典의 하위 조목 "범간조"에, "사족士族의 부녀로서 음욕을 자행하고 풍속과 교화를 문란케 하는 자는 간부와 아울러 교살한다. 거리를 행보하며 다른 남성들에게 신체를 노출함으로 품위를 잃고 상천인들常賤人들과 구별되지 않게 행하였으므로 사족으로 여김 받지 못할 것이다"[21]는 내용이 보인다. 이 역시 조선 왕조가 지속적으로 상층 여성에게 열과 정절이라는 이념을 강조하였음을 보여 준다. 이와 같은 각종 규제 속에서 조선의 유교화 노력은 18세기까지 계속되었다.

---

20 《세종실록》 권 123: 세종 31년 1월 22일. 정지영, 〈규방 여성의 외출과 놀이〉, 김경미 외, 《한국의 규방문화》, 서울: 박이정, 2005, 136쪽 재인용. 이 논문은 여성을 단속하려는 국가의 집요한 노력에도 불구하고, 조선 여성들이 규방의 공간적 범주를 넘어선 놀이 문화를 갖고 있었음을 보여 주고 있다.

21 《속대전》, 309쪽.

하지만 중국의 경우는 사뭇 다르다. 매튜 소머의 연구를 인용하면, 양食이란 한자는 대개 양민이나 그 이상의 계급에 속한 자유민을 지칭하며, 18세기 중반에 이르면 "정절을 지킨다"는 함의를 가지게 된다. 이 문자는 계급과 상관없이 간통과 반대되는 대립적 개념으로 사용되었다. 간통을 범한 사람에 대한 법 집행자들의 태도에도 변화가 생겨났는데, 이는 가족 규범과 관련해서 도덕적 고정관념을 신분에 상관없이 일반화시키는 변화를 보여 준다. 이는 청대(1622~1912)에는 신분이나 계급의 구별이 약화된 것을 반증한 것이다. 조선과 청의 차이를 설명하자면, 조선에서는 도덕적 고정관념이 상층 여성에게만 부여된 데 비해 청에서는 신분적 구별이 두드러지지 않았다고 볼 수 있다.

성종 즉위 10년에 발생한 간통 사건을 통해 이를 살펴보자. 문제의 핵심에는 중금이라는 평민 여성의 간통 사건이 있었다. 이에 대해 당시 성종과 관리들은 서로 다른 입장을 제기하게 된다. 사건의 초기에 진행된 논의에서 중금은 사형을 선고받았다.[22] 그러나 관리 홍귀달이 이의를 제기한다. 남성 간통자와 중금은 모두 같은 평민 신분의 출신인데, 평민들은 내외법의 제약을 받지 않는다고 문제 제기를 한 것이다. 홍귀달은 중금은 평민이므로 사족 부녀자에 견줄 수 없다는 판례를 끌어왔다. 말하자면 중금의 사형을 면제시킬

---

22 이 항목은 명문화되지 않았지만, 성종 재위 기간 중 여성들이 간통죄로 인해 사형을 받은 기록이 보인다. 성종 이전에는 주로 유배형을 받은 것으로 보임.

수 있다고 주장한 것이다.[23]

성종은 법적 근거에 따라 주장한 홍귀달의 주장을 무시할 수 없었다. 성종은 평민 여성은 내외법을 지켜야 하는 의무가 없다는 주장을 받아들여 중금의 사건을 재검토하도록 명한다.[24] 이러한 사례는 국가가 상층 여성과 하층 여성에 대해 다른 기준을 요구하고 있으며, 내외법과 정절법을 서로 관련지어 이해하고 있음을 보여 주고 있다. 양반 여성은 유교적 젠더 윤리를 수호해야 하지만, 하층 여성의 경우는 이러한 규범이 비교적 느슨하게 적용된 것이다. 그럼에도 불구하고 조선 정부는 정절 이데올로기가 모든 계급에 정착할 수 있도록 재가하지 않은 과부에게 열녀 표창을 하는 등의 노력을 기울였다. 이는 평민 여성에게도 똑같이 적용되어 법적인 구속력이 없음에도 정절을 지킨 평민 여성도 국가로부터 상을 받을 수 있었다.

《속대전》의 "범간조"에 의하면, 사족 여성들은 간통죄를 저지른 경우 사형을 선고 받을 수 있는 유일한 그룹이었다. 조선 후기까지 조선의 법전은 평민이나 하위여성들에 대한 처벌을 포함하고 있지 않았다.[25] 《대명률》의 "간통"에 대한 조항을 인용하여, 평민 여성들의 간통에 대한 처벌로 공노비로 삼거나 타 지역으로 유배형을 내리는 형벌을 후에 마련하였다. 장병인의 논의에 따르면, 국가

---

23 《성종실록》권 108: 성종 10년 9월 5일; 장병인, 《조선 전기 혼인제와 성차별》, 서울: 일지사, 1999, 296~297쪽.

24 《성종실록》권 108: 성종 10년 9월 5일.

25 여성은 계급을 막론하고 강간의 피해자로 인식되었으며, 여성의 지위의 고하와 상관없이 여성을 강간한 자는 처벌을 받았다.

는 하층 여성의 삶에 적극적으로 개입하지 않았으며, 비록 평민 여성의 간통을 단속하고 규제하려는 노력의 흔적은 있지만, 여성 노비가 간통을 저질렀다는 이유로 유배형을 받은 기록은 찾아보기 어렵다.[26] 이는 여종이 자신의 의지와 상관없이 남자 주인에게 성적으로 이용될 수 있다고 인정하는 당시의 인식과도 일치한다. 조선에서 하층 여성의 섹슈얼리티에 대한 단속과 제제는 비교적 수동적이고 방어적인 견지에서 작동하였다면, 조선 후기에 들어 상층 여성의 비도덕적 행위에 대한 처벌은 오히려 강화되었다.

조선의 개국 이후에, 유교적 이상을 지향했던 법률가들은 사회의 윤리성 확립을 위한 다양한 방법을 모색하였다. 이를 위한 노력으로 모든 계층이 성리학이 지향하는 도덕적 가치를 이해할 수 있도록 《삼강행실도》를 언해로 편찬하였고, 또한 중앙과 지방에 있는 호주와 어른과 선생님들로 하여금 여성과 어린아이들에게 삼강행실을 가르치도록 장려하는 한편, 왕은 도덕적 행실을 한 모든 자들과[27] 특히 충, 효, 열을 실천한 자들에게 상을 내렸다. 상층 여성에게는 정절을 지키고 도덕적 규범을 따르도록 하는 것을 당연하게 여겼지만, 하층 여성에게는 똑같이 요구하지 않았기 때문에 하층 여성들이 자발적인 형태로 도덕적 행실을 따르기를 바랬다.[28]

앞서 언급한 《속대전》의 여섯 가지 조항은 조선에서 유교적 젠더

---

26 장병인, 《조선 전기 혼인제와 성차별》, 230~232쪽.

27 《경국대전》, 280쪽.

28 하층 여성이라 하더라도 상층 여성을 모방하고자 하는 의도로 정절 이데올로기를 실천하는 경우도 있었다.

시스템이 어떤 방식으로 구성되었는지 잘 보여 준다. 우선 조선의 법전은 신분적 계급의 차이, 남녀 간의 차이를 명시하였으며, 상층 여성과 하층 여성을 다시 구분 짓고 여성의 몸을 차별적 시각을 가시화하는 장으로 이용하였다. 특히 상층 여성의 성적 행동을 규제함으로 사족의 혈통이 다른 계급과 섞이지 않고 잘 유지되도록 하였는데, 조선 초기 법률가들은 귀족적 혈통이 하위 계급과 섞이는 것을 지양하였으므로 양인과 천민 간의 혼인은 인정하였지만, 양반과 다른 하위 계급 간의 혼인을 인정하지 않았다. 그리고 오직 사대부 남성이 하층 여성을 첩으로 삼는 것에만 예외를 두었다.[29] 자식들의 신분은 모계의 혈통으로 결정이 되었고, 아버지 혈통을 따르는 경우는 한 가지 경우만 예외적으로 존재했다. 헌종 때에 이르기 전까지 아버지가 노비이고 어머니가 평민인 경우, 아이들은 평민이 아닌 노비가 되었으며, 17세기 중반에 들어서야 아버지가 노비이고 어머니가 평민인 자녀들이 평민의 자격을 다시 부여 받는 일이 생겨났다. 이러한 변화는 반세기 동안 흔히 관습적으로 행하여지다가, 영조가 재위한 기간 중에 《속대전》에 포함됨으로 명문화되었다.[30]

상층과 하층의 혼인에 대한 법은 결국 국가가 상층 여성의 몸을 규방에만 귀속시킴으로 귀족적 혈통을 유지시키고자 한 속내를 반영하고 있다. 다시 말해, 상층 여성의 성적 욕망을 통제하고 하위 계

---

29 양인과 노비와의 혼인에 대해서는 법적으로 명시되어 있지 않았지만, 그 자식에 대한 처분에 대한 규정으로 미루어 보아, 그런 사례가 있었음을 미루어 짐작할 수 있다.

30 《속대전》, 301쪽.

급과 혼종되지 않도록 하려는 의도를 담고 있다. 상층 여성은 정절 이데올로기에 구속을 받았지만 완전한 법적 보호를 받을 수 있는 조건을 갖고 있었던 데 비해, 평민이나 천민 여성의 경우는 제한적인 법적 지위를 누릴 수 있었지만, 박의훤의 기록에서 보았듯이 파트너쉽을 형성하고 해체하는 데 자유를 누릴 수 있었다.

폭력으로 이어진 처첩 간의 갈등

유교적 혼인제가 도입되면서 남성들은 합법적으로 같은 계급의 여성을 부인으로 맞고 자신보다 낮은 계급의 여성은 첩으로 삼을 수 있었다. 상층 여성은 부덕하고 가정적인 여성상을 구현하고 법적 보호를 받으며 사족 집안 여성으로서의 도덕과 명예를 수호해야 했으며, 사족 여성이 파혼을 원하는 경우 그들은 정부의 허가를 받도록 했고, 혼인을 맺는 경우 역시 혼례식을 반드시 거행하도록 규정하였다. 첩의 경우는 이와 달리 남편의 재량에 따라 혼례식을 치를 수도 있고 못 치르는 경우도 있었다.

기존 연구에서 "첩"을 영어로 번역할 때 "secondary wives"로 옮기는 경향이 있다. 본 연구에서는 사회적 맥락을 재검토해 볼 때, "concubines"란, 즉 '첩'이라고 번역하는 것이 더 적절하다고 본다.[31]

---

31 마르티나 도이힐러는 "처"와 "첩"을 각각 "primary wives" 와 "secondary wives"로 번역하여 쓰고 있다. Deuchler, *The Confucian Transformation of Korea*, pp. 232-236 참고.

그 이유로는 첫째, 감정적인 관계를 이해하는 데 있어 첩이 비단 이차적인 지위나 자격에 머물러 있지 않았다는 사실을 주목해 볼 필요가 있기 때문이다. 부인은 아내로서의 법적 지위를 확보하고 집안의 가사활동을 책임지고 있었지만 남편이 첩과 성적 상대로 더 친밀한 관계를 유지했을 때 본부인은 첩을 질투하여 폭력적인 방법으로 대응하고 응징하려는 경향을 보였다. 다시 말해 감정적인 면에서는 부인이 첩보다 항상 우월한 위치에 있다고 볼 수 없는 것이다. 당시 사회적 의미의 첩은 아내로서의 의무나 역할을 요구하지는 않았지만 남성들에게는 성적인 대상이었고 그들에게 순종해야만 했던 상대였다.

둘째, 조선 양반 남성들은 법적 혼인 관계로 진입하지 않고도 첩을 가질 수 있었던 점을 다시 생각해 볼 필요가 있기 때문이다. 사대부가 남성이 지방 관리가 되어 다른 지역으로 이동하는 경우, 부인들은 남편과 동행하지 않고 시부모를 모시기 위해 본가에 남아 있는 것이 일반적이었다. 하지만 첩의 경우는 남성의 편의성에 맞춰 남성과 함께 이동할 수 있었고, 그 역할도 상황에 따라 다변화되었다. 이러한 정황은 "첩"의 지위나 역할이 부속적이고 이차적인 것에 국한되어 있었다고 보기 어렵다. 따라서 이들을 'secondary wives'로 명명하고 이해하는 것은 부적절하다.

앞서 언급한 대로 첩에 대한 법적 처우와 보호는 제한적이었지만, 첩이 낳은 자녀의 상속권에 대해선 법적 보호를 받을 수 있었다. 첩의 자녀들은, 어머니가 아버지와 긴밀한 관계를 유지하는 경우, 아버지와도 안정적인 부자 관계를 형성할 수 있었기 때문이다. 하지만 첩의 자녀들은 본부인의 자녀들과의 관계 속에서는 차별을 겪어야 했다. 첩의 아들들은 가계의 혈통을 이어받을 수 없었으며 신분적 제약으로 인해 과거 시험에 응시할 수 없었다.[32] 첩을 거느린 가부장들은 첩과 첩의 자녀들을 소유하고 자신의 보호 하에서 그들에게 집과 음식을 제공했다.[33]

이처럼 서로 다른 계급의 여성들이 한 가구에 같이 살게 되었을 때, 처와 첩 간의 갈등은 심화되었다. 특히 노비 출신 여성이 첩이 되었을 경우 노비 출신 여성에 대한 위계적 억압과 차별로 인한 갈등은 더욱 심화된 양상을 보였다.[34] 부인이 첩에 대해 질투심을 갖고 첩에게 폭력적 행동을 가한 경우에, 남편들은 아내들을 제대로 통제하지 못했다는 이유로 비난을 받았고 책임을 져야 했다.

1440년 음력 6월, 세종의 재위 기간 중에 발생한 사건 사례를 살펴보자. 이것은 끔찍한 정황에 속한다. 명나라 사신들이 서울에 입성하기 전에 주로 머무는 홍제원 근처에서 한 사체가 발견된다. 사체

---

32 조선시대에는 어머니의 사회적 배경에 따라 자녀들의 신분이 결정되는 종모법을 따랐다. 만약 아버지가 양반이고 어머니가 평인인 경우, 자녀들은 평인 계급에 속하였다. 첩의 자녀들에 대한 차별과 관련해서는 다음 논문 참고. Martina Deuchler, "Heaven Does Not Discriminate: A Study of Secondary Sons in Chosŏn Korea," *Journal of Korean Studies* 6 (1988 – 1989): pp. 121 – 164.

33 첩의 지위에 대한 논의로는 다음 논문들을 참고. 정지영, 〈조선후기 첩과 가족 질서: 가부장제와 여성의 위계〉, 《사회와 역사》 65, 2004, 6~42쪽; 정지영, 〈조선시대의 외람된 여자 독녀: 위반과 교섭의 흔적들〉, 《페미니즘 연구》 16:2, 2016, 317~350쪽.

34 연구에 따르면 처와 첩간의 경직된 위계질서를 세우는 것은 가족 내의 질서를 유지하는데 있어 매우 중요한 부분이었다. 정지영, 〈조선후기 첩과 가정 질서: 가부장제와 여성의 위계〉, 34쪽 참고.

발견에 대한 보고서가 형조에 바로 올라갔고, 의금부와 한성부에서 모두 살인 사건에 대한 조사에 참여했다. 초동 수사를 거쳐 관련 인물들은 체포되었으며, 심문과 고문이 이어졌다. 그러나 혐의자는 발견되지 않았다. 피해자의 신상조차 파악하기 어려웠기 때문이다.

당시 죽은 자는 좌찬성이었던 이맹균(1371~1440)의 첩이었다. 그녀는 노비 출신이다. 이맹균의 아내였던 이부인이 첩을 몹시 질투를 하여 그녀를 죽인 것이다. 이맹균은 종들을 시켜 사체를 매장했다. 그런데, 이맹균이 마음을 바꾸게 된다. 뒤늦게 홍제원 길가에 버려진 시신이 자신의 첩이라는 사실을 깨닫고 두려움을 느끼게 된 것이다. 이맹균은 자신의 아내가 저지른 일을 왕에게 고해야겠다고 결심한다.

이맹균의 증언에 따르면, 이부인은 종들을 시켜 첩을 구타했고 머리털을 잘랐다. 결국 첩은 심한 매질을 못 견디고 죽음에 이른다. 그러자 이맹균은 종들을 시켜 시체를 땅에 매장하라고 명한다. 형조에서 살인 사건에 대한 진상 조사를 하는 과정에서 이맹균은 노비들이 자신의 명령대로 매장한 줄 알고 있었다고 말한다. 그 때문에 홍제원 길가에 발견되 사체가 본인의 첩이라고 생각하지 못했다는 것이다.[35] 세종은 이맹균의 이야기를 듣고 사헌부의 지평이었던 정효강을 부른다. 그리고 이맹균 여종이 죽은 사건을 재조사하라고 명한다.

정효강은 조사를 통해 이부인이 남편이 첩과 가까이 지내는 것을

---

35 《세종실록》 권 89: 세종 22년 6월 10일.

질투하여 그 첩을 가두고 때리다가 죽인 사건으로 보고했다. 이에 왕은 이맹균과 이부인을 잡아들여 심문하도록 명한다.[36] 가해자들을 조사한 이후에, 정효강은 이맹균과 이부인 모두 살인에 대한 책임이 있다고 결론짓는다. 그리고 이에 따라 처벌해야 한다고 주장한다. 이를 바탕으로 세종은 이맹균에게 파직을 명한다. 그리고 남편의 직품에 따라 임명 받은 이부인의 명부를 박탈하라고 명했다. 하지만 사헌부에서 이의를 제기한다. 첩을 죽인 것은 중한 범죄이므로 처벌의 수위를 조정해야 한다는 것이다. 또한 작첩을 거두는 것만으로는 부인에게 충분한 징계가 되지 않는다고 주장했다. 다른 한편으로는 칠거악법을 거론하며 이부인에게 강제적으로 이혼을 명해야 한다고 주장했다. 하지만 세종은 이에 수긍하지 않았다. 이부인의 나이가 거의 일흔에 가까운 고령인 점을 고려할 때, 명부 박탈을 하는 것이 적절한 징계 조치가 된다고 판단한 것이다. 세종은 강제이혼이 부당하다는 입장을 굽히지 않았다.[37]

이 과정을 좀 더 살펴보자. 사헌부의 관리였던 권형이 다시 세종에게 이들 부부를 이혼시키자고 거듭 주장했다. 그러나 세종은 이를 받아들이지 않았다. 왕은 이부인의 작첩을 거두는 것만으로도 이미 충분한 벌이 된다고 판단했던 것이다.[38] 그러자 사헌부의 지평 송취가 왕에게 다시 아뢴다. 이맹균이 곧바로 자수하여 고하지 않

---

36 《세종실록》 권 89: 세종 22년 6월 12일.

37 《세종실록》 권 89: 세종 22년 6월 17일.

38 《세종실록》 권 89: 세종 22년 6월 18일.

았으며, 사건이 탄로 난 뒤에 자백했다는 것을 강조한 것이다. 더구나 대부분의 생활을 안채에서 하는 부녀자에게 작첩을 빼앗는 것은 사실상 별다른 영향력이 없는 명예를 낮추는 것에 해당할 뿐, 적절하고도 마땅한 벌이 될 수 없다고 주장했다. 하지만, 세종은 기존의 입장을 고수한다. 부부 간에 서로 허물을 숨겨 주는 것은 자연스러운 일이며 작첩을 박탈하되 이혼을 명령하는 것은 부적절하다고 선고한 것이다.[39] 이에 사헌부는 더 적극적인 주장을 펴며 다음과 같은 내용의 상소를 올린다.

전 찬성贊成 이맹균의 처 이씨가 대신의 명부로서 나이 거의 70이 되었으니, 마땅히 공경하고 경계하기를 어긋남이 없이 하여 가성家聲을 떨어뜨리지 말아야 할 터인데, 이것은 내버려 두고 행하지 않고 질투하는 정이 늙을수록 더욱 심하여져서 가부家夫의 첩의 머리털을 자르고 두들겨 패고는, 움 속에 가두어 두고 물 한 모금도 주지 않아 말라 죽게 하였으니, 그 침해하고 학대하여 고의로 죽인 죄악은 나라 사람이 다 아는 것입니다. 비록 작첩은 빼앗았지마는 편안히 집에 있어 전날과 다름이 없으니, 저 이씨의 완악하고 흉한 마음이 어찌 이것으로 부끄럽게 여기어 스스로 새로워지겠습니까. 또 몸이 이거二去의 죄를 범하고 또 고의로 죽였다는 이름을 얻었으니, 이것을 내버려 두고 그 죄를 밝게 다스리지 않으면, 다만 이씨가 징계하는 것이 없을 뿐만 아니라, 일국의 부녀가 또한 장차 구실을 삼아서 꺼리는 바

---

39 《세종실록》권 89: 세종 22년 6월 18일.

가 없을 것이니, 악한 것을 징치하고 경계를 〈후세에〉 남기는 뜻에 있어서 어떻게 되겠습니까.《서경書經》에 말하기를, '간궤姦宄에 젖은 자, 윤상倫常을 패한 자, 풍속을 어지럽힌 자, 세 가지는 조금을 범했더라도 용서하지 않는다.' 하였으니, 엎드려 바라옵건대, 전하께서는 이씨의 난륜한 죄를 법을 들어 과죄科罪하고, 또 이혼시켜 밖으로 내치어 풍속을 권하고 인망을 쾌하게 하소서[40]

상소에 담긴 핵심 주장은 왕으로 하여금 이혼을 명하는 데 있었다. 하지만 왕은 이를 윤허하지 않고[41] 이혼 명령 없이 종1품에 해당되던 이맹균의 관직을 파면하고 황해도 우봉 지역으로 귀양 보내도록 명하였다.[42]

결국 상소를 통해서도 세종의 의중은 움직이지 않았다. 그러자 권형이 다시 한 번 이부인에게 작첩을 박탈하는 것 이상의 징계를 내려야 한다고 요구했다. 왕은 다시 이혼 명령을 거부했다. 그러자 권형은 전례를 따라 이부인을 다른 지역으로 유배해야 한다고 주장하기 시작했다. 하지만 왕은 이맹균이 부녀자의 그릇된 행실은 가장의 책임이므로 이맹균을 귀양 보내는 것으로 족하다고 말하며 이부인에게는 다른 벌을 더하지 않았다.[43]

---

40 《세종실록》권 89: 세종 22년 6월 20일.
41 《세종실록》권 89: 세종 22년 6월 20일.
42 《세종실록》권 89: 세종 22년 6월 20일.
43 《세종실록》권 89: 세종 22년 6월 20일.

황해도 지역으로 2년의 유배형을 내린 이후, 사헌부는 얼마 되지 않은 시점인 1440년 음력 8월에 이맹균을 풀어 준다.[44] 이맹균은 유배에서 풀려난 지 얼마 되지 않아 같은 해에 사망한다. 이맹균이 죽은 지 2년이 지난 1442년에 왕은 이부인에게도 빼앗았던 작첩을 돌려주도록 명한다. 사헌부의 관리 정이한은, 이러한 조치에 대해 부적절한 명령이라며 다시 반대 의견을 제출했다. 첩의 죽음에 대한 검시보고서를 참작하여 본다면, 이부인이 첩을 때리고 굶겨 죽게 한 것은 명백한 사실이라며 이는 죄가 크다는 것이다. 이맹균이 생존했을 때 첩과 매우 가까이 지냈으므로 이부인이 첩과의 관계를 질투했지만, 이맹균은 우유부단하고 마음 약해서 부인의 억울함과 분노를 풀어 주기 위해 첩과의 관계를 매정하게 끊지는 못했다고 주장했다. 이맹균이 부인으로 하여금 질투를 유발하게 만든 소지를 제공한 것은 사실이지만, 실제적으로 범죄를 모의하고 가담한 이는 이부인이라는 것이다. 따라서 이 부인의 작첩을 박탈하는 것만으로는 적절치 않으며, 앞으로도 부녀들을 위해 좋은 표본이 되지 못하게 될 뿐만 아니라, 나쁜 선례를 남기게 되는 것이라고 주장했다. 정이한의 의견은 다시 받아들이지 않았다. 왕은 이부인의 품계를 회복하는 건에 대해 논의하도록 명했는데,[45] 안타깝게도 실제로 이부인이 작첩을 다시 회복하였는지에 대해서는 기록이 남아 있지 않다.

이맹균 사건에서 보듯 신분이 다른 여성들 간에 드러나는 긴장과

---

44 《세종실록》권 90: 세종 22년 8월 21일.
45 《세종실록》권 98: 세종 24년 10월 21일.

균열은 조선 사회에서 쉽게 찾아볼 수 있다. 법망에서 사족 여성은 합법적 아내가 되었고, 첩은 제한적인 권리만을 갖고 있었으며 특히 노비 출신인 경우에는 학대나 수모의 대상이 되었다. 하지만 부인의 지위를 가진 사족 여성 역시 감정적으로 취약한 상태에 있었는데, 남편이 주로 첩을 통해 성적 만족을 얻고 친밀감을 형성하는 경우, 첩을 질투하고 경멸할 수밖에 없었다. 다시 말해, 첩의 존재는 양반 여성의 자존감에 타격을 입히는 한편, 처첩 간에 화목을 유지해서 부덕을 보여야 한다는 것을 강조하는 결과를 초래했다. 여성에게 이중적 어려움을 제공했던 것이다. 역으로 양반 남성들에게 있어 첩의 존재는 남성으로서의 자부심과 부와 권력을 과시하는 수단이었다.

축첩제를 승인했던 조선의 제도는 기본적으로 남성의 성적 욕망을 충족시켜 주는 데 충실한 구조였다. 중국의 경우와 비교해 볼 때, 조선에서 첩의 아들은 가계와 가통을 이어받을 수 없었고 본부인의 자녀들과 동등한 상속권을 가질 수 없었으며 과거 시험에도 응시할 수 없었다. 그럼에도 부계사회적 질서를 강화하고 축첩제를 유지하기 위해서, 여성에게 순종의 부덕을 요구했다.[46] 처와 첩 모두에게 질투심을 표시하는 것을 금하였지만, 그런 감정을 더 노골적으

---

46 정지영의 논의에 따르면, 양반 남성들은 가정의 화목을 위한 전략으로 부인의 질투심을 통제하고 억압하였다. 이를 위해 여성들 간의 수직적 위계 관계를 강화하는 한편 사족 여성으로서의 특권을 인정하였다. 정지영, 〈조선후기 첩과 가족질서: 가부장제와 여성의 위계〉, 34쪽 참고.

로 드러낼 수 있었던 것은 주로 본부인이었다.[47] 이러한 구조는 첩의 취약한 위치에서 비롯된 것이었지만, 첩으로서 본부인에게 질투를 드러내고 도전하는 행위는 처벌의 대상이 되었다.[48]

이와 달리 양반 여성의 혼인 관계에서의 지위는 칠거지악을 저지르지 않는다면 법적으로 완벽한 보호를 받을 수 있었지만, 이부인의 사건에서 보듯, 이들 역시 심리적 불안과 염려를 경험하면서 심리적인 고통을 받아야 했다. 질투에서 번진 불안의 감정은 곧 미움과 혐오로 옮겨 가면서 결국 하층 여성에게 폭력을 가하는 형태로 이어졌다. 한편으로는 사족 여성들에게 정절 이데올로기를 강요하고 또 다른 한편으로는 조선의 관료들은 하층 여성을 성적 욕망을 실현하는 대상으로 인식하였지만, 이는 혼인과 축첩이 공존할 수 있는 토대가 되었다.

조선시대의 가족 구조는 결국 젠더와 신분을 통한 위계질서를 바탕으로 구축된 것으로, 혼인과 축첩제의 양립을 정당화하려는 노력은 젠더와 관련된 정책에 있어 이들이 갖고 있었던 이중적-모순적 기준을 드러내었다. 한편으로 조선 사회는 하층 여성의 섹슈얼리티에 대한 규제를 약화함으로 남성의 섹슈얼리티와 성적 욕망을 충족시켜 주었고, 역으로 양반 여성의 섹슈얼리티를 억제함으로 이들이 남편에게 평생 수절할 것을 요구하였다. 이것은 남성들의 성적 요

---

47 소설과 같은 상상의 공간에서의 첩은 도덕적이고 절개가 있는 부인을 음해하고 그 지위를 차지하기 위해 고군분투하는 사악한 인물로 주로 그려지고 있다.

48 《성종실록》 권 86: 성종 21년 9월 14일.

구를 달래 주는 방편이었을 뿐만 아니라 부계적 질서를 유지하는 역할을 갖고 있었다. 따라서 축첩제는 유교적 가부장제가 존속되는 데 중요한 기능을 하는 가습이 되었고, 상층 여성과 하층 여성 모두에게 가부장적 가치와 성규범을 주입시켰다. 비록 조선왕조의 쇠퇴와 함께 유교의 혼인제도 또한 사라졌지만, 한국 남성들이 법적인 결혼제도 틀에서 벗어나 첩을 들이는 것은 20세기 후반이 될 때까지 지속되었다.

젠더화된 질투

한국어에는 "jealousy"를 가리키는 다양한 표현들이 존재한다. 질투, 시샘, 시기, 투기와 같은 단어들은 오늘날까지도 주로 여성과 더 밀접한 관련이 있는 것으로 인식되고 있다. 이들 단어가 질투의 감정이 포함하고 있는 역사성을 보여 줌과 동시에 그것이 젠더적 감정으로 이해되었음을 보여 준다. 남성의 성적 욕망을 인정하고 실현하면서 동시에 여성 주체를 침묵시키려는 시도로 질투하는 여성에 대한 부정적 함의가 구성되었던 것이다. 조선시대의 담론을 살펴볼 때 "妬"의 개념은 남녀 모두에게 사용되는 표현이었음에도 여성의 질투는 유독 더 악하게 다뤄졌다. 또한 질투하는 여성은 남성에 비해 훨씬 더 강하고 빈번하게 징벌의 대상이 되었던 것을 발견할 수 있다. 여성의 질투가 함의하는 부정적 시선과 달리, 남성의 질투는 여성의 남편에 대한 순종을 우선시하는 논리로 합리화되거나 정당화되었다.

조선 사회가 축첩제를 공공연히 인정하였음에도 불구하고, 양반 여성들은 첩이 가족이 되는 상황을 있는 그대로 받아들이길 거부하며 자신의 권력을 이용하여 첩을 학대하고는 했다. 앞서 다룬 바대로, 신자치의 부인의 사례에서 첩의 머리털을 자르고, 얼굴, 가슴과 음부를 뜨거운 쇠덩이로 지졌던 사건은 양반 여성들이 하층 여성의 몸에 해를 가하고, 특히 육체적 아름다움을 드러내는 부위를 더 적극적으로 훼손하려고 했던 것을 엿볼 수 있다. 첩들은 이같이 학대와 수모를 일방적으로 당해야 하는 취약한 지위에 머물러 있었지만, 조선의 법은 그들의 생존권을 보장하였고 첩을 학대하고 살해한 양반 남성과 여성에 대해서는 어김없이 처벌을 가하였다.

질투는 혼인 관계 속에서 배우자의 다른 성적 대상한테 느끼는 감정이지만, 조선 정부는 양반 여성의 가내 영역에 깊숙이 개입하여 그들이 유교적 가부장제 성규범의 틀 안에서 함부로 첩을 홀대하지 않도록 막았다. 한편 이 글에서 분석한 사건들에서 보듯, 조선의 관료들은 칠거지악을 내세워 강제이혼을 주장하였다. 비록 남편들은 이혼을 요청하지 않았음에도 불구하고, 가내 질서를 책임지고 있는 가부장의 권한을 뛰어넘어, 국가가 여성 처벌에 매우 적극적이었던 모습을 볼 수 있다. 이러한 혼인 관습 속에서, 양반 여성들은 유교적 순종과 부덕을 실천해야 하는 여인상과 질투를 품은 사악한 아내라는 양극단을 오고 가며 불안한 줄타기를 할 수 밖에 없었는데, 오히려 질투하는 여성들에게 도덕적 비난의 화살이 쏟아지도록 하였지만 취첩한 남성은 그러한 면책으로부터 자유로웠다. 결국 조

선의 처 – 첩제는 유교적 이상과, 법제와 사회 관습 사이의 균열에
자리한 긴장과 갈등을 드러내고 있다.

■ 참고문헌 ▬▬▬▬▬▬▬▬▬▬▬▬▬▬▬▬▬▬▬▬▬

1차 자료

《경국대전》. 법제처 옮김. 서울: 일지사, 1978.
《세종실록》. 권 89, 90, 98, 123.
《성종실록》. 권 48, 49, 68, 108.
《속대전》. 서울: 법제처, 1965.

2차 자료

1. 국내 논문

김경숙, 〈조선 후기 여성의 정서 활동〉, 《한국 문화》 36, 2005, 89~123쪽.
김선경, 〈조선 후기 여성의 성 감시와 처벌〉, 《역사연구》 8, 2000, 57~100쪽.
장병인, 〈조선 시대 성범죄에 대한 국가규제의 변화〉, 《역사비평》 56, 2001,
    228~250쪽.
장병인, 《조선 전기 혼인제와 성차별》, 서울: 일지사, 1999.
정지영, 〈규방여성의 외출과 놀이〉, 김경미 외, 《한국의 규방문화》, 서울: 박이정,
    2005.
정지영, 〈조선후기 첩과 가족질서: 가부장제와 여성의 위계〉, 《사회와 역사》 61,
    2004.
정지영, 〈조선시대의 외람된 여자 독녀: 위반과 교섭의 흔적들〉, 《페미니즘 연구》
    16권 2호, 2016, 317~350쪽.

2. 국내 저서

한국고문서 학회, 《조선시대 생활사 1, 2》, 서울: 역사비평사, 2006.

3. 해외 논문

Deuchler, Martina, "Heaven Does Not Discriminate: A Study of Secondary Sons in Chosŏn Korea." *Journal of Korean Studies*, vol. 6 (1988 – 1989): pp. 121 – 64.

Haboush, JaHyun Kim, "The Confucianization of Korean Society." In Gilbert Rozman, ed., *The East Asian Region: Confucian Heritage and Its Modern Adaptation*, Princeton, N.J.: Princeton University Press, 1991, pp. 84 – 110.

4. 해외 저서

Deuchler, Martina, *The Confucian Transformation of Korea*, Cambridge, Mass.: Council on East Asian Studies and Harvard University Press, 1992.

Matt, Susan J. and Peter N. Stearns, *Doing Emotions History*, Illinois: University of Illinois Press, 2014.

Peterson, Mark, *Korean Adoption and Inheritance: Case Studies in the Creation of a Classic Confucian Society*. Ithaca: Cornell University Press, 1996.

Sommer, Matthew. *Sex, Law, and Society in Late Imperial China*, Calif.: Stanford University Press, 2002.

Yonglin, Jiang. trans. *The Great Ming Code*, Seattle: University of Washington Press, 2005.

| 감성과 규율 |

1970년대 '통속'의 정치학과 권위주의 체제

_ 이하나

* 이 글은《역사문제연구》제30호(역사문제연구소, 2013)에 게재된 원고를 수정한 것
  이다.

문화와 감성으로 본 1970년대

이 글은 1970년대 대중문화 분야에서 행해진 강력하고도 촘촘한 규제정책의 논거가 되었던 대중문화 비판론이 어떠한 논리와 정서 속에서 행해졌는지를 살피고, 나아가 이것이 이 시기 지배 체제의 성격을 어떻게 규정하고 있는지를 밝히는 데 목적이 있다. 한국현대사에서 1970년대란 '유신'이라는 말로 집약되는 강력한 독재 체제의 시기이자 그러한 독재 체제의 통제적 문화정책의 필연적 결과로서 이해되는 '문화의 암흑기'로 기억된다. 그러나 이 시기는 역설적이게도 전에 없이 문화에 대한 관심과 담론이 폭발적으로 증가한 시기이기도 했다.[1] 그중에서도 본격 TV 시대의 전개와 함께 시작된 지식인들의 대중문화에 대한 높은 관심과 비판은 단순한 '억압'이나 '암흑'이라고 간단히 치부하기 어려울 만큼 다양한 담론들의 집합체였다는 점에서 주목된다. 1960년대 재건국민운동과 1970년대 새마을운동이라는 대중 동원 기제를 통해 사회의 조직화를 꾀했던 정권은 대중문화에도 대대적인 통제를 가함으로써 체제가 원하는 '건전'하고 '명랑'한 가치 이외에는 그 어떠한 가치도 허용하지 않으

---

1 1970년대의 문화 담론에 대해서는 이상록, 〈박정희 체제의 '사회정화' 담론과 청년문화〉, 장문석·이상록 편, 《근대의 경계에서 독재를 읽다》, 그린비, 2006; 송은영, 〈1960~70년대 한국의 대중사회화와 대중문화의 정치적 의미〉, 《상허학보》 32, 2011; 이하나, 〈유신체제기 '민족문화' 담론의 변화와 갈등〉, 《역사문제연구》 28, 2012 등 참조. 이 시기 문화정책에 대한 개괄적 연구로는 오명석, 〈1960~70년대의 문화정책과 민족문화담론〉, 《비교문화연구》 4, 서울대학교 비교문화연구소, 1998; 김행선, 《1970년대 박정희 정권의 문화정책과 문화통제》, 선인, 2012 등이 있다.

려 했음은 잘 알려진 사실이다. 이러한 가치를 전파하는 데에 주력했던 문화공보부가 출범 당시 공보 활동의 주된 목표가 "국민들에게 어떤 '느낌'을 조장하는 것"에 있음을 공공연히 단언[2]한 것을 통해서도 알 수 있듯이, 유신의 문화정치야말로 논리보다 감성이 중요하다는 것을 간파한 일종의 감성정치라고 할 수 있다. 이 글의 관심은 대중문화 통제책의 내용 자체에 있는 것이 아니라 그러한 통제 논리의 본질이 감성에 대한 규율과 훈육에 있음을 밝히고 그로부터 파생되는 문화 담론의 시대적 의미를 추적해 보는 것에 있다. 또한 이를 통해 1970년대 한국 사회의 성격을 도출해 내고자 한다.

대중문화가 쏟아내는 특정 감성에 대한 규율은 특히 1970년대 대중문화의 중심에 있었던 TV에 집중되어 있었다. TV라는 신생 매체는 TV에 적합한 새로운 방송 콘텐츠를 필요로 했으며, 당시 TV 방송국의 제작자들은 기존의 라디오 방송 프로그램과 일본의 TV 방송 프로그램을 참조하고 모방하여 다양한 프로그램을 만들어 내야 했다. 이때 요구되는 '새로운' 콘텐츠에는 단지 새로운 형식만이 아니라 감수성의 새로움도 담겨 있었다. 이때 '새롭다'는 것은 특정한 감수성이 처음으로 등장했다는 의미라기보다는 대중들에게 이미 내재되어 있던 은밀하고 억눌렸던 욕망들이 방송이라는 공공 매체를 통해 전국에 중계되는 것에 대한 낯섦을 포함하고 있는 의미이다. 당시 연예오락 프로그램인 드라마, 쇼, 코미디의 인기 비결은 이러한 새로운 감수성에 매혹당한 대중들의 반응이었고, 이에 대한

---

2   홍종철, 〈경제개발과 문화공보정책〉,《국회보》85, 1968, 7~9쪽.

언론과 지식인들의 비판은 이러한 새로운 감수성에 대한 당혹감과 저항감에서 비롯된 바 크다. 이 글은 이처럼 매혹적이지만 드러내는 순간 비판과 제재를 면치 못했던 당시의 감수성들을 '통속성'이라는 말로 요약하고, 당시의 TV 방송이 지배적인 가치관과 금지된 감수성이 경합하는 장소였다는 시각에서 논의를 진행하고자 한다. '건전'과 '명랑'의 대립항으로서의 '저속'과 '퇴폐'의 내용은 바로 이러한 '센티, 에로, 그로, 난센스'[3]라는 통속성의 정치로 구체화된다. 센티멘털리즘, 에로티시즘, 그로테스크, 그리고 난센스는 당시 영화와 신문소설, 그리고 주간지 등에서 이미 즐겨 사용하는 유혹의 코드였지만, 무차별적 전파 매체인 TV에서 이것이 노출되었을 때 지배층은 더욱 신경증적 반응을 보일 수밖에 없었다.

따라서 이 글에서는 TV에서 이러한 감성들이 어떠한 형식과 내용으로 노출되었으며, 또한 어떠한 제재 조치와 강도 높은 비판을 받았는지 살펴본다. 또한 이러한 감성에 대한 비판이 근거하고 있는 문화 위계 담론과 대중문화 비판론의 내용을 살펴봄으로써 이것이 체제의 성격과 어떠한 관련을 맺고 있는지도 추정해 보고자 한다. 최근의 문화론적 연구들에서 박정희 시대는 파시즘의 일종으로 이해되곤 하지

---

3 이는 1975년 한국문인협회 평론분과위원장이었던 신동한이 당시 대중문화의 통속성을 가리켜 '에로, 그로, 난센스'라고 요약한 데서 따온 것이다(신동한, 〈광복 30년과 한국의 문화-그 좌표와 진로〉, 《입법조사월보》 89, 1975, 70~75쪽). '에로, 그로, 난센스'는 1920년대 일본 대중문화의 특징으로 운위되었던 것으로, 1930년대 조선의 대중문화에도 큰 영향을 미쳤다. 錦農生, 〈에로·그로의 사적 고찰〉, 《비판》, 1931.5, 127~132쪽.

만.[4] 이 글에서는 1970년대가 정권이 지식인을 탄압하고 대중의 직접적 지지와 동의에 의해 지탱되는 파시즘과 달리 정권이 지식인과의 연대를 통해 대중을 탄압한 권위주의 체제에 가깝다는 것을 주장한다. 일반적으로 권위주의는 명확하고 세련된 이데올로기에 기반한 통치 전략을 구사하는 파시즘과 같은 전체주의와 달리, 소수 엘리트에 의해 조성되고 장악되는 특정한 멘탈리티와 감수성에 기반하고 있다는 점에서 특징적이다.[5] 그렇다면 유신체제가 생산해 낸 독특한 감수성이란 무엇인가? 혹시 그것은 특정 감수성을 반대하고 금지함으로써만 생성되는 '反감성'의 감수성은 아니었을까? 당시 대중들에게 '통속'이 의미하는 바는 무엇이었으며, 한국 권위주의 체제가 '통속'의 정치와 맺는 관계란 결국 무엇을 의미하는가?

감성 규율의 양상과 논리

1970년대 대중문화의 꽃: TV 시대의 개막

1970년대 대중문화의 꽃은 단연 TV였다. 1950년대 후반부터 1960

---

4 대표적인 연구로 임지현,《우리 안의 파시즘》, 삼인, 2000; 권보드래 · 천정환,《1960년을 묻다》, 천년의 상상, 2012 등이 있다.

5 J. リンス,《全體主義體制と權威主義體制》, 高橋進 監訳, 法律文化社, 1995, 141~145쪽. (Juan J. Linz, "Totalitarian and Authoritarian Regimes", in F. Greenstein and N. Polsby, eds., *Handbook of Political Science*, Reading, Mass.: Addison Wesley, 1975, vol. 3. pp.175–411)

년대까지 지속된 한국영화의 호황은 급속도로 진전된 TV의 보급에 따라 사그라져 1970년대에는 대중문화의 왕좌 자리를 TV에 내어 주게 된다. 6 · 25를 계기로 보급에 급물살을 탄 라디오는 1950~60 년대에 큰 인기를 누렸으나 시청각의 다채로움을 무기로 내세운 TV의 위력에 비할 바가 아니었다. 1956년, 불과 300대의 TV 수상 기를 기반으로 한국 최초의 민간 상업방송인 HLKZ-TV가 전파 를 탔다. 이후 1961년 국영방송 KBS-TV가, 1964년 민간 상업방송 TBC-TV, 그리고 1969년 민영방송 MBC-TV가 개국하면서 1970 년대엔 이른바 'TV 3국 시대'를 구가하며 경쟁하였다. TV 수상기 의 보급은 1971년에 61만 6천 대로서 세대당 보급률이 10퍼센트 남짓에 불과했으나 1974년에는 100만 대를 넘어서고 1978년 말에 이르면 500만 대를 돌파하여 대도시 보급률이 90퍼센트에 이를 정 도로 기하급수적으로 증가하였다.[6] 이러한 TV 보급의 비약적 증가 에는 대기업 위주의 경제개발정책 하에 수입대체산업으로 떠오른 가전산업의 활성화, 도시화의 진전과 함께 형성된 중산층 신화의 확산과 여가의 확대 등에 따른 대중들의 구매욕 증가,[7] 여기에 재건 국민운동이나 새마을운동이라는 유사擬似 범국민운동의 전개에 따 라 보다 효율적인 지배 이데올로기의 전파 도구가 필요했던 정권의

---

6 정일몽, 〈성년기에 접어든 한국 텔레비전〉,《세대》185, 1978, 80~88쪽.

7 TV 붐의 조짐은 이미 KBS‐TV가 방송을 시작한 직후부터 있었다. 이 시기에 TV 란 일반 시민들에겐 동경의 대상이었지만 경제적으로 불안한 가정에서도 TV 구입 은 일상생활의 화두가 되었다. 유성, 〈가정불화의 유행병, TV〉,《사상계》106, 1962, 316쪽.

요구라는 배경이 있었다. 그러나 무엇보다도 TV의 급속한 보급에는 선풍적인 인기를 끌며 대중들의 일상을 파고 든 드라마의 인기가 큰 몫을 차지하였다.[8]

당시 TV 방송 프로그램의 구성은 광고 부문을 제외하면 크게 세 부분으로 나누어졌다. 보도 부문, 사회교양 부문, 연예오락 부문이 그것이다. 보도 부문에는 뉴스 프로그램이, 사회교양 부문에는 다큐멘터리나 퀴즈 프로그램이, 연예오락 부문에는 드라마, 코미디, 쇼 등이 포진되어 있었다. 보도 부문과 사회교양 부문은 지배적 가치관을 전파하는 주요한 프로그램들로 구성되어 있었지만, 오락성을 제일 본위로 하는 연예오락 프로그램에서 대국민 계몽 선전만을 추구할 수는 없었다. 대중의 흥미를 끌기 위한 여러 요소들이 연예오락 프로그램에 집중적으로 배치되었으며 방송 시간도 가장 많은 비중을 차지했다. 당연히 인기도 높았다. 1975년 방송 3사의 주간 방송 시간은 보도 부문이 165분, 사회교양 부문이 230분인 데 반해 연예오락 부분은 10,000분을 상회하였다.[9] 그런데 1977년의 방송 시간을 보면 보도 부문이 3,300분으로 크게 늘어나고 사회교양 부문 역시 1,155분으로 늘어난 데 반해 연예오락 부문은 4,035분으로 대폭 줄어들었다.[10] 1970년 TBC의 〈아씨〉가 선풍적인 인기를 끈 이래 연일 히트작을 내고 있던 드라마, 대중들에게 일상의 휴식

---

8 임종수, 〈1960~70년대 텔레비전 붐 현상과 텔레비전 도입의 맥락〉,《한국언론학보》 48-2, 2004, 83~87쪽.

9 한국방송윤리위원회,《1975년도 방송윤리심의평가서》, 1976.

10 한국방송윤리위원회,《1977년도 방송윤리심의평가서》, 1978.

과 오락을 제공하는 코미디, 그리고 가요를 다루는 쇼 등으로 짜여진 연예오락 프로그램이 이처럼 급격히 줄어든 것은 뭔가 자연스럽지 못하다.

'방송윤리'라는 법적 제재

거기에는 정부의 방송에 대한 통제와 편성권 개입이라는 배경이 있었다. 1973년 유신 정부는 외형상 방송의 자율성과 공공성을 제고한다는 목적으로 방송법을 개정하여 KBS를 공영방송 체제로 바꾸고 방송윤리위원회[11]를 신설하지만, 이는 실질적인 국영방송 체제였던 방송에 대한 국가의 장악력을 더욱 높이는 결과를 가져왔다. 1975년 긴급조치 9호의 선포 직후 발표된 '방송정화실천요강'에는 방송 시간의 대부분을 차지하는 연예오락 부문의 실천 요강과 금지 사항이 엄격히 규정되어 있다. 또한 문공부는 'TV 드라마 및 코미디 내용 정화'라는 강력한 지침을 방송사에 하달하고 일일연속극을 주 3편 이내로, 주간드라마를 주 2편, 코미디를 주1편 이내로 제한하였다. 1976년에는 문공부가 방송사로부터 프로그램 편성권을 일부 회수하여 두 차례의 정규 개편에 모두 개입하였는데, 그 결과 모

---

11   방송윤리위원회는 1962년 임의단체 형식으로 발족했으나 별다른 기능을 하지 못하고 있다가 1973년 방송법 개정으로 법률상의 기관이 된 이후 막강한 권력을 휘둘렀다. 방송윤리위원회는 한국방송공사 대표와 민영방송 대표, 교육 · 종교 · 문화계를 대표하는 총 15인 이내의 윤리위원으로 구성되었는데, 실제로는 문화공보부의 영향력 아래에 있는 준국가기구나 다름없었다.

든 방송사의 시간대별 프로그램 편성이 일률적으로 정해졌다.[12] 또한 1977년에는 방송드라마 기준을 제정하여 드라마에서 보여 줄 수 있는 설정, 인물, 대사, 언어 등에 대한 폭넓은 금지 조항을 만들었다. 이러한 일련의 조치에 따라 연예오락 프로그램은 대폭 축소되고 대신 보도 프로그램이나 사회교양 프로그램이 크게 증가한 것이다.

〈표 1〉 방송윤리규정 및 연예오락 부문 관련 실천 지침 및 금지 사항

연도	제목	내용
1973	방송윤리규정	1) 인권존중에 관한 사항 2) 보도 논평의 공공성 보장에 관한 사항 3) 민족의 주체성 함양에 관한 사항 4) 민족문화의 창조적 개발에 관한 사항 5) 아동 및 청소년의 선도에 관한 사항 6) 가정생활의 순결에 관한 사항 7) 공중도덕과 사회윤리의 신장에 관한 사항 8) 기타 공서양속에 관한 사항
1975	방송정화실천요강	1) 연예오락방송은 사회기풍을 바로잡고, 국민정서 순화를 위한 건전한 내용이 되도록 한다. 2) 음악프로그램은 퇴폐적이거나 허무적인 것을 배제하고, 밝고 아름다운 것을 적극 반영하며, 세트·의상·연출 등 모든 분야에 있어서 선정적이거나 사치의 낭비적인 요소를 추방하여 희망적이고 건전한 생활풍토 조성에 기여한다.
	방송금지사항	1) 국론을 분열케 하거나 사회의 공공질서를 문란케 하는 내용 2) 불건전한 남녀 관계와 선정적 묘사로 미풍양속을 해치거나 퇴폐풍조를 조장하는 내용 3) 국민의 생활윤리를 해치거나 청소년 선도를 그릇되게 하는 내용

12　김행선,《1970년대 박정희 정권의 문화정책과 문화통제》, 선인, 2012, 184~185쪽.

1977	방송드라마 기준	1) 무분별한 남녀 간의 애정 관계나 환락·윤락가의 일들을 소재로 하거나 지나치게 묘사 부각시키는 내용 2) 가정의 고부간·부부 간·기타 가족 성원간의 갈등을 지나치게 묘사함으로써 혼인제도나 가정생활을 해칠 우려가 있는 내용 3) 등장인물을 무절제하고 비생산적으로 묘사하거나 지역간·계층간의 감정을 유발케 하는 내용

자료: 법제처,《방송법》제2장 5조; 최창봉·강현두,《우리 방송 100년》, 현암사, 2001, 209~210쪽.

이 표에서 명징하게 드러나듯이 지켜야 할 가치(_)와 금지해야 할 가치(ㅁ)는 명백히 구분된다. 이를 키워드별로 구분해 보면 몇 개의 의미군으로 나뉘어 서로 대립하고 있음을 알 수 있다.

〈표 2〉 방송윤리의 가치/정서/행동 분류

A. 지켜야 할 가치/정서/행동	B. 금지해야 할 가치/정서/행동
인권, 공공성, 주체성, 민족문화 공중도덕, 사회윤리, 공서양속, 공론질서 미풍양속, 생활윤리, 혼인제도, 순결, 건전 밝고 아름다운 것, 국론 선도, 순화	퇴폐, 허무, 선정 무분별, 무절제, 비생산, 사치, 낭비 불건전, 환락·윤락가 가족 간 갈등, 지역 간·계층 간의 감정 분열, 문란

요컨대, 지켜야 할 가치와 정서의 대표적인 것은 국론을 비롯한 공공적인 것, 건전한 것, 질서 잡힌 것 등이며 그렇지 못한 것에 대한 선도와 순화는 해야 할 행동 지침이다. 반면에 금지해야 할 가치와 정서의 대표적인 것은 가족 간, 지역 간, 계층 간의 갈등을 비롯한 사적인 것, 퇴폐·선정적인 것, 질서가 없는 것이며, 기존의 질서

를 문란케 하고 분열시키는 행동은 금지되어 마땅한 것이 된다. 위 표의 A가 사회의 지배적인 가치와 정서를 대변한다면 B는 대중들의 내면에 은밀하게 자리한 욕망과 감수성이었다. A가 국가가 공인하는 위로부터의 '공공성'으로 요약된다면, B는 대중의 사적 영역에서 발생하는 '통속성'으로 요약된다. 특히 소리로만 모든 것을 전달해야 하는 라디오에 비해 시각에 크게 의존하면서 사회의 '공기公器'임을 내세운 TV의 특성상 B의 사적, 통속적 감수성이 화면에 드러나는 것 자체가 매우 불편하고 위험한 것이었다. A의 가치관/정서를 유포하는 역할을 하는 보도 프로그램이나 사회교양 프로그램에 비해 B의 감성이 주로 담겨있 는 드라마, 코미디, 쇼 등의 연예오락 프로그램은 국가가 항상 요주의하는 대상이기도 했다. TV는 이처럼 공적 감수성과 사적, 통속적 감수성의 경합처이면서 이러한 경합이 늘 한쪽의 일방적인 패배로 귀결되리라는 것이 예정되어 있는, 그러나 그렇다고 결코 완전히 없어지지 않으리라는 것도 너무나 명확한, 역설의 공간이기도 했다.

1975~79년까지 방송윤리위원회가 내린 방송국에 대한 경고와 시정 권고, 방송 금지 등의 제재 건수를 살펴보면 타 부문에 비해 연예오락 부문이 압도적으로 많다는 것을 알 수 있다. 눈에 띄는 것은 국가의 직접적인 개입이 노골화됨에 따라 점차 심의 저촉 건수가 줄어들고 있는데, 유일하게 1977년의 연예오락 부문의 건수만 증가했다는 사실이다. 이는 1977년 방송드라마 기준이 나오면서 이전에 비해 보다 엄격하게 심의 기준을 적용한 데서 기인하는 것으로 보인다. 특히 연예오락 부문 심의 저촉 건수 중 많은 부분을 차

지했던 금지곡 방송의 비중이 줄어든 것을 감안하면 그중 많은 수가 드라마와 코미디에서 나왔다는 것을 알 수 있다.

〈표 3〉 방송윤리위원회의 경고 및 시정 권고 조치 통계 [( )는 금지곡 방송 건수임]

연도	보도	사회교양	연예오락	광고	계*
1975	45	22	126(74)	59	252
1977	30	16	148(63)	72	266
1978	26	12	107(40)	52	197
1979	24	10	85(26)	54	173
계	125	60	466(203)	237	888

자료: 한국방송윤리위원회, 《각년도판 방송윤리심의평가서》, 1975~1979. (일반 권고 등은 제외한 통계임)

그렇다면 연예오락 프로그램에서 방송윤리위원회의 경고나 권고 조치를 받은 프로그램의 심의 저촉 내용은 구체적으로 무엇일까? 1975년 드라마의 심의 저촉 유형을 빈도순으로 살펴보면 ① 퇴폐적이고 성적 호기심을 자극할 우려가 있는 내용 ② 가정의 순결성과 미풍양속을 저해할 우려가 있는 내용 ③ 살인 장면을 상세히 묘사하여 정서 불안 조성의 우려가 있는 내용 ④ 패륜적인 내용 ⑤ 자살을 합리화시키는 등 가정윤리 손상과 인명 경시의 우려가 있는 내용 ⑥ 극약명을 명시하여 살상의 수단으로 오용케 할 우려 ⑦ 건설적 생활 기풍 및 생활 윤리에 저해되는 내용 ⑧ 가정교육 및 어린이 선도에 유해한 내용 ⑨ 재판에 계류 중인 사건을 다룬 내용 등이

었다.[13] 이 내용들은 〈표 2〉의 A의 가치와 정서에 위배되면서 B의
감성인 퇴폐, 선정, 불건전에 관련되는 것들이다.

'통속'을 혐오하는 국가

1977년 방송윤리위원회가 드라마, 그중에서도 멜로드라마의 문제
점을 열거한 것을 보면 국가·지배층이 대중의 어떠한 부분을 민감
하게 문제시했는지 알 수 있다.[14]

① 소재나 스토리 설정부터 무분별한 애정 관계를 다룸. 특히 불륜
   애정 관계(처녀와 기혼 남자, 독신 남자와 유부녀와의 관계 등), 비
   정상적인 애정 관계(연상의 여인, 연하의 남자와의 관계), 미성년
   자의 애정 문제, 창녀나 호스티스와의 사랑 등)를 소재로 함.
② 비윤리적인 내용이 필요 이상으로 묘사됨으로써 애정 관계의 순
   결성이나 가정윤리 및 미풍양속을 저해하는 예.
③ 지극히 나약하기만 한 남자 주인공, 한숨과 눈물 속에 인고를 미
   덕으로 여기는 여주인공 등 비생산적인 인물을 빈번히 등장시
   키는 예.
④ 도시 상류층의 사치스러운 생활을 과도하게 묘사. 19편이 서울
   을 주무대로 함.

---

13 한국방송윤리위원회, 앞의 책, 1976, 105쪽.
14 한국방송윤리위원회, 앞의 책, 1978, 121~124쪽.

⑤ 홈멜로드라마에서 부부 간의 심한 갈등이나 고부간, 가족 구성원 간의 갈등을 지나치게 묘사.

⑥ 성년의 자녀들이 부모에게 존댓말을 하지 않고 응석조의 대사를 구사하여 전통적 윤리관을 저해할 우려.

⑦ 여인들의 흡연, 발악조의 대사, 저속한 소재의 대화 내용

곧 사적 영역에서 빚어지는 갈등, 가정의 순결성을 헤치는 비상식적 애정 관계,[15] 계급 간 위화감을 조성할 수 있는 사치스러움, 한숨과 눈물이라는 과도한 감상주의, 저속한 대사나 표현 등이며, 이는 곧 통속성이라는 큰 범주로 묶일 수 있는 것이다. 통속성의 내용이 자세히 드러나는 것은 코미디와 가요(쇼) 프로그램이다. 1975년 코미디·쇼 부문의 심의 저촉 내용은 다음과 같다. ① 폭력 형태 묘사로 정서 불안을 유발케 할 우려가 있는 내용 ② 특정인의 신체적 조건을 소재로 은연중 성적 호기심을 자극하려는 저속한 내용 ③ 신중을 기하지 못한 흥미 본위의 운동경기의 방영 ④ 가정생활의 순결성과 사회도덕을 저해하는 퇴폐적인 내용 ⑤ 방송 품위를 손상케 하고 청소년들에게 퇴폐적인 풍조를 조장할 우려가 있는 내용 ⑥ 어린이 및 청소년의 정서와 언어 관습에 악영향을 끼칠 우려가 있는 내용 ⑦ 기존 선율에 불건전한 가사를 붙여 노래한 내용 ⑧

---

15 이 시기 TV 드라마의 '순결한 가정' 이데올로기와 성표현 규제에 대해서는 백미숙·강명구, 〈'순결한 가정'과 건전한 성윤리 - 텔레비전 드라마 성표현 규제에 대한 문화사적 접근〉, 《한국방송학보》 21-1, 2007 참조.

비속감 또는 불쾌감을 주는 장발자의 방송 출연 ⑨ 특히 청소년의 건전한 사고방식을 그르치게 할 우려 있는 품위 잃은 내용 ⑩ 외국 가요를 원어로만 부른 내용.[16] 이 내용들 역시 A의 가치관과 정서에 위배되면서, B의 감성인 퇴폐, 불건전, 저속, 선정, 비상식 등의 통속 성에 기반하고 있다.

이처럼 국가가 금지하고 혐오했던 것은 개인적, 통속적인 감성이 었다. 게다가 그러한 통속성이 이른바 황금 시간대에 포진되어 순 결하고 건전해야 할 각 가정의 안방에 감상주의와 에로티시즘, 퇴 폐주의, 비이성적 감수성을 전달하는 것을 지배층은 견딜 수 없었 다. TV는 '공공성'과 '통속성'이라는 감수성 경합의 장이었고, 국가 는 '공공성'을 전유한 채로 대중의 감성을 일방적으로 규율하고자 했다.[17] 이러한 점에서도 TV는 라디오에 비해 훨씬 '냉정한' 매체였 다.[18] 청취자의 반응이 방송에 영향을 미칠 가능성이 훨씬 큰 라디 오에 비해 TV는 프로그램 제작자와 이들을 통제하는 국가의 의도 가 지배적으로 관철되며 시청자의 의견이 반영될 소지가 매우 적었 다. 국가가 방송을 통해 구현하려고 하는 '건전'하고 '명랑'한 사회, 공중도덕, 미풍양속, 공서양속公序良俗 등의 가치는 지금은 존재하지

---

16 한국방송윤리위원회, 앞의 책, 1976, 71~72쪽.

17 1970년대의 '공공'이란 "개인 또는 한 집단의 부정을 의미하며 … 국민대중으로 형성되는 사회, 곧 국가사회"를 가리킨다. 이준구, 〈논점: 헌법 – 공공의 복리(1)〉, 《법정》48, 1975, 8~13쪽.

18 마샬 맥루한, 김영국 외 옮김, 《미디어의 이해》, 중앙일보사, 1974.(Macluhan, Herbert Marshall, *Understanding media: the extentions of man*, New York: New American Library, 1964)

않기 때문에 더더욱 지향해야 하는, 그래서 매우 공허할 수 있는 것이다. 반면 드라마, 코미디, 쇼 등의 연예오락 프로그램이 기반하고 있는 통속적 감수성은 항상 '지금, 여기' 존재하는 욕망과 관련이 있다. 그리고 이러한 욕망은 지배층이 허용하는 범위를 항상 벗어날 수밖에 없었기에 더더욱 불온한 것으로 간주되었다. 그런데 이러한 통속성을 비판한 것은 비단 국가만은 아니었다. 당시 대부분의 엘리트 지식인들 역시 이에 대해 통렬한 비판을 가하였다.

문화엘리트의 통속성 비판

사실 국가의 방송에 대한 검열과 제재 조치를 정당화한 것은 다름 아닌 TV 프로그램의 통속성에 대한 여론의 비판이었다.[19] 1960년대 후반부터 신문 잡지 등에는 TV 프로그램의 문제점에 대한 문화엘리트[20]의 분석과 비판이 자주 실리곤 했다. 이들 비판의 주체들을 분류해 보면 몇 개의 그룹으로 나눌 수 있다. 첫째는 문화공보부 관료 및 문화예술계 출신으로 방송윤리위원회의 위원 등을 지내면서

---

19 1970년대 TV 프로그램, 특히 드라마에 대한 비판에 대해서는 김수정, 〈1970년대 텔레비전 드라마에 대한 신문담론과 헤게모니 구성〉, 한신대학교 인문학연구소, 《1960~70년대 한국문학과 지배 – 저항 이념의 헤게모니》, 역락, 2007; 조항제, 〈1970년대 신문의 텔레비전 드라마 비판〉, 한국방송학회 편, 《한국 방송의 사회문화사》, 한울, 2011 참조.

20 문화엘리트란 좁은 의미에서는 교육계, 문화계에 종사하거나 문화정책에 관여하는 문화 부문의 파워엘리트이고, 넓은 의미에서는 문화 담론에 영향을 미치는 지식인 일반을 의미한다. 문화엘리트의 개념에 대해서는 이하나, 앞의 글, 47~52쪽 참조.

미디어에 실질적인 영향력을 행사할 수 있는 준관료형 전문가 그룹이다.[21] 둘째는 대학교수 그룹이다. 대학에서 신문방송학과가 신설되기 시작한 1971년 이전까지는 주로 연극이나 영화 비평을 겸하고 있던 인문학자들이 미디어 관련 비평을 하기 시작했으며,[22] 그 이후에는 신문방송학과 교수들이 주축이 되어 미디어 관련 학회와 세미나 등을 개최하면서 전문적 미디어 비평의 가능성이 조금씩 열리기 시작했다.[23] 셋째는 신문의 문화부 및 연예오락, 방송 담당 기자를 중심으로 한 언론인 그룹이다. 1970년부터 각 신문은 연예·오락 섹션에 TV라는 하위 섹션을 두고 비평을 싣기 시작했으며 1977~1978년경부터는 아예 정기적인 비평을 싣기 시작하였다.[24] 넷째는 방송에 직접 관여하는 방송국의 국장, PD, 작가, 배우 등의 제작인력이다. 이들은 전문적인 비평이라기보다는 생생한 현장의 목소리를 담은 글들을 방송 관련 잡지 등에 실음으로써 대중과 가

---

21 이 그룹의 대표적인 인물로는 목사이면서 기독교시청각교육원장을 지내고 방송윤리위원회의 위원이 된 조향록을 들 수 있다. 조향록, 〈미디어와 지식인〉,《방송문화》2-2, 1969, 14~18쪽.

22 대표적인 학자로는 고대 영문과 교수로서 연극평론에 주력했던 여석기를 들 수 있다. 그는 대중문화에 폭넓은 관심을 가지면서 TV 드라마에 관련된 비평도 병행했다. 여석기, 〈한국의 TV 드라마 – 시청자 입장에서 본 한국 TV 드라마의 검토〉,《방송문화》1-3, 1968, 54~57쪽.

23 서강대 신문방송학과 교수로서 대중문화 전반에 대한 이론과 비평을 병행했던 강현두가 대표적이다. 강현두, 〈한국 TV드라마의 진로와 연기자의 역할과 위치〉,《신문과 방송》86, 1978, 116~119쪽.

24 대표적인 인물은 조선일보의 정중헌 기자로서, 그는 연예, 오락, TV 관련 기사를 고정적으로 담당하였다. 정중헌, 〈방송드라마의 수준 어디까지 왔나〉,《신문과 방송》88, 1978, 28~32쪽.

장 가까이에서 그들과 호흡해야 하는 문화 생산자의 입장에서 비판을 해나갔다. 이들은 다른 그룹들의 TV 프로그램 비판에 기본적으로는 동의하면서도 그 원인이 열악한 제작 환경에 있음을 한결같이 지적하면서 제작자로서의 고충을 토로하고 동시에 제작 여건 개선이나 방송 인력 확충 등의 개선 방안도 함께 제시하곤 했다.[25]

그런데 TV 프로그램에 대한 비판은 문화엘리트만의 전유물은 아니었다. 언론에 나타난 비판의 주체에는 시청자 일반인도 포함되었다. 이들 역시 두 그룹으로 나뉠 수 있는데, 하나는 대학(원)생이나 직장인 등 미디어에 관심이 많은 일반인 남성이나 여성 단체 대표 등의 직책을 갖고 있는 여성들이 속한 그룹으로서 이들은 대학 내 언론이나 신문 잡지 등의 기고란을 통해 스스로 엘리트라는 자의식을 갖거나 지식인과 대중의 중간 위치에서 TV 프로그램을 비판하였다.[26] 다른 하나는 문화엘리트들이 흔히 TV를 소비하는 '대중'이라고 부르는 주부 시청자로 묶일 수 있는데 많지는 않지만 독자 초청 좌담회나 신문의 독자 기고란 등에서 TV 프로그램을 비판하였다. 이들은 한편으로는 TV 프로그램, 특히 드라마의 주소비층인 여성 시청자의 입장을 대변하기도 했지만 종종 남성 엘리트의 입장을

25 KBS 프로듀서인 양윤식과 TBC 편성부국장 김재형, 방송작가 한운사는 그 대표적인 경우이다. 한운사, 〈작가의 입장에서 본 한국 TV드라마의 검토〉, 《방송문화》 1-3, 1968, 56~57쪽; 양윤식, 〈방송드라마의 수준 어디까지 왔나? - PD의 입장에서〉, 《신문과 방송》 88, 1978, 32~35쪽; 김재형, 〈방송드라마의 수준 어디까지 왔나? - PD의 입장에서〉, 《신문과 방송》 88, 1978, 35~41쪽.

26 성길용, 〈매스컴과 대중문화〉, 《고대문화》 18, 1978, 181~185쪽; 〈좌담회: TV 드라마가 가정에 미치는 영향〉, 《여성》 79, 1972, 20~22쪽.

내면화한 비판을 하기도 했다. 이것은 이들이 상대적으로 고학력의 보수적인 여성으로서 자신을 학력이 낮은 주부 시청자층과는 구별하여 사고했을 가능성이 있음을 시사한다.[27]

그러나 엘리트와 대중 전부가 TV에 대해 비판적으로만 생각한 것은 아니었다. 1975년에 교사 집단을 대상으로 행해진 설문조사에 의하면 라디오보다는 TV가 좀 더 저속하다고 본 것은 사실이지만 수용자 입장에서 대체로 긍정적인 반응을 보였다. TV가 긍정적이라고 대답한 항목은 주로 취미, 여가, 사교, 정서 생활에 관한 것 등이었다. 그러나 '전문 지식을 높일 수 있다', '도덕관념 앙양을 돕는다', '일반적인 사고력을 기른다' 등의 항목에 있어서는 부정적 반응을 보였다. 이 설문에서 서울의 교사 집단은 지방의 교사 집단에 비해 TV를 훨씬 저속하다고 보고 있어 서울의 교사 집단이 더욱 엘리트주의적 성향을 띤다는 것을 알 수 있다.[28] 교사가 지식인 그룹에 속하긴 했지만, 대학교수나 전문가로 이루어진 그룹에 비해서는 TV를 긍정적으로 보고 있어 지배층으로 갈수록 TV에 대해 비판적이었던 것은 분명하다.

---

27 이경순, 〈방송드라마의 수준 어디까지 왔나 - 주부의 입장에서〉, 《신문과 방송》 88, 1978, 41~43쪽.

28 유태영, 〈대중문화로서의 방송매체와 교사의 태도〉, 《한국문화연구원논총》 25, 1975, 213~236쪽.

드라마 비판의 겉과 속

TV 프로그램에 대한 가장 통렬한 비판은 가장 인기 있는 프로그램인 드라마에 집중되었다. 드라마의 인기는 이미 1960년대에 큰 인기를 끈 라디오 드라마를 통해 증명된 것이었고,[29] TV 드라마는 검증된 흥행 장르인 라디오 드라마의 형식과 내용을 그대로 TV에 옮김으로써 초기 드라마 제작 노하우의 공백을 메울 수 있었다. 문제는 여기에서부터 발생하였다. 당시 라디오 드라마는 20분 분량의 일일연속극이 많았고 그 대부분은 멜로드라마였다. 일일극 형식의 멜로드라마를 TV 쪽에서 흡수하자 라디오는 상당 부분이 다큐드라마로 전환된 반면, TV에서는 제작비 대비 높은 수익이 보장되는 일일연속극이 황금 시간대로 불리는 저녁 7~10시 사이에 방송되었다. 1970년 TBC가 방영한 〈아씨〉의 선풍적 인기는 드라마가 더욱 번창하게 하는 계기가 되었다. 그러나 드라마의 인기가 높아지면 높아질수록 드라마에 대한 비판의 목소리 역시 높아져만 갔다.

드라마에 대한 비판은 주제의식의 결여, 소재의 제한, 인물의 전형성, 구성의 도식성 등 다양하게 제기되었다.[30] 그러나 무엇보다도 드라마에 대한 비판의 핵심은 드라마가 상업성을 지나치게 의식한 나머지 시청자들에 영합하여 저속하고 퇴폐적이며 감상적인 내용

---

29 1960년대 말에 이르면 한 해 드라마 라디오 제작 편수가 160편에 육박하였다. 한국방송공사, 《한국방송사》, 1977, 384쪽.

30 조항제, 앞의 글, 379~383쪽.

을 담고 있다는 것, 곧 드라마의 통속성에 대한 비판이었다. 우선 상업성을 지나치게 의식한다는 비판에는 두 가지 근거가 있었다. 하나는 일일연속극이라는 형식이 공익을 추구해야 할 방송국의 지나친 상업주의로부터 비롯되었다는 비판이다.[31] 하루에 일주일 분량을 제작할 정도로 저렴한 제작비로 졸속 제작을 했던 일일연속극을 가장 광고료가 비싼 황금 시간대에 편성함으로써 방송국은 저비용 고효율의 경영전략을 꾀하고 있으며 이로 인해 막대한 수익을 올리고 있다는 것이다.[32] 말하자면 드라마의 통속성이 드라마 경영의 통속성으로 치환되어 비판되고 있으며, 이때 상업주의란 배금주의 및 속물주의와 거의 동의어로 사용되었다.[33]

또한 TV드라마가 대부분 멜로드라마라는 것 역시 드라마의 상업성을 증명하는 하나의 증거로 이해되었다. 곧 멜로드라마는 드라마 중에서도 가장 인기 있는 장르이며 높은 시청률을 기록할 수 있기 때문이라는 것이다. 그러나 가장 대중적인/인기 있는 장르가 멜로드라마라는 공식에는 두 가지 의미가 있었다. 하나는 멜로드라마의 통속적 속성을 이용하여 '순진한' 시청자의 호기심을 자극하고 있다는 비판이다. 멜로드라마가 다루고 있는 설정이 대개 가족 구성원 간의 갈등이나 불륜 등의 비정상적인 애정 관계를 소재로 하고 있기 때문에 그 자체로 불건전한 내용이 포함된 부적절한 장면—예

---

31 황종건, 〈매스컴의 사회적 기능과 그 교육적 가치〉, 《동서문화》 5, 1973, 261~270쪽.

32 강현두, 〈한국 TV드라마의 진로와 연기자의 역할과 위치〉, 《신문과 방송》 86, 1978, 116~119쪽.

33 김우종, 〈문화 속의 상업주의〉, 《문예진흥》 503, 1978, 22~24쪽.

컨대 에로티시즘을 연상시키는—을 노출하고 있다는 것이다.[34] 다른 하나는 멜로드라마가 '본질적으로 통속적인' 대중들에게 영합함으로써 더욱 통속적이 될 수밖에 없다는 비판이었다. 이 두 가지 비판은 대중의 속성에 대한 근본적 시각의 차이에 기반하는 것이지만 그것이 멜로드라마의 문제점과 결합하여 논의될 때에는 항상 같은 결론에 이르렀다.

드라마 비판 중에서도 가장 빈번히 언급되었던 것은 저속성, 퇴폐성, 감상성에 대한 비판이었다. 이는 코미디나 쇼 등의 다른 연예오락 프로그램과도 관련이 있었다. 우선 저속성은 코미디에 대한 비판에서 가장 많이 거론되었다. 저속, 혹은 저질이라는 것은 ① 말이 안 되는 것, ② 재미만을 추구하고 품위가 없는 것, ③ 구성이나 문장의 기본이 없는 것, ④ 치정, 간통, 불륜과 관련되는 것,[35] ⑤ 주제의식과 현실감각이 없는 황당한 것[36] 등으로 정의되었다. 이를 통해 알 수 있는 것은 논리적, 이성적, 현실적으로 이해 불가능한 이른바 '난센스'야말로 저속의 대명사였다는 점이다. 여기서 '현실감각'이란 유신이라는 '국민총화'의 과제를 안고 있는 한국의 현실에 맞지 않는다는 의미였다.[37] 또한 현실을 말하더라도 "밑도 끝도 없이

---

34 〈좌담회: TV 드라마가 가정에 미치는 영향〉,《여성》 79, 1972, 20~22쪽.

35 김광남, 〈방송극의 예술적 가능성 - TV 드라마를 중심으로〉,《신문평론》 47, 1974, 106~110쪽.

36 〈드라마, 생활감각과 동떨어진 황당한 내용〉,《조선일보》 1973. 8. 18.

37 〈방송월평: TV, 독창성 없는 일본 프로 모방, 냉소 구걸같은 저질 코미디〉,《조선일보》 1974. 6. 30.

새마을을 외치는 것도 있고 앞뒤가 도대체 들어맞지 않다가 끝에
가서 결론만 엄숙하게 새마을을 건드리는" 식의 비논리는 어김없이
비판의 표적이 되었다.[38] 또한 주제의식과 현실감각이 없다는 것,
재미만을 추구한다는 것은 계몽성의 결여를 의미하였고, 이는 오락
성을 계몽성과 대치시킴으로써 재미 추구=오락적인 것=계몽적/논
리적이지 못한 것=저속한 것이라는 논리를 완성시켰다. TV라는 매
체를 계몽의 도구로 생각했던 정부나 문화엘리트의 입장에서 저속
성이란 그야말로 '난센스'였던 셈이다.

한편, 퇴폐성이란 두말할 것도 없이 선정성과 불건전성이었다. 선
정성은 성적 욕망을 불러일으키는 외설적인 표현을 이르는 것이었
고, 이는 에로틱한 것과 구분되어 쓰이지 않았다. 불건전성이란 뭔
가 정상적이지 못하고 질서가 없으며 뒤틀린 것, 기괴하고 우스꽝
스러운 것, 곧 그로테스크한 것에 대한 불편함을 나타내는 말이었
다. 드라마에서 퇴폐성이란 '비정상적인 애정 관계(불륜, 연상연하 커
플, 창녀와의 관계 등)'의 묘사가 포함되었고 이는 당연히 에로티시즘
을 연상시키는 것이었다.[39] 음악·쇼프로그램에서 퇴폐성이란 시청
자에게 불쾌감을 주는 모든 것, 예컨대 장발이라든지 국적 불명의
춤, 저속하거나 부정적인 가사, 심지어는 창법 미숙까지도 의미했
다.[40] 그런데 여기서 중요한 것은 이러한 '퇴폐적' 요소가 직접적으

---

38 김광남, 앞의 글, 107쪽.

39 당시 TV의 퇴폐성에 대한 비판에 대해서는 임종수, 〈1970년대 텔레비전, 문화와
    비문화의 양가성〉,《언론과 사회》16-1, 2008, 64~71쪽.

40 〈불건전가요 - 방송 퇴폐풍조 조장시켜〉,《조선일보》1974. 12. 10.

로 화면에 나오지 않더라도 그것을 연상시키는 모든 것이 '퇴폐'의 범주에 속했고, 이는 그 '퇴폐'의 기준이 매우 모호했다는 것을 의미한다는 것이다. 예컨대 드라마에서 유흥업소나 숙박업소의 빈번한 노출이라든가 가요 〈불꺼진 창〉(1973, 조영남)이 퇴폐를 이유로 금지곡이 된 것 등은 퇴폐란 명시적인 것이 아니라 정신적 방황을 암시하는 일종의 분위기(풍조)를 뜻한다는 것을 보여 준다.[41] 때로는 범죄극에 등장하는 스릴이나 서스펜스, 범죄 묘사 등도 퇴폐의 범주에 속했다. 이때 퇴폐는 청소년 담론과 결합되어 청소년 범죄를 부추기는 주범으로 규정되었다.[42]

감상성이란 퇴폐의 구성 요소 중 하나이기도 하면서 감정의 과잉을 나타내는 것으로 센티멘털리즘으로 불렀다. 센티멘탈리즘이란 "필요 이상으로 슬픈 표정. 암흑을 암흑으로만 보려고 하는 심각성. 나아가 초현실주의까지"[43] 의미하였다. 센티멘탈리즘은 흔히 한국인에게 고유한 특징으로도 이해되었으며,[44] 신파성과 혼용되어 사용되었다. 눈물과 한숨, 체념은 이에 부수되는 필수품이었다.[45]

---

41 〈시민 논단: 최석채, 한완상씨 강연, '퇴폐'는 장발 고고춤이 아니라 '정신적 방황'〉, 《조선일보》 1972. 3. 30.

42 김문환, 〈도시화와 청소년 우범현상 – 도시화 현상에 따른 청소년의 실태 소고〉, 《도시문제》 5-9, 1970, 42~50쪽; 〈좌담: 청소년은 방황하고 있다. 퇴폐 문화 어른의 위선은 범죄 부채질〉, 《조선일보》 1972. 5. 17.

43 정한모, 〈감상주의는 과연 금기인가 – 현대시의 릴리시즘〉, 《세대》 26, 1965, 284~291쪽.

44 여석기, 〈문화엘리트교체론 – 바람직한 한국의 문화예술인〉, 《세대》 68, 1969, 196~200쪽.

45 이영미는 신파성은 "인식보다는 감정 · 정서가 중심이 되고 작품 수용 과정 자체

1960년대 흥행 1위(37만 명)인 멜로영화 〈미워도 다시 한번〉(1968, 정소영)에서 눈물에 대한 묘사가 41번, 속편에서는 65번이라는 분석도 있었다.[46] 감상성, 혹은 애상성은 왜색가요의 특징으로 분류되었기 때문에 많은 '애상적인' 가요들이 왜색이라는 명목으로 금지되었다. '밝고 명랑'한 사회 분위기를 헤친다는 이유로 슬픈 노래들은 그리 환영받지 못했다.[47] 무기력한 남성과 눈물짓는 여성이라는 멜로드라마의 주인공들은 국가와 지배 엘리트가 원하는 바람직하고 모범적인 인물들과는 거리가 있었다. 게다가 감상성이 발생하는 곳은 공적 영역이 아닌 사적 관계에서 발생하는 갈등이었으며, 사적 갈등에 집중한다는 것은 국가에 의해 전유된 '공공성'에 위배되는 행위이다. '감상에 빠진다'는 표현에서도 드러나듯이 감상이란 감정을 절제하기보다는 극단의 깊은 상태로 몰고 가며 그것을 숨김없이 드러내는 것을 의미하기도 했다. 그러나 이는 한편으로는 대중예술의 필수적인 요소인 감동과 공감의 요소이자, 대중에게 카타르시스와 꿈을 부여하는 것이기도 했다.[48] 드라마의 인물에 감정이입이 되어 그(녀)의 처지에 공감하면서 연민과 위안으로 눈물짓는 시청자

의 즐거움이 중시되며, 세상에 대한 환기가 각성보다는 해소와 더 밀접히 연결되어 있는 대중예술의 본질적 특성"을 공유하는 것이라고 하면서도 신파극을 일반적 멜로드라마와 구분한다. 이영미, 〈신파 양식의, 세상에 대한 태도〉, 《대중서사연구》9, 2003, 11쪽.

46 최혜령, 〈한국영화의 대중예술적 성격 – 〈미워도 다시 한번〉의 경우〉, 《세대》 95, 1971, 300~309쪽.

47 〈좌담: 대중가요의 저속성〉, 《세대》 11-3, 1973, 194~203쪽.

48 정용, 〈한국적 멜로드라마의 개념과 작품의 성격〉, 《영화》 20, 1976, 50~54쪽.

들, 슬픈 사랑 노래를 듣고 "내 얘기 같다"고 느끼는 사람들은 이러한 대중문화를 통해 자기 내면의 억압된 자아와 억눌린 욕망을 눈물과 한숨으로 승화시키는 것이다.

이처럼 '센티, 에로, 그로, 난센스'라는 말로 집약되는 TV 프로그램의 통속성이란 결국 대중이 어떠한 공감 상태에 이르는 것을 의미하며, 권력과 엘리트가 이를 극도로 혐오했던 것은 실은 이러한 통속성에 대한 대중의 감정이입이 국가가 제시한 '공공적' 목적에 부합하는 '국민적 감정이입national empathy'[49]을 방해하는 매우 사적이며 감성적인 것에의 몰입을 전제로 하고 있기 때문이었다. 이처럼 1970년대 TV를 중심으로 한 대중문화에 대한 감성 규율은 '공공성'과 '통속성'의 대립항에서 후자를 억압함으로써 전자를 극대화하고자 한 것이었다. 문제는 이때의 '공공성'에는 반드시 국가가 사고의 중심에 있었다는 것이며, 통속성의 수호자인 개인들은 이러한 국가와 항상 갈등 관계에 있었다는 것이다. 이러한 논리에서라면 개인이 국가와 유일하게 화해할 수 있는 방법은 '멸사봉공滅私奉公'밖에 없었다. 한국에서 개인주의와 감성에 대해 가해진 박해에는 통속성에 대한 이러한 혐오와 멸시의 정서가 자리하고 있었다. 그러나 아이러니컬하게도 당시의 가장 '공공적인' 주제를 설파했던

---

49 '국민적 감정이입(national empathy)'이란 정치학자 다니엘 러너가 개발도상국가의 국민이 국민의식을 가지고 공동작업 능력을 익혀가는 것을 지칭한 용어로서 문화공보부 장관 홍종철이 문화공보정책의 목적으로 제시한 것이다. Daniel Lerner and Wilbur Schramm, ed., *Communication and change in the developing countries*, Honolulu: East-West Center Press, 1967. 홍종철, 앞의 글, 8쪽에서 재인용.

반공드라마에서조차도 드라마의 운용은 매우 '통속적인' 방식으로 행해졌다는 것을 상기할 필요가 있다. 권위주의적 감성 규율은 한 편으로는 통속성을 일방적으로 배제하는 것처럼 보였지만 다른 한 편으로는 '공공적' 주제를 전달하기 위해 통속적 감수성에 호소할 수밖에 없는 이중성을 본질적으로 내포하고 있었다.

문화위계 담론과 대중문화 비판/옹호론

문화위계의 층위들

1970년대의 TV는 근대화의 일로에 있던 개발도상국의 대중들에게는 중산층 진입의 바로미터와도 같은 현대 테크놀로지의 총아이면서 동시에 엘리트에게는 통속적 욕망이 들끓는 환멸의 대상이기도 했다. 따라서 TV에서 전시되는 통속성에 대한 비판은 문화위계 담론과 대중문화 비판/옹호론이라는 두 가지 방향으로 확장되는 논의의 기저를 이루었다. '센티, 에로, 그로, 난센스'로 대표되는 통속성에 대한 비판은 이러한 감수성이 정상적이고 건전하며 이성적이고 공공적인 가치의 하위에 위치한다는 것, 곧 문화에는 본질적으로나 현실적으로 위계가 존재한다는 논리에서 비롯되었다. 또한 같은 대중문화라도 그 통속성의 정도에 따라 다양한 층위가 존재한다는 것이다. 그런데 '대중문화'라는 용어 자체가 원래 문화=고급문화와 구별하기 위해 만들어진 것이고 보면, 상층의 고급문화와 하층의 대중문화라는 위계적 관념은 이미 서구에서 '대중문화'라는 용어가 탄생되었을 때부터 내재해 있던 것이었다.

19세기 후반 영국의 철학자 로저 스크루톤Roger Scruton은 고급문화Zivilisation와 '공통의 문화Kultur'를 구분하고 후자를 다시 민속문화folk culture와 대중문화popular culture로 나누면서 후자에 대한 전자의 우위를 확인했다. 애초에 골상학에서 나왔다는 '고급highbrow'과 '저급lowbrow'이라는 표현은 20세기 초반부터 문화 유형을 가리키는 용어로 사용하면서 대중화되기 시작했으며, 제2차 세계대전 이후의 호황 속에서 중산층이 부상하면서 여기에 middlebrow라는 개념이 도입되어 문화의 삼중 위계가 정식화되었다. 서구에서 시민혁명으로 과거 귀족 계급이 누리던 고급문화를 자신의 것으로 전유한 부르주아는 이제 하층민들의 문화를 자신들의 그것과 구별하기 위해 대중문화라고 이름붙이고 고급문화와 구별지었다. 서구의 대표적인 대중문화 비판론자인 드와이트 맥도날드Dwight Macdonald는 '대중예술'이라는 용어에 '예술'이 들어간 것을 용납할 수가 없다고 말했을 정도이다.[50] 식민지와 분단, 전쟁으로 이어지는 과정에서 신분제적 유제가 완전히 무너지고 전통적 지배층이 몰락한 한국의 경우, 근대화의 과정에서 생겨난 신흥 지배계급은 서구의 경우처럼 자신들의 것이라고 내세울 문화를 갖고 있지 못했다. 해방 후 한국에서

---

50 허버트 J. 겐스, 강현두 옮김,《대중문화와 고급문화: 현대문화의 사회학적 분석》, 1977, 114쪽. (Gans, Herbert J., *Popular culture and high culture: an analysis and and evaluation of taste*, New York: Basic Books, 1974)

문화라고 부를 수 있는 것은 과거의 양반문화와 민속문화 이외에는 일본, 혹은 서구에서 유입된 외래문화만이 문화의 전부였으며, 전자는 근대화의 물결 속에서 간신히 명맥을 이을 정도로 향유 계층이 제한적이었다. 또한 일본문화는 왜색이라 하여 양지에서는 금지되고 음지에서, 혹은 비공식적 경로로만 접할 수 있었다. '민족문화'에 대한 희구는 이러한 상황에서 나타난 것이었다.[51] 결국 해방 후 유입된 서구에서의 고급문화와 저급문화에 대한 기준이 그대로 한국에 수용되었으며, 그나마 중급문화middleblow는 중산층이 아직 미약했던 한국에서 존재하지 않았기 때문에 고급/저급의 이중담론으로 굳어지게 되었다.[52]

그러나 한국에서의 문화위계 담론은 단지 고급문화와 저급문화=대중문화라는 이분법으로 단순하게 끝나는 것은 아니었다. 문화가 고급인지 저급인지를 나누는 기준은 바로 '통속성'에 있었으며, 그러한 통속성의 정도에 따라 문화의 위계는 대중문화 안에서도 더욱 촘촘한 층위의 서열 구조로 나타났다. 같은 맥락에서 1970년대 연일 비판의 대상이 되던 TV 프로그램 사이에도 위계는 존재했다. 더 공공적이고 공익적이라 생각되는 순서대로 보도 → 사회교양 → 연예오락이라는 위계가 있었다. 또한 연예오락 부문의 드라마, 코미디, 쇼 사이에도 통속성과 저속성의 정도를 기준으로 은근히 위계

---

51 미래에 대한 희망으로서의 '민족문화'론에 대해서는 이하나, 〈1950년대 민족문화 담론과 '우수영화'〉, 《역사비평》 92, 2011 참조.

52 〈좌담회: 한국 대중문화와 잡지의 모랄〉, 《세대》 65, 1968, 344~354쪽.

질서가 있었다. 위에서 살펴본 교사 집단을 대상으로 한 설문을 보면 코미디가 가장 저속한 것으로 나타나고 가요 프로그램이 다음 순위이며 드라마가 그나마 양호한 것으로 나타난다. 그런데 당시 방송윤리위원회의 제재 조치와 언론의 집중 포화를 맞은 것은 오히려 드라마, 가요, 코미디 순서였다. 이것은 코미디라는 장르 자체가 이미 저속성을 내포하고 있다고 단정했기 때문에 오히려 그렇지 않다고 생각하는 드라마의 저속성이 더 공격의 타깃이 되었을 가능성이 있다. 대중가요를 다루는 쇼 프로그램은 가사의 저속성에 대한 문제도 있었지만 가수들의 율동이나 옷차림의 저속성에 대한 지적도 많았으며, 더구나 가수들의 대마초 흡연을 집중적으로 문제 삼으면서 쇼 프로그램 자체의 저속성이 도마에 오르기도 했다.[53] 외래 문화의 무분별한 수용은 주체의식을 상실한 퇴폐문화와 동일시되었기 때문에 외국 곡을 원어 가사 그대로 부르는 것은 방송이 금지되었지만 오히려 가수나 대중들은 외국 곡을 원어로 불러야 고급스러운 것으로 인식하고 있었다.[54] 이것은 대중들의 시선에서 보았을 때는 외국 곡을 억지로 한국말로 번역해서 부르는 것이 더 어색하고 수준 낮게 보였다는 것을 의미한다. 같은 연예오락 부문이라도 드라마 → 쇼 → 코미디라는 위계는 이러한 논리에서 이루어졌다.

---

53 〈가수 김추자-신중현도 영장, 대마초 흡연 소지 혐의〉,《조선일보》, 1975년 12월 6일자.

54 이는 패티김의 회고에 의한 것이다. 〈봄여름가을겨울의 숲〉, Mnet, 2013년 5월 15일 방송.

〈표 4〉 프로그램(종류별) 수준에 대한 의견

	드라마				코미디				대중가요			
	TV		Radio		TV		Radio		TV		Radio	
	N	%	N	%	N	%	N	%	N	%	N	%
대단히 저속	100	7.22	35	2.68	422	31.42	234	18.27	194	14.23	150	11.36
약간 저속	498	35.96	276	21.13	621	46.24	623	47.85	518	38.00	481	36.52
보통	758	54.73	916	70.14	287	21.37	420	32.79	614	45.05	646	48.94
수준 높다	29	2.09	79	6.05	13	0.97	14	7.73	37	2.71	42	3.18
	1,385		1,306		1,343		1,281		1,363		1,320	

자료: 유태영, 앞의 글, 217쪽.

또한 같은 드라마라고 해도 그 형식에 따라 예술성을 담보할 수 있다고 여겨지는 형식과 '더 저열한' 형식 사이에 위계가 존재했다. 당시 드라마 중에서도 일일연속극에 가해진 수많은 비판은 대개 일일연속극이 대중에게 영합하는 상업주의의 소산이며 따라서 여기에는 최소한의 기본적인 예술성마저도 결여될 수밖에 없다는 것으로 요약되었다.[55] 게다가 일일연속극은 일본이나 미국에도 있었지만 지금은 오래전에 사라지고 없다는 것을 근거로 한국이 일일연속극 형식에서 벗어나지 못하고 있는 것이야말로 후진성의 징표로도 여겨졌다.[56] 이러한 일일연속극의 대안으로는 주간극이 거론되었다. 대략 20분 내외의 일일연속극에 비해서 주간극은 45분 길이로 편성되었는데 일일연속극이 하루에 일주일치를 몰아서 녹화하

---

55 〈좌담: 〈여로〉의 인기분석〉,《세대》11, 1973, 298~307쪽.

56 유호석, 〈한국 TV드라마의 현황과 그 방향〉,《방송문화》13, 1968, 50~53쪽.

는 졸속 제작의 대명사인데 비해 주간극은 상대적으로 예술성이 보장되는 것으로 이해되었다.[57] 주간극보다 더욱 예술적이라고 평가된 것은 1회로 끝나는 단막극(시츄에이션 드라마)이었다. 드라마의 예술성을 높이기 위한 대안으로서 일일연속극을 줄이고 단막극을 늘이라는 요구가 늘 제시되었다.[58] 52~60분 길이의 단막극은 일일연속극에 비해 인기 스타에 덜 의존하며 영화와 유사한 정도의 예술성을 담보할 수 있는 형식이라는 것이다.[59] 그런데 단막극보다 훨씬 예술적인 드라마의 형식은 대형 드라마라는 의견이 제시되었다. 이는 1977년 1월 미국 ABC 방송이 12시간의 장편 〈뿌리Roots〉를 8편으로 나누어 연속 방영한 파격적인 편성을 시도한 것에 문화적인 충격을 받은 것이 계기가 되었다.[60] 이는 드라마의 새로운 지평을 여는 것으로 평가되어 한국 드라마의 궁극적인 지향점으로서 제시되었다. 이처럼 드라마 안에서도 대형 드라마 → 단막극 → 주간극 → 일일극이라는 위계가 존재하여, 뒤로 갈수록 예술성이 없는 저속한 것으로 치부되었다.

또한 장르에 따른 위계도 존재하였다. 멜로드라마는 이러한 위계의 가장 하위에 존재하였다. 순수한 멜로드라마 뿐만 아니라 반공

---

57 신봉승, 〈방송드라마의 수준 어디까지 왔나? – 작가의 입장에서〉, 《신문과 방송》 88, 1978, 18~22쪽.

58 유태영, 앞의 글, 218쪽.

59 강현두, 〈한국 TV드라마의 진로와 연기자의 역할과 위치〉, 《신문과 방송》 86, 116~119쪽.

60 이은성, 〈TV드라마의 흐름과 전망 – 작가 입장에서〉, 《신문과 방송》 93, 61~65쪽.

극이나 계몽극, 역사극에도 멜로드라마적 요소가 섞이면 '저질'이라는 표식이 붙었다. 멜로드라마적 요소가 들어 있다는 것은 기본적으로 남녀의 애정 관계가 드라마의 주요한 요소라는 뜻이기 때문에 드라마가 전달하려는 주제의식을 약화시킨다는 것이다. 역사의식을 담보해야 할 역사극 역시 멜로드라마가 들어감으로써 길을 잃고 방황하고 있다고 비판되었다. 역사극은 "감정이나 정서에 호소하기보다는 이성을 통해 인식 자체에 호소"해야 한다고 이해되었기 때문이다. 이성보다 감성에 호소하는 멜로드라마가 정통 사극이 추구해야 할 현실 비판이라는 부담감을 떨치기 위한 도피처로서 이용된다는 것이다. 말하자면 멜로드라마적 요소가 들어 있다는 것은 거대 서사를 펼쳐야 하는 역사극과 목적극에 걸맞지 않게 사적 영역의 감성적 요소에 의존하는 저급한 것임을 증명하는 것이나 다름없었다.[61]

그런데 방송 드라마와 항상 비교 대상이 되는 것은 영화였다. 한국영화의 예술성이 문제시되고 있던 당시의 분위기 속에서도 TV 드라마는 영화의 예술성을 잘 옮겨 담을 수 있는지의 여부가 관건이라는 식으로 이해되었다.[62] 영화는 TV에 비해 훨씬 예술적 양식이며, 같은 이야기형식의 대중예술이라고 하더라도 더 대중적인 매체인 TV의 드라마는 영화에 비해 저속할 수밖에 없다는 것이다. 영

---

61 신상일, 〈방송드라마의 수준 어디까지 왔나? ─ 평론가의 입장에서〉, 《신문과 방송》 88, 1978, 25~28쪽.
62 최창봉, 〈시청각문화론 ─ TV에 옮겨지는 제8예술성〉, 《사상계》 160, 1966, 118~125쪽.

화 내에서도 예술적인 프랑스영화가 오락적인 미국영화에 대해 상위에 있다든가 문예영화가 상업영화보다 예술적이라든가 하는 식의 위계는 물론 존재하였다.[63] 한편 이야기 매체라는 측면에서 보았을 때 영화보다 더 예술적인 양식은 소설이었다. 소설 역시 서구에서 등장한 초기에는 홀대받은 장르였지만 영화라는 더 대중적인 매체가 등장하자 소설은 문학성, 예술성 있는 장르로 인식되었다. 물론 소설보다 더 예술적인 장르는 시였다. 시야말로 문학의 정수로서 이해되었다. 또한 소설이라고 해도 모두 예술적인 것으로 인정된 것은 아니다. 대중소설은 '순수문학'에 비해 저속한 것으로 분류되었다. '대중잡지',[64] '대중식당' 등과 같이 무엇이든 '대중'이라는 말이 붙으면 순수성과 품위를 결여한 것으로 천시되는 것이 당연한 것으로 여겨졌기 때문이다.[65] 대중소설의 대표격인 신문 연재소설에 대해서는 "형편없이 보잘것없고 더러운 윤리, 더러운 가치관을 다룬 것이 대부분"이라는 혹평이 이어졌다. 그럼에도 불구하고 "소설이 많다고 줄이라는 사람은 없는데 드라마가 많다고 줄이라고 한다"면서 "소설은 문학이고 예술이기 때문인가?"라는 자괴감도 존재하였다.[66] 이것은 문화공보부에서 드라마 편수를 제한한 것에 대한

---

63 김붕구, 〈빠리에서 본 세계영화〉, 《세대》 75, 1969, 280~282쪽.

64 잡지도 정론지→대중지→주간지 순서대로 위계가 존재했다. 최창룡, 〈주간지시대가 가져오는 것〉, 《세대》 64, 1968, 276~281쪽.

65 김종호, 〈대중의 소외와 철학적 현실〉, 《세대》 11, 1973, 202~205쪽.

66 김광남, 〈방송극의 예술적 가능성 – TV드라마를 중심으로〉, 《신문평론》 47, 1974, 106~110쪽.

항의의 표시이면서 문화 내부에 존재하는 위계에 대한 비판이기도
했다. 이야기 매체의 가장 하위에는 만화가 있었다. 시사만화[67]가
아닌 일반적인 만화는 인격적으로 미성숙하고 유치하며 범죄에 노
출되기 쉬운 청소년/어린이들에게나 각광받는 것이라는 인식 때문
이었다. 만화는 우스꽝스럽고 비이성적이며 넌센스의 대명사로 여
겨질 때가 많았다. 드라마를 비판할 때도 가장 최악의 모욕은 '만화
같다'는 것이었다.[68]

문화의 서열, 문화종사자의 서열

순수문학(시 → 소설) → 대중소설 → 영화 → 드라마 → 만화라는 위
계는 다만 매체 자체에 대한 위계가 아니라 이것을 생산하는 사람
들에 대한 위계도 포함하는 것이었다. 시인 → 소설가 → 대중소설
가 → 영화시나리오 작가(감독) → 드라마 작가(연출가) → 만화가라
는 위계는 좌담회 등에서 암묵적인 분위기로 존재했다. 또한 문화
의 생산자보다 비평가가 위계 서열의 상위에 존재했는데, 이는 좌
담회 등에서 가끔은 양자의 시각의 차이를 노정시키면서 표출되었

---

67 당시 인기 있는 시사만화는 《동아일보》에 연재된 김성환 화백의 〈고바우〉였다. 시
사만화는 "한 시대의 풍정을 얘기해 주는 데 가장 날카로운 증인"으로 평가되었
다. 그런데 고바우의 인기 요인은 고바우라는 인물이 우리 사회의 대학교수를 닮
았기 때문이라는 분석도 있었다. 오광수, 〈대중영웅론 5: 고바우 김성환〉, 《세대》
87, 1970, 271~277쪽.
68 김광남, 위의 글, 108쪽.

다.[69] 전문 비평가가 아직 존재하지 않고 대학교수와 신문기자가 비평가의 역할을 했던 시절이라 비평가 중에서도 대학교수가 신문기자보다 상위에 존재하였다. 또한 같은 문화의 생산자라고 하더라도 작가보다 감독이 상위에 있었으며, 영화배우나 탤런트보다는 드라마 연출가가 상위에 있었다. 또한 가수나 배우 중에서도 대중문화를 진단하는 좌담회 등에 가끔 초청되는 이들은 대개 대학을 졸업한 연예인들이었다.[70] 대졸자 연예인이 그렇지 못한 연예인에 비해 이른바 '인텔리'로서 더 인정받는 풍토는 학력 중시 사회인 한국에서는 당연히 여겨졌던 것이다. 오늘날에도 영향력을 미치고 있는 문화비평가(대학교수 → 신문기자) → 문화 생산자(감독 → 작가 → 배우) → 문화소비자라는 위계의 틀은 이미 일제시기부터 존재하던 것이었지만, 이것이 담론 형태로 자리잡고 유통되기 시작한 것은 1960년대 말~1970년대라고 할 수 있다.

그런데 이러한 위계질서는 문화비평가나 문화 생산자 사이에만 존재하는 것은 아니었다. 문화 소비자인 대중들 사이에도 위계는 존재하였다. 남성 → 여성 → (중년의) 주부 → 청소년(어린이)라는 위계가 그것이었다. '여성 취향' 드라마라는 말은 무비판적인, 최루성의, 약자 체질의, 모럴 부재의 드라마와 동의어로 사용되었다.[71] 이는 여성 일반에 대한 모독의 의미였다. 그런데 좌담회의 여성 참

---

69 〈좌담: 방송극의 저변을 말한다〉,《방송문화》2-2, 1969, 50~55쪽.

70 〈좌담: 대중가요의 저속성〉,《세대》11-3, 1973, 194~203쪽.

71 〈화요컬럼: 울긴 왜 울어, TV연속극 이대로 좋은가〉,《조선일보》1973. 7. 10.

가자들은 자신이 '중년의 주부' 범주에 속하지 않음을 은근히 내비
치곤 했다. 드라마를 비판하면서도 "평소에 드라마는 별로 보지 않
지만…"이라는 전제를 달아야 했던 것은 이러한 정서 때문이었다.
이 때문에 작가와 시청자가 만나는 자리에서 한 작가가 "드라마를
보지도 않는 시청자의 얘기는 들을 것이 없다"고 일축한 일도 있었
다.[72] 이는 주부라는 계층이 자신들을 근대화의 전선에 동참하지 않
는 무능력한 이들로 취급하는 남성들의 비난을 내면화하고 드라마
시청에 대한 즐거움을 죄책감으로 치환하며 스스로를 비판하는 심
리의 일환이기도 하고,[73] 자신은 이러한 '일반적인' 대중/주부와는
다르다는 것을 암암리에 강조함으로써 대중 내부를 다시 서열화하
는 것이기도 했다. 같은 여성이라도 여성 작가와 여성 수용자 간에
는 '당연히' 위계가 존재했다. 공적 영역에서 생활하는 남성들과 달
리 사적 영역으로 활동이 제한되었던 주부들보다 더 위계의 하위에
존재했던 것은 청소년이었다. 드라마나 코미디의 저속성이 더욱 문
제가 되었던 것은 청소년/어린이의 모방심리 때문이라는 것인데,
이는 청소년을 잠재적 범죄자로 간주하는 사회의 관점을 보여 주는
것이기도 했다.[74] 통기타, 블루진, 생맥주로 대표되는 청년문화에 대
한 비판 역시 '미성숙하고 무분별한' 청소년을 바라보는 기성세대

---

72 〈십자로: 드라마 작가들 신경질… 할 말 잃은 시청자 TV 작가–시청자 대화〉,《조선
    일보》1978. 12. 10.

73 김수정, 앞의 글, 244쪽.

74 이주혁, 〈TV 문화의 망령등〉,《세대》130, 1974, 264~271쪽.

의 관점에서 비롯된 측면도 있었다.[75]

문화 위계는 이른바 순수예술인 미술 시장에서도 존재했다. 파시즘 독일에서 추상미술이 "대중과 유리되었다"는 평계로 추방당한 것은 유명한 일화인데, 한국에서 추상미술은 오히려 고급미술로서 자리잡았다. 미술시장에서 고가에 거래되는 예술품 역시 상업주의적이지 않은 것은 아니었지만 아무도 드라마를 비판하듯 이를 상업주의적이라 비난하지 않았다. 고급미술로 분류된 전통회화나 도자기 등도 은밀히 거래되는 문화재이거나 치부의 수단으로서 대중과는 거리가 있었다. 대중과의 거리라는 면에서, '민족문화'를 이룩해야 한다는 당시의 문화 담론 하에서 외래문화보다 전통문화가 문화 위계의 상위에 위치한 것은 분명하지만, 감성적으로 한국 전통문화를 유럽의 전통문화보다 우월한 것으로 여겼던 것은 아니었다.

외래문화 가운데에서도 프랑스, 미국, 일본 문화에 대한 엘리트들의 관념은 문화 위계 담론이 국내적 차원만이 아니라 세계 문화의 차원에서도 존재했음을 보여 준다. 프랑스 문화는 세계 문화 가운데에서도 가장 상위에 존재했다. 문화공보부 출범 당시 행해진 프랑스 문화정책에 대한 경탄은 곧 프랑스 문화는 서구문화 중에서도 가장 예술적이며 본받아야 할 문화라는 전제 하에 행해진 것이었다.[76] 미국문화에는 기본적으로 양가적 감정이 있었다. 한편으로 미국문화는 서구 문물과 근대적 생활양식의 완결판 같은 느낌으로

75　〈청년문화 논쟁의 반성과 비판〉,《조선일보》1974. 6. 4.
76　임영방, 〈앙드레 마르로의 문화정책〉,《세대》66, 172~180쪽.

받아들여진 측면도 있었지만, 미국의 대중문화는 또한 '상업적이고 퇴폐적인 외래문화'의 종합판이기도 했다. 특히 미국의 반전反戰문화, 히피문화가 유입되는 것을 일부 지배엘리트들은 극도로 불안해했다. 청년문화에 대한 신경증적 반응을 내보인 사람들은 대개 청년문화를 히피문화와 동일시했다.[77] 한편 저속한 문화라고 여겨진 일본문화에 대해서도 이중적 사고가 존재했다. 4·19 이후 일본문화 개방에 대한 수요와 기대가 있었지만 1965년 한일국교 정상화와 함께 이루어진 금수 조치 이후에 오히려 일본의 대중문화는 더욱 빠르게 한국 사회에 유입되었다.[78] 실질적으로는 일본문화의 강한 영향력 하에 있었지만 담론적으로는 이를 거부하고 정책적으로 금지한 이중성을 보여 준다. 프랑스문화 → 미국문화 → 일본문화라는 문화의 위계는 서구문화의 종주국인 프랑스와 대중문화의 산실인 미국, 그리고 애호와 증오의 이중적 감정의 대상이었던 일본이라는 나라에 대한 이미지 사이에서 형성되었으며, 그것은 다름아닌 그것을 즐기는 대중들 사이의 위계를 의미하기도 했다.

그런데 전통적인 지배계급이 몰락한 한국 사회에서 신흥 지배계급인 고학력의 기술 관료와 엘리트들이 향유하는 문화와 저학력의 대중들이 향유하는 문화 사이에 위계가 있다는 것이 실제로 문화를 위계적으로만 향유했다는 것을 의미하는 것은 아니다. 왜색이라 비

---

77 남재희, 〈청춘문화론 - 젊은 세대의 문화형성고〉, 《세대》 79, 122~129쪽.

78 일본문화에 대한 한국 사회의 이중성에 대해서는 권보드래·천정환, 《1960년을 묻다》, 천년의 상상, 2012, 509~549쪽 참조.

판받은 트로트 가요를 이를 금지한 정부 관료가 전혀 즐기지 않았다고 단정할 수는 없으며, 드라마를 비판한 남성이라고 해서 드라마를 전혀 보지 않았다고는 할 수 없기 때문이다.[79] 그럼에도 불구하고 담론 차원에서 문화의 위계가 강고히 존재했던 것은 권위주의적 지배층이 피지배층을 지배하는 하나의 방식이기도 하다. 반대로 계층 간·지역 간·도농 간에 엄연히 존재하는 위계와 이로 인한 갈등의 표출에 대해서는 국민의 화합을 저해하는 것으로서 극도로 경계하였다. 존재하는 위계는 은폐하고 아직 존재하지 않는 차이는 부각시키는 것이 권위주의의 특징이기도 했다. 국민재건운동이나 새마을운동의 사례에서도 알 수 있듯이 계몽의 대상을 계몽의 주체로 호명함으로써 계몽의 효과를 높이는 전략은 박정희 정권기에 일관적인 지배 전략이었다. 통속적인 대중을 비판하면서 스스로는 이러한 대중의 카테고리에서 자신을 제외시키기 위해서 대중문화 안에서도 다양한 층위의 위계를 만드는 것은 엘리트주의가 엘리트만의 전유물이 아님을 추측하게 한다. 전통문화의 몰락으로 고급문화와 대중문화를 모두 수입문화로 메우게 된 개발도상에 있는 후발자본주의 국가/권위주의 국가의 지배엘리트들은 자신의 문화자본을 특권화하기 위해 문화의 위계를 더욱 세밀하게 구분짓고[80] 대중을 더욱 통속적인 존재로 남겨 두었다. 새롭게 재편된 한국 자본주의

---

79 송은영, 앞의 글, 193~205쪽.

80 김태일, 〈권위주의 체제(Authoritarian Regime) 등장원인에 관한 사례연구 - 유신권위주의 체제의 성립을 중심으로〉, 고려대학교 석사학위논문, 1983, 3~5쪽.

의 계급적 질서에 따라 문화자본을 독점하려는 권위주의 엘리트와 대자본가들의 지배 체제 구축은 이처럼 강고한 문화위계 논리의 형성 과정과 그 맥락을 같이 하는 것이었다.

대중문화 비판론과 통속성 옹호론

위에서 살펴본 것처럼 지배엘리트들의 대중문화 비판이 1970년대에 주로 TV에 집중되었던 것은 TV 시대의 개막이야말로 진정한 대중문화의 만개를 알리는 사건이었기 때문이었다. 대중문화에 대한 지식인들의 관점은 주로 서구 대중문화론자들의 논의를 소개하고 여기에 한국의 대중과 대중문화에 대한 소회를 밝히면서 노출되기 시작했으며, 여기에는 몇 가지 다른 시각이 존재했다. 첫째, 서구의 보수적인 대중문화 비판론자들[81]의 견해를 받아들인 것으로, 대중에 대한 불신과 무시의 감정을 바탕으로 한 대중문화 비판론이다. 이 견해는 "대중문화란 대중이라는 보다 큰 문제의 일부"라는 시각을 전제로 한다.[82] 서구에서는 대중사회가 도래하기 전에 이미 시민사회가 존재하였고 시민사회의 주체인 공중公衆 · public이 대량생산, 대량소비의 대중사회의 도래와 함께 대중mass으로 전화한 것이지만, 시민사회가 오기 전에 대중사회가 먼저 도래한 한국에서 公衆을 거

---

81 드와이트 맥도날드Dwight MacDonald, 오르테가 이 가제트Ortega Y Gasset, T.S. 엘리어트T. S. Eliot 등을 말한다.

82 이는 드와이트 맥도날드의 명제이다. 이상희 · 곽소진, 〈'대중문화' 이론의 비판적 연구 – 예술의 대중화와 관련하여〉, 《신문연구소학보》 8, 1971, 65~68쪽.

치지 않은 대중이란 더욱 공공적 삶과는 거리가 먼 그야말로 통속적 존재에 불과하다는 것이다. 대중은 본질적으로 무기력하고 타자지향적, 과거지향적이며 상징조작의 암시에 쉽게 넘어가고 극히 감성적, 순응적이며 무책임하기 때문에 자유민주주의를 뒤흔드는 파시즘에 경도되기 쉽다는 것이다. 이 관점에 의하면 '대중'이라는 용어 자체가 '세련되지 못한 다수'라는 경멸의 뜻을 품고 있다.[83] 따라서 고급문화나 민중문화가 생산적인 데 반해 대중문화는 천박한 상업주의에 휘둘려 소비적일 수밖에 없으며, 교양과 오락이 뒤섞인 아마츄어리즘과 아나키즘의 문화이고,[84] 외래 대중문화의 무분별한 수입으로 정신마저 황폐해진 것이 한국 대중문화의 현주소라는 것이다.[85]

둘째, 대중문화를 비판하면서도 대중에게서는 희망과 가능성을 발견하려는 시도를 품고 있는 경우이다. 이는 서구의 급진적인 대중문화 비판론자들[86]의 관점에 영향을 받은 것으로 보이는데, 이 관점에 의하면 감각적인 대중들을 선전선동의 대상으로 삼아 '강제 없는 동조'와 '현상에 대한 충성'을 강요하는 것이 대중문화라는 것이다. 이때 대중문화를 조종하는 파워엘리트는 대중문화를 통해 정

---

83 강현두, 〈지식인의 엘리뜨문화와 서민의 향민문화〉,《동서문화》57, 1979, 12~16쪽.

84 송복, 〈대중문화 – 지구를 뒤덮는 하나의 망령〉,《예술계》2-2, 51~65쪽.

85 이종구, 〈대중문화의 한국적 상황 – 대중문화의 혼잡 속에 한국문화의 진로를 찾는다〉,《정경연구》50, 1969, 86~92쪽.

86 대중문화를 문화산업에 대한 비판의 연장선상에서 파악한 아도르노, 벤야민 등의 프랑크푸르트학파가 대표적이다. 마아틴 제이, 김종철 옮김, 〈미학이론과 대중문화 비판〉,《문학과 지성》33, 1978, 790~822쪽.

치적 대중 설득 작업을 더욱 조직적이고 교묘하게 실행해 나간다고 한다.[87] 따라서 대중들은 이용당하기 쉽다는 약점은 갖고 있지만 본질적으로 저속하거나 불신의 대상은 아니다. 오히려 생산적 대중이라는 마르크스의 개념을 적용하여 엘리트의 지도에 의해 원하는 방향으로 끌고 가는 것이 가능한 집단이다. 대중문화는 대중민주주의와 대중 교육제도에 따른 상류계급의 문화적 독점의 붕괴 속에서 새롭게 눈 뜬 대중의 문화적 수요에 기업이 이윤을 얻을 시장을 발견하면서 형성된다.[88] 따라서 문제는 대중문화가 민중예술과 같이 민중의 자발적인 창의와 광범한 서민층의 생활 감정에서 직접 형성된 것이 아니라는 것에 있다. 대중문화의 소비향락주의는 대중의 본질에서 비롯된 것이 아니라 상업주의적 기능인에 의한 조작의 결과이다.[89] 대중은 소비와 향락을 일삼는 존재가 아니라 본질적으로 생산과 창조를 이룩하는 건설적인 존재인데 대부분의 대중사회론자들은 이러한 긍정적인 측면을 전적으로 간과하고 있다는 것이다.[90] 이들 역시 대중이 그러한 매스컴의 조작에 이용당할 소지를 애초에 갖고 있는 '감각에 경도된' 존재라는 것을 인정한다는 점에서는 위의 첫째 견해와 같지만, 그럼에도 불구하고 대중문화의 문

---

87 1971년 한국의 대통령 선거에서도 이러한 매스컴 활용의 예를 잘 볼 수 있다고 한다. 이상희, 〈위기적 상황과 대중조작 기술 – 권력, 매스콤, 民意, 이들 사이의 역학 관계〉, 《사상계》 201, 1970, 13~22쪽.

88 김경동, 〈대중사회와 대중문화〉, 《사상계》 181, 1968, 121~125쪽.

89 윤무한, 〈생산문화론 – 민족문화와 외래문화〉, 《고대문화》 9, 1968, 168~175쪽.

90 이상희, 〈한국 사회도 대중사회인가 – '대중사회론'에 대한 하나의 견해〉, 《세대》 94, 1971, 97~103쪽.

제는 엘리트에게서 비롯되며 대중이 현실 비판적이지 못하고 깨어 있지 못한 것을 안타까워한다는 점에서는 자기 성찰적이라고 할 수 있다.[91] 이 입장에서 '대중'은 '민중'과 거의 동의어로 쓰이지만, '대중'에게서는 끝내 건강성을 발견할 수 없었다.

셋째, 대중문화를 긍정적으로 보려는 입장이다. 이 입장에서 대중은 서민이나 민중과 혼용할 수 있는 대다수 사람이라는 의미로서, 이때 대중문화는 'mass culture'가 아니라 'popular culture'를 의미한다.[92] 한 논자는 문화의 대중화라는 측면에서 한국의 문학, 미술, 영화, 대중음악 분야가 연극, 무용 등의 분야와 달리 수입대체효과를 올리고 있다는 것과, TV가 문화예술 시장 규모를 전인구 규모로 확대해 놓았다는 것을 높이 평가한다. 순수예술과 대중예술, 도시와 농촌, 고급과 저급, 의식과 무식이라는 뿌리 깊은 이중적 문화예술 시장 구조를 좋은 의미에서 평준화시키고 있다는 것이다. 그렇기 때문에 문화예술을 저해하는 상업주의, 패배주의, 퇴폐성, 속물성 등을 타파해야 한다고 주장한다. 바로 정부의 문화정책을 지지하는 입장에서의 대중문화 긍정론이다.[93] 또한 대중문화의 고급화라는 측면에서 대중화가 문화의 질이 저하되는 것이 아니라 오히려 문화의 질이 향상되고 우수성은 오히려 증대될 수 있다고 하는 견

91 이철범, 〈문화: 반시민적 대중문화〉,《기독교사상》 14-8, 1970, 144~147쪽.

92 곽소진, 〈대중문화의 의미〉,《기독교사상》 16-9, 1972, 92~99쪽.

93 김준길, 〈특집: 우리 문화를 병들게 하는 것 - 두개의 고정관념〉《문예진흥》 5-3, 1978, 25~27쪽.

해도 있었다.[94] 이러한 견해들은 한국 대중문화의 긍정성을 보려고 한다는 면에서 고무적이긴 하지만 대중의 퇴폐성, 저속성을 타파해야 한다는 것이 기본 전제로 되어 있는 만큼 대중을 바라보는 시각이 첫째, 둘째의 경우와 근본적으로 다른 것은 아니며, 문화위계 담론에서 완전히 벗어났다고 하기도 어렵다.

넷째, 대중 혹은 대중문화의 통속성 자체에 적극적인 의미 부여를 하는 입장이다. 이는 대중문화란 "대학교수부터 촌부에 이르기까지" 모두를 대상으로 한다는 것을 전제로 한다. 이 때문에 대중문화란 생활 속에 뛰어들어 같이 밀착하여 호흡하지 않으면 누구도 공감하지 못한다는 특징이 있다는 것이다. 드라마가 시청자를 너무 많이 울린다는 비판에 대해서도 "울어야 할 때 울지 않는 것은 바보스럽다"고 일축하고, 사랑에는 반드시 센티멘탈리즘이 있기 마련이며 역대의 많은 문호들이 사랑 이야기로 독자들을 울려왔지만 아무도 저속하다고 하지 않으면서 왜 한국 드라마의 센티멘탈리즘에는 그리도 비판적인가라는 물음을 던진다. 정부가 아무리 윤리 규정을 강화해도 방송극이 저질이라는 비난을 받는 것은 인기가 높을수록 찬사보다 비난의 목소리가 높을 수밖에 없는 대중문화의 운명이기도 하다는 것이다.[95] 드라마의 감상성에 대해서도 "슬퍼하는 사람과 함께 울고 기뻐하는 사람과 함께 웃는 것이 인간다운 정서의 발로"

---

94 이상희 · 곽소진, 앞의 글, 65~104쪽.

95 양근승, 〈방송드라마의 수준 어디까지 왔나? – 작가의 입장에서〉, 《신문과 방송》 88, 1978, 22~25쪽.

라고 하면서 "남과 내가 같은 배를 타고 있다는 느낌," 곧 유대의식이 중요하다고 지적하기도 했다.[96] 또한 퇴폐적이고 외설적이라고만 이해되는 성에 대한 묘사도 쾌락의 도구가 아니라 사회의 한 측면을 비난하고 성찰하기 위해 사용될 수 있다는 것을 지적한 한 문학평론가의 논평 역시 에로티시즘에 대한 인식의 지평을 넓히는 것이었다.[97] 이는 '퇴폐'의 함의가 기존 질서에 대한 거부와 비판에서 온다는 것을 간파한 것이다. 가요의 퇴폐성에 대한 비판에 대해서 한 대중가수는 "노래란 기원부터가 느낌이기 때문에 이래라 저래라 할 수 없다"고 잘라 말하면서 슬픈 노래를 밝고 명랑하게 부르라는 것은 잘못이라고 단언하기도 했다.[98]

이처럼 같은 대중문화 비판론이라도 '대중'에 대한 시각에 따라서는 차이가 있었으며, 모든 이들이 천편일률적인 대중문화 비판만을 했던 것은 아니었다. 또한 대중문화의 통속성에 대한 이해 속에서 일방적인 비판론을 재비판하기도 했다. 이는 대중의 감상성과 저속성, 퇴폐성이라는 것이 결국은 타자에 대한 공감 능력에서 나오는 것이라는 점, 온전히 사적인 느낌이 대중예술에서 중요하다는 점을 간파하고 이러한 통속성을 무조건 비난하는 것 자체가 대중문화를 제대로 이해하지 못했거나 대중의 감성을 억압하려는 엘리트주의적 의도라는 것을 폭로하는 효과를 가져온다. 그러나 이러한

---

96   김진만, 〈대중문화의 타성〉, 《경향잡지》 1284, 1975, 20~22쪽.

97   김현, 〈소비문화의 환상 – 오도되고 있는 성의 문학〉, 《세대》 64, 1968, 282~291쪽.

98   이것은 양희은의 발언이다. 〈좌담: 대중가요의 저속성〉, 《세대》 11-3, 1973, 194~
     203쪽.

통속성에 대한 이해와 대중문화 옹호론은 담론 지형에서 그다지 힘 있는 목소리를 내지는 못했으며 당시의 억압적 문화정책의 논리적 기저에는 여전히 대중문화 비판론이 우세를 점하고 있었다. 1970 년대의 신경증적인 감성 규율과 규제 일변도의 문화정책은 이러한 대중문화 비판론과 문화위계 논리를 자양분으로 더욱 맹위를 떨칠 수 있었다. 그리고 이것은 역설적으로 이전에 비해 훨씬 다양해진 문화의 스펙트럼이 있었기에 가능한 것이기도 했다.

'反공감'의 정치로서의 권위주의

대중은 금지된 것을 욕망한다. 1970년대의 감성 규율은 국가와 문화엘리트가 대중의 욕망을 어떤 식으로 억압, 훈육하려 했는지를 보여 준다. '센티, 에로, 그로, 난센스'라는 말로 요약되는 통속성은 감상성, 저속성, 퇴폐성을 내용으로 하면서 대중문화의 주요한 감수성을 구성하고 있었다. TV로 대표되는 당시 대중문화의 통속성은 문화위계 담론이나 대중문화 비판론에서도 주요한 논거가 된다. 대중문화의 통속성을 근거로 하는 대중에 대한 혐오는 곧 대중정치에 대한 혐오로 이어진다. 1970년 신민당 국회의원 김대중은 개발독재 옹호론자들이 대중정치를 혐오하는 이유를 다음과 같이 정리했다. ① 대중은 무식하고 학식이 없어 세상 돌아가는 것을 알지 못함 ② 대중은 정치에 무관심함 ③ 대중은 선동 정객에게 표를 매수당함 ④ 대중은 언제나 권위지향적이며 자조력도 발전 의욕도 없음

⑤ 유식한 자와 무식한 자가 똑같이 한 표씩 갖는 것은 불공평함.[99]
이러한 대중에 대한 부정적 인식은 바로 대중문화에 대한 평가로
이어지고 이것은 다시 대중문화의 통속성에 대한 몰이해를 야기시
키며 이는 결국 대중에 대한 불신으로 악순환된다.

  파시즘이 외양적으로 대중성을 지지하는 모양새를 취한 것과 달
리 유신이라는 권위주의 체제는 대중의 통속성에 대한 몰이해와 억
압으로 대중들이 사적 영역에서 키우는 공감의 의미를 파악할 수
없었다. 그것은 국가가 '공공성'을 전유하고 그것을 사적 영역과 대
립시킴으로써 발생하는 것이기도 했다. 국가는 '공공적' 분야에서
만 발생해야 할 '국민적 감정이입'이 개인적 차원으로 흩어져 버리
는 것을 용납할 수 없었다. 이처럼 한국 권위주의는 사적 영역에서
일어나는 공감을 인정하지 않은 채 국가에 의해 전유된 '국민적 공
감'만을 추구한 '反공감'의 정치를 기반으로 하고 있다고 할 수 있
다. 정권과 결탁한 문화엘리트들은 대중을 '대중'이라고 부름으로
써 그들을 무력화시키며, 대중과 대중문화를 불신하고 저속, 퇴폐라
는 라벨을 붙여 층층이 서열화된 문화위계의 아래에 둠으로써 대중
의 현실을 구성하는 구조적 모순을 은폐하는 효과를 꾀한다.

  1970년대의 감성 규율과 문화위계의 담론이 다른 시대에 비해
더욱 완강한 형태로 진행된 것은 전례없는 매체의 통속화와 더불어
TV라는 더 강력하고 대중적인 매체가 대중들의 일상과 여가에 지
배적 독점적 영향력을 행사하게 됨으로써 가능해진 것이었으며, 실

---

99 김대중, 〈1970년대의 비전 - 대중민주체제의 구현〉, 《사상계》 201, 1970, 107~122쪽.

은 이것이야말로 권위주의 독재 체제의 문화적 기반을 이루는 것이었다. 그런데 아이러니컬한 것은 독재정권과 엘리트가 대중의 수동성과 통속성을 강력히 비판하면 할수록 장차 시민으로 성장할 대중의 각성을 오히려 촉구하게 된다는 것이다. 이 때문에 1980년대의 권위주의는 오히려 통속성—'센티, 에로, 그로, 난센스'—에 의존하여 스스로의 지배 체제를 강고히 함으로써 자신을 위협하며 성장하는 대중의 각성을 경계하고자 했던 것은 아닐까?[100] 또한 '대중'에게서 더 이상 긍정성을 찾을 수 없었던 실천적 지식인들은 역사의 주체로서의 피지배층='민중'을 더욱 적극적으로 발견해 내지 않을 수 없었던 것은 아닐까?

---

100 1980년대 권위주의 정권의 문화적 관심이 대중문화로 옮겨가게 된 계기에 대해
서는 이하나, 〈1970~80년대 '민족문화' 개념의 분화와 쟁투〉, 《개념과 소통》 18,
한림과학원, 2016, 186~191쪽 참조.

■ 참고문헌

1차 자료

법제처,《방송법》, 1973.
최창봉 · 강현두,《우리 방송 100년》, 현암사, 2001.
한국방송윤리위원회,《각년도판 방송윤리심의평가서》, 1975~1978.
한국방송공사,《한국방송사》, 1977.

《조선일보》,《동아일보》
《국회보》,《경향잡지》,《고대문화》,《기독교사상》,《도시문제》,《동서문화》,《문예진흥》,《문학과 지성》,《방송문화》,《법정》,《비판》,《사상계》,《세대》,《신문과 방송》,《신문평론》,《여성》,《영화》,《예술계》,《입법조사월보》,《정경연구》.

〈봄여름가을겨울의 숲〉, Mnet, 2013년 5월 15일 방송.

2차 자료

1. 국내 논문
백미숙 · 강명구,〈'순결한 가정'과 건전한 성윤리―텔레비전 드라마 성표현 규제에 대한 문화사적 접근〉,《한국방송학보》 21-1, 2007.
송은영,〈1960~70년대 한국의 대중사회화와 대중문화의 정치적 의미〉,《상허학보》 32, 2011.
오명석,〈1960~70년대의 문화정책과 민족문화담론〉,《비교문화연구》 4, 서울대학교 비교문화연구소, 1998.
유태영,〈대중문화로서의 방송매체와 교사의 태도〉,《한국문화연구원논총》 25, 1975.

이상희·곽소진, 〈'대중문화' 이론의 비판적 연구──예술의 대중화와 관련하여〉, 《신문연구소학보》 8, 1971.

이영미, 〈신파 양식의, 세상에 대한 태도〉, 《대중서사연구》 9, 2003.

이하나, 〈1950년대 민족문화 담론과 '우수영화'〉, 《역사비평》 92, 2011.

이하나, 〈유신체제기 '민족문화' 담론의 변화와 갈등〉, 《역사문제연구》 28, 2012.

임종수, 〈1970년대 텔레비전, 문화와 비문화의 양가성〉, 《언론과 사회》 16-1, 2008,

임종수, 〈1960~70년대 텔레비전 붐 현상과 텔레비전 도입의 맥락〉, 《한국언론학보》 48-2, 2004,

조항제, 〈1970년대 신문의 텔레비전 드라마 비판〉, 한국방송학회 편, 《한국 방송의 사회문화사》, 한울, 2011.

2. 국내 저서

권보드레·천정환, 《1960년을 묻다》, 천년의 상상, 2012.

김행선, 《1970년대 박정희 정권의 문화정책과 문화통제》, 선인, 2012.

한신대학교 인문학연구소, 《1960~70년대 한국문학과 지배-저항 이념의 헤게모니》, 역락, 2007.

김태일, 〈권위주의 체제(Authoritarian Regime) 등장원인에 관한 사례연구──유신 권위주의 체제의 성립을 중심으로〉, 고려대학교 석사학위논문, 1983.

developing countries, Honolulu: East-West Center Press, 1967.

허버트 J. 겐스, 강현두 옮김, 《대중문화와 고급문화: 현대문화의 사회학적 분석》, 1977.(Gans, Herbert J., *Popular culture and high culture: an analysis and and evaluation of taste*, New York: Basic Books, 1974.)

마샬 맥루한, 김영국 외 옮김, 《미디어의 이해》, 중앙일보사, 1974.(Macluhan, Herbert Marshall, *Understanding media: the extentions of man*, New York: New American Library, 1964.)

로버트 O. 팩스턴, 손명희·최희영 옮김, 《파시즘: 열정과 광기의 정치 혁명》, 교양인, 2005.(Paxton, Robert O, *The Anatomy of Fascism*, New York: Knof, 2004.)

3. 해외 저서

Daniel Lerner and Wilbur Schramm, ed., *Communication and change in the developing countries*, Honolulu: East-West Center Press, 1967.

Juan J. Linz, "Totalitarian and Authoritarian Regimes", in F. Greenstein and N. Polsby, eds., *Handbook of Political Science, Reading*, Mass.: Addison-Wesley, 1975, vol. 3.

| 정치와 감성 |

2016년 촛불시위를 둘러싼 문화정치학

_ 박진우

* 이 글은 연세대학교 국학연구원 HK사업단 주최 제40차 HK사업단 워크숍 〈공감과 배제: 대중감정의 정치화와 미디어〉(2017.4.28)에서 발표한 내용을 수정한 것이다.

들어가며

2016년 겨울에서 2017년 봄에 이르는 한국 사회의 거대한 정치적 변동기를 통과하면서, 새삼스럽게 다시 던져야 할 질문들이 곳곳에서 제기된다. 그중에서도 이 글은 한국의 촛불시위와 대통령 탄핵 사건을 출발점으로 삼아 현대사회의 정치와 민주주의, 그리고 인민 demos의 관계라는 문제를 새롭게 살펴보고자 한다. 그것은 우리 시대에 유달리 두드러지는 현실적이고 규범적인 불일치 상황—정치와 민주주의, 주권자와 시민, 법과 권리, 열정과 이해관계, 그리고 포함과 배제, 이성과 환호 등—의 포괄적인 흐름을 파악하는 일이다. 이 흐름은 오늘날 한국 사회는 물론 전 세계의 정치와 민주주의를 사실상 관통하고 있다.

　2016년 겨울 국내에서 있었던 대통령 탄핵 사건이 논의의 출발점이다. 사실 이 사건은 그 자체로 이해하기 그리 어려운 것은 아니었다. 최순실을 비롯한 비선 세력들이 있었고, 이들에 의해 상상하기 어려운 국정 농단이 행해졌으며, 이를 비호하고 방조하였던 일부 권력층 내부 집단들—특히 법조계 엘리트들과 일부 부역 언론인들의 '활약'이 아주 뛰어났다—이 있었다. 그러므로 이들 세력을 추적하고, 이들을 처벌하고, 새로운 대통령을 뽑는 일이 시급히 요청되었다. 하지만 비록 대선과 정권 교체를 실현하였지만, 오랜 쟁점들이 간단히 해결될 것이라고는 아무도 생각하지 않는다. 단순히 그 폐해가 이른바 '적폐', 즉 오랜 역사적 뿌리를 가진 것이어서가 아니다. 그보다는 촛불 대중들의 참여와 동원의 과정 속에서 우리는 기존의 정치와 민주주의, 그리고 언론과 엘리트의 존재 방식 및 정당성 자체에 대한 근본적인 회의를 하게 된 어떤 새로운 정치적 체험을 한 것이 분명하기 때문이다. 매서웠던 겨울 추위 속에서도 촛불을 들고 거리로 나섰던 대중들이 경험한 놀라움과 충격, 그리고 '분노'의 복합적인 정동의 실체는 도대체 무엇이었을까?

몇 가지 이론적 해결책이 주어질 수 있다. 한편으로는 이를 공감, 열정, 환호와 배제라는 감정적 기초를 통해 대중 감정의 정치화, 그리고 이를 전파하는 디지털 미디어의 작동이라는 문제로 접근하는 것이다. 이는 1990년대 이후 사회과학 전반에 불어 닥친 소위 '감정적 전환emotional turn'의 흐름에 부응한다. 즉 이는 기존의 사회과학 이론이 인간의 특정한 행위와 상호작용이 사회적 규칙, 시스템과 조응하는 객관적 혹은 심리적 과정에만 집중해 왔던 것을 극복하려는 것이다. 대신 행위나 규칙이 행위자 개인 혹은 다수의 내적 감정에 조응하거나, 사회적으로 형성된 집합적인 감정 형태 혹은 감정적 리얼리티에 구조적으로 상태에 주목한다.[1] 정동affect을 둘러싼 다양한 논의들, 정치와 문화[2] 그리고 공간과 일상생활 영역에 대한 '비재현적 이론non-representational theory'을 주창하는 다수의 연구들은 그 중에서 현재 가장 많은 주목을 끄는 영역들이다.[3]

---

1 김홍중, 〈사회적인 것의 합정성(合情性)을 찾아서: 사회 이론의 감정적 전환〉, 《사회와 이론》, 제23집, 2013, 9~10쪽.

2 멜리사 그레그, 그레고리 시그워스(편저), 《정동 이론: 몸과 문화 · 윤리 · 정치의 마주침에서 생겨나는 것들에 대한 연구》, 갈무리, 2015 참조.

3 Nigel Thrift, *Non-representational theory: Space, politics, affect*, London and New York,

하지만 이러한 이론들은 그 속에 감정과 정동에 기반을 둔 새로운 '정치적인 것'의 개념에 대한 탐색 작업, 신자유주의 패러다임의 전면화가 가져온 '포스트 민주주의' 상황에 대한 시스템 차원의 고찰, 그 속에서 체계적으로 배제되고 추방되어 왔던 정치적 주체들이 새롭게 귀환하는 방식에 대한 고민을 매우 다층적으로 내포한다. 2011년 이집트와 튀니지에서 벌어진 아랍 인민들의 저항에서 2012년 뉴욕 한복판의 점거 운동Occupy movement, 브렉시트Brexit와 트럼프로 이어지는 '대중들의 반란'은 이러한 복합적인 국면을 상징적으로 보여 준다. 하지만 대중들의 감정과 정동에 대한 분석은 그 자체로 뚜렷한 대상을 전제하는 것이 아니다. 그렇다면 대중들의 힘에 기반을 둔 새로운 사회계약의 가능성, 이를 포괄하는 새로운 '정치적인 것'—반드시 '정치'인 것은 아니다—의 개념이 우리 시대에 등장하는 형상들에 보다 가까운 것이다. 그것은 매우 표현적이고 수행적인 행위이자 실천에 해당한다.

오늘날의 사건들은 정치와 민주주의의 고전적인 주체인 인민people 혹은 프롤레타리아트의 개념과는 구분되는 비조직적이고 무정형의 집단, 네트워크화된 집단, 그리고 비가시적인 집단이 19세기 이래의 민주주의 제도와 이념 자체에 도전하는 형국에 가깝다. 이들은 체제 내에서 자신들의 합법성과 정당성을 요구하는 것으로만 그치지 않는다. 정치와 민주주의가 자신들의 존재 방식에 맞는 형태로 재구성되어야 함을 강력하게 주장한다. 더불어 대중들은 이제 무엇이 진리

Routledge, 2008.

이고 무엇이 사실인지조차 혼란스러운, 그럼에도 이를 기초로 무언가 정치적 판단과 선택을 내려야 하는 미증유의 경험을 하고 있다. 2016년 옥스퍼드 영어사전에 새롭게 등재된 용어인 '탈-진실post-truth'은 "객관적인 '팩트'보다는 '감정적 호소emotional appeal'가 여론 형성에 더 큰 영향을 미치는 우리 시대의 사회적 환경과 연관된 형용사"라는 의미를 담고 있다. 미국의 대선 과정에서, 그리고 한국의 대선 과정에서 우리에게 익숙해진 '가짜 뉴스fake news'라는 용어와 그에 대한 대중들의 반응이 이러한 '탈-진실'의 시대를 대변한다. 선거와 정치, 그리고 대중들의 시위와 참여의 의미마저 탈-진실의 시대적 흐름 속에서는 과거와 동일한 것이기 어렵다.

따라서 새로운 시대의 정치 범주와 대중의 정동 구조는 과거와는 근본적으로 다를 것이다. 새로운 '의미'가 형성되는 이 시대의 정동 구조가 제도적 · 절차적 민주주의를 위해 목청 높여 소리 질렀던 1987년 6월의 항쟁과도 같은 뜨거운 태양 아래 '애국자들'의 목소리가 지배하는 시대와 동일하지는 않을 것이다. 무언가 '윈터 솔저'의 시간이 다가오는 것 같다.[4] 촛불 집회로 터져 나왔던 한국 사회의 개혁에 대한 요구가 결코 정권 교체와 박근혜 처벌에만 그치지는 않는다. 그 속에 뚜렷하게 각인된 것은 아마도 어둠 속에 잠들어 있던 대중들의 정동의 분출, 이에 기반을 둔 새로운 정치 패러다임

---

4 "A time for winter soldiers, not sunshine patriots". 2012년 뉴욕의 점거운동 당시에 벽에 쓰여진 격문으로 알려져 있다. W.J.T.Mitchell, "Preface to "Occupy : Three Inquiries in Disobedience"", *Critical Inquiry*, 39(1), p. 2.

에 대한 요구이지 않을까? 그것은 대중들에 의한 새로운 정치의 요구, 아마도 더 이상 배제의 생명정치에 기반을 두지 않는 새로운 패러다임의 정치로 수렴될 수 있는 요구들일 것이다. 다만 그러한 요구의 원동력은 무엇인지, 또 그것의 감정적 기초와 정동의 구조는 어떠한지에 대해 우리는 아직 충분히 알지 못한다. 그것이 우리 시대의 정치적인 것의 범주를 재조정하는 거대한 작업의 출발점일 수 있다는 사실만이 뚜렷이 감지될 따름이다.

촛불시위의 분화, 그리고 '정치적인 것'의 작동 방식

2016~2017년의 촛불시위는 여러 가지 측면에서 우리에게 새로웠던 정치 체험이었다. 촛불시위는 한국 사회운동의 전통에서 가까이는 2008년 광우병 촛불시위, 멀리는 1987년 6월 항쟁이나 1960년 4월 혁명으로까지 소급될 수 있는 중요한 사건이다. 하지만 그것의 구성요소는 그리 명료하지 않다. 2008년 광우병 촛불시위는 물론, 1987년 6월 항쟁과도 유사성을 찾기가 쉽지만은 않다. 촛불시위가 점차 탄핵반대 시위를 야기하면서 양자가 서로 병행되는 사태가 대표적이었다. 따라서 2016년의 사건을 이끌었던 대중들의 정동과 그것이 정치·사회 시스템과 조응하는 양상은 지금껏 우리가 한국의 정치와 민주주의를 논의하던 맥락과는 아주 다른 것일 수 있다고 말할 수 있다. 이 글은 이를 한국 사회의 역사적 맥락은 물론 세계적인 변화의 흐름 속에서 '정치적인 것'의 의미가 재구성되는 과

정의 일환으로 바라보고자 한다. 그 속에서 앞서 언급한 불일치—
말하자면 지금껏 당연히 함께 쌍을 이루는 것으로 생각되어 왔지만
차츰 '디커플링'의 양상이 더욱 정상적인 것으로 보이는 상황—에
대한 인식이 가능할 것이다.

촛불시위는 우리 시대의 정치와 '정치적인 것'을 둘러싼 논의에
서 매우 전형적인 두 가지 구성 요소들을 함께 보여 주었다. 하나는
시민들이 직접 저항권의 행사에 나섰고, 그 결과 의회가 주도하는
대통령 탄핵, 조기 대통령 선거 실시 등의 절차적 민주주의의 합법
성 요구가 두드려졌다는 점이다. 동시에 또 다른 '장소'에서 태극기
와 성조기를 내세운 시위대가 동시에 등장하였고, 이들에 의해 이
념적 적대의 의식, '편 가르기'와 특정 사회 세력에 대한 배제의 목
소리가 전면에 부각되었다는 점도 언급되어야 한다. 다른 하나는
서로 다른 가치와 지향점들을 보유하고 있지만, 공통적으로 정치의
근본 구조 자체에 대한 재인식, 특히 엘리트 중심적인 대의제 구조
에 대한 불신이 두드러졌다는 점이다. 실제로 대중들이 펼친 거리
의 정치는 직접적인 탄핵의 요구와 더불어, 제도권 정치의 작동을
근본적으로 비판하는 뚜렷한 목소리들을 가시화시켰다는 특징을
보여 주었다. 많은 경우 이는 최근 영국, 미국 그리고 프랑스에서처
럼 예기치 못한 정치적 세력의 등장 혹은 기존의 엘리트적 의사결
정 구조 자체에 대한 거부의 대중적 의사라는 형태로 표출된다. 그
결과 모두에게 서로 다른 이유로 기성 정당, 언론 그리고 검찰 등은
총체적인 거부의 대상이었다. 그런 점에서 이 사건은 부분적으로는
'특정 정치 이데올로기와 무관하게 일반적으로 반反기득권이라는

의미로 사용되는…대중들의 특정한 정서나 감정—즉 분노와 원한 ressentiment의 감정—과 직결'되는 정치적 현상으로서의 '포퓰리즘'[5]과 가시적인 접합의 지점을 가지고 있다.

하지만 이것을 단지 '포퓰리즘'이라고 명명하는 것에 그쳐서는 곤란하다. 촛불시위를 통해 한국 사회는 분명히 쿠데타 혹은 혁명(적 저항)의 경험이 아니고도 정부의 통치권이 상실되는 매우 특이한 경험을 하였다. 그것은 야당이나 시민사회, 혹은 학생운동의 조직적인 힘에 의한 저항으로 빚어진 사건은 아니었다. 그저 일반적인 설명대로, 오랫동안 누적되었던 대중들의 감정—불만과 분노—가 '태블릿 PC'라는 부정할 수 없는 증거와 더불어 폭발한 것으로 보아도 좋다. 멀리는 이명박 정권 이래의 신자유주의적 드라이브가 야기한 '디스토피아'적 상황—'헬조선'에 대한 청년 세대의 자조는 그것을 상징적으로 보여 준다 —에 대한 불만과, 가까이는 세월호 사건이 보여 주었던 무능한 국가기구에 대한 환멸이 분명히 작용하였을 것이다.[6] 이 점을 부정하거나 재론하는 것이 이 글의 목표는 아니다. 그보다는, 일단 사건이 벌어지고 나서 그 다음 무슨 일이 있었느냐 하는 점이다.

일차적으로는 제도권 내의 정치 세력과 시민사회 모두가 '국정농단 세력의 축출'이라는 절대적인 명제 앞에 거의 전체적인 합의

---

5   안베르너 뮐러, 《누가 포퓰리스트인가: 그들이 말하는 '국민' 안에 내가 들어갈까》, 노시내 옮김, 서울: 마티, 2017, 9쪽.

6   오유석, 〈촛불, 한국 민주주의와 정치의 재구성〉, 《경제와 사회》, 113호 (2017년 봄), 282~283쪽.

를 하였다. 그리고 국회 탄핵과 헌법재판소의 결정, 그리고 가시화된 조기 대통령 선거라는 전형적인 민주주의 절차가 진행되었다. 물론 그렇다고 "정부, 헌법, 대통령, 내각, 총리, 입법부, 국회, 특검, 국정조사, 사법부, 헌법재판소 등 정치의 여러 요소들이 단지 형식적인 원리나 제도, 기구에 그치지 않고 생생하게 살아 움직이는 장면"[7]을 목도하였다는 과정된 평가에 전적으로 동의하고 싶지는 않다. 이것이 "위기에 빠진 민주주의를 헌법, 즉 법의 수단에 의해 정상화하는 것"[8]이라는 의미만은 아니기 때문이다. 새롭게 등장하는 정치적인 것의 개념에는 현대사회의 정치와 민주주의의 관계가 단순히 절차와 제도에 따른 합법적 해결이라는 틀로만 접근하기는 어려운 복합성이 그 자체에 내재되어 있다.

그렇기에 촛불시위가 정치와 정치적인 것을 둘러싼 논쟁에서 가지는 또 다른 요소에 대한 검토가 필수적이다. 민주주의와 정치에 대한 일반적인 관점과는 달리, '정치적인 것'의 개념은 결코 절차적 민주주의의 제도로만 환원되지는 않는다는 전제에 입각한다면 말이다. 이 사건은 한국 사회에서 모든 법 · 제도가 그동안의 상궤 혹은 관행에서 벗어나 일견 매우 '정상적인 단계', 즉 예기치 않게 모든 제도가 갑작스레 정상적으로 작동하는 매우 보기 드문 순간이었다. 박근혜 정부의 위기와 붕괴는 오랫동안 모든 제도적 기관들이

---

7 박상훈, 〈편집자 서문: 대사건의 발생〉, 최장집 외 (공저), 《양손잡이 민주주의》, 서울: 후마니타스, 2017, 7쪽.

8 최장집 (대담), 〈박정희 패러다임의 붕괴〉, 위의 책, 57쪽.

자신의 공적 책무와 기능, 그리고 그 전제인 (최소한의) 독립성을 유지하지 못하였던 것에서 비롯된 전반적인 신뢰 위기로 인한 것이었다. 이런 상황에서 우리의 과제는 오히려 '정상적'이라는 용어 자체의 의미를 되묻는 것이어야 한다. 왜냐하면 평소에 매우 단절적이고 파편화되어 있던 규범과 제도의 기능이 갑작스레 회복되는 현상은 그 자체로 매우 부자연스러운 것이자, 반드시 그것의 원인을 설명해야 할 '예외적 사례'이기 때문이다.

구조적인 층위에서 먼저 그토록 강고해 보였던 '보수 세력의 몰락'은 2017년 5월 대통령 선거를 통해 가시화되었다. 물론 촛불시위와 대선의 결과만으로 기존 정치권의 모든 세력들의 공동의 위기, 혹은 공동의 붕괴로 이어질 가능성이 높다고 단언하기는 어렵다. 하지만 변화의 에너지가 존재함을 확인하기에는 충분하다. 그리고 이는 과거의 거시적 정치 변동의 시기와 구조적인 유사성을 분명히 가진다. 예컨대 1917년 러시아 혁명은 제1차 세계대전의 국제적 위기 상황을 대처할 수 있는 전제 정부와 의회의 무능력이 총체적으로 드러났던 시점의 산물임은 잘 알려져 있다. 혁명은 볼셰비키 외에는 어떤 정치 세력도 정치권력을 떠맡기 불가능한 상황의 불가피한 결과물이었다.[9] 1986년 마피아와 관련된 정치인과 판사들에 대하여 한 젊은 검사가 용감하게 시작한 수사는 '마니 풀리테 mani pulite'이라는 이름의 대대적인 권력 부패 게이트를 촉발시켰고, 당시 이탈리아 정치권의 양대 축—기독교민주당과 공산당—모두

---

9 디트리히 가이어,《러시아 혁명》, 이인호 옮김, 민음사, 1990.

의 도덕적 정당성에 치명타를 가했다. 그 결과 1992~94년에 양당 모두가 해체되고, 뒤이어 헌법 개정과 제2공화국의 출범, 그리고 실비오 베를루스코니Silvio Berlusconi라는 예기치 못한 정치 세력의 정권 장악이 이어졌다.[10] 한국 정치 역시 그러한 구조 변동의 입구에 와 있는 것 아닌가? 물론 대선 결과는 그보다 이틀 앞서 치러진 프랑스 대선처럼 기존 정치권의 양대 축인 공화당과 사회당이 모두 붕괴되는 ―양자 모두 결선투표에 탈락하는―초유의 현상이 벌어진 것은 아니었다. 하지만 그와 유사한 상황으로 한 걸음 다가선 것은 분명하다. 구조적으로 집권 여당이나 야당 모두가 내년의 지방선거를 앞두고 지난 2012년 이후의 결집력을 해체시킬 강력한 원심력 구도 안에 여전히 놓여 있음을 부인하기는 어렵기 때문이다.

아무튼 "촛불시위의 의미는 헌정 질서의 부정이 아니라, 붕괴된 헌정 질서의 전면적 재건을 요구한 데 있다"[11]는 진단은 표면적으로는 결코 틀리지 않다. 하지만 이 진단은 궁극적으로 정치가 자신의 힘puissanc과 잠재력potentiel을 스스로 포기하고, 대신 외부적인 제도의 힘과 권위에 의존하도록 제한하는 언명이기도 하다. 촛불시위 속에서 새롭게 체험한 민주주의와 정치적인 것은 그 자체로 독특한 것이었다. 정치와 정치적인 것의 개념, 그 속에서 작동하는 문화정치와 대중들의 감정 및 정동의 구조에 대한 인식 문제 역시 이러한

---

10 Hervé Rayner, *Les scandales politiques: L'opération Mains Propres en Italie*, Paris: Michel Houdiard Éditeur, 2005.

11 박찬표, 〈촛불과 민주주의〉, 최장집 외 (공저),《양손잡이 민주주의》, 서울: 후마니타스, 2017, 181쪽.

관점에서 새롭게 부각되어야 한다. 그 지점이 바로 정치와 민주주의 그리고 인민(대중)의 관계에 대한 새로운 성찰이 시작되는 출발점이다.

민주주의와 정치적 참여의 문화적 차원 혹은 감성적 차원에 대한 관심도 바로 그러한 사례의 일환이다. '촛불' 즉 '빛/어둠'의 선명한 대조에 기반을 둔 이미지와 퍼포먼스, 그리고 각종 예술적 참여의 형태도 2008년보다 질적으로 한 단계 도약한 모습이었다.[12] 2016년에도 2008년 광우병 촛불시위와 다를 바 없이 디지털에 기반을 둔 각종 저항적이고 개인적인 미디어들 —오마이TV나 아프리카TV와 같은 '오랜' 이름들은 물론, 수많은 인터넷 개인 채널들이나 페이스북 라이브, 심지어 JTBC와 같은 제도권 언론까지 포함하여—의 활약은 압도적이었고, 그것 역시 SNS와 스마트 미디어의 시대를 맞이하여 한 단계 도약한 모습이었다.

그렇기에 우리는 정권 교체와 절차적 민주주의의 회복을 한편으로 환영하면서도, 동시에 그 속에서 촛불에 대한 관심은 이미 멀리 사라져 버린 이유에 대해 질문해야 한다. 시민들은 지금 1987년이나 2008년과는 어떻게 다른 감정적 구조를 통해 사건을 경험하고 있으며, 일련의 정치 과정 속에서 지금 어떤 정동이 정치적인 것의 규칙이나 구조와 조응하고 있는지를 물어보아야 한다. 2008년 촛

---

12 "어둠은 빛을 이길 수 없다"는 구호 그 자체에서 '소등 퍼포먼스' 등에 이르는 실천들이 대중들의 감정적 에너지에 끼친 영향은 결코 적지 않았을 것이다. 이와 관련하여 천정환, 〈누가 촛불을 들고 어떻게 싸웠나: 2016/17년 촛불항쟁의 문화정치와 비폭력·평화의 문제〉, 《역사비평》, 118호, 2017년 봄, 438~9쪽 참조.

불시위의 주체로 각광받았던 '무리[다중multitude]'로서의 시민들에 대한 열광이 왜 잦아들었는지, 대선 국면에서 촛불에 대한 관심은 더욱 멀리 사라져버린 것에 대하여 질문할 수 있어야 한다. 촛불 이후의 사회 개혁의 방향에 대한 소극적인 전망—흡사 '직선제 개헌' 이후 아무런 전술적인 대응 방안도 없었던 1987년의 사회운동과도 유사하게—에 대해서도 질문해야 한다. 그리고 이를 기반으로 새로운 차원에서 정치와 정치적인 것, 제도와 행위, 주권자와 시민, 인민과 대중, 정치 권력과 시민 저항, 그리고 이들과 대중들의 감정 구조의 관계 수립이 어떻게 가능한가를 살펴보아야 한다. 그래야 "어쩌면 촛불광장은 치명적이고도 답 없어 뵈는 양극화와 파편화된 삶을 '승화'하는 위로의 기제이며, 그래서 일종의 (순치된) 카니발리즘인지도 모른다"는 비판에 대해 충분히 고려할 수 있기 때문이다.[13]

정치적인 것의 글로벌 콘텍스트

정치적인 것의 개념에 대한 새로운 의미 층위들이 촛불시위의 과정에서 어떻게 표현되고 경험되었는지에 대한 논의는 보다 큰 맥락에서, 즉 동시대에 벌어진 일련의 사건들과의 연속성과 차별성 속에서 파악될 필요성도 있다. 앞서 살펴 보았듯이 여기에는 공통적으로 대의제[재현] 그 자체에 대한 불신의 목소리가 자리 잡고 있다.

---

13 천정환, 위의 글, 459쪽.

의회로 상징되는 대의제적 민주주의 시스템 자체, 그리고 이를 주도하는 역사적 엘리트들에 대한 불신과 저항은 여러 나라의 정치 전통에서 매우 오랜 역사를 가지고 있다. 하지만 여기서는 인민과 엘리트 간의 극복하기 어려운 차이를 부각시키는 일종의 '스타일',[14] 즉 정동의 스타일의 차별성이 분명하게 나타난다. 그러한 스타일의 차이는 정치와 민주주의 그리고 정치적인 것의 개념에 대한 매우 중요한 분석의 지점을 제공한다.

첫째, 우선 대의제 문제 그 자체이다. 대의제, 그리고 여기서 유래한 '인민의 재현 (불)가능성'이라는 문제는 고전적인 민주주의 이론이 오랫동안 해결하는 데 큰 어려움을 겪었다. "국가가 폭력과 폭력의 수단들을 사회로부터 빼앗아, 자기 자신을 위해 취하고, 자기 자신이 지닌다"[15]는 사실은 그 자체로 대의제 정치와 인민의 관계에 내재된 고전적인 이율배반이었다. 홉스는 이를 국가에 신학적이고 정치적인 신비를 부여함으로써 해결하고자 한 반면, 루소는 여기서 국가에 대한 대중적인 불신의 근원을 찾으면서 대신 이를 '인민의 일반의지'로 수렴하고자 했다. 그럼에도 '만인에 대한 만인의 투쟁'이라는 자연 상태로부터의 탈피라는 급박한 생존의 요구, 그리고 뒤이은 근대국가의 인구population에 대한 통치 체제의 수립이라

---

14 '스타일style'이라는 개념적 층위에서의 접근은 여러모로 흥미롭다. 물론 문화이론의 차원에서 정교한 논의가 필요하다. Marielle Macé, *Styles: Critique de nos formes de vie*, Paris: Gallimard, 2017.

15 에티엔 발리바르, 《대중들의 공포: 맑스 전과 후의 정치와 철학》, 최원 · 서관모 옮김, 서울: 도서출판 b, 2007, 493쪽.

는 역사적 경험 속에서 서구 정치사상에 내재된 수백 년 동안의—
'위임Stellvertretung과 대표Repräsentation' 사이의—논쟁은 표면적으로 두
드러지지 않았다. 제2차 세계대전과 파시즘의 시기를 거치면서도
문제는 여전히 국가의 붕괴에 대한 공포, 그에 따른 '국가의 신(격)
화' 경향이었지, 결코 국가와 근대적 통치성의 정당성 자체에 대한
불신은 아니었다.

　하지만 오늘날의 정치와 대중의 관계는 한층 새로운 국면에 접어
들었다. 고전적인 정치 이론이 전제하는 '위임'의 메커니즘 속에서
누가 무엇을 어디까지 구체적으로 위임하는지에 대한 법률적 논쟁
이 칸트 이래 계속되었어도, 추상적인 '인민의 일반의지'라는 공적
인 책임 윤리의 범주를 쉽사리 벗어나지 못한다. 동시에 누구도 '리
바이어던'이라는 이름으로 최초 명명된 사회계약의 실질적인 주체
와 그 계약의 방식에 대한 명확한 동의를 이끌어 내지 못하였다. 한
때 프롤레타리아트라는 구체적인 계급의 범주로 정식화되었던 이
계약 및 계약 파기의 당사자는 이제 설명력을 잃어 가고 있다. 무리
[다중]으로서의 인민, 정동과 코나투스conatus로서의 인민 주체에 대
한 논의들은 궁극적으로 새롭게 인민의 존재, 인민의 의지를 픽션
혹은 이미지의 형태로 '재현'하는 것으로 수렴될 뿐이다. 그것은 상
상적인 것이자, 동시에 분열되고 깨진 이미지이다.

　'찾을 수 없는 인민'이라는 명제를 통해 피에르 로장발롱Pierre
Rosanvallon은 대중적인 '드러남appearance; manifestation'으로 표출되는 '의
견'으로 존재하는 인민opinion-peuple, 기존의 정치적 제도와 규범 속
에서의 행위자로 존재하는 '국민'으로서의 인민nationpeuple, 그리고

미디어를 통해 매개되는 정치적 공간에서 자연스럽게 표출되는 감정적 선호의 형태로 존재하는 '감정'으로서의 인민émotion-peuple이라는 3가지 층위로 인민의 개념이 분열되어 있다고 주장한다.[16] 이 주장의 적절성 자체는 별도의 논의가 필요한 것이지만, 분명한 것은 이제 대중들이 정치적 공간에서 존재하고 행위하는 방식에 가해지는 내적인 균열 상태를 더 이상 무시하기 어렵다는 점이다.

근대 서구의 정치적 공간의 주체이자 행위자로서의 인민의 개념은 이처럼 서로 다른 영역에서 서로 다른 논리적 근거에서의 행위주체로서, 그것 자체로는 어떤 형태로든 객관화하기 불가능한 존재에 가깝다. 오로지 세 가지 상상적인 형태, 혹은 그와는 다른 기준에 따른 형태로 분열된 이미지로 존재하는 인민이 있을 뿐이다. 물론 모든 인민은 '상상적'인 것이며, 또한 오로지 상상적인 것만이 현실적인 것이라는 역설은 여전히 유효하다. 상상적인 것으로서의 인민은 이처럼 이미지로 존재하는 것, '픽션'으로 존재하는 주체로서, 흡사 발터 벤야민Walter Benjamin의 언급처럼 섬광처럼 등장하는 '꿈 이미지'의 변증법으로만 우리가 그것의 형상을 파악할 수 있는, 그만큼 모호한 것이 되어 버렸다. 인민이 과연 무엇이고, 인민이 스스로 무엇을 원하는지 우리는 알지 못한다. 그들은 자기 자신을 감각하지 못하며, 오직 스스로의 감각을 되살릴 경우에만 우리가 그것을 알아낼 수 있다.

---

16 Pierre Rosanvallon, *Le peuple introuvable: Histoire de la représentation démocratique en France*, Paris: Gallimard, 1998, pp. 445-446.

우리 시대는 그들의 존재를 '잔존물survivants'로서의 이미지, 혹은 스스로의 감각을 되살린 주체로 떠오르게 만드는 새로운 시대를 통과하고 있다. 그것은 21세기에 직면하여 경제적·사회적인 무능력함을 전면적으로 노출하는 현대 국가의 통치 시스템과 직결된다. "행정적으로 비대해지고, 안보 장치들로 과잉 무장된 국가의 정치적이고 사회적인 무능력"[17]의 문제는—테러리즘과 내전, '문명의 충돌'과 종교적 근본주의라는 이념적 표현 속에서 벌어지는—갈등과 맞물려 새로운 유형의 집단적 불안을 조장한다. 우리는 한편으로 대중적인 배제의 인종주의적·전체주의적 메커니즘이 갈등 속에 전면화 되는 시대를 목도하면서, 다른 한 편으로 '리바이어던'의 탄생을 야기한 종말론의 신학적 원리를 뒤집을 수 있는 역사철학의 변증법을 동시에 요구하는 셈이다.[18]

둘째, 동시에 우리 시대의 인민은 이제 새로운 정치적 모험을 시작하였다. 많은 경우 그것은 표현적이고 감각적인 형태를 취한다. 그것은 반드시 역사적인 좌파 혹은 우파로서의 속성만을 가지는 것이 아니다. 오히려 인민이 출발하였던 원래의 무정형의 형태, '데모스demos'로서 존재하는 인민의 모습으로 근대의 통치 장치들 전반에 걸쳐 자신의 모습을 드러내고 있다. 이미 19~20세기의 인민들은— '군중'이라는 이름으로—당대의 귀족-부르주아 엘리트의 지배에

---

17 에티엔 발리바르, 위의 책, 399쪽.
18 사이먼 크리츨리,《믿음 없는 믿음의 정치: 정치와 종교에 실망한 이들을 위한 삶의 철학》, 문순표 옮김, 서울: 이후, 2015 참조.

반발하면서 자신들의 오랜 권리를 지키려는 정치 운동을 시작하였다. 그것은 대체로 정치적인 우익의 형태였다. 산업화의 시대에 농민이나 귀족을 주된 세력 기반으로 삼기에 이는 자연스러운 현상이었다. 중요한 것은 그것이—한나 아렌트의 표현을 사용하자면—반유대주의와 인종주의적 정치 패러다임 속에 '적대와 배제'의 원칙을 대중적으로 부각시키고 일반화한 중요한 계기였다는 점이다.[19]

오늘날에도 '포퓰리즘'이라는 이름으로 통칭되는 이러한 현상은 형태적으로 매우 다양하지만, 대체로 동일한 근원에서 유래한다. 후안 페론Juan Péron에서 우고 차베스Hugo Chavez에 이르는 라틴 아메리카의 전통이 있으며, 이민자 정책과 유럽 통합 정책에 대한 극단적인 반대를 공유하는 프랑스 · 네덜란드 · 오스트리아 등의 극우파 정당으로 특징지을 수 있는 유럽의 전통 역시 있다. 혹은 두테르테 대통령과 같은 동남아시아 유형이나, 트럼프 대통령과 같은 미국의 사례로 분화되기도 한다. 아무튼 다수의 연구자들은 21세기의 포퓰리즘 속에서 분명한 '우익적 충동'을 발견한다. 과거 제국주의와 인종주의 시대의 보호무역, 국민국가의 정체성에 대한 강조, 이에 '위배'되는 개인이나 집단에 대한 적극적인 배제의 노력과 그것의 법제화로 특징지을 수 있는, 소위 '민주주의 자체에 반하는' 형태가 분명하다는 것이다.[20] 미국(도널드 트럼프 대통령의 당선)과 영국(브

---

19 한나 아렌트, 《전체주의의 기원: 1권》, 이진우 옮김, 서울: 한길사, 2006.

20 B. Moffitt & S. Tormey, "Rethinking Populism: Politics, Mediatization and Political Style", Political Studies, 62, 2014, 381~397; Jeffrey E. Green, *The Eyes of the People: Democracy in an Age of Spectatorship*, Oxford University Press, 2010 참조.

렉시트 투표에서 예상치 못한 분리주의 운동의 승리)의 경우도 넓은 의미에서는 이 범주 속에 포함될 수 있을 것이다. 성조기와 이스라엘 국기를 전면에 내세우고, 좌익 이념에 대한 본능적인 공포의 심리, 그리고 이들을 우리 사회에서 추방하고 배제해야 하는 '주적'의 개념으로 전면화 시키는 소위 '태극기 집회'의 정동 역시 그러한 우익적 포퓰리즘의 충동과 맞닿아 있다. 월 스트리트와 실리콘 밸리의 젊고 유능한 도시적 '리버럴'에 맞서는 농촌 백인의 감정 구조, 그리고 젊은 층에 대한 정치적 · 경제적 소외감에서 출발하여 태극기 집회에 열정적으로 참여하는 70대 노인의 감정 구조는 자신의 생존에 대한 오랜 상상적 권리를 전면에 내세우는 인종주의적 배제의 정치를 구현한다는 점에서 본질적으로 멀리 떨어져 있지 않다.[21]

문제는 여기서 21세기의 포퓰리즘과 데모스의 '표면적인' 조우를 고통스럽게 지켜보게 된다는 점이다. 21세기의 '포퓰리즘적'인 정치 운동에서 관찰되는 가장 중요한 변화는 아무래도 현대 민주주의의 정치적 기초였던 대중들에게 내재되어 있던 '인민demos'으로서의 속성과 '국민국가의 구성원ethnos'로서의 속성의 새로운 진화일 것이다. 한편으로 우익적인 정치 운동은—아렌트의 표현처럼—'국민국가의 몰락과 인권의 종말'의 시대를 맞이하여 '땅과 출생지'에 기반을 둔 종족적 '에트노스'로서의 대중에 대한 관심을 상기시키고, '동화 불가능한' 이방인들 혹은 자신들의 '고유한 가치들'에 무관심한

---

21 J. White & L. Ypi, "On Partisan Political Justification", *American Political Science Review*, 105, 2011, pp. 381–396.

엘리트의 분파들을 함께 적대시해 나갔다. 21세기의 종교적 근본주의의 대두와 테러리즘은 여기서 결정적인 역할을 하였다.[22] 미국의 사례만 보더라도 트럼프의 당선은 공화당 티 파티Tea Party 운동에서 시작된 소위 '열정적 보수주의Compassionate conservatism'가 만들어 낸 '자국민 우선의 포퓰리즘', 반 개입주의anti-interventionist 및 반 자유주의anti-liberalism와 같은 대중적 감성 체제는 그 자체로 종교적 근본주의의 변형이자 대립물이다.[23]

다른 한편으로 좌익적인 대중운동—그리스의 시리자Syriza, 스페인의 포데모스Podemos, 이탈리아의 오성운동M5S · Movimento cinque stelle, 그리고 멜랑숑Jean-Luc Mélenchon이 주도하는 프랑스의 극좌파 운동 등—또한 마르크스주의적 레토릭을 통해 '데모스'로서의 대중들에 대한 관심을 전면적으로 내세우고, 신자유주의적 금융 자본주의와 신 국제 교역질서(자유무역협정, 유럽 공동체 등)를 강조하는 엘리트들을 극단적으로 불신하게끔 만든다. 여기서 이민자와 난민에 대한 감정적 태도와 인종주의에 대한 인정 여부는 여전히 좌·우익 운동을 절대적으로 구분하는 지표이다. 하지만 그보다는 공통적으로 지배 엘리트들에 대한 적대 의식이라는 정동의 요소들, 일종의

---

22 Jean-Yves Camus, "Montée des populismes et des nationalismes dans le monde: Coïncidence ou phénomène global?", *Questions Internationales, 83, Populismes et nationalismes dans le monde*, Janvier-Février 2017, p. 23.

23 E. J. Dionne Jr., *Why the Right Went Wrong: Conservatism from Goldwater to Trump and Beyond*, New York: Simon & Schuster, 2016.

정동의 '스타일'이 더욱 두드러진다.[24] 여기에 일부 권위주의적 독재 정치 체제와 결합하여 시민의 일부 영역이 정치에 참여하거나, 헌법에 보장된 기본권의 요소들을 침해하고, 미디어를 통제함으로써 정치 활동의 영역을 제한하는 양상들은 여전히 계속되고 있다.

그러므로 우리 시대의 정치의 '글로벌 컨텍스트'를 검토하면서 매우 중요한 질문을 던질 수 있어야 한다. 즉 포퓰리즘이라는 오래된, 따라서 수많은 다양성과 그에 따른 오해의 소지를 안고 있는 용어가 왜 자꾸 우리 시대의 정치를 규정하는 근본 용어처럼 계속 대중들의 관심을 끌게 되는가? 그것은 어쩌면 기존의 민주주의, 그리고 민주주의에 기반을 둔 대의제 정치체제 자체가 가지는 주기적인 실패, 그리고 그 실패와 연관된 대중들의 감정 구조의 변화 —즉 정동에 호소하는 매력의 상실 등—의 측면을 고려해야 하는 것이지 않은가 하는 점이다.[25] 정치적인 것의 개념과 대중의 관계를 새롭게 문제 삼는 출발점은 바로 이러한 질문들일지 모른다.

24 Philippe Raynaud, "Le populisme existe-t-il?", *Questions Internationales, 83, Populismes et nationalismes dans le monde*, Janvier-Février 2017, p. 13.
25 얀베르너 뮐러, 위의 책, 102쪽 참조.

정치에 대한 대중들의 정동

: 데모스와 에트노스, 데모스와 엘리트의 간극

브렉시트와 트럼프, 테러리즘과 이슬람국가IS, 그리고 동시대적으로 유례를 찾기 어려운 국정농단 사건과 1천만 촛불시위가 보여주는 한 가지 중요한 공통점이라면 그것은 아마 21세기 고도화된 산업사회와 디지털·스마트 문명을 살아가면서 생각하지 못하였던 우리 내부의 어떤 변화의 힘의 문제일 것이다. 그 힘이 무엇인지, 그 힘이 어느 방향을 향하는지 추정하기가 어렵다. 사건의 유래를 설명하는 것도, 사건의 미래를 예측하는 것도 어렵기는 매한가지다. 적어도 우리가 사용해 왔던 지적 도구들과 언어를 통해서는 그렇다. 그런 면에서 우리가 너무도 당연시해 왔던 어떤 기준과 규칙, 그리고 사유의 언어들을 일제히 '영도zero degree' 혹은 '무無'의 수준으로 이끌려 들어갔음을 냉정하게 인식할 필요가 있다.

하지만 우리가 목도한 변화들은 한편으로는 좀 더 나은 삶의 기대에 대한 거대한 위협이기도 하다. 우리는 그럼에도 '적폐'라는 이름으로 칭해지는 무수한 부조리와 모순들로부터, 또 신자유주의와 살벌한 생존경쟁, 해소되지 않은 인종주의와 난민 사태를 유발한 시스템 차원의 불안으로부터 해방되기를 원한다. 인종주의와 종교적 편견이 준동하는 유럽과 미국, 중동에서만 그런 것이 아니다. 이 땅의 시민들 역시 1987년 이후 우리가 성취해 왔다고 생각하였던 법과 정치적 삶의 토대가 무너졌음을 즉각 깨닫게 되었다. 범죄자들의 즉각적인 처벌과 정권 교체는 시작되었지만, 그 이후의 우리

삶이 얼마나 나아질 것인지는 또 다른 문제이다. 그러고 보면 브렉시트를 지금이라도 취소하라는 항의 시위대의 목소리, 트럼프를 어떻게든 당선무효 시키거나 아니면 조기에 탄핵해 버리길 원하는 미국 시위대의 목소리, 그리고 야당이 집권하는 즉각적인 정권 교체를 요구하던 촛불시위대 그리고 다수 시민들의 바람은 모두 해결이 쉽지 않은 역설에 직면해 있다. 정치와 정치적인 삶, 그리고 정치적 규칙과 법을 지배하던 모든 원리들이 일제히 시계 제로의 상태에 접어든 것이다.

오늘날 글로벌 콘텍스트에서의 정치적인 것의 개념 속에는 전 세계적인 차원에서 불어닥친 변화의 바람, 곧 '데모스'와 '에트노스', 데모스와 엘리트의 분열이 직접적으로 투영되어 있다. 그것이 1차적으로 의회라는 대의제 기구의 합법성과 정당성에 대한 문제 제기로 이어진다. 이 점은 랑시에르Jacques Rancière가 '민주주의에 대한 증오'의 가장 중요한 특징으로 언급한 것이기도 하다. 그것은 애당초 대의제 자체가 정치와 민주주의의 개념과는 무관한 것이어서 그럴 수도 있다. 아감벤Giorgio Agamben이라면 원래 정치의 개념이 '오이코스oikos' 내부에서 벌어진 '내전stasis'의 상황에 직접적으로 관련되어 있기에, 이를 추상적인 대문자 '인민People'에 의한 보다 직접적인 민주주의적 원리와 결부시키기 위해서는 많은 사회적인 '픽션fiction'을 동반해야 한다고 설명할 것이다. 홉스가 보여 주었던 '신민–주권자–시민'으로 이어지는 동화의 과정, 출생과 생명을 정치와 통치의 대상으로 설정하는, 소위 생명정치biopolitique의 '데모스 없는 민주주의'가 여전히 현대 정치의 근본 범주를 구성하고 있기 때문이라고 설명하는 것도 가능할 것이다.[26] 어떻든 아감벤은 이 과정에서 '아데미아ademia', 즉 '인민의 부재'가 근대 국가의 지배적인 패러다임으로 부상하였다고 설명한다. 이 설명은 결국 민주주의란 결코 대중(인민)에 의한 대중(인민)의 지배가 아니라는 것이다. 오히려 민주주의란 인민들의 새로운 권리 획득을 위한 영원한 과정을 지칭하는 '이름'에 가까워진다.[27]

따라서 이 대목에서부터 우리는 전 세계에서 동시대에 공통으로 관찰되는 어떤 문제 설정의 보편성에 주목해 보고자 한다. 민주주의라는 관점에서 말한다면 그것은 전 세계적인 차원에서 나타나는 '역진적인 반민주주의적 도전'의 양상들이다. 그것은 혹자에 의해서는 '포스트 민주주의'의 요소로, 다른 형태로는 포퓰리즘의 양상으로 거론되는 것이기도 하다. 중요한 것은 그것이 포퓰리즘, 혹은 민주주의적 제도와 질서 자체에 대한 도전이든, 어떤 형태로든 기득권적 정치 질서를 비판하는 외부적인 힘puissance의 표출이 이루어지고 있으며, 이를 유동적인 형태로 조직하는 잠재적인 감정의 흐름들이 실존한다는 점이다. 그러므로 이러한 힘의 흐름을 파악하기 위해서는 그 시대에 체계화된 정치에 대한 오랜 문제 설정의 파괴가 절실히 요청된다. 마치 푸코가 평생 그러했듯이, 우리에게 필요한 태도는 역시 '주체 – 되기devenir-sujet'의 역사성에 대한 분석의 자세이기 때문이다. 그에 따르면 우리가 말하고 생각하며 행하는 그

---

26 조르조 아감벤,《내전: 스타시스와 근대의 정치》, 조형준 옮김, 서울: 새물결, 2017.

27 Catherine Colliot-Thélène, *La Démocratie sans « Demos »*, Paris: PUF, 2011.

러한 비판이란, 결국 우리 자신의 역사적 존재론을 관통하는 것이다. 따라서 이는 현재의 존재론을 확립하는 것이자, 동시에 '현대성에 대한 태도'로 지칭되는 철학적 프로젝트이다.[28]

　이 글에서 주장하고 싶은 것은 이러한 '정치적인 것'의 근원적인 개념적 전도의 과정에서 우리에게 요청되는 자세는 새로운 '거리의 정치'를 '배제된 자들의 정치'라는 관점에서 보다 적극적으로 관찰하고 이를 개념화하려는 노력이다. 이제 '정상적'인 범주의 정치라는 것의 효용성은 사실상 다한 것으로 보아야 한다. 바디우는 최근 '대문자'로 표기되는 인민이란 자본주의적인 경제 체제 그리고 국민국가의 경계 속의 구성원으로서의 지위와 사회적 인정을 받고 있는 엘리트 혹은 '교육받은 공중'이라는 것 이상의 의미를 가지지 못한다고 지적한 바 있다.[29] 미국의 독립선언문 혹은 프랑스 혁명 시기 〈인간과 시민의 권리 선언〉이 보여 준 명시적인 명제가 바로 근대적 사회계약의 주체로 상정된 상상적인 인민의 모습이며, 링컨의 게티스버그 연설에 등장하는 '인민의, 인민에 의한, 인민을 위한' 정치의 전범이라는 인식이다. 그러한 의미의 인민이란 범주는 결국 기존의 민주주의적 제도를 실질적으로 운영하는 '자본주의적 과두정의 인민'이자 '중간계급'들에 해당하며, 정치제도 내부의 '공식적

28　Michel Foucault, "Qu'est-ce que les Lumières?", *Dits et écrits II*, 1976-1988, Paris: Gallimard, 2001, pp. 1392-1393.

29　알랭 바디우, 〈'인민'이라는 말의 쓰임에 대한 스물네 개의 노트〉, 알랭 바디우 외, 《인민이란 무엇인가: 인민에 대한 철학적 사유들》, 서용순 · 임옥희 · 주형일 옮김, 현실문화, 2014, 26~27쪽.

인 인민'의 지위를 부여받은 자들이라는 위상 이상을 의미하기 어렵다.[30]

새롭게 주목해야 하는 인민의 범주, 그리고 이로부터 유래하는 정치적인 것의 개념은 그러한 제도의 바깥으로부터 발견할 수 있는 새로운 정치적 용어로서의 인민, 소문자로 표기되며 군중과 데모스의 의미와 그리 멀리 있지 않은 인민, 그리고 구성적인 개념으로 존재하는 인민일 것이다. 이들은 결코 자신들을 합법성을 부여받은 정당한 정치 세력이자, 정치권력의 승인을 받은 존재로 상정하지 않는다. 그렇기에 이들이 공적인 공간에 등장하는 것 자체도 근대적인 정치권력의 통치 장치의 작동 과정에서 '일상적'인 것으로 상정될 수 없는 것들이다. 이들의 정치 행위는 상당 부분 수행적 performative인 경우가 많다. 말하자면 자신들이 어떤 정치적인 구호를 어떤 이념에 입각하여 외치는지에 상관없이, 이들은 공적인 공간에 함께 모여서 자신들의 요구와 정당성을 지킬 것을 외치는 행위—일종의 '발화 행위'—그 자체를 통해, 자신들을 새로운 정치적 인민으로 가시화되는 것이다. 페미니즘의 사례가 그러하듯이, 이들의 행위는 대체로 발화의 내용보다는 발화 행위 자체가 정치적 수행성을 발휘하게 되는 경우가 많다. 그것은 어떤 사회운동의 자원 동원 이론, 혹은 감정 정치의 메커니즘을 통해서도 설명되기 어려운 자발적 대중들의 집결과 현존이 그 자체로 새롭게 구성되는 정치적인 주체로서의 의미를 가지게 되는 극적인 순간들이다. 점령 운동

---

30 Margaret Canovan, *The People*, Cambridge, Polity, 2005 참조.

Occupy movement의 주체로 등장한 뉴욕의 평범한 시민들, 그리고 촛불시위의 주체였던 전국의 평범한 시민들이 바로 그러한 새로운 정치적 범주의 주체들이다.

그러한 정치적 주체의 구성과 이로부터 유래하는 정치적인 것의 범주는 이제 '아래로부터의 목소리'와 전면적으로 대화할 수 있어야 한다. 그것은 이른바 실존하지 않는 대중들, 혹은 낙오된 '잉여'의 존재들, 자신의 '몫이 없는 자들'의 목소리인 것이다. 마르크스주의적 관점에서 이들은 프롤레타리아트의 새로운 범주들이다. 하지만 비정규직 노동자들, 알바생들, 실업자, 도시 빈민, 특히 외롭게 살아가는 낙오된 노년 계층, 더 나아가 유럽이나 미국의 대도시 변두리의 유폐된 지역에 집단적으로 거주하는 격리된 이주민 청년들 등이 바로 그들이다. 이들 모두를 포괄하는 데모스 혹은 인민의 범주가 탄생하는 것을 우리는 지켜보고 있다. 그들의 정치적 에너지가 지금까지 흘러갔던 방식이 분명히 있지만, 그것이 또 다른 정치의 범주와 결합하여 흘러갈 방향에 대해서도 고민할 수 있어야 한다. 적어도 분명한 것은 이들 '아래로부터의 목소리', 새롭게 등장한 데모스의 형상이 그저 포퓰리즘의 공간으로만 지속적으로 표현되고 수행되어서는 매우 곤란하다.

마치며 : 정치와 대중, 그리고 감정에 대한 재인식

지금껏 우리가 살펴보았던 논의는 2016년 한국은 물론 전 세계에서 벌어진 다양한 정치적 격변을 배경으로, 그 속에서 작동하는 정치와 정치적인 것의 개념의 새로운 층위를 추적하는 작업이었다. 여기서는 대중들의 감정 혹은 정동의 구조가 정치와 민주주의에 끼치는 영향에 대한 새로운 이론적 시도들을 광범위하게 활용해 보고자 하였다. 그 속에서 정치와 '정치적인 것'의 새로운 의미 층위가 형성되는 과정을 시대적 변화에 비추어 세심하게 추적할 필요가 있음을 주장하였다. 오늘날의 글로벌 컨텍스트에서 시민/유권자들이 행위 전략은 감정적인 차원에서 대단히 과도기적인 결과물을 낳고 있다. 그것은 일체의 기존 정치 구조—대의제 체제와 엘리트 지배 체제—에 대한 불신과 '원한'의 실천이라는, 일종의 '포퓰리즘'적 행위 전략을 가장 핵심적인 정동 구조로 삼는다. 하지만 그 속에서 이 글은 현재 한국 사회는 물론 글로벌 정치의 컨텍스트를 이해할 수 있는 새로운 민주주의와 '정치적인 것'의 개념을 찾아내고, 그것을 구현할 수 있는 추동 요인이 무엇인지를 고민해 보고자 하였다.

그렇지만 문제가 여전히 어렵고 복잡하다. 정치체제의 변동과 민주주의의 개념을 둘러싼 논의는 여전히 많은 이론적 작업과 노력을 요구한다. 정치와 정치적인 것, 그리고 대중의 감정 구조의 관계에 대한 논의는 여전히 보다 많은 실증적 검토와 이론적 정교화를 요구한다. 그것은 반드시 정치의 문제일 수는 없으며, 어쩌면 철학과 사회학, 인문학과 사회과학의 중간 어딘가에 위치할 것이다. 어쩌면 '문화정치'라는 탈학제적인 접근 방법과 태도가 가장 어울리는 연구의 영역일지도 모른다. 그 속에서 예컨대 디지털 시대에 우리의 삶을 지배하고 있는 각종 미디어 및 테크놀로지 '장치'들에 대한 보다 구체적인 고민도 함께 진행해 나가야 할 것이다. 다양한 정치적 감정과 스타일들이 어떻게 오늘날의 미디어 환경과 결합하면서 어떤 표현과 수행의 흐름을 창출하는지를 파악하는 것은 이러한 기술적·문화적·감정적 장치의 작동 방식을 질문한다는 차원에서 매우 중요하다. 우리 시대는 정치가 흡사 텔레비전 리얼리티 쇼의 경우처럼 시청자들의 즉각적인 반응으로 결정될 수 있는 무엇으로 인식되는 시대이다. 트위터나 페이스북은 디지털 네트워크가 가지는 특유의 비-위계적인 연결의 구조 속에서 실시간 대중들의 정서와 감정이 즉각 반영되고 전파될 수 있는 중요한 매개체들이다. 하지만 이러한 시대의 변화를 점검하기 위한 이론적 자원은 아직도 여전히 부족하다. 따라서 정답을 제시하기도 여전히 어렵다. 하지만 하나하나 쟁점들을 검토해 나가는 과정에서 무언가 새로운 돌파구가 마련될 뿐이다. 그것을 위해 2016~2017년의 촛불시위에서 제기된 한국 사회의 구조적인 쟁점들을 새로운 이론적 맥락에서 고찰하는 시도는 계속되어야 할 것이다. 이 글이 그 과정에서 조금이라도 도움이 될 수 있기를 희망할 따름이다.

■ 참고문헌

1. 국내 논문

김홍중, 〈사회적인 것의 합정성(合情性)을 찾아서: 사회 이론의 감정적 전환〉,
《사회와 이론》, 제23집, 2013.

오유석, 〈촛불, 한국 민주주의와 정치의 재구성〉, 《경제와 사회》, 113호 (2017년 봄).

천정환, 〈누가 촛불을 들고 어떻게 싸웠나: 2016/17년 촛불항쟁의 문화정치와 비
폭력·평화의 문제〉, 《역사비평》 118호, 2017년 봄.

2. 국내 저서 및 번역서

디트리히 가이어, 《러시아 혁명》, 이인호 옮김, 민음사, 1990.

멜리사 그레그, 그레고리 시그워스(편저), 《정동 이론: 몸과 문화·윤리·정치의
마주침에서 생겨나는 것들에 대한 연구》, 갈무리, 2015.

사이먼 크리츨리, 《믿음 없는 믿음의 정치: 정치와 종교에 실망한 이들을 위한 삶
의 철학》, 문순표 옮김, 이후, 2015.

Jan-Werner Müller, 《누가 포퓰리스트인가: 그들이 말하는 '국민' 안에 내가 들어
갈까》, 노시내 옮김, 서울: 마티, 2017.

알랭 바디우 외, 《인민이란 무엇인가: 인민에 대한 철학적 사유들》, 서용순·임옥
희·주형일 옮김, 현실문화, 2014.

에티엔 발리바르, 《대중들의 공포: 맑스 전과 후의 정치와 철학》, 최원·서관모
옮김, 도서출판 b, 2007.

조르조 아감벤, 《내전: 스타시스와 근대의 정치》, 조형준 옮김, 새물결, 2017.

최장집 외(공저), 《양손잡이 민주주의》, 후마니타스, 2017.

한나 아렌트, 《전체주의의 기원: 1권》, 이진우 옮김, 한길사, 2006.

3. 국외 논문

B. Moffitt & S. Tormey, "Rethinking Populism: Politics, Mediatization and

Political Style". *Political Studies*, 62, 2014.

Jean-Yves Camus, "Montée des populismes et des nationalismes dans le monde: Coïncidence ou phénomène global?", *Questions Internationales, 83, Populismes et nationalismes dans le monde*, Janvier-Février 2017.

J. White & L. Ypi, "On Partisan Political Justification", *American Political Science Review*, 105, 2011.

Philippe Raynaud, "Le populisme existe-t-il?", *Questions Internationales, 83, Populismes et nationalismes dans le monde*, Janvier-Février 2017, p. 13.

4. 국외 저서

Catherine Colliot-Thélène, *La Démocratie sans « Demos »*, Paris, PUF, 2011.

E. J. Dionne Jr., *Why the Right Went Wrong: Conservatism from Goldwater to Trump and Beyond*, New York, Simon & Schuster, 2016.

Hervé Rayner, *Les scandales politiques: L'opération Mains Propres en Italie*, Paris, Michel Houdiard Éditeur, 2005.

Jeffrey E. Green, *The Eyes of the People: Democracy in an Age of Spectatorship*, Oxford University Press, 2010.

Margaret Canovan, *The People, Cambridge*, Polity.

Marielle Macé, *Styles: Critique de nos formes de vie*, Paris, Gallimard, 2017.

Michel Foucault, "Qu'est-ce que les Lumières?", *Dits et écrits II*, 1976-1988, Paris, Gallimard, 2001.

Nigel Thrift, *Non-representational theory: Space, politics, affect*, London and New York, 2008.

Pierre Rosanvallon, *Le peuple introuvable: Histoire de la représentation démocratique en France*, Paris, Gallimard, 1998.

집단감성의 계보

2017년 11월 12일 초판 1쇄 발행

지은이 | 최기숙 소영현 김명희 서동진 하경심
        후샤오전 이주해 김지수 이하나 박진우
펴낸이 | 노경인 · 김주영

펴낸곳 | 도서출판 앨피
출판등록 | 2004년 11월 23일 제2011-000087호
주소 | 우)120-842 서울시 영등포구 영등포로 5길 19(양평동2가, 동아프라임밸리)
        1202-1호
전화 | 02-336-2776 팩스 | 0505-115-0525
전자우편 | lpbook12@naver.com

ISBN 979-11-87430-18-6 93800

이 저서는 2008년도 정부재원(교육과학기술부 학술연구조성사업비)으로 한국연구재단
의 지원을 받아 연구되었음(NRF-2008-361-A00003)